HARRY
E SEUS FÃS

Melissa Anelli

HARRY
E SEUS FÃS

Tradução de
ANA DEIRÓ

Título original
HARRY, A HISTORY
The True Story of a Boy Wizard, His Fans, and Life Inside the Harry Potter Phenomenon

Copyright © 2008 *by* Melissa Anelli
Todos os direitos reservados, incluindo o de reprodução.

Direitos para a língua portuguesa reservados
com exclusividade para o Brasil à
EDITORA ROCCO LTDA.
Av. Presidente Wilson, 231 – 8º andar
20030-021 – Rio de Janeiro, RJ
Tel.: (21) 3525-2000 – Fax: (21) 3525-2001
rocco@rocco.com.br
www.rocco.com.br

Printed in Brazil/Impresso no Brasil

preparação de originais
FÁTIMA FADEL

CIP-Brasil. Catalogação na fonte.
Sindicato Nacional dos Editores de Livros, RJ.

A586h	Anelli, Melissa Harry e seus fãs / Melissa Anelli; tradução de Ana Deiró. – Rio de Janeiro: Rocco, 2011. Tradução de: Harry, a history: the true story of a boy wizard, his fans, and life inside the Harry Potter phenomenon ISBN 978-85-325-2626-7 1. Rowling, J. K., 1967 – Crítica e interpretação. 2. Ficção infantojuvenil inglesa – Apreciação. 2. Rowling, J. K., 1967 – Personagens – Harry Potter. 3. Potter, Harry (Personagem fictício). I. Cardoso, Ana Lúcia Deiró. II. Título.

10-6698	CDD-808.899282 CDU-82-93

Para meus companheiros fãs de Harry Potter,
que sabem que uma boa história
nunca morre

SUMÁRIO

Prefácio de J. K. Rowling   11

UM
Lançamento   15

DOIS
O princípio e o fim   23

TRÊS
Quase não aconteceu   32

QUATRO
Ajuda do público   57

CINCO
Tecendo a teia   95

SEIS
Rock em Hogwarts   121

SETE
Vida de trabalho   158

OITO
"Get a Clue" – o leilão   171

NOVE
Banido e queimado   200

DEZ
Alto-mar   225

ONZE
Acesso   250

DOZE
A entrevista   271

TREZE
Independência   289

CATORZE
No rádio (internet)   300

QUINZE
Revelações/*Spoilers*   308

DEZESSEIS
Mais um dia   324

DEZESSETE
As Relíquias da Morte   330

Epílogo   340

Agradecimentos   351

Notas   355

Bibliografia   366

PREFÁCIO

– J. K. Rowling

Infinitas vezes fizeram-me a mesma pergunta, com minúsculas variações: "O que faz com que Harry Potter seja um tamanho sucesso de público?" "Qual é a fórmula mágica?" "Que conselho daria a alguém que quisesse escrever um bestseller para crianças?"
E eu sempre dei respostas que não são respostas: "Não é a mim que vocês devem perguntar." "Isso me apanhou tão de surpresa quanto a todo mundo." "É difícil para o autor ser objetivo."
Como disse Somerset Maugham: "Existem três regras para escrever um bom livro. O problema é que ninguém sabe quais são."
Harry apenas aconteceu. A ideia surgiu em minha mente durante uma viagem de trem de Manchester para Londres, e eu a escrevi da maneira como gostaria de lê-la. Então tive a sorte imensa de encontrar uma agente que gostou do livro. Depois de ser rejeitado várias vezes, Chris encontrou um editor disposto a correr o risco de publicar um livro longo demais (45 mil palavras eram consideradas o tamanho correto para crianças de nove anos na época; *Harry Potter e a Pedra Filosofal* tinha 95 mil), passado em um colégio interno (um tema tremendamente fora de moda), escrito por uma autora completamente desconhecida.
Quando comecei a escrever a série Harry Potter, meu objetivo não era agradar ninguém, exceto a mim mesma, e, quanto mais me perguntavam, mais eu tinha certeza de que não deveria tentar analisar os motivos para o fato de ter obtido tamanho sucesso. Eu sabia que, se tentasse encontrar essa fórmula a respeito da qual todo mundo estava falando, perderia a naturalidade, começaria a "fazer o papel" de J. K. Rowling, em vez de *ser* J. K. Rowling. Eu es-

tava preocupada com a segurança da frágil bola de vidro dentro da qual eu escrevia, e que ainda rolava intacta em meio ao gigantesco maremoto de loucura que vinha se formando ao redor de Harry Potter, o centro imóvel da tempestade.

Por motivos de autoproteção semelhantes, me mantive tão alheia e ignorante quanto era possível sobre o grau de atividade que estava ocorrendo tanto na internet quanto fora dela. De vez em quando, amigos ou jornalistas me relatavam alguma espantosa informação sobre o que estava acontecendo por lá; e isso tendia a fortalecer minha determinação de não tomar conhecimento. Se isso parece estranho ou, pior, mal-agradecido, só posso dizer que um dia passado em minha posição teria convencido vocês do contrário. As cartas que eu recebia diariamente deixavam perfeitamente claro quanto meus leitores tinham se interessado e investido no futuro de meus personagens. "Por favor, não mate Fred ou George, EU AMO OS DOIS!" "Se Hermione se tornar a namorada de Harry, demonstrará que se pode ser inteligente e fazer par com o herói!!! Essa seria realmente uma bela mensagem!!!!" "Por que Harry não pode ir morar com Sirius e ser feliz?" "Eu li em algum lugar que você ia fazer com que Draco e Harry se tornassem amigos e lutassem contra o mal juntos, eu acho que seria bom mostrar que Draco não é totalmente mau." "Srta. Rowling, seus livros são um porto seguro em um mundo perigoso. Permita-me exortá-la a resistir à pressão comercial: *deixe que seus personagens conservem a inocência.*" "NÃO MATE HAGRID. NÃO MATE HAGRID. NÃO MATE HAGRID" (repetido centenas de vezes em dez lados de folhas de papel A4).

Só em algum momento de 2002 foi que eu finalmente cedi e fiz o que as pessoas presumiam que eu fizesse todos os dias. Entrei no Google e pesquisei Harry Potter.

Eu sabia, é claro, que havia sites de fãs. Minha caixa de mensagens vivia cheia de menções a eles, meus leitores presumiam que eu estivesse a par do que estava acontecendo online. Minha assistente pessoal, Fiddy, tinha tido contato com alguns dos webmasters. Mas eu ainda estava absolutamente despreparada para o que encontrei durante aquela primeira e monstruosa sessão de pesquisa. Os sites de fãs tinham uma apresentação muito profissional; com facilidade estavam à altura dos sites de quaisquer de meus editores. E eles recebiam dezenas de milhares de visitantes. Tinham fóruns, quadros de mensagens, editoriais, notícias atualizadas, trabalhos de arte dos fãs, obras de ficção dos fãs, citações do dia de meus livros... e as guerras de ships... Santo Deus, as guerras de ships...

Eu já tinha ouvido falar do Leaky Cauldron; era um dos maiores e mais populares sites de Harry Potter na Net, e já me tinham sido contadas algumas das coisas fantásticas que eles haviam feito (libertar Dobby – que já estava livre – chamou minha atenção). Mas eu nunca tinha visto pessoalmente, nunca tinha me dado conta exatamente do que acontecia por lá. Eu me sentei e li editoriais, previsões, teorias que variavam de estranhas a loucas e a perfeitamente precisas. Francamente, fiquei estarrecida... e continuo pasma, estarrecida.

Ler o livro que os senhores neste momento têm em mãos foi uma experiência surpreendente para mim. Foi como se eu tivesse finalmente realizado um desejo que tive ao longo de anos: entrar numa livraria à meia-noite, numa noite de publicação de um livro de Harry Potter, disfarçada, e apenas observar e ouvir.

Finalmente compreendo o que estava acontecendo enquanto eu estava recolhida escrevendo, tentando me impedir de ser exposta à histeria Potter. Uma grande parcela de minha vida me foi explicada; Melissa preencheu um número enorme de lacunas, me levou a lugares que quem me dera eu tivesse podido visitar com ela (como a House of Pancakes, para conhecer a mais proeminente ativista anti-Harry Potter dos Estados Unidos); me explicou piadas que os fãs presumiam que eu compreendesse; me apresentou a pessoas que pensavam que eu conhecesse; me informou de debates que eu inadvertidamente havia iniciado. Ela me recordou de incidentes de que eu havia me esquecido em meio ao furor que passou a cercar a publicação de cada livro de 2000 em diante – o caminhão cheio de exemplares de *A Ordem da Fênix* roubado, aquela irritante "Lanterna de Chama Verde", e as infindáveis Guerras contra *Spoilers* (revelações do enredo)...

O fandom de Harry Potter online se tornou um fenômeno global com sua própria linguagem e cultura, suas próprias guerras e festivais, suas próprias celebridades, das quais Melissa sem dúvida é uma. Ela foi uma fã que acabou tendo seu próprio fã-clube, uma das mais incansáveis defensoras e representantes do fandom online, sempre se esforçando para ser justa, honesta e imparcial.

De modo que este livro é a história de uma comunidade, escrito por uma conhecedora, e eu o achei inspirador, comovente, divertido e, em certas ocasiões, francamente assustador. Pode ser lido como relato pormenorizado completo, contendo até os detalhes desagradáveis da mentalidade de fã, ou como uma história do maior grupo de apreciadores de livro do mundo, ou como a jornada pessoal de um grupo de pessoas que de outro modo jamais teria se conhecido. A história do fandom online é tão extraordinária quanto a do próprio Harry, e me deixou com um sentimento de reverência respeitosa e gratidão. Finalmente, eu agora sei o que estava realmente acontecendo lá fora – e é maravilhoso.

CAPÍTULO UM

LANÇAMENTO

Dentro de 24 horas todo mundo saberia. Eles leriam a respeito em suas telas de computadores ou nos jornais; tomariam conhecimento a caminho do trabalho ou tomando o café da manhã, ouvindo o rádio ou assistindo à televisão. A notícia seria alardeada em seus telefones celulares ou ouvida no trem. Eles falariam a respeito dela junto ao bebedouro ou em pausas para um café. Haveria e-mails de grupo, postagens em fóruns de discussão, bilhetes escritos apressadamente. Eles ligariam para os netos e para os avós, para contar e debater a novidade.

A informação correria ao redor da tela de notícias eletrônicas da Times Square, em telões em Londres e em painéis de notícias ao redor do mundo. Seria divulgada nos programas de serviço regular de notícia e seria a chamada nos programas matinais. Seria sussurrada atrás de mãos em concha em salas de aula e berrada em playgrounds durante o recreio. Alguns ririam, outros chorariam, mas todos seriam afetados. A notícia se espalharia à velocidade da luz, através de linhas terrestres e de cabos de fibra óptica, e através das ondas aéreas, até chegar aos locais de trabalho, casas e playgrounds, multiplicando-se até se urdir e tecer um cobertor e cobrir o mundo.

Eu mal estava consciente quando descobri. Estava na minha cama, totalmente vestida, deitada de bruços, tentando impedir minha cabeça de se apoiar direto no teclado de meu laptop. Quando meu telefone tocou, minha cabeça bateu nas teclas como um melão caído. Eu gemi e esfreguei as marcas no nariz enquanto tateava em busca da tecla Talk.

– Queeh?
– *Saiu!*

Era Sue Upton uivando comigo, e deixei o telefone cair de modo a poder usar a mão liberada para esfregar o que agora me parecia um tímpano perfurado. Se continuasse daquele jeito, eu acabaria em estado comatoso antes do café da manhã.

Sue ainda estava gritando, o som abafado vindo do fone caído, mas agora completamente desnecessário. A clareza afinal se apoderou de mim, e soube exatamente a respeito de que ela estava gritando. Era o motivo pelo qual eu estava deitada ao lado de meu teclado, o motivo pelo qual estivera acordada, para começar. Os acontecimentos das últimas horas passaram em desfile em minha mente num piscar de olhos. Eram pouco mais de dez da noite, estava sentada assistindo à televisão na casa de minha amiga Julie, depois de um dia ameno em termos de notícias, conversando durante os comerciais. Então lembro-me de pegar meu celular por uma questão de hábito inquebrantável, em um movimento tão natural quanto piscar os olhos. De ativar meu navegador da Web, e esperar que meu e-mail fosse baixado, tudo isso sem interromper o fluxo da conversa – de fato, mal dando a perceber que estava com o telefone na mão. Uma olhadela rápida para a tela, só para checar se tudo estava bem online enquanto eu tinha estado longe do computador. Nenhum e-mail importante, ótimo. Não havia emergências, não havia provedores fora do ar, ótimo. Uma pausa. Uma, duas, três, quatro mensagens. Quatro das cinquenta mensagens que eu tinha recebido ao longo da última hora eram estranhamente muito semelhantes e pareciam vir de diferentes partes do país com a mesma notícia – como testemunhas que escolhem o mesmo homem de uma fila organizada pela polícia.

"Eu trabalho numa livraria e acabamos de receber um e-mail da Scholastic..."

"... dizia que vem por aí uma coisa grande..."

"... disse que é aquilo por que temos estado esperando... Você acha que isso é *aquilo*?"

Eu achava, mas não sabia se queria achar. Tinha sido um dia tão calmo, tão lento, para variar, o que significava que eu deveria ter sabido que seria seguido por uma correria louca. Seis anos naquele batente tinham me ensinado a separar as notícias de verdade do lixo, e aquilo me parecia notícia de verdade. Aquilo me dava a impressão de que tudo havia acabado de mudar. Aquelas mensagens breves e simples tiveram efeitos sobre mim muito desproporcionais ao seu tamanho – meu coração pareceu me subir à garganta e ficar lá, batendo com violência com a mesma aceleração que eu sentia quando chegava ao topo de uma montanha-russa –, à beira de chegar à melhor parte, a parte pela qual estivera esperando, mas ainda meio em pânico e sem certeza de se estava pronta para despencar.

Julie perguntou o que havia de errado, mas eu já estava juntando minhas coisas, me desculpando e dizendo a ela para dar uma checada no site na manhã seguinte, saindo do apartamento às pressas e ligando para Sue, a editora sênior do site.

– Eu já sei – disse Sue, em vez de dizer "alô". Um tom claro de excitação tremia sob suas palavras.

– Eles me parecem verdade, Sue – observei. – Isso está acontecendo agora?

– Acho que está! – Lá estava de novo, aquele grito de felicidade ameaçando irromper. Eu neguei a mim mesma o floreio de vertigem que se retorcia em meu peito. De jeito nenhum. Havia uma declaração importante a ser feita apenas em algumas horas, e iríamos ajudar a transmiti-la para milhões, e não estávamos prontos, havia coisas a fazer e listas de coisas que *queríamos* fazer, e todas aquelas coisas que havíamos planejado fazer, e agora...

– Eu preciso ligar para John. E para D. H. e Nick, Alex e Doris, e todo mundo, e trate de se certificar de que vai estar em linha amanhã e consiga uma página com baixa largura de banda e vá para casa e, e... uma porção de coisas.

Sue emitiu um som que pareceu um pequeno guincho. Ela ia explodir. Em menos de trinta segundos, e a contagem regressiva já havia começado.

— Sue, vejo você online às cinco da manhã? Podcast logo em seguida? – perguntei. Nenhuma resposta. – Sue?

Um grito estridente explodiu do telefone e fez doer meus tímpanos. Afastei o telefone do ouvido à distância de um braço.

— Ai, meu Deus, Melissa, está vindo, AGORA!

— É, eu acho que está – respondi, e com aquilo ela me contagiou. As palavras tremeram como se eu as tivesse sacudido, e dancei um pouquinho sem sair do lugar.

Cinco minutos depois eu estava a caminho de casa. Liguei para John do telefone de meu carro quando entrei na via expressa de Staten Island, que estava cheia de lama e neve do fim de janeiro. Ele atendeu com a voz rouca, e pelo jeito parecia que eu o estava distraindo de algo mais importante.

— Então, você está pronto para a ocasião? – perguntei, e contei a ele o que eu achava que estava prestes a acontecer.

— Você está *brincando*? – gritou John. – Agora? Caramba... – E ele proferiu uma série de obscenidades. – Tem certeza? Temos um prazo de seis meses?

— É o que parece.

— Mas que diabo. O que eu vou fazer com relação à escola? – John estudava em base trimestral, o que significava que ele não tinha as mesmas férias de verão que todos os outros estudantes, e a ideia de que ele pudesse não tomar parte nas comemorações que aconteceriam naquele verão já estavam me dando um aperto no peito. – Eu vou precisar de cerca de um mês de folga.

— A gente vai dar um jeito.

Ele prometeu estar acordado e alerta às sete da manhã para gravar um podcast e ficar acordado depois para criar uma contagem regressiva para o site, e desligamos. Fiz uma pausa antes de ligar para Alex; programador genial ou não, ele estava na escola, e era tarde. Eu podia enviar um e-mail para ele quando chegasse em casa, e ele acordaria a tempo de trabalhar na mensagem. Nick estaria dormindo; àquela altura já eram quase quatro da manhã no horário dele.

Pensando em todas as pessoas para quem tinha que ligar, dirigi em silêncio, preocupada por um momento que tudo aquilo pudesse ser uma armação, um engodo complicado. Não, não podia ser – qual seria o objetivo, enviar e-mails de todos os cantos do país para convencer as pessoas a acordar cedo em um dia específico, se darem conta de que não havia nenhuma notícia e voltarem para a cama. Isso não seria nem uma armação, seria uma brincadeira de mau gosto complicada e sem sentido. Aquilo tinha que ser verdade. A Scholastic tinha informado às livrarias para estarem de prontidão no dia seguinte para uma declaração superimportante. E não havia motivo para eles fazerem isso, exceto se fosse...

O telefone tocou, e eu dei uma risada ao ver o número no identificador de chamadas. Era Paul. A informação estava se espalhando tão depressa na nossa comunidade que já tinha chegado aos astros de rock?

– Oi, DeGeorge.

– Oi, Anelli – disse ele, como sempre parecendo um tanto perdido em conjeturas. Esperei que ele me perguntasse se os boatos eram verdade.

– Tenho notícias.

– Eu também.

– Vou anunciar o EP* do Clube do Mês amanhã!

Ele poderia muito bem ter dito: "Eu vou para a lua amanhã!", e eu teria tido a mesma reação.

– É uma *péssima* ideia, cara.

– O quê? Por quê?

Eu contei a ele. Nenhuma notícia de nenhum tipo receberia alguma atenção em nossa comunidade amanhã, exceto uma. Nem mesmo se Bruce Springsteen decidisse fazer um cover de Britney Spears para a compilação beneficente de Paul receberia alguma atenção. Para minha surpresa, Paul não ficou aborrecido – apenas começou a falar mais depressa do que seu ritmo acelerado habitual permitia.

– Quando você acha que será? Joe e eu estamos apostando em 31 de julho. Estamos planejando toda a nossa turnée em torno disso. Já esquematizei tudo, estaremos de volta a Boston para o lançamento. Os aniversários, sabe?

– Mas dia 31 não é um sábado. Os lançamentos são sempre aos sábados – observei, então bocejei e saí da via expressa em minha parada. – Tudo bem. Eu tenho que chegar em casa e mandar e-mails para todo mundo no mundo inteiro. Dê uma olhada no site quando você levantar. Se estiver funcionando.

Não poder fazer nada enquanto dirigia estava me deixando inquieta. Pensei por um momento em ligar para Cheryl, mas isso seria inútil; de todo modo, ela não poderia me contar nada, e pressioná-la não seria justo. Além disso, ela apenas mentiria. Na verdade, eu me dei conta, rindo sombriamente, Cheryl tinha mentido para mim havia menos de uma semana. Nós tínhamos jantado juntas e ela tinha dito... Ah, eu ia me vingar de Cheryl, e muito em breve.

Não havia mais nada a fazer, não enquanto eu não chegasse ao meu computador. Batuquei com impaciência no volante e tentei respeitar o limite de velocidade. Amanhã seria o dia; aquele último dia frígido de janeiro seria o último dia de sanidade, pelo menos por algum tempo. O que havia começado 17 anos atrás agora se acabaria em seis meses. Depois de um ano e meio de espera, um ano e meio de preparativos, um ano e meio de saber que aquela declaração estava apenas a um respiro de ser feita, eu agora sentia que a minha respiração me fora tomada. Para mim, aquela jornada tinha durado sete anos, e me fizera mudar, e agora estava na hora de dizer adeus. Se eu pudesse, teria estendido minhas mãos e empurrado de volta o trem que vinha avançando.

Mas a manhã chegaria pouco importava o que eu desejasse, portanto estacionei o carro diante de meu prédio e me arrastei para meu apartamento pequeno e feioso. Disparei uma montanha de e-mails: para programadores, para avisá-los que estivessem prontos para defender nosso site contra o assalto que viria; para a companhia que era nossa provedora, para pedir-lhes que monitorassem nossa largura de banda e nos fornecesse mais quando precisássemos; para John, para descrever como deveria ser a contagem regressiva; para editores; para todo o pessoal sênior; e para amigos e familiares, advertindo-os de que eu ficaria fora de contato por algum tempo. David e Kathleen receberam textos de advertência. Preparei nossos links e escrevi um rascunho da postagem. E adormeci com o laptop ao lado de minha cabeça.

Às cinco da manhã do dia 1º de fevereiro, Sue estava esperando por mim com uma conversa IM já piscando na tela de meu computador. Nós tínhamos, sem dúvida, exagerado no horário ao marcar para as cinco – declarações geralmente são postadas às sete da manhã –, mas seguro morreu de velho. Ficamos olhando para o único site que importava, que não era o nosso, e tentamos usar nosso conhecimento de linguagem de programação para ver que arquivos tinham mudado, tentar levar pelo menos uma pequena vantagem. Mais alguns e-mails, semelhantes aos quatro primeiros, tinham entrado durante a noite, lenta e regularmente, confirmando que não era rebate falso.

Tudo estava preparado. Nossa postagem estava pronta para publicação, esperando apenas por uma informação crucial, e em meu estupor de princípio da manhã eu quase tinha apertado a tecla para publicar prematuramente. Minhas mãos tremiam enquanto esperávamos. Chequei os sites de notícias fervorosamente. Liguei a TV e deixei sintonizada na NBC. Afastei meu gato que, muito seriamente, queria minha atenção, mas, com a sorte que eu tinha, a notícia provavelmente sairia no minuto que eu precisava para encher sua tigela de água.

E então a espera foi demais para mim. Sucumbi a um cochilo, as pontas dos dedos ainda paradas no ar acima do teclado. O telefonema de Sue e seus gritos me acordaram, e depois que me livrei da rigidez em meus dedos e os obriguei a voltarem a funcionar por força de vontade, foi para atualizar o site que fora o foco principal de minha atenção a noite inteira: JKRowling.com. As palavras pelas quais eu estivera esperando durante todos aqueles anos agora estavam lá para que eu visse, e mal registrei o que diziam enquanto as copiava para meu próprio site e mandava publicar.

Foram precisos apenas momentos para que outros fizessem o mesmo: a notícia começou a ser veiculada por todos os lados. Atrás de mim na tela de minha televisão, alguém entregou uma folha de papel dobrada ao âncora, como se eles fossem anunciar que havia estourado uma guerra. Meu telefone começou a tocar, primeiro com o sinal de mensagens de texto, depois com chamadas.

Nas horas seguintes, todas as mídias de notícias veiculariam aquela história: o anúncio daria a volta ao mundo. Crianças em idade escolar na Irlanda escreveriam a data em pedaços de papel e os colariam por toda parte pelas paredes de suas escolas. Em uma universidade na Austrália, uma aluna daria um berro e cairia de sua cadeira. A notícia não passaria mais depressa no painel de texto eletrônico da Times Square do que passaria em bilhetinhos manuscritos em salas de aula de colégios.

Mais tarde, a mescla de alegria e tristeza da data, e o fim de tudo, começariam a se espalhar pelo fandom. Cheryl finalmente me ligaria e gritaria: "Nós sabemos de uma coisa que vocês não sabem!", através de seu viva voz, e eu juraria que teria minha vingança em um dia e hora ainda indeterminados; Paul me enviaria mensagens com palavrões realçados sobre ter que remarcar toda a excursão da banda; JKRowling.com seria atualizado com mais notícias e o Leaky Cauldron gemeria e quebraria com o volume do tráfego, deixando-nos obrigados a sustentar o site com os equivalentes digitais de fita crepe e Band-aid. Mas tudo isso viria mais tarde. Naquele momento tudo o que eu conseguia fazer era olhar fixamente para as palavras que tinham acabado de escrever em minha tela, palavras que dariam forma aos próximos meses de minha vida, que significavam o fim de uma época extraordinária, uma época que tinha me dado confiança, propósito e independência, uma era em que milhões de pessoas encontraram divertimento e encantamento sob o comando de um menino bruxo.

Harry Potter e As Relíquias da Morte será lançado no dia 21 de julho de 2007.

CAPÍTULO DOIS

O PRINCÍPIO E O FIM

Rapidamente se tornou claro que iríamos viver os meses mais intensos que jamais existiram para quem fosse fã de Harry Potter: como se o lançamento do livro mais ansiosamente antecipado da história não fosse suficiente, a Warner Bros. havia decidido lançar o quinto filme da série, *Harry Potter e a Ordem da Fênix*, apenas oito dias antes do lançamento do livro *Relíquias da Morte*. Nós já estávamos recebendo perguntas sobre o que iríamos fazer para a estreia e, como tratávamos o Leaky Cauldron como uma agência de notícias para fãs de Harry Potter, ia ser um bocado difícil acompanhar tudo, quanto mais comemorar devidamente. A perspectiva do simples volume de trabalho que seria exigido ao longo dos próximos meses, bem como a ideia de que depois de dez anos de espera e dúvidas nós tínhamos apenas 169 dias, 15 horas, 14 minutos e 42 segundos antes do lançamento do último livro, acrescentava toques de pânico e nostalgia para o que de outro modo deveria ser um dia de júbilo.

Às sete e quinze da manhã, Sue, John e eu estávamos gravando um podcast, ainda tentando processar a notícia e nos livrar do choque o suficiente para poder conversar a respeito do assunto coerentemente, enquanto lutávamos contra a correnteza de respostas, que se tornava rapidamente mais intensa, vindas de todos os cantos fandom de Harry Potter. John já estava trabalhando numa vinheta de contagem regressiva para acrescentar à página inicial do site, e, enquanto ele ainda dava retoques em seu trabalho, recebemos pelo menos dez e-mails de gente perguntando por que ainda não estava postada. Amigos e colegas da "vida real", que sabiam de nosso interesse especial pela série, sem dúvida telefonariam ou enviariam mensagens para ver se tínhamos sabido da notícia, pensando que estavam sendo prestativos. A minha caixa de entrada de correspondência estava pegando fogo, e em intervalos regulares de alguns minutos um repórter telefonava pedindo citações de manifestações do entusiasmo e emoção dos fãs com relação ao anúncio; por um segundo maluco, troquei as bolas e comecei a falar uma resposta para meu e-mail e a digitar a resposta para a pessoa que tinha ao telefone.

John tentava falar ao mesmo tempo em que acabava o design de nossa contagem regressiva: àquela altura, era uma tradição que já vinha de dois lançamentos de livro no Leaky postar no site um grande lembrete tiquetaqueando a data em que o livro sairia assim que conseguíamos calculá-la, de modo que globalmente as pessoas pudessem começar a salivar. De maneira geral, os fãs reclamavam da passagem lenta do tempo à medida que o relógio ia se movendo; depois que postamos este, contudo, ele começou a servir para propósitos inversos. Para alguns era um estímulo, para outros, se parecia mais com uma bomba-relógio tiquetaqueando antes da explosão. Para mim, eram as duas coisas.

Os repórteres estavam todos fazendo as mesmas perguntas. Como planejávamos comemorar o lançamento? Ficamos contentes ou tristes quando soubemos da notícia? E minha pergunta favorita, aquela que, se eu ainda estivesse trabalhando em um jornal, também estaria fazendo: O que vai acontecer com o Leaky depois do último livro de Harry? O site vai acabar?

Talvez fosse apenas imaginário, mas eu sentia sempre um abalo secundário depois daquela pergunta, a cutucada secreta da verdadeira pergunta não formulada, mas contida naquela: o que eles na realidade estavam me perguntando era o que nós, fãs de Harry Potter, planejávamos fazer *depois* de Harry Potter. Se tínhamos em nossa vida alguma coisa além de uma série de livros para crianças – como planejávamos juntar os fragmentos de nossas vidas –, se tínhamos sequer existido antes de haver os livros de Harry para ler. Eu me sentia tentada a dizer que eu não tinha. Que antes de ler

Harry Potter, eu era composta de poeira mágica e sopro de fadas, e que ler o primeiro livro tinha sido o que havia reunido minhas partículas. Que Harry Potter era meu Big Bang pessoal. Mas a verdade era que aquilo era exatamente o que eu vinha me perguntando. Harry Potter tinha sido uma parte enorme de minha vida durante tanto tempo que eu não tinha certeza do que viria a seguir, ou nem mesmo do que estivera *realmente* fazendo desde a virada do século. Como eu tinha acabado de chegar aos 27 anos como a webmistress de um dos maiores sites de fãs de Harry Potter da Net? Não era uma pergunta que tivesse resposta. Eu evitei totalmente pensar a respeito dela até receber um e-mail de Sarah Walsh. Havia um ano e meio que eu não tinha notícias dela.

> *Vi a manchete no Leaky e, por mais que esteja vibrando, creio que mais ainda estou triste por saber que está realmente, finalmente, gloriosa e tristemente chegando ao fim. Céus, o que vamos fazer? Meus alunos vão morrer de rir quando eu contar a eles que chorei quando li a notícia da data do lançamento! Continuem firmes com o belo trabalho – estou lendo O Cálice de Fogo em voz alta para meus alunos de sexta série e eles estão obcecados e agora consultam o Leaky religiosamente!*

Enquanto isso, o podcast, no qual as pessoas geralmente apareciam para ouvir debates inteligentes e mais aprofundados sobre a série Harry Potter, estava se tornando um desfile de quantas maneiras podíamos encontrar para dizer: "Uau" ou "Ai meu Deus".

– Ai, Deus! – exclamou Sue, e então imediatamente riu de si mesma. – Cara, eu pareço uma molenga. *Ai meu Deus!* Mas, diga lá, o que você acha?

– Sinceramente, eu gostaria que nós tivéssemos mais tempo – respondi.

– Bem, acho que tenho sorte por ter acabado de fazer amizade com um sujeito chamado Hiro Nakamura – disse John, se referindo ao personagem do programa de televisão *Heroes* com poderes extraordinários. – Ele vai dar uma passada por aqui hoje para parar o tempo por um breve período. Portanto, vocês estão ferrados. Tenho pena de vocês.

Eu fiquei grata pela brincadeira, da maneira como sempre ficava grata pelas brincadeiras de John, porque tudo com relação àquele dia estava se tornando um festival meloso de nostalgia. Cheryl telefonou e me recordei do dia em que nos conhecemos, quando tudo o que eu sabia a respeito dela era que trabalhava na equipe de edição de Harry Potter, lia o Leaky e tinha mais ou menos a minha idade. David, Kathleen e eu conversamos sobre o dia 21 de julho com a presunção absoluta de que estaríamos juntos quando chegasse, e refleti sobre quanto devíamos a Harry Potter, e como era extraordinário que um ator principiante de Michigan, uma professora de jardim de infância de Washington D.C. e uma repórter de Nova York ainda fossem tão unidos, tão bons amigos. Minha mãe apareceu sem que ninguém pedisse, só para me ajudar a enfrentar o dia. E me lembrei do olhar ameaçador que ela costumava me dar a cada vez que eu mencionava o nome da série. E todas as pessoas que me escreveram com seus comentários sobre a notícia, especialmente o e-mail de Sarah, tornaram impossível não passar o dia me lembrando da época em que Harry Potter era, para mim, apenas um foco da cultura pop tão inexplicável quanto os bonecos Cabbage Patch Kids ou o Vanilla Ice.

Como a maioria das coisas pelas quais me interesso muito, Harry Potter me chegou pelas mãos de minha irmã mais velha. Estávamos em agosto de 2000, no dia antes do começo de meu último semestre em Georgetown, e ela viera com meus pais para Washington D.C. para me ajudar a me instalar. Tínhamos acabado de fazer as compras de minha pilha monstruosa de livros de estudos quando ela colocou bem no topo um exemplar de *Harry Potter e a Pedra Filosofal*.

– Você vai precisar de alguma coisa mais leve para ler – insistiu, apontando para a minha pilha de livros, que incluía *Through a Glass Darkly*, Hitchcock de Truffau e um texto de história que parecia tão tedioso quanto depois demonstrou ser.

Li o primeiro Harry Potter na primeira semana de aulas. No final do mês já havia começado o segundo. Eu gostei muito dos livros, mas se limitou a isso. Eram encantadores e divertidos, e eu sabia que leria todos. Quando acabei os dois primeiros, apenas os coloquei na prateleira, onde ficaram, talvez para nunca mais serem tocados, enquanto lia vorazmente outros livros e me dedicava furiosamente a meus trabalhos escolares.

Comecei o terceiro livro, *O Prisioneiro de Azkaban*, em um intervalo entre as aulas, em setembro daquele ano, em um dia em que estava sozinha no escritório do *Hoya*. Era uma terça-feira, um dos dois dias de publicação dos dois jornais semanais de Georgetown, o que significava que uma nova edição estava nas bancas do campus e todo mundo envolvido em sua criação estava em casa dormindo, depois de uma dura e longa noite de trabalho de produção. Perfeito. Por mais que eu gostasse do trabalho de editora de arte, ainda era relativamente nova para os quadros mais altos dos funcionários do *Hoya*, tendo me juntado às fileiras editoriais em meu primeiro ano de faculdade, logo depois de decidir que queria ser jornalista e não médica. Àquela altura, fortes laços de amizade já haviam se criado entre os outros integrantes do quadro do jornal, e sempre parecia que eu não havia compreendido o significado de alguma piadinha entre eles. Fora da redação e das festas do jornal, eu não via muito o pessoal em ocasiões sociais. E muito especialmente, eu não tinha nenhuma atração pela ideia de ser ridicularizada por causa de meu recente interesse por Harry Potter por pessoas que tinham o poder de fazer com que *Os irmãos Karamazov* parecesse material para o seriado infantil de televisão *Romper Room*.

Contudo, a redação me dava a impressão de ser meu lar natural; o lugar onde eu passava quase que todos os períodos livres entre as aulas. Com uma hora de folga e sentindo-me confiante de que ninguém viria me perturbar, me acomodei em um canto do sofá e tirei *Harry Potter e o Prisioneiro de Azkaban* da bolsa.

– Aai, que inveja de você.

Era Sarah Walsh, uma editora genial, alerta e confiante com quem eu só havia falado esporadicamente. Eu não a tinha ouvido entrar, de modo que dei um gritinho de surpresa e fechei o livro, tentando não parecer que tinha sido apanhada brincando de bonecas.

– Desculpe, o que disse?

– Eu tenho inveja de você, é a primeira vez que está lendo, não é?

Segui o olhar dela para o meu livro, que de repente me pareceu mais leve em meu colo.

– Eu... é.

Sarah tinha passado vários semestres como editora sênior de esportes do *Hoya* e feito um trabalho muito melhor que a maioria dos rapazes. Ela nunca era indelicada ou imatura, tinha um lado duro de jogar de igual para igual com os rapazes que lhe valera o respeito de todos os cantos da redação. Nós tínhamos o mesmo tipo de amizade informal que eu tinha com quase todo mundo no jornal, e nunca tínhamos tido uma conversa de verdade ou mais longa. Eu com certeza jamais teria imaginado que ela fosse fã de Harry Potter.

Ela deu um pequeno e enfático gemido e se atirou na poltrona defronte a mim.

– E?

– Ah, estou gostando muito, gosto muito – respondi, ainda não conseguindo dizer "amo", como desconfiava que ela queria que eu dissesse. – É realmente interessante, você fica presa e...

– Ah, não, não, não. Não, espere – disse ela em tom conspirador, os olhos faiscando, e balançando a cabeça como se para confirmar sua própria suposição. – Você ainda não chegou lá. Eu sei. Ah, espere, ah, mal posso esperar para poder conversar com você a respeito! – Ela esfregou as mãos com uma espécie de intensa satisfação, que achei um tanto estranha se relacionada com um livro infantil. – Nós teremos que combinar um almoço.

Estimulada pelo entusiasmo dela, quase devorei o resto do *Prisioneiro de Azkaban*, começando a me apaixonar pelo livro, começando a me apaixonar pelo próprio Harry. Enquanto ele lutava com o fato de ser tão parecido com o pai e a lembrança dos últimos e aterrorizantes momentos de vida de sua mãe, eu me senti mergulhar mais profundamente. O livro raramente saía do meu lado; eu ficava lendo nos corredores, desejando que a aula não começasse.

No dia em que cheguei aos capítulos finais, estava sentada esparramada no gramado, debruçada sobre as páginas, sem conseguir acreditar no que estava lendo. Quando acabei, fechei o livro com decisão e saí direto de meu cantinho no gramado do campus para o escritório do *Hoya* na central dos estudantes. Fui me postar bem diante de Sarah.

– Você não me contou – acusei, brandindo o livro.

– O quê? Não contei o quê? – perguntou ela inocentemente.

– Que era tudo relacionado e conectado. – Eu abri uma página para mostrar a Sarah o que estava querendo dizer. – Veja, SIRIUS. Sirius! Ele é mencionado no primeiro livro, no *primeiro capítulo* do primeiríssimo *livro*, e agora ele está por toda parte *neste* livro, e eu em momento algum tinha reparado que ele era mencionado logo no início do primeiro livro! Ela tem um plano mestre; tudo está interligado.

Sarah começou a rir baixinho.

– Eu disse a você.

– E... – e, Harry... e o pai dele, e o seu Patrono, aquilo não foi muito *triste*? E agora Rabicho está de volta para *Voldemort*, e J. K. Rowling deixou isso acontecer, e não é assim que livros acabam! – exclamei, ignorando as risadinhas de meus colegas. – Tudo isso faz parte de uma história única e maior, e, agora, eu vou ter que *ler esses livros todos de novo*!

– Você não tem ideia – disse Sarah me provocando, rindo de minha histeria. – Você absolutamente não tem ideia da extensão. – Ela tamborilou com os dedos no tampo da mesa. – Vamos almoçar quando você tiver acabado. Você me avisa quando acabar; mal posso esperar para conversar com você.

Graças a muitos trabalhos escolares, precisei de duas semanas para ler *Harry Potter e o Cálice de Fogo*. Fiquei sentada em minha cama, a quatrocentos metros de minha aula sobre Convenções Góticas na Mídia, travando a batalha entre a necessidade de ir à aula e a necessidade de terminar minha leitura.

No livro quatro, Harry ficava preso em um duelo com Voldemort. Ele tinha acabado de ver um amigo morrer e sido forçado a trazer Voldemort de volta com plenos poderes. O destino e as circunstâncias intervieram, e a varinha de Valdemort havia começado a emitir sombras das almas de todas as suas vítimas. Vultos esfumaçados com a aparência dos pais de Harry e de Cedrico Diggory que acabara de morrer saem da varinha, oferecem ajuda e sussurram pedidos.

– Harry – sussurrou o vulto de Cedrico –, leve meu corpo de volta, por favor? Leve meu corpo de volta para os meus pais...

– Eu levo – prometeu Harry de rosto contraído devido ao esforço de segurar a varinha.

Eu mal conseguia ver as páginas. Pobre coitadinho do Harry – numa luta desigual contra um adversário muito mais forte, arrasado e sozinho, finalmente estava começando a compreender a enormidade do mal no mundo, e seu papel na luta contra ele.

Que se danassem as aulas. Entrei decidida na redação e segurei Sarah pelos ombros.

– Acabei – disse, os olhos ainda marejados de lágrimas pela emoção da leitura.

Ela sorriu radiante e largou a página que estava revisando sobre a mesa.

– Vamos.

Nós caminhamos até a Darnall Hall, uma cafeteria do campus. No caminho eu não disse nada, se começasse não pararia, e não queria ter que parar de falar para pedir a comida e arrumar onde sentar. Depois que estávamos instaladas, embarquei direto no assunto.

– O que há por trás do detalhe do brilho no olhar de Dumbledore? – perguntei, me referindo à maneira como o diretor da escola parecera triunfante ao final do livro enquanto ouvia a história do retorno de Voldemort.

– Não quer dizer que ele seja mau – disse Sarah, como se J. K. Rowling lhe tivesse contado isso pessoalmente. – Eu creio que significa que há alguma coisa na maneira como ele voltou à vida que trará sua derrota.

Rapidamente me dei conta de como a história era complexa, até mesmo fora do alcance do conhecimento que eu tinha naquele momento, pois Sarah a todo instante me apresentava tramas e teorias possíveis que só o tempo e muita reflexão poderiam ter produzido. Parecia que quanto mais você pensava sobre a série, mais complicada ela ficava, e, embora minha cabeça começasse a ficar zonza enquanto estávamos ali na cafeteria comendo nossa comida, mal podia esperar para voltar e mergulhar de volta na história e começar eu mesma a fazer aquelas descobertas.

CAPÍTULO TRÊS

QUASE NÃO ACONTECEU

Enquanto minha equipe acordava para encontrar mensagens minhas que ameaçavam romper com todas as regras de gramática e decência (na linha do assunto, na mensagem para Nick Poulden, meu programador, eu tinha escrito apenas: "NIIIIIIIIIIIIIIIICK!"). Eu também já estava fazendo reservas de bilhetes de avião: não para a data do lançamento de *Relíquias da Morte*, mas para a minha viagem à Inglaterra com John Noe mais adiante naquele mês, para ver e escrever sobre a bateria de peças teatrais que os atores de Harry Potter estavam estrelando. Ficaríamos hospedados perto de Londres com meus amigos Theresa Waylett e John Inniss, e ele conseguira não ter quase nenhuma reação à notícia da data de lançamento exceto dizer: "Já comprou as passagens?" Eu tive que dar uma gargalhada. A vida dele era tão envolvida com Harry Potter quanto a minha, uma vez que o filho de Theresa, Jamie, desempenha o papel de Vicente Crabbe nos filmes. Mas, conhecendo John, sabia que sua única reação teria sido dar uma longa tragada em seu cigarro, e usar a mesma mão envolta em fumaça para coçar a cabeça.

Hoje, todo o lado Warner Bros. da franquia Harry Potter estaria igualmente silencioso, apesar de uma grande parte do debate entre os fãs online estar centrado em torno da estranha proximidade entre os dois lançamentos em julho. Os dois mundos quase nunca se conectavam exceto quando era inevitável, o que era propital e o motivo pelo qual as datas de lançamento geralmente ficavam bem distantes uma da outra, e o motivo pelo qual nunca houve um livro de Harry Potter com a imagem de Daniel Radcliffe ou de qualquer outro ator na capa ao lado de uma frase lapidar tipo: "Agora uma superprodução de cinema."

Não que nenhum dos dois setores precise da publicidade. Quando o último livro de Harry Potter chegou às livrarias, a série vinha sendo publicada havia dez anos e estivera no cérebro de J. K. Rowling havia 17. Agora existem 400 milhões de livros impressos no mundo, em 65 línguas e duzentos territórios. Cinco filmes foram feitos e lançados, e até o final de 2007 seu faturamento representava um quarto dos vinte filmes de maior bilheteria em todo o mundo, em todos os tempos. O valor de Harry Potter como franquia foi estimado em 15 bilhões de dólares, a maior parte dos quais financiaram uma empresa mundial que explorou todos os nichos da cultura popular – com a criação de produtos como videogames, filmes, cartas de jogo, brinquedos, paródias e até um gênero musical inteiro, e foi de tal modo absorvido pela cultura pop que aparece dentro de outras referências de cultura pop. Quando um personagem de *O Código da Vinci*, o livro de sucesso fenomenal de Dan Brown sobre uma busca do Santo Graal, fala de uma mentira que está inserida em código no "livro mais vendido de todos os tempos", ele está se referindo à Bíblia. O personagem com quem ele está falando, contudo, responde: "Não me diga, Harry Potter na verdade é sobre o Santo Graal."

Um novato em relação à série, alguém que nunca tivesse lido um dos livros nem visto um dos filmes ou nem sequer ouvido falar de Harry Potter em 2007 – em outras palavras, alguém vindo do espaço –, poderia facilmente olhar para a franquia e presumir que tivesse sido criada por homens de negócios astutos, implementada por meio de marketing de bases de dados e cuidadosamente projetada de modo a dar às pessoas exatamente o que elas queriam no momento em que mais queriam, usando fórmulas testadas, potência de celebridades, e o tipo de campanha de publicidade que impulsiona megaindústrias como a Coca-Cola, o McDonalds e a Microsoft. Os últimos dez anos viram um planejamento de lançamento de livros e filmes quase cronometrado que deu ao fenômeno uma impressão de quase perenidade – às vezes se intensifica, mas nunca desaparece de todo. É muito fácil acreditar que o prolongado domínio de Harry Potter sobre a consciência mundial possa ser atribuído à estratégia, ou que tenha sido inserido no tecido da cultura por pessoas que tinham a intenção de fazer exatamente isso desde o primeiro dia.

Mas Harry Potter, na verdade, tem sido um fenômeno muito íntimo, uma história de pequenos grupos de pessoas agindo de formas que não deveriam agir, fazendo coisas que normalmente não fariam e criando o tipo de história que, sem Harry, elas realmente não poderiam criar. Houve uma mulher, um punhado de pequenas companhias e uma corporação multibilionária – que em certas ocasiões operou como um estúdio de cinema independente – que estiveram em ação. Eles venderam coisas que não deveriam conseguir vender, numa época em que livros de fantasia não deveriam ter apelo para uma geração de pessoas que não deveriam ter gostado deles. Em quase cada passo da jornada inicial de Harry, as coisas aconteceram da maneira como não deveriam, confundiram expectativas e quase não aconteceram.

Poderia ter sido diferente se J. K. Rowling tivesse se lembrado de levar uma caneta. A história de Harry Potter começa (onde mais?) dentro de um trem, e embora Joanne Rowling escrevesse desde que tinha aprendido a formar letras, não tinha nem um lápis para registrar seus pensamentos. Não estava escrevendo naquele predestinado trem indo de Manchester para Londres em 1990. Ela não estava nem pensando em escrever.

Essa parte da história agora já é lenda, foi contada um bilhão de vezes de um milhão de maneiras: uma mulher em um trem lotado, com sorte por conseguir um assento, fica olhando pela janela, pensando – e bum, surge em sua cabeça Harry Potter, um menino bruxo ainda sem nome, que não sabe que é bruxo, mas que logo irá para a escola de bruxaria. Estas três coisas – menino, bruxo que não sabe ser bruxo e escola – vieram juntas, como um presente numa caixa com um laço de fita, e Jo mais tarde se referiria à ideia em si como sorte. Mas a adrenalina, o sopro de inspiração, que se seguiu foi o que alimentou a sorte e o sussurro de uma ideia, transformando-os em realidade.

Ela revirou a bolsa atrás de um lápis, tentou começar imediatamente – teria se contentado até com um lápis de sobrancelha para escrever, mas não o tinha. O trem sofreu um atraso e ela foi obrigada a passar horas olhando pela janela, apenas pensando em sua ideia, retendo todos os novos detalhes em sua mente tão rápido quanto conseguia pensar neles, e aquele tempo sem interrupções para pensar abriria caminho para a concepção dos fundamentos da série. Ela respondeu à suas próprias perguntas rapidamente; é claro, aquele menino era um órfão – mas por quê? Os pais dele foram assassinados. Como e por que foram assassinados? E que fazer quanto à escola de magia e bruxaria? Imediatamente a escola tinha quatro casas que ainda receberiam nomes; ela viu fantasmas esvoaçando através delas, e aulas, disciplinas, e professores, e mais perguntas surgiram logo após cada resposta até que aquela se tornou a viagem de trem mais prolífica que ela já fizera, sem escrever.

Jo Rowling tinha cerca de 25 anos e acabara de sair de seu período de emprego mais longo, trabalhando como secretária na Anistia Internacional, um grupo mundial em defesa dos direitos humanos. Tinha o hábito de escrever desde os seis anos de idade, e o menino que surgira em sua cabeça, que logo receberia o nome de Harry Potter, se tornou um projeto que consumiria todo o seu tempo e, até onde sabia, só ela se interessaria por ele.

Enquanto isso, a indústria de livros infantis na Grã-Bretanha vinha passando por uma era cada vez mais politicamente correta, produzindo histórias deliberadamente destituídas do ímpeto extravagante tradicional dos contos de fadas da nova obra de Rowling. A tendência era alimentada em parte por um movimento similar na América, e não era a única; temerosos de desagradar compradores em potencial do lado oeste do Atlântico, os editores do Reino Unido excluíam elementos particularmente britânicos, tais como carros com a direção do lado direito, ruas com a mão inglesa, ônibus de dois andares ou garrafas de leite entregues na porta de casa. Parecia incrivelmente importante não desagradar os censores americanos do politicamente correto, que tinham uma tendência de reclamar sempre que crianças se davam conta de que tinham hormônios ou aparelhos digestivos.

Enquanto Jo Rowling estava começando a dar forma a Harry Potter, os donos de livrarias não estavam fazendo promoções-relâmpago com livros de fantasia para crianças; os perenes favoritos eram livros sobre pôneis para meninas e histórias de esportes para meninos. Os pais compravam os velhos clássicos por nostalgia; Roald Dahl, Elinor Brent-Dyer e Enid Blyton, uma favorita de Jo Rowling a quem ela muito se refere (cujas histórias também contêm velhos castelos com correntes de vento e crianças rebeldes correndo à solta, que graças ao trabalho conjunto podem passar para trás os adultos), ainda vendiam, mas do princípio à metade dos anos 1990, a nova ficção para crianças era toda sobre a vida real, consistia em livros com "mensagem". Em 1993, os grandes vencedores dos prêmios literários de livros infantis foram todos arrojados, mas nada extravagantes ou fantasiosos: o vencedor do cobiçado Nestlé Smarties Book Prize, um prêmio escolhido por um painel de crianças (que, por sua vez, são escolhidas por adultos) foi *War Game*, um livro ilustrado sobre jovens soldados na Primeira Guerra Mundial (para crianças de seis a oito anos). O prêmio Whitbread Children's Book of the Year foi para *Flour Babies*, uma lição de moralismo bem-humorada em que crianças mal-educadas se tornavam pessoas melhores fazendo o papel de pais para sacos de farinha.

O consenso dominante ditava que um livro infantil deveria ensinar à criança alguma coisa a respeito da vida, e colégios internos eram elitistas ou classistas demais para realizar esse propósito. Não havia nenhum sentido de aventura ou misticismo, nem violência. A ficção para jovens adultos oferecia lições inofensivas sobre ser adultos inofensivos.

"Pais e avós que entram em seções de livros infantis ou livrarias em busca de presentes de Natal podem ser perdoados por se sentirem perdidos sem saber o que escolher", escreveu Christina

Hardyment no *Independent* em Londres, em novembro daquele ano. "Títulos desconhecidos enchem as estantes nas paredes. Aqueles volumes, com que antigamente se podia contar, de contos de fadas, hoje são caricaturas ridículas nos quais a princesa salva o príncipe e o sapo tem que ter reconhecimento justo de espécie numa ecocasa verde."

O mercado de literatura infantil era considerado um trabalho secundário para os autores, a quem eram dados adiantamentos muito pequenos e cheques de royalties ainda menores. Autores de livros para crianças não eram parados nas ruas para dar autógrafos nem eram convidados a participar dos programas de televisão matinais.

"Na literatura infantil não existem as viradas repentinas de cair no gosto popular que podem levar um novo autor de ficção adulta ao estrelato depois de publicar um único livro", escreveu Hardyment. "As crianças crescem depressa demais para se tornarem leitores leais por muito tempo."

Os editores de livros infantis viram resultados mais lucrativos na metade dos anos 1990, devido a avanços tecnológicos em computadores, DVDs, televisão, vídeo e a produtos de merchandising relacionados; em 1995, *O rei Leão* e *Thomas e seus amigos* estavam vendendo vídeos aos caixotes. Contos de terror também estavam em voga entre adolescentes e jovens adultos, graças a R. L. Stine, que publicou o maciçamente popular *The New Girl*, o primeiro livro da série Rua do Medo, em 1989, e o seguiu com outros contos assustadores como *Hit and Run* e *The Girlfriend*.

Então veio Goosebumps, a série de terror-ficção de Stine centrada no público adolescente. Originalmente publicada pela Scholastic na América, os livros de horror tinham em torno de cem páginas e eram mais fantásticos que o habitual, tipicamente apresentando um local isolado como cenário e um final de virada súbita. Os livros viviam nas listas de mais vendidos e se tornaram parte integrante da cultura teen, embora fossem (quase totalmente) ignorados pela crítica.

A Scholastic publicou 62 livros da série Goosebumps entre 1992 e 1997. Os livros inspiraram dois jogos de tabuleiro, três livros de histórias em quadrinhos, um videogame, um punhado de filmes produzidos direto para vídeo, e um seriado de televisão, e gozaram de uma grande popularidade na internet. De 1996 a 1997, imediatamente antes de o primeiro livro de Harry Potter nascer, a revista financeira *Forbes* estimava que Stine tivesse amealhado 41 milhões de dólares com seu trabalho. Stine era um escritor considerado celebridade numa época em que escritores de livros para adolescentes considerados celebridades não existiam. E àquela altura, alguns inclusive já reclamavam de seu sucesso, dizendo que era impossível para autores de um único livro sobreviver em um mercado que queria "horror instantâneo ou romance imediato".

A possibilidade do autor celebridade já havia sido reimaginada e restabelecida antes de Harry Potter ser publicado, e a ideia de um livro infantil de sucesso de múltipla plataforma não era nova. Mas na cúspide de Harry, apenas alguns meses antes de ele ser lançado pela primeira vez, talvez para tentar capitalizar em cima de uma indústria cada vez mais de múltipla plataforma, o número de títulos de livros infantis cresceu, dobrando o que havia produzido em 1990 e aumentando até haver bem mais de oito mil livros publicados. Livros ilustrados estavam se tornando predominantes, com as tiragens chegando a centenas de milhares de exemplares, e as vendas para bibliotecas estavam em declínio devido a reduções de orçamentos. "Nunca tantos livros foram produzidos para tão poucos consumidores", declarou a escritora Hilary Macaskill no *Independent* em março de 1997, sugerindo que a fartura excessiva significava menos traduções e o potencial para que um clássico passasse despercebido. "*Os contos de Grimm, Heidi, Pippi Longstocking* provavelmente nunca teriam sido traduzidos para o inglês se tivessem sido publicados nos dias de hoje."

Dois anos mais tarde, eu tinha quase me esquecido de Harry; passei meu último semestre de faculdade sobrenaturalmente ocupada. A maioria das noites ia me esconder no escritório depois das aulas, dedicando-me a tarefas de que fora encarregada e a fazer layouts para a seção de arte do jornal até depois da meia-noite, dormia algumas horas no sofá do escritório, então pegava o primeiro ônibus circular para casa, para mais algumas horas de sono e um banho de chuveiro antes de ir para a aula e começar tudo de novo. Às sextas-feiras à tarde eu costumava ir direto para casa, me enfiar na cama e dormir tanto quanto meu corpo me permitisse. Certo sábado a colega que dividia a casa comigo veio bater na porta de meu quarto com o telefone na mão. Minha mãe tinha ligado e estava preocupada que eu tivesse morrido, e, quando me dei conta de que tinha dormido 24 horas seguidas, achei que ela talvez tivesse razão.

Eu mal sabia que Harry Potter existia, exceto pelos poucos intervalos de tempo que passava conversando a respeito dos livros com Sarah. Durante as noites de produção do jornal, enquanto os outros estavam ouvindo música aos berros ou se entupindo de fast food, nós costumávamos enviar uma à outra e-mails com perguntas sobre a trama de Harry Potter, e logo nossa amizade floresceu também para além dos livros. Quando eu queria procrastinar, a internet estava lá para ajudar, oferecendo infinitas variedades de informações. Rapidamente descobri que quase qualquer coisa que eu quisesse saber sobre Harry Potter estava em sites de fãs e em fóruns de discussão. Certa ocasião, baixei e instalei AOL em um computador do *Hoya*, violando as regras do jornal, para participar em um bate-papo de J. K. Rowling. Eu era foco de gozações impiedosas, e nosso técnico de computador afirmara que foram meus loucos downloads de Harry Potter, e não os milhares de downloads do Napster ou as visitas às 3 da manhã que alguns estudantes de sexo masculino faziam a sites para adultos, que sobrecarregaram e virtualmente destruíram nossa rede inteira. Mas valeu totalmente a pena: aquele download resultou em minha primeira interação com a autora, quando uma de minhas perguntas foi escolhida online.

De alguma forma consegui concluir todos os meus cursos e até obter notas altas nas disciplinas de especialização. Eu me formei com elogios e cartas de recomendação e um sentimento de que tudo que eu queria estava ao meu alcance – até mesmo cuidadosamente planejado. Eu pagaria o tributo devido trabalhando na mídia de notícias por alguns anos, depois faria a transição para jornalismo de entretenimento, com a maior facilidade.

Quando me formei, aquela bolha de entusiasmo, energia e atividade estourou. Em junho fiquei doente. Dormia muito. Eu enviava currículos a passo de tartaruga. Alguma coisa parecia ter-se perdido sem a urgência do *Hoya* e a atmosfera de promessa de Georgetown. De volta a Staten Island, eu passava muito tempo vestida com meu pijama de madras verde; os tempos de faculdade pareciam uma lembrança agradável e minha vida concreta era uma vida na qual eu tinha pouca chance de fazer alguma coisa com meu diploma de língua inglesa, exceto ocupar um espaço simpático na parede da sala de visita de minha mãe.

O mercado de trabalho parecia ser da mesma opinião. Meus primeiros esforços para conseguir um emprego (inclusive uma entrevista no *Staten Island Advance* que começou – e acabou – com o comentário: "Nós pensamos que você estivesse se candidatando a um estágio, não a um emprego") afundaram como pedras, e eu perdi o entusiasmo com a mesma rapidez.

Ao final de julho eu já conhecia a rotina com perfeição; quando o sol começou a me cozinhar pela janela, me levantei, vesti um roupão por cima do pijama de madras verde e fui descalça até a cozinha. A casa estava silenciosa: não havia o bater de xícaras de café, nem conversas em voz baixa ao telefone, nem zumbido da televisão no andar de baixo.

Um bule de café frio e um bilhete alegre – *Por favor, esvazie a máquina de lavar louça – beijo, mamãe!* – me esperavam. Eu resmunguei um pouco me ressentindo da tarefa e a ignorei. Enfiei meu café para esquentar no forno de micro-ondas, tirei e andei distraída até a porta espelhada que dava para o quintal dos fundos, onde o dia de calor opressivo se ataviava. Meu café já tinha esfriado quando uma buzina alta me despertou de meu estupor. O relógio dizia que vinte minutos tinham se passado; uma onda desagradável de medo diante de minha inércia se apoderou de mim. O padrão característico de toques significava que minha mãe estava em casa e que eu deveria ir ajudá-la a tirar as coisas do carro. Código Morse na pior situação.

Quando cheguei lá fora havia sacolas plásticas enfileiradas nos degraus de concreto. Sem dizer uma palavra, tratei de levá-las para a cozinha. Eu era muito boa nisso, refleti, enquanto equilibrava uma sacola em cada dedo e uma em meu cotovelo. Talvez pudesse conseguir um emprego num supermercado.

Minha mãe equilibrava perfeitamente sua carteira, café da Dunkin' Donuts e as chaves, enquanto trazia sua parcela das compras para dentro, fechando a porta com um toque de quadril e largando tudo em cima da mesa. Fcamos papeando por alguns minutos, e então eu poderia ter dito sua frase seguinte junto com ela à medida que as palavras lhe saíram da boca:

– Você enviou os currículos?

Ela dizia isso sempre da mesma maneira inocente, mas um tanto cuidadosamente demais. Eu já era craque em inventar evasivas, uma vez que vinha fazendo isso todos os dias ao longo dos últimos dois meses. Embora toda a minha postura mudasse imediatamente – desviava o olhar, cruzava os braços e cerrava o maxilar –, eu tinha ficado escolada em responder com fragmentos de verdade: Tinha encontrado alguns anúncios interessantes online, dizia. Tinha dado uma revisada e uma melhorada em algumas coisas – mudado a carta de apresentação. Ou apenas mentia.

Mas havia alguns dias – dias em que o calor havia me deixado irritada ou em que eu estava louca por uma briga – em que somente a verdade podia ser dita.

– Não.

– Por quê?

– Porque não mandei. Acabei de acordar, me deixe em paz – retruquei, como se ela tivesse sido rude só por fazer a pergunta.

O silêncio se influou entre nós como um balão.

– Pelo menos você esvaziou a máquina de lavar louça?

Droga.

– Eu me esqueci – respondi. Se ela estava procurando por um motivo para reclamar de minha preguiça, tinha acabado de lhe dar um numa bandeja de aço inox. Contei dois segundos antes que o discurso começasse.

– Eu não peço muito a você, Melissa.

E a briga começou. Eu bati as mãos espalmadas sobre o tampo da mesa e as usei para me pôr de pé.

– É, eu sei, eu sei. Vou guardar agora – disse mal-humorada enquanto andava. – Olhe para mim e veja como estou guardando agora!

– Eu não pedi a você que pagasse um aluguel – disse ela. – Não peço nada a você além de pequenos favores todos os dias. Você dorme até tarde, fica se encostando pelos cantos, não faz nem sequer a menor das coisas que lhe peço para fazer, só o que você faz é ficar sentada aí.

– Eu não fico! – retruquei, me virando com um prato na mão.

Minha mãe tinha acendido um cigarro e atirado o isqueiro casualmente sobre a mesa com exasperação. Diante de minha exclamação, ela girou o pulso ligeiramente, em um gesto que poderia ser confundido com abanar a fumaça, mas que na verdade significava: *Qualquer coisa que você pretenda dizer, eu já ouvi.*

Eu bati com o prato no balcão com a força exata para não quebrá-lo.

– Estamos no verão! Deus do céu, por favor me deixe em paz!

– Você não vai ficar sentada sem fazer nada o verão inteiro.

– Por que *não*? – finalmente berrei, eu sempre era a primeira a levantar a voz e gritar, mas nunca gritava sozinha. – Eu preciso de um tempo! – gritei. – Você não manda mais na minha vida.

Minha mãe se empertigou e apontou para mim.

– Nós gastamos um bom dinheiro para mandar você para Georgetown e você não vai ficar aí sentada sem fazer nada. Você vai trabalhar no escritório de seu pai...

– *Eu... não... vou!* – explodi. – Estou cheia daquele lugar. Não vou voltar a ser secretária! O que há de tão errado em eu tirar um

verão de folga? Estou *cansada*, você entende isso? Preciso de um *descanso*. Eu vou trabalhar pelo resto de minha vida!
Eu podia sentir a racionalidade me escapando. Não tinha forças para agarrá-la, puxá-la de volta. Tudo em que conseguia pensar era em gritar bem alto e dizer coisas suficientes de modo a virar a briga a meu favor. Essa era uma tática que nunca havia funcionado em 21 anos de uso.

– Pelo menos se... – minha mãe começou, e os pensamentos dela ficaram tão claros para mim quanto se tivessem estado escritos em sua testa.

– Pelo menos... se... o quê? – perguntei bem devagar, em tom gelado. – Se eu estivesse indo para a escola de medicina?

Ela fez uma cara como se eu tivesse lhe dado um tapa, e abriu a boca para responder, mas uma resposta não era necessária nem desejada.

– Se eu pretendesse ir para a escola de medicina, você não estaria me pressionando a trabalhar, é isso? – ataquei. – Bem, sinto muito, mãe. *Lamento*.

– Não foi isso o que eu disse, Melissa.

– Não, esqueça, apenas esqueça. Eu juro, nunca, nunca, vou esquecer o *inferno* que você fez deste verão para mim!

E saí furiosa para o meu quarto, batendo a porta com tanta força que a casa pareceu estremecer. Deixei-me cair no tapete bege e fiquei deitada de costas, com o rosto contraído. Eu costumava ficar deitada ali durante horas olhando para o teto, me sentindo gorda e inútil, e me perguntando como minha vida havia se resumido naquilo.

Afinal, na semana seguinte lá estava eu de volta ao escritório de meu pai, fazendo as mesmas tarefas de secretária que tinha feito aos 12 anos. Agora, eu examinava os classificados de anúncios de emprego em busca de uma libertação. Currículos e cartas de apresentação eram enviados para o vazio e nunca mais se tinha notícia deles.

Um belo dia em agosto, entediada e sem envelopes autoendereçados, comecei a mexer nas caixas de livros que tinha trazido para casa da faculdade. Depois de alguns minutos olhando manuais de química orgânica e testes práticos de física, retirei um livro cor-de-rosa de capa dura, e olhei de novo para *Harry Potter e a Pedra Filosofal*.

Passei a mão pela capa daquela maneira sentimental que as pessoas fazem quando aparecem em comerciais de álbuns de fotos da Hallmark, então corri e fui me sentar encostada na parede, e abri o livro pela segunda vez.

> *O sr. e a sra. Dursley, da rua dos Alfeneiros número quatro, se orgulhavam de dizer que eram perfeitamente normais, muito bem, obrigado.*

Eu dei um grande suspiro, como se tivesse acabado de me deitar num colchão macio. O tom casual da frase de abertura era uma completa mentira, e era maravilhoso ter conhecimento daquilo. Havia gigantes e dragões, feitiços e bruxas, batalhas, amizade e magia por vir, e era tudo divertido e caloroso, afetuoso e poderoso, e eu não tinha me dado conta de quanto tinha sentido falta daquilo.

Já naquela tarde, eu tinha acabado o primeiro livro e estava no segundo. Ia para toda parte com o livro nas mãos, escondia-o na bolsa para ler no trabalho e respondia mal às pessoas que se interpunham entre mim e a página seguinte.

Mais que qualquer coisa, eu me descobria revisitando partes dos livros que apresentavam os laços de amizade e a dificuldade de ter coragem. Quando, sob extrema pressão, Hermione sugere usar lenha para acender o fogo e Rony berra: "VOCÊ AFINAL É OU NÃO É UMA BRUXA?" eu gargalhei tão alto que acordei meu pai que roncava. Quando Neville, o pobre e inseguro Neville, avança para acabar com um feitiço no terceiro livro, em sua primeira demonstração de determinação, talento, habilidade e confiança até o momento, eu explodi em lágrimas. E sobretudo, renovei meu amor por Harry, o órfão desamparado que luta contra um poderoso inimigo com punhos de criança, só porque deve fazê-lo.

Quando virei a última página do quarto livro, minha mão ficou repetindo o movimento no ar. Com certeza tinha que haver mais. Era completamente inaceitável que quase um ano tivesse se passado desde que eu havia lido aqueles livros e não houvesse outros à venda. Alguém, em algum lugar, sabia onde estaria o próximo livro, e eu iria encontrar essa pessoa.

Sentindo-me tão capaz de descobrir qual seria a data de publicação daquele livro quanto seria de comprar um sanduíche de peru para o almoço, entrei na internet. A Net não se mostrou nada cooperativa. Passei dias em buscas tentando toda sorte de combinações de palavras em que consegui pensar: "Harry Potter Livro Cinco", "Harry Potter Cinco", "J. K. Rowling", "próximo Harry Potter", "Potter cinco", "Ordem da Fênix". Tudo que consegui foram artigos de notícias com palavras-chave como "esperado com grande impaciência", e "há muito aguardado". Em sites de fãs encontrei especulações, mas não fatos. Parecia não haver absolutamente nenhuma informação sólida sobre o livro.

Em minhas buscas eu provavelmente havia acessado todos os sites imagináveis dedicados a Harry Potter, mas a toda hora acabava por voltar a um: um pequeno blog de notícias chamado Leaky Cauldron. Com uma página da Web de fundo cáqui, destaques em preto e uma fotografia com péssima definição de Hermione Granger no canto esquerdo ao alto, era talvez o site de design mais rudimentar que eu já tinha visto. Ele listava todos os artigos mencionando Harry Potter desde o lançamento do quarto livro. Eu o incluí em meus favoritos e li todas as postagens em dois dias. Quando acabei, cheguei à conclusão de que acreditava que, se o Leaky Cauldron não tinha a informação, a informação não estava disponível para ninguém. E me resignei com o fato de que realmente não havia uma data marcada para a publicação do próximo Harry Potter.

Contudo, eu tinha ficado viciada no Leaky. Como jornalista, a abrangência de sua cobertura me atraía. Era o único site que estava tratando o fenômeno como um tema a ser coberto e noticiado com firmeza, e passei a visitá-lo obsessivamente. Também comecei a lhes enviar links para artigos mencionando Harry Potter quando os encontrava.

Ao mesmo tempo me inscrevi em vários fóruns de discussão e listas de correspondência para falar sobre Potter, e até me tornei atuante no Hogwarts Online, o site irmão do Leaky. O site dividia os participantes, designando-os para casas distintas (eu fiquei na Grifinória), e realizava fóruns de discussão vibrantes e muito interessantes. Nesses fóruns descobri que alguns dos "alunos" queriam fundar um jornal online sobre a comunidade deles. A ideia de ajudá-los me atraiu, então ajudei a criar o *Spellbinder;* os "repórteres" escreviam histórias sobre o que estava acontecendo em seu mundo online, e eu as editava. Aquilo pelo menos me parecia não ser tempo desperdiçado, embora me prendesse ao computador de tal maneira que minha mãe começou a reclamar em voz alta que eu estava obcecada.

No princípio de setembro daquele ano, o Leaky postou que brevemente seria publicado um artigo na *Vanity Fair* com fotos da famosa fotógrafa Annie Leibovitz, apresentando as primeiras imagens dos atores infantis dos filmes Harry Potter vestidos a caráter. Os fãs espumaram de impaciência e expectativa, e não fui diferente. Eu queria, muitíssimo, saber até que ponto os personagens em celuloide seriam similares aos personagens que eu tinha em mente.

Na véspera da data em que a revista deveria estar nas bancas de jornal, fiz uma caminhada até a loja de Staten Island, na esperança de que alguém tivesse feito uma bobagem e posto a revista à venda com antecedência. A loja ficava a cerca de um quilômetro e meio, mas o dia estava bonito, e pelo menos aquilo daria satisfação às reclamações de minha mãe de que eu nunca saía de casa.

A loja foi uma decepção – eles não tinham nenhuma *Vanity Fair,* fosse velha ou nova. Andei o quilômetro e meio de volta e peguei o carro emprestado para ir procurar um pouco mais longe. A segunda loja que visitei era úmida e bolorenta e cheia de publicações de todos os tipos – exceto a que eu queria. A *Vanity Fair* à venda na banca não era a de Harry; contudo, o homem asiático

atrás do balcão estava ocupado, começando a abrir caixas e arrumar várias pilhas de exemplares novos, e eu reparei numa grande caixa marrom aos pés dele.
– Olá! – disse ele, quando afinal me viu parada ali pacientemente. Com dificuldade, tirei os olhos da caixa e encarei o olhar dele.
– Oi – respondi alegremente como se ele tivesse me dado uma bala.
– Posso ajudar você?
Eu apontei para a caixa.
– A *Vanity Fair* está ali dentro?
Ele me olhou com mais atenção.
– *Vanity Fair* – repeti, andando até o exemplar anterior à venda na banca e apontando para ele. – A nova? A nova *Vanity Fair*? Está aí dentro? – apontei para o caixote.
Finalmente ele pareceu compreender.
– Ah, sim, sim. *Vanity Fair* amanhã. Volte amanhã.
– Não, eu quero agora, por favor – disse.
O jornaleiro olhou para mim como se eu fosse uma estranha criatura.
– Amanhã! – insistiu ele. – Na banca amanhã.
– Sim – retruquei. – Mas eu queria – apontei para a caixa e depois para mim –, agora. Tem um artigo importante na revista.
Essa conversa prosseguiu por alguns minutos, eu insistindo que era importante ter a revista imediatamente e ele insistindo que só no dia seguinte poderia vendê-la.
– Não é permitido – disse ele, parecendo aborrecido, sacudindo a cabeça muito depressa. Ele se virou de volta para a parede para arrumar mais revistas. – Sinto muito, não. Volte amanhã.
Mais uma olhada para a caixa me mostrou a ponta da revista bem ali.
Eu gemi baixinho e peguei minha carteira.
– Eu pago – remexi na carteira de notas – dez dólares. O.K.? – O jornaleiro se virou para mim com uma sobrancelha e metade de um lábio erguidos numa expressão que parecia ser de quem achava graça.

– Não, não, nada de suborno.

– Está bem, então vou levar... – passei os olhos ao redor da prateleira de balas abaixo de mim e peguei um Almond Joy, uma caixa de chiclete Bubble Yum e três caixas de Tic Tac. – Aquele monte de porcarias fez barulho ao bater no balcão. – Levo tudo isso e mais a revista. – Então também agarrei uma *TV Guide* e acrescentei à pilha para completar, e olhei esperançosa para o jornaleiro. Implorando.

Ele começou a rir.

– Você realmente está louca pela revista – disse, enquanto descia de sua escada e se abaixava para tirar um exemplar do caixote. Eu bati palmas de alegria; o homem riu mais ainda, e me deixou comprar apenas a revista. Eu insisti em acrescentar os Tic Tacs.

Fui direto para o meu carro e mergulhei na revista, examinando as fotos reluzentes. A primeira que encontrei me encantou: Daniel Radcliffe como Harry Potter, sentado no espaço que fora criado para ele, debaixo das escadas da casa dos tios, o polegar do pé saindo de um buraco na meia velha e a expressão desanimada, exibindo a tristeza e a banalidade que eram a vida de Harry antes de Hogwarts. Meu pulso se acelerou. Isso era o livro, isso era exatamente o livro, eles tinham acertado em cheio, ai meu Deus.

Continuei a virar as páginas, Hermione estava sentada na ponta da mesa no Salão Principal, as meias três-quartos perfeitamente posicionadas e sua expressão satisfeita consigo mesma; o ruivo Rony dava um sorriso pensativo; Draco e seus cupinchas posavam como os futuros valentões de uniforme escolar. Tudo parecia rico, reluzente e emocionante, e uma vez que eu tinha conseguido a revista antes da hora tive a sensação de ter nas mãos algo privilegiado. Eu queria guardar as fotos para sempre, e também queria dividi-las com o mundo. Imediatamente me veio uma ideia de como fazê-lo.

Corri de volta para casa, escaneei as fotos e as postei no Spellbinder – junto com um artigo escaneado da *Entertainment Weekley* que ainda não tinha sido postado online –, depois enviei tudo também para o Leaky. Havia semanas que eu vinha mandando links de artigos para eles, assim que os encontrava; geralmente, contudo, eles agradeciam a alguma outra pessoa, o que provavelmente significava que eu não tinha sido a primeira pessoa a enviar o artigo. Desta vez, B. K. DeLong, que na época administrava o site, me enviou um e-mail com agradecimentos efusivos e postou os links para as fotos.

> Melissa do Spellbinder conseguiu um enorme furo no mundo das notícias de Harry Potter, escreveu B. K. O Leaky Cauldron te saúda!

Eu me recostei e assisti enquanto a comunidade online entrava em erupção, à medida que as hordas de fãs descobriam as fotografias da mesma maneira que eu. Os fóruns de discussão foram inundados de postagens com comentários do mesmo modo que os blogs online, e sorri radiante enquanto via aquilo acontecer, enquanto algo que eu tinha feito causava tanta alegria eletrônica.

Não muito depois disso, Rames, que postava tanto no Hogwarts Online quanto no Leaky, me enviou um e-mail me convidando para ser uma das editoras do Leaky Cauldron.

Fiquei olhando fixamente para as palavras por um minuto. Exceto pelo agradecimento de B. K., aquele era o primeiro e-mail que eu recebia de um editor do Leaky, embora eu conhecesse alguns dos funcionários da equipe e estivesse lhes enviando artigos havia algum tempo. Além de Hogwarts Online, muito de meu tempo Potter era dedicado a um fórum de discussão mais adulto, que havia se iniciado como um link de relacionamento, tipo grupo de discussão de uma ficção de fã que fizera muito sucesso, e acabara por se tornar um lugar maravilhoso para teorias e discussões sobre os livros com pessoas da mesma idade que eu. Porém, eu não havia cogitado em dedicar meus esforços a de fato editar e atualizar um site de Potter de alcance significativo e que estava ganhando poder. Contudo, meus interesses e os do Leaky pareciam bem alinhados, e tendo acabado de ser responsável por trazer ao fandom tamanha alegria, a escolha foi simples. Eu aceitei.

Se minha mãe já estava preocupada com quanto tempo eu andava passando na internet procurando material sobre Harry Potter antes, aquilo não fora nada se comparado com o que aconteceu depois que comecei a trabalhar para o Leaky. No princípio eu não postava grande coisa no site, mas agora perecia que tudo que eu fazia era ficar online pesquisando artigos de notícias, respondendo a mensagens e falando com amigos ligados em Potter. Nossas discussões cresciam tanto em frequência quanto em intensidade, a tal ponto que, se não estávamos discutindo, estávamos simplesmente nos ignorando uns aos outros.

O Leaky era um hobby divertido, mas nem isso podia me fazer querer ficar trabalhando no escritório de meu pai para sempre. O verão havia acabado e eu tinha começado a sentir necessidade de ter responsabilidade de verdade. No fim de semana depois do Dia do Trabalho, passei a noite no apartamento de minha irmã, em Manhattan, de modo a poder passar a manhã seguinte no escritório dela, no 2 Financial Center, usando sua máquina copiadora para produzir resmas de meu currículo.

Quando acabei, atravessei a ponte para pedestres para a Borders do World Trade Center, comprei um livro com as críticas de cinema de Pauline Kael e embarquei no ônibus para voltar para Staten Island para mais um dia de reportagens sobre Harry Potter.

Na manhã seguinte, o sol especialmente intenso havia apenas começado a me cozinhar (e a meu pijama de madras) quando o telefone ao meu lado começou a tocar. Tateei cegamente para pegar o aparelho, e ao atender ouvi a voz de minha mãe aos gritos e em pânico.

– Ligue a TV! Ligue a TV!

Eu me levantei, espantada de já estarmos brigando.

– O que é, mãe? Por quê?

– Um avião, ele caiu! Foi direto em cima da torre! Parece que foi um acidente! Ligue a TV! Eu tenho que saber onde está sua irmã!

O telefone foi desligado. Eu pisquei os olhos olhando para ele, então corri para o andar de baixo e para o aparelho de TV da cozinha, que me mostrou apenas uma tela azul. Praguejando, corri para o aparelho grande que, mais uma vez, também exibiu apenas telas azuis; o acidente devia ter interferido com a maciça antena no alto da torre do World Trade Center que nos dava recepção de TV. Fui trocando de canais até que finalmente cheguei ao Channel 2, onde havia uma transmissão e, aparentemente, um replay.

Um pequeno ponto preto, como uma vespa, deslizava em linha reta através da tela. Ele entrava no World Trade Center como se tivesse sido chamado para aterrissar ali dentro.

Eu fiquei esperando que um locutor explicasse por que um avião comercial havia acabado de entrar no prédio, mas era como se meus ouvidos não conseguissem sintonizar. Eu só ouvia estática. Então meus olhos se ajustaram um pouco e o que vi me fez cair sentada no chão. O que eu havia acabado de testemunhar não era absolutamente um replay. Era um segundo acidente. Agora havia dois prédios envoltos em fumaça, não um. E nada daquilo tinha sido acidental.

Por algum tempo fiquei olhando para o vazio, a consciência da situação me esmagando, me prendendo ao chão como se eu fosse um saco sendo lentamente enchido de areia. O telefone tocou, mas parou logo em seguida. Então tocou de novo, e de novo. Fiquei parada olhando.

Peguei o telefone e comecei a ligar. Tentei minha mãe, que estava em Nova Jersey, na ocasião, supervisionando a construção de nossa casa de verão; tocou até cair sem conexão. Meu pai... – nada. Minha irmã...

Minha irmã. Quase invariavelmente, às oito e cinquenta, quase precisamente no momento em que os aviões se chocaram com o prédio, ela estaria saindo do metrô do World Trade Center a caminho de seu trabalho. Eu tinha feito isso com ela ainda ontem. Meus dedos não conseguiam encontrar os números, e quando finalmente acertaram o número correto do celular dela, não ouvi nada. As linhas estavam sem serviço.

Um piscar vindo da sala adjacente atraiu meus olhos. A luz do meu indicador de conexão de internet estava piscando benignamente para mim. Eu ainda estava conectada. A internet estava funcionando: eu ainda existia no mundo. Corri.

Entrei em linha e antes que pudesse sequer checar minha lista de amigos, escrever e-mails ou checar notícias, montes de mensagens instantâneas de amigos de fóruns de discussão, colegas de trabalho do Leaky, colegas de faculdade, até pessoas da família atravancaram minha tela. Depois que avisei os amigos e família de que estava bem, só me restaram as mensagens relacionadas a Harry Potter. Várias tinham entrado dos muitos frequentadores dos fóruns de discussão que eu visitava.

Melissa! Ah, meu Deus, estamos todos tão preocupad9os com você!, escreveu um.

Você ESTÁ VIVA GRAÇAS A DEUS!, escreveu outro.

Rames e B. K. entraram dizendo mais ou menos a mesma coisa, comentando como os leitores do Leaky que sabiam que eu morava em Nova York estavam preocupados com minha segurança. Eu havia me tornado membro do quadro de funcionários havia apenas alguns dias; o fato de que gente que eu nunca tinha visto já se importava comigo me surpreendeu.

Meu pequeno círculo de amigos de Harry Potter do Leaky, amigos de fórum de discussão e membros do Hogwarts Online se reuniram numa sala de bate-papo. Nós mantivemos uns aos outros a par das notícias à medida que o dia avançou.

Eu não sei onde a minha irmã está, finalmente digitei no bate-papo, de boca seca e sentindo o resto do corpo meio anestesiado.

Palavras de solidariedade choveram sobre mim, vindas de todos os cantos, e retribuí da mesma maneira com todo mundo que parecia afetado, e à medida que o fiz comecei a recuperar a sensibilidade em meu corpo.

Nosso bate-papo se tornou menos uma reunião para troca de informações e mais uma sessão de terapia coletiva. Aliviava, mas não neutralizava o bater apavorado de meu coração quando eu pensava em minha irmã. Eu tinha parado de usar o telefone – em parte havia perdido a esperança de que fosse funcionar, mas também sabia que minha mãe iria me ligar e não queria ocupar a linha.

Quando o telefone tocou, eu bati os joelhos no tampo da escrivaninha. Desta vez era minha mãe, vi pelo identificador de chamada. Eu nem esperei que ela falasse.

– Mãe! Cadê a Steph?

– Ela não está no pré...

A ligação caiu, mas fiquei aliviada; se minha mãe sabia onde ela estava, provavelmente tinha falado com ela. Ela não estava em lugar nenhum perto daquele horror. Tinha que significar isso. Era como se uma neblina tivesse se dissipado em minha consciência.

Mal consegui digitar rápido o suficiente para passar essa notícia para o bate-papo, e o pessoal Potter respondeu com gritos de internet de alegria.

O telefone tocou de novo. Corri para atender, e encontrei Jennifer, uma amiga de minha irmã na linha.

– Melissa, eu falei com sua irmã... eles estavam evacuando o prédio dela.

– Evacuando? – Meu coração pareceu despencar dentro de meu estômago. – O que quer dizer com isso? Pensei que ela não estivesse no prédio.

– Eu não sei, é só o que...

O telefone. O maldito do telefone. A linha tinha caído de novo. Eu o atirei em cima da mesa e ele quicou. Enterrei a cabeça entre as mãos e fiquei sentada assim por vários minutos, tentando bloquear imagens mentais de minha irmã, correndo e tossindo pelas ruas da cidade.

Finalmente passei essa informação para o bate-papo, meus dedos se movendo lentamente como se estivessem com bandagens. *Pensei que ela estivesse em segurança, mas agora não sei... de novo...* disse.

Ah, Melissa, escreveu um de meus companheiros. *Estamos rezando por vocês. Deus protegerá vocês.*

Pouco depois das dez da manhã, as vozes em pânico vindas da outra sala me fizeram correr para a televisão. A torre – uma delas, não me importava qual – havia começado a desmoronar. Desabou como um castelo de cartas, e enquanto o fazia eu caí de joelhos junto com ela. As mãos pressionadas contra a tela da televisão. Como minha irmã poderia ter escapado daquilo?

Depois de algum tempo eu não conseguia mais ver a transmissão, via apenas minúsculos rios multicoloridos de luz de que a imagem na tela era formada. O bate-papo continuou sem mim, linha após linha de texto correndo para cima até se apagar.

Finalmente, depois de uma eternidade, o telefone tocou de novo. Eu quase torci o tornozelo na pressa de atender. Sem preâmbulos, minha mãe disse:

– Eu falei com sua irmã. Ela está em segurança.

Minha irmã tivera uma escolha naquela manhã: se desincumbir de uma tarefa antes do trabalho e chegar mais tarde ao escritório ou sair mais cedo do trabalho para fazê-la. Ela decidira ir para o trabalho e sair mais cedo, mas na hora em que saíra de seu prédio no SoHo tinha mudado de ideia e invertido seu dia. Ela estivera em segurança o tempo todo, por sorte.

Eu desliguei o telefone, tremendo muito e ainda chorando, e sentindo uma onda egoísta de alívio. Tateando, encontrei o caminho de volta para o computador, e por um momento pensei em desligá-lo; me parecia um bocado menos necessário, agora.

Passei a boa notícia à lista crescente de Potterófilos em nosso bate-papo; mensagens de alegria, de esperança e de graças encheram minha tela. Escrevi outra mensagem mais aliviada para uma de minhas listas de discussão:

Minha família inteira está bem, graças a Deus, escrevi. *Devemos ter tido a proteção de um anjo.*

Sentindo-me um tanto satisfeita e mais calma do que estivera o dia inteiro, me preparei para fechar o programa de bate-papo e sair do computador. Mas, antes que eu pudesse, um dos membros mais jovens, Corey, me enviou uma mensagem instantânea.

Eu não compreendo, disse ele. *Estou chorando agora e não consigo compreender por que alguém faria isso.*

Comecei a refletir sobre uma resposta, uma chave girou na fechadura no andar de cima.

– Meliss?

A voz de meu pai ressoava pela casa em seu volume habitual, contudo parecia mais tímida do que em qualquer outra ocasião em que a tivesse ouvido. Eu abandonei o computador e berrei:

– Papai! – Como uma criança e correndo como um foguete, subi para o andar de cima e o abracei. – Você viu? Consegue acreditar...?

Ele assentiu cansado e afrouxou a gravata. Todas as rugas em seu rosto pareciam mais fundas.

– Eu estava no Staten Island Hotel. Numa reunião. – Os olhos dele pareciam distantes. – Nós assistimos do terraço. De lá podíamos ver a fumaça.

Descemos a escada, ele ocupou seu lugar habitual no sofá da sala e aumentou o volume da televisão. A sala e a casa pareceram se encher de novo; eu não tinha mais a sensação de estar usando o computador para estar em contato com o mundo. Contudo, pelo canto de meu olho, vi um piscar, e me lembrei da mensagem instantânea que havia negligenciado. Como se me tivesse presa por uma linha invisível, o computador me puxou de volta.

Na minha ausência mais quatro mensagens instantâneas tinham aparecido; eram todas de membros da Hogwarts Online e de leitores do Leaky que queriam apenas falar... a respeito daquele dia, a respeito de Potter, a respeito de qualquer coisa que pudesse confortá-los ou tirar seus pensamentos do que estava acontecendo. Eu não queria deixá-los fazer isso sem mim.

Nas horas que se seguiram, minha mãe voltou para casa. Tivemos um jantar silencioso em que agradecemos aos céus. Eu falei com minha irmã. Nós descobrimos quais de nossos amigos e parentes tinham amigos e parentes desaparecidos. Saímos de carro pelas vias principais de nossa cidade e vimos crianças acenando com enormes bandeiras americanas enquanto corriam pela rua.

Depois voltamos para casa e ficamos juntos sem brigar nem nos preocupar com a minha situação de trabalho. E ao longo da noite, fiquei checando o Leaky, meu e-mail, e meus fóruns de discussão e salas de bate-papo. Minha mãe queria saber por que, naquele, dentre todos os dias, eu não podia sair do computador.
Eu não tinha certeza. Mas sabia que finalmente estava fazendo alguma coisa útil.

CAPÍTULO QUATRO

AJUDA DO PÚBLICO

Apenas algumas horas depois do anúncio da data de lançamento, o *Relíquias da Morte* havia alcançado o topo da lista de bestsellers da Amazon.com. As compras antecipadas do sétimo livro foram cerca de seis vezes maiores no primeiro dia do que tinham sido para o sexto livro, e o sexto livro tinha batido todos os recordes (que tinham sido marcados pelo quinto livro) em seu lançamento. A Amazon U. K. levou apenas dois dias para acumular 100 mil ordens de compra antecipadas do sétimo livro; com o livro anterior isso tinha levado seis semanas nos Estados Unidos, que tem um mercado no mínimo cinco vezes maior que o Reino Unido.

Cerca de 13 anos antes, Jo Rowling estivera tentando conseguir apenas que seu livro fosse *posto à venda*. O papel em que ela escreveu sua primeira carta para a agência Christopher Little não é maior que uma fotografia, e com o tempo se tornou quase transparente. A pessoa que escreveu o bilhete em tinta azul nunca tinha lido um livro sobre estilo em correspondência ou não acreditava em fórmulas; não havia uma apresentação elegante, nem lista de credenciais e praticamente nenhum discurso de venda. Ela o enviou a Christopher Little porque tinha gostado do nome dele, que havia encontrado numa lista de agentes londrinos, e era datado de junho de 1994, embora já fosse 1995.

Caro sr. Little,

Envio em anexo uma sinopse e alguns capítulos como amostra de um livro para crianças entre nove e 12 anos de

idade. *Ficaria muito grata se o senhor pudesse me dizer se estaria interessado em ver o manuscrito completo.*
Atenciosamente,
Joanne Rowling

A agência Christopher Little é um segredo de Londres. Fica escondida no fundo de uma rua residencial em Fulham, dentro de um prédio branco, em uma das áreas mais exclusivas de um dos bairros mais caros da cidade. O prédio se chama Eel Brook Studios, mas não tem nenhum aspecto de ser um prédio de escritórios; para chegar à entrada, você tem que passar pelos fundos do complexo e subir alguns lances de escadas, para se encontrar olhando os jardins situados nos fundos de imóveis residenciais. No interior, o pequeno escritório labiríntico, com paredes cobertas de livros, mais parece um apartamento. Os livros de Harry Potter agora ocupam uma parede inteira e algumas partes das paredes adjacentes, com todas as suas edições, capas e traduções.

No coração do escritório, trabalhando lado a lado, estão Christopher Little e Neil Blair, o advogado da firma que passa a maior parte de seu tempo cuidando de questões relacionadas a Harry Potter. Christopher é um homem enorme, pelo menos para uma pessoa baixa, e tem sobrancelhas brancas em longos tufos que parecem explosões, e que de vez em quando apontam em direções opostas. Ele tem uma expressão de perpétua surpresa e de estar sempre à beira de um sorriso, como um avô gentil. Mas também possui um olhar muito atento, e embora fale sempre com suavidade, suas palavras às vezes voam como faíscas.

Ele não era o modelo de um grande agente moderno quando Joanne Rowling lhe escreveu; estava se iniciando na indústria, depois de ter passado anos em Hong Kong trabalhando com navegação. Quando voltou a Londres como homem de negócios, um amigo seu que era agente literário se associou com ele e começaram a trabalhar a partir do prédio de Fulham e não demorou muito para que Christopher aprendesse o negócio.

Ajuda do público

No final de junho de 1995, Bryony Evans estava encarregada de ler alguns títulos da "pilha" – o termo usado por editores para designar originais não solicitados que lhes são enviados – na Christopher Little. De todas as pessoas que podemos dizer que defenderam Harry Potter desde cedo, Bryony é a primeira. O livro deveria ter sido automaticamente rejeitado, mas ela gostou da pasta em que veio, leu algumas páginas e o livro a fez rir. Se Bryony não o tivesse levado para Christopher Little e lhe entregado três capítulos para ler, teria ido para a lata de lixo. Mesmo depois de Bryony tê-los entregado a ele, recebeu apenas uma ligeira promoção: foi acrescentado a uma pilha menor de material "da pilha", que ele um dia levou para o almoço para dar uma folheada enquanto esperava por um convidado.

Quando o convidado chegou com uma hora de atraso, bateu de leve no ombro de Christopher e disse:

– Você encontrou algo que promete, não é?

– Como você sabe? – perguntou Christopher.

– Porque aquela moça linda passou bem na sua frente e você não viu.

De acordo com Joanne Rowling, o livro estava a "quatro semanas" de ser terminado, e ela se dedicou ao trabalho de terminá-lo enquanto Christopher considerava seus méritos. Era todo errado para o mercado. O colégio interno, as crianças impertinentes que falavam demais, as garrafas de leite entregues de porta em porta, a atmosfera tipicamente britânica e o tamanho, quase trezentas páginas; nada combinava com as exigências do mercado.

Naquela altura, Jo já tinha passado quase cinco anos escrevendo o primeiro livro e criando o mundo que o cercava. Tinha se mudado para Portugal para lecionar inglês em 1991, e depois retornado à Grã-Bretanha por volta de 1993, agora divorciada e com uma filha pequena. Nesse período de tempo tinha produzido pelo menos cinquenta páginas de notas básicas sobre Harry, bem como os três primeiros capítulos "quase exatamente como aparecem no livro, além do resto da história, e mais o contexto, antecedentes e linhas gerais para a história de sete livros", relataria. "Mais ou menos um ano depois de voltar para a Inglaterra, acabei o livro. Eu realmente acreditava em Harry. Acho que a gente tem que acreditar. Mesmo quando você escreveu um péssimo livro. Porque escrever é uma viagem solitária e você tem que acreditar no que escreve, caso contrário terá uma vida medonha." Ela tinha lido sobre o mercado de livros, como qualquer coisa com mais de 45 mil palavras nunca seria publicada, mas "realmente gostava muito" de seu livro e decidiu continuar.

Jo Rowling era professora licenciada, mas não conseguia encontrar trabalho, e ela e a filha estavam usando roupas de segunda mão compradas em lojas de caridade. Ela não tinha rendimentos que lhe permitissem pagar para que alguém cuidasse de sua filha enquanto trabalhava. De modo que sua escolha era ou um trabalho em tempo integral mais os custos de uma creche, ou cuidar da filha ela mesma e escrever. Estava na hora de pegar as montanhas de papel que sua imaginação tinha produzido e encontrar dentro delas o primeiro livro de Harry Potter. Ela passava seus dias andando por Edimburgo com a filha Jessica no carrinho, para fazê-la dormir – então corria para o primeiro café para sentar e escrever. Mesmo assim, até hoje a culpa obscurece seus olhos quando fala daquela época, sobre ter-se permitido escrever enquanto vivia de seguro-desemprego.

Jo Rowling enviou seu livro para dois editores, sem solicitação, e para alguns agentes, inclusive Christopher Little.

– E então eu não consegui vendê-lo – relatou Chris secamente, sem nenhum traço da surpresa que alguns demonstrariam ao fazer essa declaração atualmente. O maior campeão de vendas de todo o mundo, que atrai gente de todas as idades, todas as raças, mesmo em algumas das áreas mais afetadas pelo terrorismo do mundo – e nenhum editor respeitado de livros infantis na Grã-Bretanha foi capaz de perceber seus méritos? As editoras Penguin, Transworld, HarperCollins disseram não. Ele o enviou para nove editores e recebeu nove cartas de recusa, todas muito gentis, mas mesmo assim recusando. O tema subjacente das cartas era consistente: colégios internos são para os ricos e as elites, e aquele livro tinha mais ou menos três vezes o tamanho que livros para crianças deveriam ter. Era demais para uma autora estreante. Talvez se R. L. Stine apresentasse uma obra daquele tamanho fosse publicada.

Foi somente por ocasião da Feira de Livros de Frankfurt que Barry Cunningham entrou em cena. Barry Cunningham era novo na Bloomsbury, do mesmo modo que o catálogo de livros infantis da editora. Ele estava começando a montar a lista infantojuvenil da editora do zero. Como Christopher, Barry tinha um história de trabalho na área de negócios e marketing, de modo que ele, como Christopher, não aplicava as concepções em voga ao seu trabalho. Cunningham havia tido sucesso publicando Roald Dahl e Spike Milligan, e se tornara diretor de marketing da Penguin, e depois da Random House. Ele sabia o que queria: livros que as crianças abraçassem, livros que elas amassem, livros que as fizessem sentir que o/a autor/a era o melhor amigo delas. Não os livros que prevaleciam na época, "livros dominados por 'questões', ou 'problemas', que eram muito apreciados por professores e adultos, mas que não lhe pareciam ter o sentido de fantasia e aventura a que as crianças realmente respondiam", disse ele.

Ele pegou Harry com Christopher e o leu em sua casa na rua Dean naquela noite.

– A gente sempre relembra essas ocasiões e pensa: "Parou de chover?" "As nuvens se abriram? Todo o tráfego na rua parou?" É claro que nenhuma dessas coisas aconteceu. Foi só que eu gostei muito do livro desde o princípio.

Era muito longo e tinha um título difícil. *Harry Potter e a Pedra Filosofal* era de fazer qualquer um se assustar, mesmo que a palavra filosofal estivesse correta no contexto do livro. A prática de esportes mágicos também era confusa. Mas o livro tinha outras coisas a seu favor. Uma dessas outras coisas era uma feroz defensora chamada Rosamund de la Hey.

No pequeno grupo de adultos em que Harry Potter encontrou sua primeira e mais influente base de fãs, Rosamund ocupa o papel de chefe de torcida. Todo mundo envolvido atualmente se lembra de seu fervor pelo livro e da maneira como ajudou a levar a Bloomsbury a pensar em Harry como sendo especial e, como tal, uma verdadeira prenda. Se a melhor coisa que pode acontecer com um livro antes de ser publicado é que seus próprios editores fiquem entusiasmados com ele, pode-se dar graças a Rosamund por ter feito a primeira campanha de marketing de Harry Potter.

Ela acabara de conseguir um emprego no marketing da Bloomsbury quando Barry lhe entregou o manuscrito da *Pedra Filosofal*. Barry disse a ela que era "um pouquinho especial". Rosamund logo consideraria aquilo como uma descrição pobre: ela leu o livro em uma noite e se apaixonou perdidamente por ele, dizendo que era a coisa mais divertida que tinha lido na vida, e se descobriu encostando pessoas na parede durante jantares e festas enquanto lhes contava detalhes do livro. Ela sabia que seria um livro melhor, fora da editora, se tivesse fãs dentro dela, mas não foi apenas esse o único motivo por que ela e a assistente de Barry enrolaram as primeiras cinquenta páginas como rolos de papiro, as encheram de doces Smarties e as distribuíram para todo mundo que tinha algum tipo de poder de decisão na compra do livro. Nem foi inteiramente porque eles achavam que o livro merecesse o tão desejado Prêmio Smarties. A lista de livros da Bloomsbury tinha menos de dois anos e ainda não tinha se estabelecido em termos de vendas, portanto cada aquisição se tornava um desafio. Foi um truque genial fazer com que cada página parecesse um manuscrito antigo, e quer a pessoa para quem foram distribuídos lesse ou não, ela se lembraria de qual fora o manuscrito que tinha literalmente sido adoçado.

– Nós tínhamos que realmente lutar para nos fazer ouvir, mas isso é uma característica de editores de catálogos de livros infantis. Você tem que pular, gritar e berrar – explicou Rosamund.

Barry recebeu a bênção da Bloomsbury para seguir adiante, e no dia seguinte as negociações com a agência Christopher Little levaram justos cinco minutos. Barry pagou o que se lembra como 2 mil libras pelos direitos britânicos, embora a primeira oferta tivesse sido de mil libras por direitos mundiais.

Ao mesmo tempo, os representantes da HarperCollins tinham voltado à mesa de negociações e queriam ver o texto integral do manuscrito, embora estivessem se mostrando limitados e hesitantes. Chris ligou para J. K. Rowling, que na época ainda era apenas a Joanne, e perguntou qual dos editores ela preferia. Ela teve que fazê-lo parar um momento para compreender o que exatamente ele estava dizendo.

– Eu perguntei a ele: "Você esta dizendo que o livro definitivamente vai ser publicado?" Eu tinha que ouvir aquilo muito claramente. E ele respondeu: "Sim, estou, estou!" – relatou ela, imitando o jeito de falar de Christopher. – E então eu não me contive e gritei.

– De modo que aceitamos a segunda pior oferta da história – relata Christopher, em tom de brincadeira. – Embora, se fosse por Jo, ela tivesse vendido tudo à Bloomsbury por cinquenta pence.

Christopher disse-lhe para ficar com os direitos mundiais do livro, aconselhando Jo a "pedir esmola, roubar ou tomar dinheiro emprestado", fazer qualquer coisa que tivesse que fazer para sobreviver enquanto ele jogava com mais calma e frieza, de modo a obter o melhor negócio possível para os direitos internacionais.

Pouco tempo depois disso, Jo Rowling, Christopher e Barry finalmente se conheceram em um restaurante nos arredores de Hamleys, em Londres. Eles tiveram que dar descrições físicas uns aos outros como se num encontro às escuras. Era ao mesmo tempo um almoço comemorativo e um primeiro encontro, mas ambos os homens aconselharam a autora a não se precipitar, a não abandonar o emprego ou pensar que ganharia muito dinheiro. Afinal, livros infantis nunca rendiam grandes fortunas. Alguns autores de livros infantis de "sucesso" ainda ganhavam apenas alguns milhares de libras por ano. Segundo Jo Rowling, Barry foi o único que lhe disse que achava que o livro se sairia muito bem. Ele foi a primeira pessoa a lhe dizer isso.

Alguns pequenos detalhes tinham que ser mudados no livro. Para começar, precisava afinar. Ela escrevera o livro numa máquina de escrever porque não tinha dinheiro para um computador, portanto pequenos erros eram recorrentes. Ela havia errado ao escrever "boticário" no livro inteiro, e ainda fica encabulada quando o fato é mencionado. Contudo, todas as mudanças ou sugestões de alteração lhe pareciam "um erro terrível, porque eu tinha trabalhado tanto naquilo", recordaria ela.

– Todos os autores estreantes ficam nervosos – relataria Barry. – É como se você fosse o primeiro namorado. É um relacionamento muito delicado e não creio que jamais tivemos uma situação em que eu tivesse tentado pressioná-la a fazer alguma coisa que não fosse razoável.

Não havia e-mail, porque Jo Rowling ainda não tinha computador; eles deixariam mensagens por secretária eletrônica quando tivessem algo a dizer, e por vezes as coisas se perdiam na interpretação. Certa ocasião, Barry deixou uma mensagem sobre o quadribol, e Jo ligou para ele, aflita e "realmente nervosa", preocupada com a possibilidade de que ele quisesse cortar a parte do jogo inteiramente.

A maioria dos cortes foi pequena; Jo Rowling não se lembra de cortar muita coisa, mas se lembra de ter lutado por duas coisas e ter saído vitoriosa: o título e manter uma cena seminal, em que Harry, Rony e Hermione se tornam amigos ao nocautear um trasgo de três metros e meio.

– Naquela época de minha vida, minha autoestima de maneira geral estava no fundo do poço – relataria Jo Rowling. – Ninguém poderia se sentir mais fracassado do que eu, mas havia uma área de minha vida em que eu tinha... será que era autoconfiança? Sim, era. E eu me sentia corajosa por discordar de Barry e fazer valer meu ponto de vista, porque ele estava realizando a grande ambição de minha vida e eu também queria desesperadamente, desesperadamente, agradá-lo.

Ela estava determinada a mostrar que algo de muito grande tinha que acontecer entre Rony e Hermione para criar aquela primeira conexão, e tinha a mesma segurança de opinião com relação à sua trama e aos personagens que se tornaram tão característicos de sua persona pública posterior.

– É possível que um garoto como Rony descubra assim, sem mais nem menos, as qualidades dela? E a menos que ela seja uma extremista, também não vai revelar suas boas qualidades, veja bem, ambos têm apenas 11 anos. E você precisa de uma coisa especial quando tem 11 anos. Então, eu realmente bati o pé para que fosse mantido.

A cena foi mantida e se tornou uma das mais adoradas do primeiro livro, especialmente depois da frase:

Existem coisas que não se pode fazer junto sem depois acabar por gostar um do outro, e derrotar um trasgo de três metros e meio é uma delas.

Barry deixaria a Bloomsbury para abrir sua própria editora antes que Harry Potter fosse lançado, mas as coisas já estavam se movendo rapidamente sem ele. Rosamund e outros na Bloomsbury, inclusive a nova editora do livro, Emma Matthewson, pediram à autora para mudar seu nome para publicação, que usasse como pseudônimo as duas primeiras iniciais, e não "Joanne", de modo a não afastar meninos leitores pelo fato de ela ser mulher. Não usar o nome do meio? Nenhum problema: ela era Kathleen em homenagem à sua avó, e a transformação em J. K. Rowling se tornou completa. O primeiro Harry Potter estava pronto.

Harry Potter pode ter precisado lutar para entrar no mundo real, mas essa luta não deixou de ter seus pequenos milagres e portentos. Talvez houvesse alguma força benigna conduzindo Jo Rowling a levar seu livro para as pessoas certas no momento exato. Ninguém envolvido em nenhum passo do processo admite saber, ou ter sido capaz de imaginar, que Harry Potter não era exatamente "apenas mais um livro", contudo, o simples fato de ser publicado – aquele livro longo demais, politicamente incorreto, de título estranho sobre magia – prova que isso estava errado. E com certeza não era "apenas mais um livro" para Jo Rowling, que acabou de escrevê-lo por volta do princípio de agosto de 1995, deitada de bruços em seu modesto apartamento em Leith, enquanto sua filha dormia. Ela o tinha escrito a mão e garatujou a palavra *Fim* no final da página. Mesmo hoje ela reencena o momento como se estivesse perfeitamente preservado em sua memória: os olhos correndo de um lado para outro revendo as palavras finais do manus-

crito completo, o cabelo quase uma cortina fechada ao redor do rosto, as mãos imobilizadas no ar como se qualquer movimento pudesse levar tudo aquilo embora.
Eu acabei. Eu acabei meu livro, pensou.
Então se levantou e abriu as cortinas para descobrir que a noite tinha caído enquanto escrevia. E justamente como no primeiro capítulo de seu primeiro livro – o capítulo de abertura da série que logo se tornaria um fenômeno, um capítulo de abertura que se refletiria no mundo, no qual todo mundo estava falando sobre Harry Potter, o Menino que Sobreviveu –, ela viu um gato tigrado sentado no muro de tijolos do jardim olhando direto para ela.
– Boa-noite, professora McGonagall – disse ela.

O "jogo para o futuro" que Christopher Little tinha pedido a Jo para jogar começou a dar resultados no princípio de 1997, alguns meses antes da data prevista para a publicação do primeiro livro de Harry Potter na Inglaterra. Arthur A. Levine tinha acabado de criar um novo selo na Scholastic Corporation, uma enorme editora que estava se tornando ainda maior, cujos lucros tinham chegado perto de alcançar um bilhão de dólares no ano anterior. Só os produtos Goosebumps tinham rendido 21 milhões de dólares por ano em programas de televisão, produção de filmes e licenciamento de merchandising para a companhia, de um total estimado de 80 milhões de dólares para a Scholastic. Contudo, a série estava começando a perder ímpeto e a estagnar porque pontos de venda de livros não tradicionais, como supermercados, estavam devolvendo os exemplares não vendidos. Mesmo assim, a franquia ainda vendia cerca de um milhão de unidades por mês. O vice-presidente de finanças da Scholastic à época, Ray Marchuk, considerava a série de R. L. Stine "a série de livros infantis de maior sucesso de todos os tempos".
O novo selo de Arthur, Arhur A. Levine Books, não havia sido criado para *blockbusters* nem para ter a capacidade de publicar 62 livros em cinco anos, como a série Goosebumps tinha feito.

Cada título seria escolhido a dedo e teria que satisfazer os padrões pessoais de Arthur para literatura infantojuvenil, que, ele próprio admite, são "ridiculamente altos". Ele fora editor-chefe na Knopf e tinha um gosto enraizado por livros bem ilustrados. O selo não deveria publicar mais de sete a dez livros por ano, porque ele queria que cada livro fosse cuidadosamente criado e executado para ser um clássico em potencial – livros que crianças adorassem tanto quanto ele tinha adorado *Where the Wild Things Are* de Maurice Sendak, quando era criança.

Nos primeiros anos de sua carreira, Arthur tinha aprendido que todo mundo era pessimista com relação a obras mais longas para jovens leitores. A sabedoria popular ditava que não vendiam.

Em março de 1997 ele estava pronto para publicar o primeiro livro de seu novo selo editorial, *When She Was Good*, de Norma Fox Mazer, um romance para jovens adultos com cerca de dois terços do tamanho do primeiro Harry Potter. Arthur foi à Feira de Livros Infantis de Bolonha, amplamente considerada o evento mais importante do mundo editorial de livros infantojuvenis. Era perfeito para ele porque queria que o seu selo fosse conhecido por trazer o que havia de melhor no mundo da literatura para as crianças americanas. Traduções; contatos internacionais; e grandes e pequenos achados – essa era a sua primeira aventura em sua nova posição de editor epônimo.

Mas nada lhe pareceu apropriado; nenhum editor tinha nada que o entusiasmasse, que capturasse sua atenção ou lhe inspirasse o cuidado e o amor que queria infundir em sua nova marca.

Ainda era apenas o segundo ano desde que a Bloomsbury se lançara no mercado de livros infantis, mas com Arthur querendo que crianças amassem seus livros e Barry querendo que crianças os abraçassem, as concepções de ambos estavam alinhadas. Arthur teve uma reunião com Ruth Logan, diretora de direitos da Bloomsbury, e disse que tinha ficado entusiasmado com aquele encontro. Entretanto, mesmo assim, as coisas que ela oferecia não serviam. Nada se encaixava. Finalmente Ruth cruzou os braços e perguntou a Arthur o que ele estava procurando, e Arthur embarcou em seu discurso – muitas vezes repetido – sobre querer publicar livros que as crianças "liam até deixá-los em pedaços".

A Bloomsbury ainda não tinha sequer os direitos para vender Harry Potter no exterior, mas não importava, se Arthur gostasse do livro, podia entrar em contato com a agência Christopher Little, com quem os direitos tinham que ser negociados. Então, Ruth lhe entregou o manuscrito e explicou que estava para ser publicado e que era possível que ele gostasse. Ruth também lhe contou como todo mundo na Bloomsbury estava entusiasmado com aquele livro, e ele achou que a atenção dela era sincera, e decidiu ler.

– Eu na verdade li o livro no avião de volta para casa, algo que não teria feito, se não tivesse um enorme respeito por ela.

O livro era exatamente o que Arthur estivera procurando – divertido, estimulante, divertido, cheio de aventuras, divertido. Possuía aquela característica de atemporalidade que ele estava tentando infundir em seu selo. Arthur não estava fazendo julgamentos com base em tendências, de modo que sua decisão não dependia do que o mercado britânico ou o americano estivessem fazendo. O selo que levava seu nome o liberava disso; todos os livros que levassem o seu nome deveriam apenas refletir sua filosofia editorial.

Arthur não foi o único a se apaixonar pelo livro: o entusiasmo dos agentes da Bloomsbury também tinha contagiado alguns editores americanos. Em junho de 1997 já havia vários editores competindo pelos direitos para trazer Harry Potter para o outro lado do Atlântico.

Christopher informou aos editores americanos que haveria um leilão, e que eles teriam algum tempo para fazer um lance, o que era um risco; por vezes, um agente organiza um leilão com a crença equivocada de que há mais interesse por um livro do que existe na realidade. Mas não foi esse o caso com Harry Potter, de modo que, em 12 de junho de 1997, quatro editores tiveram que bater as ofertas de outros até que restasse somente aquele com o cheque mais alto. Leilões muito alardeados podem aumentar o preço inicial de um livro, levando-o à casa dos seis ou até sete algarismos, mas isso geralmente era para autores de livros para adultos ou celebridades de não ficção. Adiantamentos de livros infantis ainda eram considerados astronômicos quando batiam a casa dos cinco algarismos.

Arthur disparou um memorando na véspera do leilão declarando que o leilão seria ao meio-dia e meia e que consistia em quatro editores americanos, dois dos quais já tinham feito lances.

"Há vários motivos para esse entusiasmo. Um, é uma história de fantasia <u>maravilhosamente escrita</u>, evocando Roald Dahl e Philip Pullman. Primeiro livro de uma série sobre Harry Potter e a Escola de Magia de Hogwarts. De uma escritora estreante que, evidentemente, tem pela frente um <u>grande futuro</u>... Esse livro é muito cinemático. O agente já recebeu propostas para adaptação para o cinema."

Os lances se prolongaram ao longo do dia, e embora fossem discretos e consistissem em alguns telefonemas entre um agente e quatro editores, no princípio da noite o preço tinha ultrapassado a marca dos 100 mil dólares. Arthur estivera se mantendo em contato com Barbara Marcus, que era presidente da divisão de livros infantis da Scholastic desde 1991, consultando-a sobre até quanto eles estavam dispostos a pagar. A oferta de 100 mil dólares veio de outra editora.

Barbara perguntou a Arthur:
– Você amou o livro? – Ele respondeu que sim.

– E eu disse: "Então volte lá e dê mais um lance", e ele o fez e a Scholastic ficou com o livro.

O preço final foi de 105 mil dólares. Foi o preço mais alto que Arthur jamais pagou por um livro de autor estreante, e com certeza o valor mais alto de que se tinha memória recente por um livro infantil.

A Scholastic justificou aquele lance alto por prever que o adiantamento – que geralmente é pago de volta à editora por meio da retenção dos royalties do autor até o valor ser coberto – seria pago ao longo de alguns, vários ou mesmo muitos anos. A companhia queria uma história de fantasia em seu catálogo, Arthur tinha uma boa intuição a respeito daquele livro e, como Barbara lembra, afirmava que eles iriam "criar um clássico moderno".

– É notoriamente difícil fazer com que as pessoas prestem atenção a qualquer livro de estreia – disse Arthur –, especialmente livros de estreia para crianças. Eu acreditava que, com certeza, depois de algum tempo, iríamos recuperar aquele dinheiro.

– Nós agora parecemos uns idiotas – disse Barbara –, mas foi assim que racionalizamos chegar a seis algarismos por aquele livro desconhecido, que era muito dinheiro naquela época.

Christopher levou a notícia para Jo Rowling. Ele tinha lhe telefonado mais cedo naquele dia para avisar que haveria um leilão em Nova York, e ela dissera:

– Para que você está me contando isso? Eu por acaso posso dar lances?

– É pelo *seu livro*. – Ele lhe passou um valor inicial, do qual ela não se lembra mais, mas que lhe pareceu extraordinário. Ao longo do dia, Christopher a manteve a par dos lances, deixando-a "numa verdadeira corda bamba" entre o terror e a euforia. À noite veio o telefonema com o lance final: Arthur A. Levine Books, 105 mil dólares.

Depois de receber a ligação de Christopher, Jo Rowling desligou o telefone e andou pelo apartamento. Jessica, sua filha, estava dormindo. Ela continuou andando em silêncio, pensando: *Eu poderia comprar uma casa. Eu poderia comprar uma casa.* E uma casa com uma hipoteca razoável, cujas mensalidades ela poderia pagar. Jessica poderia ir para uma escola melhor.

Mas também estava aterrorizada. Sabia que haveria atenção da imprensa. Sabia que sua história logo seria submetida ao exame do público. E, a despeito da euforia que acompanhava a segurança financeira, ela tinha certeza de que o segundo livro, *Harry Potter e a Câmara Secreta*, no qual estava até os cotovelos, era "um lixo absoluto e nunca estará à altura do primeiro livro, e agora tenho um peso enorme de expectativa".

Então Arthur telefonou e perguntou:

– Você está com medo?

– Sim, estou apavorada – respondeu, mas o terror passou no instante em que ela disse as palavras. E ela o amou a partir daquele momento.

No dia seguinte ao leilão, depois de saber do ocorrido, a Bloomsbury enviou a Jo Rowling uma quantidade de lírios orientais suficiente para encher seu apartamento de um perfume do qual ela ainda não se esqueceu. Eram mais flores do que ela jamais tinha visto chegar de uma vez. Ela as colocou em todos os cantos do apartamento, em todos os vasos e potes de louça que pôde encontrar.

– Então, como não podia deixar de ser – recordou ela –, tudo disparou ao mesmo tempo e virou uma loucura.

Ela estava certa a respeito da atenção da imprensa. O leilão foi amplamente noticiado na Grã-Bretanha e ninguém deixou de reparar nisso, sobretudo a Bloomsbury. O *Sun*, o tabloide britânico de quem o arrojado *New York Post* pode ser considerado um primo modesto, ofereceu a Jo Rowling uma grande soma em dinheiro pela história de sua vida. Ela não quis nem conversar com o tabloide, mas a Bloomsbury queria muito que Jo contasse sua história, de preferência para a grande imprensa tradicional, numa tentativa de fazer com que a história de Harry Potter fosse vista como um sucesso extraordinário que não deveria ser relegado às páginas de resenha de livros infantis e revistas especializadas como *Carousel* e *Books for Keeps*.

– Em parte porque adorávamos o livro como adultos, e em parte porque a venda do livro fora digna de interesse e merecedora de ser noticiada em jornais, passamos a ser de opinião que aquela era uma história que poderíamos colocar nas páginas de notícias – explicou Rosamund. – Estávamos confiantes de que havia algo um tanto especial, e aquilo nos deu confiança para arriscar e tentar o quase impossível.

Dois dias antes da publicação, o *Herald* de Glasgow publicou uma matéria que começava com um relato que se tornaria muito conhecido: "Há três anos Joanne Rowling aterrissou em Edimburgo com um bebê debaixo de um braço e um manuscrito muito folheado do outro." Alguns dias depois, Eddie Gibb no *Sunday*

Times publicou uma matéria intitulada: "Contos de uma Mãe Solteira." Na primeira semana de julho saiu a matéria de Nigel Reynolds na página três do *Telegraph* em Londres: "História de Sucesso de 100 mil dólares de uma Mãe sem Tostão".

Nos anos por vir, Jo Rowling ganharia a reputação de não gostar muito da imprensa, talvez por causa de uma de suas personagens, Rita Skeeter, que é uma jornalista sensacionalista que pinta e borda com artigos difamatórios no quarto poder de seu mundo. Também é por causa da maneira brincalhona, por vezes irritada, com que ela mais tarde se referiu aos rótulos ferozes que recebia da imprensa durante essa época; Jo brincou dizendo que deveria mandar tatuar as palavras "sem tostão" na testa. Contudo, houve dois jornalistas de quem ela se lembra muito carinhosamente: um que lhe permitiu excluir uma declaração quando ela achou que tinha sido induzida a dizer a coisa errada, e Nigel Reynolds, que, depois de uma entrevista, desligou o gravador e lhe deu conselhos sobre como lidar com a imprensa.

Subitamente ela estava vivendo em dois mundos estranhos: um no qual ainda era Joanne, morando num apartamento modesto com uma criança pequena a quem ela agora tinha que proteger das luzes da ribalta, trabalhando para terminar seu segundo livro graças a uma doação de 8 mil libras do Scottish Arts Council, e outro em que era retratada como a personagem J. K. Rowling, uma mulher corajosa que enfrentava a dura tarefa de criar sua filha e realizar seus sonhos de fama e fortuna. Os exageros cometidos pareciam coisas saídas de um conto de fadas de Dickens – nossa heroína escrevia em saquinhos de chá e guardanapos de papel e tremia de frio à noite num apartamento sem aquecimento, até que fez uma mágica e conseguiu dinheiro e fama. A verdade combinada com presunções e ideias românticas a transformavam em um ícone para jovens mães em dificuldades por toda parte, quer isso lhe agradasse ou não.

– Eu achei toda aquela atenção excessiva, e não tinha ninguém com quem pudesse falar a respeito, ninguém. Eu não estava saindo com ninguém, não estava vivendo nenhum relacionamento naquela época. Ninguém que eu conhecesse pessoalmente jamais havia passado por algo semelhante.

O valor da venda dos direitos americanos foi de cerca de 65.625 libras, que ainda era enorme para uma escritora estreante e o suficiente para dar-lhe segurança – mas definitivamente não para torná-la rica. Quando Rowling recebeu seus primeiros exemplares de capa dura de *A Pedra Filosofal*, teve o cuidado de enviá-los para as pessoas que moravam em Edimburgo e os de capa mole para as que moravam mais longe, porque é mais caro enviar encomendas pesadas para fora da cidade.

– Se alguém tivesse me dito, você se dá conta de que esse capa dura algum dia vai valer 20 mil libras, eu teria caído da cadeira de tanto rir – disse ela.

Contudo, aquele seria um de seus últimos gestos de pobreza, porque no verão de 1997 seu primeiro livro tinha acabado de sair do ninho e estava demonstrando que tinha mais asas para voar do que qualquer pessoa havia previsto. A cobertura de imprensa dada ao leilão assegurou que a primeira edição, de 2.500 exemplares, capa mole, e 450, capa dura, não fosse suficiente; os livros entraram em segunda edição apenas quatro dias depois de lançados. A Bloomsbury já estava recebendo correspondência de fãs para J. K. Rowling, endereçada para *Caro Senhor*.

Em novembro o sonho e a predição de Rosamund para Harry se realizaram – o livro ganhou uma medalha de ouro do prêmio Nestlé Smarties Book Prize para crianças, que significou credibilidade e uma segunda onda de notícias na imprensa. Usando isso como munição, a Bloomsbury saiu à caça de cobertura da televisão, "correndo atrás do *Blue Peter* [programa infantil de enorme audiência] como loucos". Jo Rowling foi convidada para o programa em dezembro.

– O que realmente estávamos vendendo era uma história de uma enorme boa sorte – diria Rosamund. – Foi uma coisa de *zeitgeist*. Uma porção de coisas diferentes aconteceram na hora certa.

Todos os elementos estavam se encaixando em seus devidos lugares: a história de Jo, as vendas para as grandes redes de livrarias na América, ganhar o prêmio. Mas outra coisa também estava acontecendo: em pequenas livrarias independentes, os donos estavam tendo a mesma reação ao livro que Rosamund tivera, que Barry tivera, que aquele pequeno grupo de adultos que inicialmente lutaram por Harry Potter tiveram, e estavam pondo Harry Potter nas mãos de toda criança ou pais que pedissem uma indicação de algo bom para ler.

Em julho de 1998, o primeiro livro já tinha vendido mais de 70 mil exemplares na Grã-Bretanha, e com o lançamento do segundo fez história e criou mais uma onda de intensa cobertura de imprensa: foi o primeiro livro infantil a chegar ao primeiro lugar de uma lista de bestsellers – a do *Times* de Londres na qual anteriormente estivera a autora de histórias de fantasia Terry Pratchett e o autor de suspense jurídico John Grisham. Os livros claramente tinham feito um *crossover* e entrado no mercado de adultos: adultos estavam vindo falar com Jo Rowling em sessões de autógrafos e admitindo que adoravam seu trabalho, enquanto outros tinham sido vistos lendo o livro escondido atrás do jornal nos trens. (Isso levou a Bloomsbury a criar edições para "adultos" dos livros, que apresentavam o mesmo conteúdo com capas fotográficas mais dramáticas em vez das capas ilustradas para crianças.) Um livro infantil capaz de fazer esse *crossover* era um maná – havia muito menos probabilidade de um livro para adultos descer e agradar uma faixa etária mais baixa de leitores que livros de criança de subir, mas o *crossover* ainda era algo de elusivo, algo como o Santo Graal do mundo editorial. Contudo, cada vez mais adultos estavam admitindo que tinham ficado encantados pela maneira brincalhona e por vezes bem debochada e sonsamente adulta com que Jo Rowling descrevia seu mundo.

Portanto: com crianças, feito. Adultos, feito. Imprensa, feito. Livreiros, feito. Harry Potter estava começando a pegar fogo.

As resenhas de fim de ano e recomendações para presentes de Natal tiveram uma porção de mensagens alegres para a Bloomsbury e Jo Rowling. Anne Johnstone, a mesma jornalista que havia publicado a primeira entrevista de Rowling, disse que o livro era "uma história fascinante narrada em um ritmo furioso com chicotadas de imaginação, espirituosidade, insight e humor", e que ela ainda estava "por conhecer uma criança que conseguisse largá-lo".

O amor de Rosamund por Harry tinha se manifestado em sua embalagem dos manuscritos com doces Smarties e no fato de encostar pessoas contra a parede em jantares e festas, perguntando-lhes por que ainda não tinham lido o livro. Em 1998, ela ganhou uma contraparte americana na pessoa de Margot Adler.

Como correspondente da National Public Radio, uma organização dedicada a programas de notícias e entretenimento nos Estados Unidos que tem cerca de 13 milhões de ouvintes, Margot leu, resenhou ou cobriu centenas de livros. Milhares deles se enfileiram nas paredes de seu apartamento em Nova York; todas as paredes em todas as áreas comuns são estantes de livros, não deixando lugar para quadros ou fotografias. Ela recebeu uma das três mil provas de prelo, ou seja, as páginas impressas encadernadas de *Harry Potter e a Pedra do Feiticeiro*, que a Scholastic enviou na primavera de 1998.

Arthur havia insistido em mudar o nome para *Pedra Filosofal*.

– Se você pensa na comercialização de um livro – disse ele –, percebe que é possível que alguém ouça *Pedra Filosofal* e ache que é um livro sobre filosofia. – Ele sugeriu que o título fosse mudado para *Harry Potter e a Escola de Magia* (que acabou sendo o título em francês); Jo apresentou a solução de compromisso de *Pedra do Feiticeiro*.

– Sinceramente, eu lamento isso – diria ela mais tarde. – Gostaria de ter mantido "filosofal", porque existe uma história interessante por trás da pedra filosofal, e é uma pena perdê-la. Porém, não é uma coisa que me deixe de coração partido; em termos de solução de compromisso, não creio que tenha sido má.

Os editores também tinham enviado o livro para amigos em outras editoras, bem como para outros escritores: Arthur havia enviado um e-mail pessoal para uma lista de autores, inclusive Philip Pullman, Terry Brooks, Ursula K. Le Guin, Jane Yolen e Paula Danziger, descrevendo Harry como: "uma voz realmente nova na fantasia, dotada de muita coragem."

Em junho de 1998, além da Inglaterra, Harry já tinha sido publicado ou estava para ser lançado na França, Alemanha, Itália, Holanda, Grécia, Finlândia e Dinamarca. Alguns milhares de exemplares em capa mole fornecidos antes de a edição ser lançada no mercado tinham sido enviados para críticos e para a mídia e, inicialmente, foram recebidos com o ligeiro interesse associado a uma história internacional da qual não faziam parte excêntricos membros da realeza ou celebridades. Margot, uma sacerdotisa praticante de wicca, o examinou e gostou da capa e das alusões à magia, de modo que o enfiou na mala e não pensou muito a respeito do livro, exceto por refletir que poderia lê-lo enquanto estivesse de férias com a família.

A única coisa que ela achou que fosse realmente significativa com relação à prova de prelo foi a carta de Arthur Levine dentro da capa, que em sua opinião era "a coisa mais arrogante que já tinha visto na vida". A nota introdutória falava da emoção de ter presenciado o nascimento de um novo e glorioso talento, e como a história era emocionante, diferente e maravilhosa – termos elogiosos sem dúvida, mas dificilmente arrogância. Ele prometia ao potencial leitor uma luta interna entre a vontade de saltar trechos para ver o que acontecia e ler mais devagar para evitar perder "algum detalhe fantástico". Na verdade, foi o último parágrafo que chamou a atenção de Margot: "Eu prevejo que você também enfrentará outro dilema: se vai emprestar este livro a um amigo ou guardá-lo para si mesmo, por saber quanto a Edição Especial do primeiro livro de J. K. Rowling valerá futuramente."

– Eu pensei com meus botões, ele pirou, enlouqueceu de vez. Qual é? Falar desse jeito? – comentou Margot, cutucando o livro, que agora guarda numa bolsa *ziplock* em uma de suas prateleiras cheias de livros. – Totalmente louco.

Então saiu de férias e, a despeito de todas as objeções ao que considerava presunção, leu o livro. Margot adorou o livro. E sua família inteira também. Ela e os filhos passaram uma semana enfeitiçados, obcecados com ele. Quando voltou para casa, consultou a Amazon e descobriu que não estava sozinha, que as mesmas opiniões também estavam sendo manifestadas online. Ela farejou o fenômeno que estava a caminho e programou uma entrevista de uma hora com Jo Rowling para um especial de inverno na NPR.

Mas ainda não havia acabado: Margot também estava se tornando uma das primeiras missionárias militantes divulgadoras de Harry Potter. Ficou obcecada, e manifestou isso da única maneira que esses primeiros fãs podiam manifestar: visitou todas as livrarias de Manhattan que pôde encontrar para se assegurar de que tinham o livro em estoque. As livrarias independentes estavam bem sortidas: tinham prateleiras e displays, e os donos já conheciam o livro e o estavam recomendando para presentes de Natal ou apenas pedidos de sugestão de leitura em geral. Mas em qualquer loja de rede de livrarias, em qualquer Barnes & Noble ou Borders ou Waldenbooks que ela entrasse, teria sorte se encontrasse um único exemplar sequer enfiado em meio a títulos mais conhecidos.

– Eu fiquei como uma louca varrida por algum tempo. Entrava nessas livrarias e dizia: "Reparei que vocês não têm o livro de Harry Potter. Por que vocês não têm esse livro?"

O livro tinha sido lançado em setembro daquele ano e recebera poucas resenhas, mas muito favoráveis. A *Kirkus Reviews* o considerara "imensamente divertido", enquanto a *Booklist* dizia que era "uma obra brilhantemente imaginada e muito bem escrita". O *Columbus Dispatch* observava que uma criança de dez anos tinha lido o livro inteiro, de uma vez, sem a distração de amigos, computadores ou televisão. Os elogios eram esparsos, mas onde estavam presentes não eram comedidos. O livro também estava começando a acumular prêmios na Grã-Bretanha – o Prêmio de Livro Infantil do Ano no British Books Awards, o Prêmio Children's Book Award, e um segundo prêmio Smarties para a *Câmara Secreta* foi concedido, fazendo de Jo a primeira autora a ganhar o prêmio dois anos seguidos – e se manter firme nas listas de bestsellers da Grã-Bretanha. Originalmente, a Scholastic havia planejado colocar os displays perto das obras do veterano Philip Pullman; como autora estreante, isso ajudaria a dar um empurrão em Jo Rowling.

Acompanhando o ritmo da publicidade positiva, a Scholastic havia planejado lançar os livros com um ano de intervalo, como a Bloomsbury estava fazendo na Grã-Bretanha. Jo Rowling veio aos Estados Unidos para uma turnê durante o outono, visitando livrarias em dez cidades, às vezes encontrando grupos de centenas de pessoas e às vezes, como em Denver, apenas 15 pessoas ("Um momento decepcionante", dizia Jo).

Os livros ainda eram praticamente inexistentes nas lojas de grandes redes de livrarias. As vendas diretas e por recomendação de boca em boca que oorreram na Grã-Bretanha agora estavam se repetindo nos Estados Unidos por um motivo: livreiros independentes podiam se dar ao luxo de escolher o que queriam oferecer; podiam decidir o que gostavam e queriam vender, em vez de trabalhar por incentivo de centrais corporativas. Assim, embora, na ocasião, Lloyd Alexander e Susan Cooper fossem os autores das ofertas de promoção-relâmpago nas grandes livrarias, na área de fantasia infantil, os livreiros independentes tinham a oportunidade de ter a mesma reação visceral a Harry Potter que adultos influentes como Bryony Evans e Margot Adler, e podiam agir rápido com base nelas – ao recomendar o livro para o primeiro cliente que entrasse na livraria ou pondo-o em posição de destaque logo na entrada ou na vitrine –, sem esperar autorização dos chefões executivos para suas decisões.

Na Hicklebees, uma famosa livraria especializada em livros infantis e para jovens adultos, em San Jose, Califórnia, onde os livros parecem enfeitar-se atraentemente nas vitrines e tantos autores já autografaram sua porta que parece um bloco de notas de criança de sexta série, os funcionários passaram o livro uns para os outros,

cada um gostando mais do que o último. Valerie Lewis, uma das fundadoras da livraria, queria trazer aquele "grande autor de livro infantil" à sua livraria; Valerie ligou para a Scholastic e disse:
– Se algum dia ele vier à nossa cidade, ofereceremos uma sessão de autógrafos, mesmo que ele tenha apenas um livro publicado.

Jo visitou a Hicklebees em sua primeira excursão. Hoje, tudo de que Valerie se lembra é como, em um primeiro momento, "você não teria reparado nela nem mesmo em um grupo de três pessoas". Mas quando foi levada a uma escola local e as crianças começaram a lhe fazer perguntas sobre a série, ela se mostrou "animada, compreensiva, interessada e atenta". A filha de Jo estava [esperando] em um hotel, e eu podia quase senti-la pensando: "*Uma hora e meia até eu poder ver minha filha, uma hora e 15 minutos até eu poder ver minha filha.*"

O especial de Margot foi ao ar na NPR no dia 3 de dezembro de 1998, e é lembrado na Scholastic como o programa que fez uma grande diferença. Alguma coisa havia inspirado as perambulações de Margot em favor de Harry, e isso podia ser sentido no programa: talvez fosse o fato de se poder ouvir Jo Rowling falar francamente sobre algumas de suas ideias mais estranhas (como o professor Binns, o fantasma de Hogwarts que não percebeu que tinha morrido); talvez tenha sido o fato de o gerente da Books of Wonder, a maior livraria independente especializada em livros para crianças de Manhattan, relatar que havia vendido centenas de exemplares; ou talvez tenha sido o tom de celebração na voz de Arthur Levine quando ele apresentou Jo numa festa de círculos editoriais. Minutos depois de o programa de Margot ter ido ao ar, depois de ter sido ouvido em carros e nos rádios portáteis das pessoas, os clientes começaram a entrar nas livrarias, aderindo à causa de Margot, perguntando onde estava o livro de Harry e se podiam comprá-lo.

Àquela altura, a maioria das lojas tinha no mínimo um ou dois exemplares para vender. A prova de prelo anunciara que o livro teria 30 mil cópias na primeira impressão; quando, afinal, a primeira edição de fato aconteceu, esse número tinha sido aumentado para 50 mil. Em meados de dezembro o número de livros impressos tinha dobrado. Isso já era tremendo para um livro infantil, e se todos os livros dessa edição vendessem, renderiam mais do que o suficiente para cobrir o adiantamento de seis algarismos que a diretoria da Scholastic havia pensado que levaria anos para ser pago. Ao final de dezembro, o inacreditável aconteceu: Harry Potter apareceu no número 16 da lista dos bestsellers do New York Times.

"O livro foi publicado e lançado de maneira brilhante; com peças de publicidade em todos os catálogos e revistas do outono, Rowling fez a turnê e foi entrevistada. Era um livro delicioso de se ter nas mãos", declarou Eden Lipson, à época editora da New York Times Book Review, numa entrevista. "Foi o livro de Natal que as crianças de fato leram durante as festas e a respeito do qual falaram quando voltaram para a escola."

Quer seja ou não a mais verdadeira, a mais justa ou a que melhor reflete de fato as vendas, a lista de bestsellers do New York Times exerce uma influência poderosa. É determinada pelas vendas de uma amostragem de quase 4 mil livrarias e atacadistas que vendem para cerca de 60 mil varejistas, mas no final das contas não é o que mais importa. Caminhem por qualquer livraria e observem quantos livros afirmam em suas capas ser bestsellers do New York Times; provavelmente tantos quantos tiveram a distinção de fazer parte da lista. Harry Potter não foi, tecnicamente, o único livro infantil daquele ano a entrar na lista; também entraram nela o livro ilustrado de Jamie Lee Curtis e Laura Cornell, Today I Feel Silly: And Other Moods That Make My Day, bem como The Night Before Christmas, uma nova versão do poema ilustrado de Clement C. Moore. Mas nunca, desde que A menina e o porquinho de E. B. White entrou na lista e se manteve lá por três semanas em 1952, um livro para crianças de bom tamanho tinha se saído tão bem.

Os livros estavam conquistando fãs com tamanha dedicação que os apaixonados começaram a ultrapassar o ritmo dos editores; já em abril estavam tão desesperados pelo segundo livro, Harry Potter e a Câmara Secreta, com lançamento previsto nos Estados Unidos para setembro, que começaram a encomendá-lo na Amazon.co.uk ao preço de pechincha, com o frete incluído, de 25 dólares. Em abril de 1999 isso havia se disseminado tanto que Christopher Little começou a repreender a Amazon por intermédio da imprensa.

A Amazon afirmou que aquele fenômeno não era novo, apenas invertido. O mercado americano é tão maior que o da Grã-Bretanha (algo em torno de cinco ou seis vezes) que é prática comum clientes britânicos encomendarem livros americanos pela Amazon.com. Jeff Bezos, da Amazon, afirmou que era a mesma coisa que alguém ir à Inglaterra, comprar um livro e trazer para a América. Alguns encomendavam direto da Bloomsbury. E quando alguns postaram resenhas do livro na página da Amazon.com, receberam e-mails de fãs perguntando como tinham conseguido um exemplar e pedindo informações sobre como comprar o livro.

De acordo com as regras tradicionais do mundo editorial, a Amazon.co.uk e outros varejistas britânicos não tinham direito de vender para os Estados Unidos – mas pelo fato de o comércio eletrônico ser tão novo (os consumidores estavam gastando uma pequena fração – menos de um vinte avos – do que gastam atualmente), as regras mais detalhadas ainda não tinham sido estipuladas. A Scholastic recebia telefonemas de donos de livrarias reclamando que estavam perdendo vendas para a Amazon. Na época ninguém tinha certeza do poder emergente da Amazon, mas o monstro online tinha, pela primeira vez, ultrapassado a marca dos 250 milhões de dólares nos quatro meses anteriores. Donos de livrarias estavam preocupados que as pessoas se habituassem a comprar online.

Com os fãs reclamando que as livrarias não podiam fornecer-lhes o livro que queriam, as livrarias reclamando que as editoras estavam encorajando seu setor de comércio a se tornar digital, e editores reclamando que seus livros estavam sendo vendidos no exterior, fora de seu controle, havia um festival de reclamações generalizado. O *New York Times* e outros jornais noticiaram o fato, mas isso veio apenas alimentar o monstro da publicidade ao perpetuar a história da tremenda força emergente de Harry Potter, o livro que era tão bom que, pela primeira vez, o mercado britânico estava sendo invadido por ávidos consumidores americanos. Ninguém processou ninguém. O problema foi desaparecendo discretamente enquanto a história maior se tornava o crescimento meteórico e contínuo do fascínio de Harry Potter.

Ao mesmo tempo, Harry Potter estava dando seus primeiros passos rumo à indústria cinematográfica. Os direitos do filme tinham sido comprados em outubro de 1998 para a Warner Bros. por David Heyman, que tinha se mudado da América de volta para Londres, em 1996, para fundar a Heyday Films, uma companhia especializada em entretenimento para a família. Heyman se concentrava em adaptar livros para filme, porque tinham mais chance de serem produzidos do que outros tipos de projetos, e porque um livro contando com o apoio de sua companhia dava aos estúdios de Los Angeles algo mais sólido com que trabalhar do que um script novo de um jovem escritor estreante. Com livros, ele podia de fato fazer com que os filmes fossem feitos.

Uma garota que trabalhava em seu escritório, Tanya Seghatchian, leu um artigo em um jornal especializado sobre o livro ainda não publicado de Harry Potter, de modo que Neil Blair, na época trabalhando para a Warner Bros., telefonou para Christopher Little e pediu informações. Christopher lhe enviou provas de prelo, quase sem nenhum resultado.

— Eu tinha três prateleiras: a de prioridade, a de prioridade média e a de baixa prioridade — relataria David —, e Harry Potter foi enfiado e ficou parado na prateleira de baixa prioridade. Na verdade ninguém o leu.

Um belo dia, a secretária dele, Nisha Parti, que estava farta de passar tanto tempo lendo porcarias da prateleira de baixa prioridade — Tanya e David pegavam tudo do espaço de alta prioridade — teve uma surpresa. Na discussão de grupo habitual das segundas-feiras de manhã sobre as leituras do fim de semana, David perguntou:

- Alguém leu alguma coisa boa?
Nisha lentamente levantou a mão e respondeu timidamente:
- Eu li este livro.
- Que livro?
- *Harry Potter e a Pedra Filosofal.*
- Este título não é bom.
Ela explicou o enredo – o garoto que vai para a escola de bruxaria –, e a postura de David mudou. Ele levou o livro para casa, começou a ler e não conseguiu parar.
- Eu me apaixonei. Estaria mentindo se dissesse que sabia que se tornaria o fenômeno que se tornou, eu absolutamente não sabia, mas sabia que era um livro de que gostava, que tinha me comovido, me feito rir, com o qual eu me identificava de alguma forma. Todos nós estivemos em escolas; eu tinha frequentado uma escola que não era muito diferente de Hogwarts, só que sem a magia. Todos nós tivemos amigos que se tornaram importantes para nós. Todos queremos pertencer a um grupo de alguma forma. Todos tivemos professores dos quais gostamos e professores dos quais não gostamos, e imaginem como seria maravilhoso ter poderes mágicos? Sobretudo, o livro me fez rir. Ele me comoveu e eu me identifiquei com ele. Fazia-me lembrar daqueles livros que li quando criança, livros de Roald Dahl ou de autores de seu quilate, livros que não eram condescendentes, livros que tratavam seus leitores com respeito, livros que adultos e crianças podiam ler e apreciar juntos. Potter era assim.

David o enviou para a Warner Bros., e para o produtor Lionel Wigram, um conterrâneo britânico do estúdio, que David conhecia desde a adolescência. Eles se interessaram e "a jornada começou".

Àquela altura, Christopher tinha certeza de que algo de enorme estava começando. Vivia perguntando a Neil se tinha percebido, se compreendia que grande negócio aquele livro seria. Neil começou a compreender, mas poucos outros compreenderam – não havia nenhum precedente para Potter e, embora alguns adultos pudessem ser convencidos de seu caráter especial apenas ao ler o livro, era muito mais difícil convencer os executivos de uma companhia multibilionária de que aquilo não era o mesmo tipo de aquisição de livro com a qual estavam habituados e a abordá-lo de uma maneira que fosse deixar o escritor satisfeito e não apenas rico.

Jo Rowling rejeitou a oferta inicial. A Warner Bros. pensou que ela o tivesse feito por motivos monetários e retornou com uma oferta mais alta.

– Quase todo o meu motivo para dizer não foi que eu não achava que tivesse avançado o suficiente em minha história – recordou ela. – Naquele ponto ainda não havia nada de concreto sobre a mesa que me permitisse dizer que não haveria continuações que não tivessem sido escritas pelo próprio autor, algo que era da maior importância para mim – e que pudesse garantir que, por meio da compra dos direitos, a Warner Bros. nunca poderia fazer um filme chamado *Harry Potter e a viagem para Las Vegas*, isto é, a menos que J. K. Rowling tivesse antes escrito o livro.

Neil começou a argumentar que a companhia teria uma abordagem diferente com Harry Potter do que a que tinha com outros livros. Buscar realmente o envolvimento da autora e o envolvimento do agente, não apenas informá-la do que estava acontecendo de vez em quando. Christopher começou a perceber em Neil uma afinidade de ideias, e Neil se viu contrariando sua companhia, lutando pela integridade de uma marca em vez do controle global.

– Era evidente que aquilo era algo novo em termos de ter uma pessoa criativa que estava escrevendo uma série e que tinha opiniões muito definidas, e era entusiasmada e enérgica; e eu estava dizendo: "Aqui neste caso, vamos formar e operar em parceria, seria perfeito, todos só teriam a ganhar" – recordou Neil. – Estava crescendo e crescendo exponencialmente, e eu, lá em meu pequeno escritório em Londres, me dava conta de que a Warner Bros. tinha nas mãos um negócio fantástico.

Demorou um pouco para que a Warner Bros. aceitasse, admitiria David.

Ajuda do público

– O estúdio sempre quer o máximo de liberdade que puder obter com um material – relatou David. – E isso aconteceu antes que os livros se tornassem um sucesso. Eu prometi [a Jo], quando a conheci, que seríamos tão verdadeiros e fiéis ao processo quanto fosse possível, mas que o estúdio estava tentando proteger seus interesses. Eles não tinham nenhuma ideia de que os livros fossem se tornar o fenômeno que se tornaram, e nenhuma ideia de que os livros seriam tão maravilhosos à medida que a série avançasse. Se o segundo ou o quarto ou o quinto livro não fossem tão bem-sucedidos quanto o primeiro, ou se Jo por algum motivo não os escrevesse, o estúdio estava tentando conseguir ter liberdade para fazer o que quisesse com eles. E isso era basicamente comportamento padrão.

Jo ainda não tinha ficado rica, e o livro ainda não tinha alcançado status de bestseller; na época, ela estava pensando seriamente na possibilidade de voltar a lecionar e ainda era extremamente cautelosa com relação às suas finanças. O dinheiro que o estúdio de cinema estava oferecendo teria resolvido tudo isso. Mas mesmo assim ela disse não, até que seu agente e o estúdio fecharam um acordo de que quaisquer continuações que a Warner Bros. quisesse fazer teriam que ser a partir de seus livros.

Depois do que David descreve como um processo "prolongado", a Warner Bros. comprou uma opção de 18 meses para a série de livros, que poderia ser renovada mais tarde, por uma soma que chegou à casa dos sete algarismos.

– O *zeitgeist* estava do meu lado – diria Rowling. – Se eu tivesse assinado no momento em que eles me procuraram...

Ela não completou a frase, mas a sugestão ficou clara: seus desejos como autora desconhecida com um ligeiro sucesso nos Estados Unidos teriam tido uma chance muito mais remota de serem respeitados naquela ocasião do que em outubro de 1998, quando estava às vésperas de se tornar uma autora campeã de vendas no mundo inteiro e os fãs tinham começado a ficar tão desesperados pelo próximo volume que estavam silenciosamente arrancando-os do mercado da Grã-Bretanha. Não haveria como alienar aquela base de leitores maciça e cada vez mais detalhada e fanática. Pelo menos por algum tempo.

Enquanto isso a Scholastic estava alterando sua programação para atender ao crescente fanatismo. O lançamento de *Harry Potter e a Câmara Secreta* foi adiantado do outono para o princípio de junho, e o *Prisioneiro de Azkaban* foi lançado dois dias depois do Dia do Trabalho, dois meses depois de seu lançamento na Grã-Bretanha.

Dois livros de Harry Potter em pouco mais de três meses alinharam a programação das editoras, mas esse tipo de correria nunca mais aconteceria. Quando o *Prisioneiro de Azkaban* foi lançado na Grã-Bretanha em julho de 1999, também foi lançada a maior alteração no estilo de publicação de Harry Potter – e talvez a maior e a melhor ferramenta de marketing que a série jamais teve. A data com hora marcada de publicação e lançamento.

Datas de publicação não são nenhuma novidade, elas apenas são em grande medida ignoradas. A maioria dos livros tem a tendência de sair aos poucos do distribuidor para a livraria sem fanfarra, a despeito de qualquer que tenha sido a data predeterminada para o livro estar à venda. Editores encorajam livreiros a ler seus livros e passá-los adiante, dá-los de presente para o cabeleireiro do amigo do irmão de um tio, se quiserem, porque nunca se sabe se o cabeleireiro do amigo do irmão de um tio conhece alguém na CNN ou um crítico influente, e se o livro for bom o suficiente e as matérias que aparecerem na imprensa forem regulares o suficiente e um número suficiente de pessoas estiver falando a respeito do livro, então um número suficiente de pessoas comprará o livro e você terá um sucesso.

Rosamund e Barry venderam Harry Potter dentro da editora ao embalar os livros com os Smarties e deixá-los na cadeira das pessoas; marqueteiros na Scholastic os enviaram para os profissionais da indústria e usaram *buttons* com os dizeres "Conheça Harry

Potter" em feiras de livros; Ruth disse a Arthur para ler o manuscrito cujos direitos ela não tinha para vender – quem mais poderia dar o chute inicial para um efeito dominó? Não existe fórmula conhecida. Os livros alcançam status de bestseller por volume de vendas – se eles só vendem três mil exemplares, mas vendem todos esses exemplares em uma semana, podem obter aquele lugar invejado nas listas de bestseller e então vender infinitamente mais. Por que suprimir qualquer publicidade que os ajude a alcançar essa meta?

A questão não era que Harry Potter não estivesse vendendo bem, pelo contrário: o primeiro livro tinha vendido três quartos de um milhão de exemplares na Grã-Bretanha, e na América, só a primeira edição de *Harry Potter e a Câmara Secreta* tinha sido de 250 mil exemplares. Quando *A Câmara Secreta* foi lançado na América foi direto para o primeiro lugar na lista dos mais vendidos do *New York Times*, pela primeira vez para qualquer livro infantil de seu gênero. De modo que os leitores não iriam a lugar nenhum – exceto para a livraria no primeiro minuto em que pudessem.

E alguém tivera a ideia de que aquele minuto deveria ser às três e 45 da tarde do dia 8 de julho de 1999. Hoje, a Scholastic afirma que a ideia de ter um horário tão específico para o lançamento foi de Jo Rowling, e Rowling diz que o horário foi ideia da Scholastic, mas quando aconteceu pela primeira vez a Scholastic não teve nada a ver com isso, e a contribuição de Jo foi principalmente o fato de ela estar ausente. Foi tudo coisa da Bloomsbury. A precursora daquela que se tornaria a manifestação mais física do gigantismo de Harry Potter foi originalmente um truque, um pouco de jogo de cena bolado pelas equipes de marketing da Bloomsbury para compensar a falta da presença de Jo Rowling no lançamento. A autora estivera participando de uma campanha maciça de publicidade, com três lançamentos de grande escala em dois países, e o tempo dela andava escasso.

– Nós tivemos que inventar uma maneira de criar uma grande ocasião apenas para o livro – relatou Rosamund. Impor um embargo geraria interesse. – O raciocínio lógico por trás da ideia era que as crianças já teriam saído da escola naquela hora [3h45] e teriam tempo para chegar a uma livraria. Portanto, foi um pouco de encenação, sem dúvida, mas também significaria que elas não matariam aula para ir comprar um exemplar. A coisa funcionou e a imprensa adorou.

O embargo também apresentou a ideia – noticiada principalmente no *Herald* algumas semanas antes do lançamento – de que as crianças *faltariam* à escola para comprar um exemplar, algo que até aquele ponto tinha sido apenas uma inferência. Mas essa jogada se fazia com uma manchete implícita – Crianças Podem Matar Aula para Comprar Livro, Editores se Dedicam a Evitar Epidemia de Falta às Aulas, veja no jornal das 11!

A Sky News e outras mídias transmitiram o lançamento de uma livraria independente chamada The Lion & Unicorn Bookshop. A tiragem da edição tinha sido aumentada para 157 mil exemplares na Grã-Bretanha e o total de vendas estava se aproximando de um milhão de exemplares no mundo inteiro. Contudo, nenhum número de vendas podia competir com a imagem – uma fila de crianças, ao redor de uma livraria independente, esperando pelo momento exato em que poderiam abrir a capa do livro. Os rostinhos excitados faziam com que a história fosse a respeito de mais do que um número astronômico de vendas: faziam com que a história fosse a respeito de crianças apreciando um livro.

– As vendas realmente decolaram a partir daquele momento – disse Rosamund num tom seco que sugere a enorme modéstia de sua declaração. – De uma maneira meio exponencial.

O ano de 1999: o ano de três lançamentos de livros de Harry Potter, o ano em que a série se tornou um bestseller crônico, e o ano em que as pessoas começaram a usar a palavra *fenômeno* generosamente ao lado das palavras *Harry Potter*. As sessões de autógrafos estavam se tornando espetáculos. Em outubro, Jo Rowling embarcou em uma turnê por oito cidades dos Estados Unidos, da qual fazia parte o tipo de recepção normalmente reservado para astros de rock ou gurus de autoajuda. A primeira lembrança que tanto Jo Rowling quanto Kris Moran, assessora de imprensa da Scholastic que rapidamente absorveu o trabalho de Harry Potter até que se tornou quase seu único trabalho, têm diz respeito a um evento que se supunha seria "pequeno" na Tatnuck Bookseller & Sons, em Worcester, Massachusetts, que teve de contratar setenta empregados temporários e um batalhão de polícia local para conter as 2 mil pessoas que apareceram para o evento.

Jo e Kris Moran estacionaram na área de carga e viram a multidão que se espalhava até os fundos da loja. Jo perguntou se havia alguma liquidação acontecendo por lá. Kris, que é loura e pequenina como Jo e mais parece irmã dela, mas de língua mais afiada, lançou um olhar de divertida incredulidade para Jo e disse que a multidão era para o lançamento de Jo. A multidão entoava com entusiasmo o cântico "J. K. Rowling" e "Harry Potter". Jo ficou silenciosa, uma expressão assustada se apoderou de seu rosto.

Elas tiveram que passar com dificuldade por um caminho estreito para chegar à mesa dos autógrafos, em meio a mãos estendidas e câmeras com flashes espocando, e quando afinal chegaram lá o cântico tinha se tornado um ulular incontido. No dia seguinte, um repórter do *Boston Globe* diria que era como se os Beatles tivessem vindo à cidade, e até o dia de hoje Jo descreve aquele evento como tendo feito com que ela se sentisse uma "verdadeira estrela pop". Contudo, em algum lugar entre o carro e a mesa uma percepção calma havia lhe chegado de que era assim que seriam as turnês dali por diante – de que momentos de fracasso tipo *Spinal Tap* da turnê anterior haviam acabado. Jo se sentou à mesa, olhou para Kris e disse:

– Então vamos lá. – Com aquele seu jeito britânico, firme e contido, que sugere que ela poderia estar se acomodando tanto para fazer o imposto de renda com a mesma facilidade como para aquela maciça sessão de autógrafos para milhares de fãs apaixonados, e começou a assinar.

Worcester não foi o único lugar em que Rowling foi recebida por uma multidão de fãs naquela turnê; a excursão tinha sido precedida por intensa publicidade, inclusive entrevistas nos programas de televisão *Rosie O'Donnell Show* e *Today*, e uma coletiva de imprensa no National Press Club. A turnê estava contabilizando em média um público de 750 a mil pessoas em mais de trinta eventos. Cem pessoas é muita gente para qualquer livraria pequena ou de tamanho médio, e as multidões que Jo Rowling atraía eram virtualmente incontroláveis. A Children's Bookshop em Brookline, Massachusetts, teve que manter a data e o local do evento restritos apenas para quem tivesse ingresso. Em uma loja em Massachusetts, a sessão de autógrafos teve que ser cancelada; o evento tinha sido mal planejado e acabou com a presença de 2 mil pessoas para um evento que fora concebido para duzentas pessoas. Depois que as primeiras duzentas entraram na loja, houve um princípio de tumulto de gente querendo ingressos do lado de fora. Crianças se perderam dos pais, e Jo teve que ser retirada do local às pressas em um carro.

Então, os editores de Potter instituíram protocolos: milhares de pessoas esperariam em fila; elas poderiam levar um livro, que tinha de ser uma edição americana de capa dura, e dedicatórias e fotografias não eram permitidas.

Entusiasmados pelo sucesso de ter uma data marcada para o lançamento, os editores britânico e americano de Harry Potter decidiram fazer um lançamento simultâneo do quarto livro, *Harry Potter e o Cálice de Fogo*. Mais uma vez, ninguém se lembra realmente de quem foi a ideia, embora Jo Rowling diga que possa ter sido sua ideia cronometrar o minuto da liberação para venda, porque se você vai ter uma data de lançamento simultânea, pode ir até o fim e apresentar os livros quando o relógio bater meia-noite.

– Então se tornou uma grande celebração – comentaria Rowling.
– Eu não tinha ideia de que se tornaria tão importante.

E se tornou uma grande ocasião para a cobertura jornalística, ainda maior que a festa depois do horário da escola que tivera lugar no lançamento do terceiro livro. Não havia mais crianças de uniformes escolares fazendo fila em plena luz do dia; agora elas ficavam acordadas até muito depois da hora de ir para a cama.

As crianças vinham usando robes pretos e óculos e com cicatrizes pintadas na testa, com frequência com os pais que também vestiam robes, usavam óculos e tinham cicatrizes pintadas na testa. No dia que o *Cálice de Fogo* foi lançado, os livros de Harry Potter estavam na lista dos bestsellers do *New York Times* havia oitenta semanas. *A Pedra Filosofal* estivera na lista por seis meses e chegara ao auge ao atingir o quarto lugar; quando *Câmara Secreta* foi lançado chegou ao primeiro lugar, e manteve seus predecessores por volta do sexto lugar ou acima. Quando *Prisioneiro* foi lançado, os três livros se revezaram trocando de posição nos três primeiros lugares ao longo de semanas. Finalmente *Pedra Filosofal* cairia, ficando abaixo do décimo lugar, e na primavera de 2000 livros de John Grisham, Nora Roberts e Isabel Allende figurariam ali de novo, lado a lado com os últimos dois Potters nas primeiras posições, mas com mais quatro livros ainda por vir estava começando a parecer que Harry Potter iria monopolizar a lista durante anos.

A realidade prática da lista dos bestsellers do *New York Times* não pode ser subestimada; não só os bestsellers do *New York Times* geralmente proclamam seu status na capa, como as livrarias têm o hábito de recortar a lista do jornal da semana, colocá-la bem à vista numa vitrine ou bancada e exibir todos os livros que a integram. O fato de estar na lista de bestsellers vale a autores bônus pagos por seus editores, conquista para os editores o posicionamento mais disputado nas livrarias e aumenta exponencialmente as vendas de qualquer livro. Livros que entram na lista costumam ficar lá por pelo menos algum tempo, graças apenas ao fato de estarem *na* lista.

E Harry Potter estava deitando e rolando nela. Se o passado era alguma indicação, a publicidade em torno do lançamento do quarto livro, o primeiro a ser lançado desde que Harry Potter se tornara um verdadeiro fenômeno, significaria que os livros não apenas montariam acampamento nos quatro primeiros lugares, eles poderiam acender fogueiras e ficar cantando cantigas de roda por lá para sempre. (Para celebrar o feito de ter todos os livros publicados até o momento no topo da lista, o pai de Arthur Levine mandou estampar a lista numa camiseta, que usava cheio de orgulho.)

– Os editores de livros para adultos olharam para o futuro e viram suas esperanças, sonhos e títulos sendo bloqueados – declarou Eden Ross Lipson, na época, editora da *New York Times Book Review*. – Estava claro que [Harry Potter] iria levar a melhor sobre quaisquer outros lançamentos. Contudo, a *Book Review* é para adultos, embora também tenha matérias regulares sobre livros para crianças. A maioria dos anúncios é de livros para adultos, e na ocasião não havia no horizonte nada que se comparasse a Harry Potter. De modo que o consenso foi dividi-la [a lista] antes do lançamento do quarto livro.

A ideia de dividir a lista nunca fora seriamente considerada antes pelos departamentos editorial ou de publicidade, embora outros editores de livros infantis há tempos viessem pedindo a mudança, de modo que pudessem ter um espaço e visibilidade para mostrar um mercado que anteriormente não tivera nenhuma chance de alcançar a fama da lista dos bestsellers do *New York Times*.

Mas até isso estava mudando: Harry Potter não tinha apenas aberto a porta da lista para livros infantis, também tinha ajudado outros livros a encontrá-la. Em junho de 2000, a lista do *Times* também incluía o livro de 256 páginas de Christopher Paul Curtis, *Bud, Not Buddy*, vencedor do Newbery Honor, e *The Legend of Luke*, um parrudo romance de 412 páginas que era o 12º da série de grande sucesso Redwall, de Brian Jacques – ambos livros infantis.

No fim de junho de 2000, o *New York Times* anunciou que iria dividir sua lista em bestsellers e bestsellers para crianças. Ao lado da lista de bestsellers infantis agora haveria listas separadas para capa dura, para livros de ficção, não ficção e livros de "autoajuda, educativos e outros". As listas principais para adultos e crianças teriam 15 colocações, e incluiriam livros de ficção e não ficção. Harry Potter havia dividido a lista do *Times* em oito partes.

– Todo mundo ficou aliviado, exceto, talvez, a Scholastic – relatou Lipson. – Pelo que me lembro, eles nos boicotaram durante mais ou menos um ano e não publicaram anúncios nem no jornal diário nem na *Book Review*.

Quase todo mundo envolvido com Harry Potter, atualmente, quando fala da divisão da lista ainda fica com uma expressão de desagrado no rosto, inclusive Jo Rowling. Mesmo no final de 2007, acomodada com café e sanduíches diante da lareira de sua casa acolhedoramente decorada em Edimburgo, o rosto dela demonstrou desagrado ao falar do assunto. Em sua opinião, o *New York Times* errou.

– Creio que a decisão foi tomada não porque eles achassem que deveria haver uma lista de livros infantis ou uma lista de livros para adultos, mas porque achavam que Harry não deveria encabeçar a lista global de livros de ficção.

Mesmo assim, ela suspirou e recordou:

– Tivemos nosso dia de vitória. Eu vivi o meu dia de estar no primeiro, segundo, terceiro e quarto primeiros lugares da lista do *New York Times*.

E se a divisão da lista tiver ajudado a literatura infantil de maneira geral?

– Se isso for verdade, é ótimo. Se isso for verdade, fico satisfeita, e gostaria de retirar meu comentário anterior! – Ela dá uma gargalhada.

– Mas se não for, fico fula da vida!

Em termos de anos Harry Potter, 1999 foi um ano notável, incandescente: a introdução da data de publicação, o calendário aceleradíssimo de lançamento, a mudança do status de Jo Rowling no mundo, as livrarias invadidas por multidões, as turnês com velocidade de redemoinhos, o lento acirramento dos ânimos que conduziria a uma lista de bestsellers fraturada e toda a publicidade resultante que acompanha cada um desses elementos transformaram uma curiosidade em um fenômeno. Mas quando Jo Rowling chega a uma cidade, vai embora no dia seguinte; os telespectadores podiam assistir a uma matéria na televisão no café da manhã e esquecê-la na hora do almoço; entrevistas recentes lidas nos jornais da manhã logo a seguir podiam ser usadas para forrar a gaiola dos passarinhos ou embrulhar o peixe. Publicidade desse tipo não pode ser mantida.

A publicidade de boca em boca era suficiente para levar o fenômeno longe, para empurrá-lo até a beira da massa crítica, mas era preciso alguma coisa para empurrá-lo além daquele limite: outro fenômeno estava evoluindo lado a lado com os livros de Harry Potter, perto de realizar seu próprio potencial como a coisa que mudou *tudo* que conhecemos sobre tudo. Eles ascenderiam juntos e se encontrariam, e o impacto de um sobre o outro seria incomensurável. Apesar de todo o tumulto a respeito de Harry Potter afastar as crianças dos videogames e da cultura *trash*, e trazê-las de volta para as boas e velhas páginas bolorentas de livros, o que levantou as abas cada vez mais longas da capa de Harry Potter e a transformou numa armadura à prova de balas foi exatamente o oposto, algo feito de bits e bytes em vez de palavras e letras, e se tivesse sido levado para Hogwarts teria feito com que a escola se tornasse completamente inútil. Harry Potter estava às vésperas de se tornar um grande amigo da internet.

CAPÍTULO CINCO

TECENDO A TEIA

Eu não conseguia encontrar coragem para zombar de Cheryl Klein por ter me mentido sobre o manuscrito de Harry Potter. Ela fizera isso em um jantar durante a terceira semana de janeiro de 2007; tinha sido um longo dia de trabalho para mim, e qualquer pessoa que estivesse ao meu lado teria me ouvido reclamar das brigas de família, da teimosia da tecnologia e de minha paciência que estava a ponto de se esgotar com relação ao fato de não saber quando o anúncio da data de lançamento do sétimo Harry Potter seria feito. Cheryl calhou de ser essa pessoa. E enquanto íamos andando para o restaurante, eu reclamava sem parar e agitava os braços abertos.

– E, e, *e* – prossegui de dedo em riste sem apontar para coisa alguma – enquanto tenho que aguentar tudo isso, eu sei que aquele manuscrito provavelmente está lá quietinho num canto de seu escritório neste momento!

Cheryl era parecida com minha irmã, mais alta, mais loura e uma pessoa de temperamento mais lógico que eu. Em vez de se deixar irritar por minha cena de agitação de braços, casaco desabotoado e cabelos sacudidos ao vento, ela continuou andando muito elegante e cuidadosamente, e estava vestida com bons agasalhos que incluíam objetos que me eram desconhecidos, como um chapéu, echarpe e um par de luvas. Cheryl sempre tinha consigo duas bolsas, e eu sabia exatamente o que havia dentro de cada uma: uma era a bolsa normal, com todos os acessórios femininos; a outra era a do trabalho que ela levava para casa de seu emprego como editora na Arthur A. Levine Books; teria no mínimo um manuscrito (às vezes dois) e uma pilha de cartas de perguntas não respondidas das quais ela tentaria cuidar em casa.

Por muito tempo eu havia pensado em Cheryl como "srta. Klein". A partir ou por volta de 2002, ela começou a enviar e-mails para o Leaky toda vez que descobria uma dica que merecia ser tornada pública, e não nos levou muito tempo para reparar que seu endereço de e-mail incluía "scholastic.com" no final, pesquisar o nome dela no Google e descobrir que fazia parte da equipe que editava os livros Harry Potter. Como era uma pessoa que não conhecíamos, costumávamos tratá-la de "srta." – uma vez que, afinal, tinha alguma participação na produção de nossos livros favoritos, merecia no mínimo esse tratamento respeitoso. Mas então eu a conheci, e aquele prefixo pareceu ridículo. Estávamos numa exibição de *Prisioneiro de Azkaban*, em 2004; tínhamos trocado alguns e-mails cordiais e tudo que eu sabia era que Cheryl estaria lá. Quando ela me bateu de leve no ombro – eu me virei e dei com uma garota magra e loura da minha idade, com um largo sorriso, de óculos e com uma camiseta azul da *Ordem da Fênix* – tive certeza de que aquela não era uma mulher intimidadora. Alguns dias depois saímos para tomar um café e logo estávamos ficando amigas ao descobrir que pensávamos as mesmas coisas sobre a série Harry Potter e outros assuntos. Íamos ao cinema, ríamos muito, de vez em quando jogávamos Scrabble juntas (algo que Cheryl não faz com amigos antes de ter certeza de que eles saibam perder de lavada com elegância). Saíamos para conhecer bares e restaurantes no Brooklyn e reclamávamos uma com a outra dos problemas com a família e com os homens. Antes que eu me desse conta do que havia acontecido, ela havia se tornado uma de minhas amigas mais íntimas, mas mantivemos nossa amizade em segredo por algum tempo, temerosas de que seus chefes exigissem que não nos falássemos porque eu era uma repórter Harry Potter e ela poderia acidentalmente me revelar algum detalhe da trama. Teria ela violado alguma cláusula invisível de seu contrato de trabalho por fazer amizade comigo?

Continuamos assim por cerca de um ano, depois começamos lentamente a indicar às pessoas, publicamente, que éramos amigas. Isso foi recebido com uma espantosa falta de interesse. Naquela noite em janeiro, como em muitas noites que se seguiriam àqueles dias longos e frustrantes, Cheryl apenas me ouviu falar e riu de uma maneira que eu mais tarde identificaria como a de alguém que sabe mais do que está revelando. Então ela se inclinou para mim e disse, com uma expressão tão séria que eu acreditei:

– Melissa, esse manuscrito não está em meu escritório neste momento.

Tecnicamente, ela provavelmente não tinha mentido. Provavelmente estava em algum canto no escritório de Arthur. Eu havia descartado o assunto rapidamente, porque sempre me sentia mal quando a pressionava com relação a ter conhecimento do conteúdo de futuros livros de Harry Potter antes de mim. Ou melhor, digamos quase sempre. Durante o fim de semana do Dia de Independência com minha família em 2005, menos de duas semanas antes do lançamento do sexto livro, meus parentes sicilianos tinham se divertido e encarnado nela tentando fazê-la revelar a identidade do Príncipe Misterioso. Como quem não quer nada, eles adotaram o estereótipo da máfia ("Eu conheço um sujeito, o nome dele é Vinny...") para pressioná-la a revelar. LauryAnn, que é comprista na Macy's, lhe ofereceu bolsas de grife. Nós ensinamos e ensaiamos Nicky, de seis anos, a olhar para ela, com seus irresistíveis olhos amendoados, e perguntar gaguejando: "Quem é o pin-ci-pe mis-te-ro-so?" Meu primo de 11 anos, Joseph, ficava o tempo todo bombardeando-a com perguntas curtas, não relacionadas ("Qual é o seu livro favorito?", "Qual é o seu signo?") e então metia no meio: "Quem é o Príncipe Misterioso?" na esperança de que ela desse um escorregão. Eu só a vi se retrair uma vez, quando Joseph apostou com ela o nome do príncipe em um jogo de Scrabble. O rosto dela se contraiu. Mais tarde, naquele fim de semana, quando eu pela primeira vez na vida realizei a façanha de ganhar de Cheryl no jogo (que só aconteceu porque ela me ajudou

algumas vezes), ela consolou seu ego ferido pelo jogo de palavras se debruçando para mim e se gabando:
– Eu sei de uma coisa que você não sabe! – Então desatou a rir de uma maneira tão maníaca que todo mundo na mesa caiu na gargalhada.

Mas agora estávamos na última semana de fevereiro de 2007, e uma vez que aqueles eram oficialmente, para sempre, os últimos cinco meses durante os quais Cheryl poderia me torturar com seus conhecimentos privilegiados de Potterologia, eu estava me sentindo mais caridosa. Minha amiga Meg Morrison e eu tínhamos ido visitá-la em seu apartamento em Park Slope, Brooklyn, para um de nossos "fins de semana escrevendo" (na verdade, um fim de semana ocasional, em que comíamos um grande almoço feito em casa, reclamávamos da vida/papeávamos/fofocávamos e depois trabalhávamos em nossos projetos individuais escrevendo), e Cheryl já estava se desmanchando em sorrisos maliciosos enquanto nos servia porções de panquecas. Meg e eu a estávamos ignorando quase completamente, como tínhamos que fazer se fôssemos continuar nossa conversa, uma de nossas arengas costumeiras sobre o cânon, em que percorríamos de alto a baixo a lista de mistérios Potter ainda sem resposta e tentávamos decifrá-los tratando detalhes minúsculos da trama como se fossem indicações revolucionárias. Naquele dia tudo era a respeito da personagem Belatriz Lestrange, a Comensal da Morte que faz com que Lady Macbeth pareça June Cleaver, a matriarca elegante e sempre sorridente do clã Cleaver.

– Aquela _____ – Meg disse um palavrão que não posso repetir – sabe de alguma coisa. Ela sabe das Horcruxes. Ela disse que Voldemort tinha lhe confiado sua mais *preciosa* alguma coisa e foi interrompida antes de acabar de falar. – Ser interrompido antes de acabar de dizer alguma coisa é um sinal para qualquer dos fãs que estudam Rowling que uma informação importante foi revelada ou foi disfarçada. – Ela provavelmente a usa presa na perna, aquela fera cabeluda.

Aquela não era a primeira vez que falávamos daquela pista, mas era a primeira vez desde o anúncio da data de lançamento. Toda conversa desde então era carregada de urgência, como se estivéssemos tentando desmontar uma bomba antes que o relógio tiquetaqueando chegasse ao zero.

Quando conheci Meg, eu só tinha descoberto o fandom de Potter havia alguns meses. Meu trabalho no Leaky tinha como característica principal o fato de ser escasso; fazia um ano e meio desde o lançamento do quarto livro e não havia nenhum sinal de que outro seria lançado tão cedo. O primeiro filme tinha estreado em novembro; eu havia viajado para a cidade de minha faculdade, Washington, D.C., para vê-lo no Uptown Theater, que tinha uma tela mais ou menos do tamanho de um prédio. Lá fiquei na fila durante horas para conseguir uma cadeira bem localizada, e enquanto fazia isso pessoas fantasiadas pareciam estar por toda parte ao meu redor. Eu esperei entre um Hagrid e uma Rita Skeeter, sentei junto com eles enquanto a velha sala de cinema ficava lotada de fãs de todas as idades, e tagarelei inquieta de excitação, como todo mundo. Quando as luzes se apagaram e o logotipo da WB apareceu na tela, os gritos e vivas fizeram meu corpo tremer de emoção. Para mim, nenhum momento de filme de Harry Potter jamais se compararia à primeira vez em que vi as palavras Privet Drive emergirem da escuridão na tela.

Tirando isso, estava passando meu tempo de Harry Potter falando com o mesmo grupo de adultos com quem sempre falava; toda noite eu passava horas na internet com eles, debatendo pontos da trama e das caracterizações. Em minha sede por tudo que dissesse respeito a Harry Potter, eu também tinha passado a conhecer melhor a ficção de fã, que anteriormente tinha sido um fenômeno novo para mim. A primeira vez em que havia pesquisado ficção de fã tinha ficado ligeiramente traumatizada pela experiência. Eu fui para o site principal de ficção de fã para ficção alternativa de personagens com *copyright* registrado, o FanFiction.net, que abrigava mais ficção de fã de Harry Potter que qualquer outra coisa. (Reparei, enquanto examinava os diretórios, que *Os Arquivos X* também tinham muito material, mas nada que se aproximasse à quantidade de histórias relacionadas com Harry Potter.) Com hesitação, cliquei em minha primeira história, dividida entre querer manter a pureza de minha experiência de Harry Potter na narrativa que Jo Rowling fazia dela e estar tão desesperada em busca de novas histórias sobre meus personagens favoritos que aceitaria lê-las escritas por outra pessoa.

A curiosidade naturalmente venceu a pureza, então cliquei na primeira história da lista e me descobri olhando com horror para uma página tão cheia de fragmentos de frases, erros gramaticais e interrupções na narrativa que mais parecia que uma criança pequena tinha andado brincando com letras magnéticas do que uma pessoa de fato tinha tentado escrever em prosa. Precisei de meia hora para encontrar um texto de ficção de fã escrito por um autor que respeitasse regras de pontuação, mas depois disso, clicando em links para as histórias favoritas de cada autor e procurando entre as que tinham sido consideradas as melhores nas listas, finalmente consegui encontrar obras legíveis. Eu não compreendia muitos dos acrônimos – AU, MWPP, pré-GOF, H/H, H/G, travessão e assim por diante – e mesmo depois que encontrei uma história de fan-fic que não era espantosamente ruim, não caía bem, mais parecia caraoquê literário. O critério de julgamento usado pela comunidade em relação à maior parte das obras se baseava no quanto o autor tinha conseguido imitar o estilo de Jo Rowling; qualquer autor que chegasse perto – e muitos que não chegavam – ostentava resenhas que diziam: *Você tem certeza de que não é J. K. Rowling?* Só os escritores mais avançados, ou prolíficos, podiam despir aquele manto e receber resenhas baseadas em seus estilos marcadamente diferentes.

Foi preciso mais ou menos uma semana para que eu me habituasse a ver os nomes de Harry, Rony e Hermione ou o cenário de Hogwarts usados nas histórias de outras pessoas, mas depois que me habituei e encontrei alguns autores de que gostava e segui as recomendações deles, rapidamente fiquei sabendo de vários outros sites, além do FanFiction.net, que hospedavam resmas de ficção

Harry Potter bem escrita. Várias pessoas me indicaram algumas das sagas mais apreciadas, uma das quais, *The Draco Trilogy*, de Cassandra Claire (que atualmente publica bestsellers sob o nome "Cassandra Clare"), parecia ser considerada leitura obrigatória do fandom. Nela, Draco desempenha o papel principal, usa calças de couro e fala de maneira muito mais irônica e muitíssimo mais agradável e divertida que nos livros. Achei a história bem escrita e engraçada, mas a transformação daquele personagem numa figura mais suave não me bateu bem, não me conquistou; eu não queria ler a respeito dele se fosse apresentado de maneira diferente que nos livros.

Eu lia ficção de fã porque queria passar mais tempo com os personagens que conhecia dos livros de Jo Rowling, e o único site que, em minha opinião, chegava perto de fazer isso regularmente era o Sugar Quill. A meta principal do site era encorajar fan-fic que não contradissesse em nada o cânon, e ele tinha uma Estante do Professor de histórias preferidas que tornava todo aquele mundo acachapante da fan-fic de Harry Potter tão menor e mais possível de lidar que fiquei viciada. Eu passava horas nos fóruns de discussão do site, não só debatendo fan-fic, mas também tentando desvendar as pistas dos mistérios da série. O que tinha acontecido imediatamente antes de Dumbledore deixar Harry com os Dursley? O que Tiago e Lilian Potter faziam para ganhar a vida quando estavam vivos? Eu também me deliciava com os debates mais sérios sobre tópicos mais filosóficos, como, por exemplo, se Sirius e Remo tinham ficado numa situação pior depois da primeira queda de Voldemort, ou se tinha sido um golpe antifeminista que Hermione alisasse o cabelo para o Baile de Inverno em *O Cálice de Fogo*.

Meg era uma das duas pessoas que editavam e administravam o Sugar Quill, de modo que quando Heidi Tandy, na época a editora do Leaky, disse que Meg e eu trabalhávamos em lugares muito próximos e que deveríamos nos conhecer, fiquei sinceramente entusiasmada. Estávamos no princípio de 2002 e na metade da espera pelo livro cinco. Eu também tinha conseguido arranjar um emprego na MTV Networks como assistente editorial da revista interna da companhia, *The Pages Online*. Começou, como prometido, com algum trabalho administrativo, mas em igual medida trabalho de reportagem e redação de matérias; duas semanas mais tarde, depois de uma demissão de quinhentas pessoas em toda a companhia, da qual tenho certeza de que só escapei porque meu salário era baixo, eu me tornei basicamente a segunda assistente pessoal de uma mulher chamada Denise que, ao que parecia, realmente me detestava e me encarregava de uma lista interminável de tarefas pessoais muito mal disfarçadas como responsabilidades profissionais. Considerei aquilo como o "emprego infernal" que tinha tanta esperança de evitar quando saíra da faculdade. Não teria me importado muito se aquilo estivesse na descrição de tarefas do emprego para o qual me candidatara, mas, depois de três meses e muitas comiserações sussurradas com colegas de trabalho, consegui mudar meu foco e pensar na sorte que tivera ao arranjar um emprego depois do 11 de setembro. Embora ficar no trabalho até tarde, almoçar quentinhas e fazer aquelas viagens de noventa minutos de ida e volta me deixasse cansada e irritada, eu estava me virando. Contudo, as longas viagens de ida e volta para Staten Island tornavam muito difícil que eu conseguisse sair à noite em dias de semana, e fiquei feliz com a ideia de conhecer uma companheira Pottermaníaca que trabalhasse por perto.

Pouco depois eu estava esperando por Meg em um pub escocês nas vizinhanças do trabalho. Ela também era assistente pessoal no escritório de um produtor da Broadway, e chegou ainda mais atrasada para nosso encontro do que eu. Meg tinha me assegurado que seria a pessoa que se parecia com Lilian Potter, e não tinha brincado: era, de longe, a mulher da minha idade mais alta que eu conhecia, com o cabelo mais vermelho, que lhe descia cacheado até a cintura. Acenei para ela e ela sentou defronte a mim, em minutos estávamos bebendo vinho e conversando sobre nossas experiências distintas de fandom. Trocamos histórias do 11 de setembro, como parecia que todo mundo estava fazendo em Nova York naquela época, e eu expliquei como a comunidade Potter tinha me ajudado a enfrentar aquele dia; também contei a ela como apreciava o Sugar Quill, tanto por me ensinar sobre ficção de fãs – eu estava até atuando como leitora "beta" para minha amiga online Rebecca, editando e checando fatos para sua série em três partes sobre Severo Snape – como também por me dar acesso a um pequeno grupo de fãs adultos, igualmente apaixonados, que não queriam reimaginar a obra de Jo Rowling, apenas festejá-la e pesquisá-la em busca de pistas. Por vezes o ato de participar no fandom me parecia com desempenhar um papel numa versão longa, global e de vida real do filme *Clue*, na qual Jo era o mordomo impetuoso, desempenhando um papel complicado e estonteante de explicação, e a comunidade do Sugar Quill estivesse me ajudando a rastrear, registrar, revisitar e debater cada detalhe crucial da trama de modo que eu pudesse tentar solucionar o mistério antes que a trama se resolvesse. Apesar de sabermos que tínhamos tanta chance de descobrir o final quanto Harry tinha de passar um ano escolar sem um duelo mortal, ainda assim era muito fascinante e emocionante tentar.

Eu também estava imensamente grata ao "SQ", como os fãs chamavam o site, por me explicar e tornar acessível para mim um fórum racional de debates de "shipping" – shipper é uma pessoa que admira relacionamentos, principalmente românticos, entre personagens fictícios. Todo o conceito de "shipping" era novo e confuso para mim, embora o Sugar Quill começasse a explicar alguns dos acrônimos de fan-fic que eu havia encontrado – H/H significava que a história era Harry/Hermione, ou uma história cuja tendência romântica favorecia Harry e Hermione. Nem todas as abreviações eram óbvias: R/H era Rony e Hermione, mas H/R geralmente era Harry/Rony. Às vezes o nome Hermione era abreviado com "Hr" para evitar confusão com Harry (H/H com frequência era reescrito com H/Hr), e uma que punha Snape e Harry juntos (eu confesso que minha mente berrou "eca!" diante da ideia do nojento e seboso professor de Poções algum dia ter um relacionamento romântico com *qualquer pessoa*, quanto mais com meu bruxo favorito) resultou em "Snarry".

Em alguns dos fóruns não havia nenhum tabu proibindo retratar relacionamentos de adulto com menor, professor com aluno ou mesmo relacionamentos incestuosos. Embora parte de mim pudesse compreender por que autores de fan-fic iriam querer explorar esses relacionamentos ficcionalmente dentro do constructo do mundo que Jo havia criado, e pudesse até ver isso como meio saudável de dar vazão à expressão criativa, eu simplesmente não conseguia lê-los. Harry me era querido demais para que o excluísse, mentalmente, de algumas proteções de controle social que eu encorajava na vida real. Graças a Deus, no Sugar Quill eu encontrei uma comunidade cheia de pessoas que pensavam da mesma maneira; elas só queriam explorar os relacionamentos (*relationship*, em inglês, palavra que deu origem aos termos "shipping" e "ship") que fossem consistentes com os relacionamentos dos personagens representados nos livros. Elas ainda flertavam com a formação de pares improváveis como o de Sirius Black com Remo Lupin, ou de pares ligeiramente impossíveis, mas que, apesar disso, davam inspiração para que se escrevesse muito como Draco Malfoy com Gina Weasley, e essas eram tentativas bem-vindas. Acima de qualquer coisa, contudo, eles estavam firme e resolutamente no campo daqueles que afirmavam que Jo Rowling estava deliberadamente escrevendo os livros Harry Potter de maneira que Rony e Hermione ao final acabassem juntos, e foi isso, mais que qualquer coisa, que me fez ter vontade de abraçar Meg assim que a vi.

– Eu não entendo – disse a ela, me inclinando para frente em minha cadeira. – Eu não *compreendo* como alguém poderia pensar que Harry e Hermione vão ficar juntos!

Eu tinha passado semanas online abestalhada, vendo fãs discutirem apaixonada e militantemente que Harry e Hermione estavam destinados a ter um relacionamento nos verdadeiros livros de Harry Potter e não apenas continuar a apreciar seus exuberantes relacionamentos amorosos de universo-alternativo (AU! Mais um acrônimo que aprendi) de fan-fic. Eu não tinha nenhum problema com pessoas que preferiam que Harry Potter e Hermione acabassem juntos, mas não conseguia absolutamente entender como alguém podia ler os livros e não só pensar que Harry e Hermione combinavam e formavam um bom casal (algo que eu compreendia, mas com que não concordava), mas também descartar por completo a ideia de Rony/Hermione. Aquilo tinha se tornado frustrante; como novata no fórum de discussão, timidamente eu havia manifestado minha opinião sem me dar conta de que estava em um site de shippers de tendência dominante em favor de H/H, e fui rapidamente levada a me calar pela reação acalorada de tantos membros que não me dei ao trabalho de voltar lá. Portanto, encontrar Meg e toda a comunidade do Sugar Quill foi como receber alta de um manicômio.

Meg estreitou os olhos para mim por um instante depois de minha exclamação sobre H/H; então o rosto dela se abriu num sorriso e ela deu uma gargalhada.

– Ah, eu sabia que ia gostar de você – declarou, e nós duas desatamos a rir.

Começamos a trocar e-mails furiosamente, e a euforia de ter uma amiga na vida real, e por perto, que me entendia, que compreendia minha obsessão, era como uma droga. Não demorou muito e tínhamos dado início à nossa tradição de escrever nos fins de semana, nos quais ríamos um bocado enquanto tomávamos café, conversávamos a respeito da vida e de homens, e aproveitávamos o tempo para esquecer nossos empregos chatos, passando o tempo com Harry Potter. Nossos encontros eram como um antídoto muito necessário para a minha vida melancólica com minha chefe antipática. No trabalho, minha supervisora e eu podíamos nos retirar para a área da cozinha e sussurrar sobre nossas mazelas; com Meg, eu podia reclamar em voz alta e com fervor. Mais tarde, depois de outras demissões, quando a parte "editorial" de meu trabalho deixou totalmente de existir – e a maior parte de meu tempo no trabalho era ocupado pelo preenchimento dos recibos de cartão de crédito de Denise – passar algum tempo com Meg e falar sobre Harry Potter tornava aquilo mais suportável.

Nossa amizade, como tantas outras na época, transcendia a série de livros que ambas amávamos, mas só se tornara possível graças a uma colisão entre Harry Potter e a internet. Tínhamos a percepção mais ampla de que não éramos as únicas cuja vida tinha sido afetada de maneira semelhante por Harry Potter, e aquele sentimento de comunidade estava começando a amarrar nossas atividades relacionadas a Potter como as gavinhas de uma planta trepadeira crescendo e se espalhando lentamente. Aquilo estava acontecendo no mundo inteiro; a rápida disseminação de ficção de fãs, fóruns de discussão, salas de bate-papo online e sites de fãs mantinham os fãs ocupados e se divertindo nos intervalos entre os lançamentos de livros, e permitia a novos fãs comemorar com aqueles que tinham o mesmo gosto que eles. Meg e eu não tínhamos, de fato, "estado juntas" a menos que tivéssemos lido juntas os fóruns de discussão e postado mensagens neles, ou mostrado uma à outra fan-fics de que nossos outros amigos online tinham gostado. Nossa comunidade, que só recentemente eu havia descoberto, era chamada de fandom, havia começado a sair da tela de computador e a adquirir outras formas além de pseudônimos eletrônicos e nomes de usuário.

Naquele ponto, o fandom online tinha acabado de atingir seu ponto de fulgor, que levara alguns anos até alcançar; embora o sétimo livro de Harry Potter fosse ter uma tiragem que bateria recordes na primeira edição com 12 milhões de exemplares nos Estados Unidos, antes que *O Prisioneiro de Azkaban* fosse publicado, as vendas globais de Harry Potter estavam se aproximando de um milhão. Logo aquele número explodiria para um total de 7,5 milhões de exemplares vendidos. Se cada um desses 7,5 milhões de exemplares representasse apenas um leitor, e todos aqueles leitores comprassem um exemplar dos futuros livros, aquele número representaria cerca de 30 milhões de exemplares vendidos. Contudo, a popularidade dos livros não cresceria apenas multiplicada por um fator de quatro, cinco ou seis, ou mesmo dez ao longo dos anos seguintes. Depois de *O Prisioneiro de Azkaban*, mas antes de *Relíquias da Morte*, aquele número explodiria para 325 milhões –

quase 45 vezes seu volume de negócios desde a venda do terceiro livro. Os livros eram precedentes fulgurantes por si sós, e teriam carbonizado os recordes de publicação existentes quer tivessem um fornecimento digital constante de gasolina ou não, mas a internet, um repositório ilimitado de debates e um facilitador para personalidades obsessivas em toda parte, deu a Harry Potter uma vantagem adicional de brilho como a primeira série a gozar de uma base de fãs online avassaladora e insaciável.

Em 2000, o Projeto Internet Mundial da UCLA estimou que a internet havia se tornado a "tecnologia de crescimento mais rápido da história do mundo". A internet tinha precisado de apenas uma fração do tempo – de cinco a sete anos – do que tinham sido necessários para a eletricidade, os telefones e a televisão se tornarem parte de um número significativo de lares americanos. O primeiro navegador da internet, o Mosaic, já em 1993 tornara popular a navegação na internet. Cerca de três anos mais tarde, a internet estava sendo usada por cerca de 19 milhões de pessoas na América; em 1998 esse número havia triplicado para 57 milhões – ou 104 mil por dia, 72 por minuto. E em 1999, essa taxa de crescimento se acelerou em quase três vezes, para cerca de 274 mil novos usuários por dia ou 190 por minuto. Quando o ano de 1999 acabou e 2000 começou, mais de 100 milhões de pessoas, apenas na América, estavam conectadas, e a internet estava florescendo de maneira semelhante na Suécia, Grã-Bretanha, Japão, Cingapura, Coreia e Espanha.

A base de usuários da internet triplicou entre 1998 e 1999. Entre janeiro e abril de 1999, um período de tempo durante o qual não foram publicados livros de Harry Potter, o índice de absorção global da série tinha quintuplicado, de 150 mil para 750 mil exemplares. Cerca de um ano mais tarde, aquele número se tornou 19,8 milhões só nos Estados Unidos – mais de 26 vezes o que tinha sido. As tiragens da primeira edição de *Harry Potter e o Cálice de Fogo* tinham sido planejadas para um milhão e meio de exemplares na Grã-Bretanha e 3,8 milhões nos Estados Unidos, e também sido substancialmente aumentadas em outras partes do mundo.

Naquele período crucial, entre 1999 e 2000, a internet mudou Harry Potter mais ou menos na mesma medida que a internet estava mudando tudo o mais. A internet naquela época era uma sombra do que é hoje: dizia-se que as páginas eram "dinâmicas", mas as informações na verdade eram estáticas: as informações ficavam paradas na página, com talvez, de vez em quando, um link para outro artigo. Deixar comentários ou de outro modo permitir que uma página interagisse com usuários era uma prática muitíssimo limitada, exceto sob a forma de fóruns de discussão rudimentares, que eram a resposta amigável (fácil de usar) para o usuário às redes como a Usenet *newsgroups* e outros sistemas para postagem de textos baseados em fóruns de discussão ou e-mail dos anos iniciais. As comunidades se formavam com facilidade nos fóruns de discussão, que exigiam uma identidade e por vezes, naquela época, um perfil, no qual você listava detalhes a respeito de si mesmo que podiam ou não ser honestos e permitiam aos outros ver essa personalidade verdadeira ou não.

Já no primeiro quadrimestre de 2000, mais de três quartos das pessoas checavam seu correio eletrônico pelo menos uma vez por dia; mais da metade tinha alcançado um limiar de confiança alto o suficiente para comprar produtos online; menos de dez por cento achava que a internet era cara demais. A maioria a usava em casa, e para navegar na Web, enviar e-mails, ler sobre hobbies, notícias e informações de entretenimento – era menos frequentemente usada para procurar empregos ou pesquisa para trabalho de casa. O estudo da UCLA demonstrou que o uso da internet também correspondia ao nível de escolaridade: quanto mais escolaridade, mais alta a probabilidade de os indivíduos se sentirem à vontade com a internet. Fatos similares foram verificados com relação à renda; mais de 80 por cento das pessoas que ganhavam 50 mil dólares ou mais por ano usavam a internet. O uso declinava bruscamente depois da faixa de idade de 46 aos 55 anos.

As pessoas ainda se esquivavam de conhecer pessoas online – exceto quando tinham menos de 18 anos. A maioria não revelava detalhes pessoais online – exceto quando tinham menos de 18 anos.

Na mesma época, os primeiros sites de Harry Potter estavam se tornando conhecidos. Os primeiros sites de fãs, de maneira geral, também estavam se tornando conhecidos, e como Harry Potter era a história do momento, e os fãs de Harry Potter nunca foram conhecidos por deixar passar um bom detalhe obsessivo intocado, os sites Harry Potter estavam se tornando os sites de fãs mais bem estruturados e detalhados da Net. A natureza do enredo de Harry Potter, como qualquer boa história de mistério, era deixar os fãs desesperados tentando descobrir qual seria o passo seguinte. À medida que se tornou mais fácil navegar e se comunicar via internet, através de páginas rudimentares, adolescentes precoces aprenderam como criar aquelas páginas rudimentares e colocá-las online.

Em 1997, Jenna Robertson, uma adolescente de Nevada, criou o que rapidamente se tornaria o mais abrangente site de Harry da época: chamava-se o Unofficial Harry Potter Fan Club e foi o primeiro site com que eu esbarrei em minhas tentativas iniciais de encontrar uma comunidade relacionada. O site criou um padrão precoce: ser obsessivo, e dar aos fãs alguma coisa para fazer enquanto esperavam por um novo livro. O site apresentava as origens das palavras e dos nomes Harry Potter, quebra-cabeças, excertos dos livros, fan art – criações artísticas dos fãs (geralmente artes gráficas, banners e wallpapers) –, citações dos fãs, ficção de fãs e outras distrações. Outros sites também estavam surgindo: um dos primeiros sites de fan-fic, o Harry Potter's Realm of Wizardry, foi iniciado em 1999; o MuggleNet.com também surgiu em 1999, por obra e criação de mais um adolescente entediado, Emerson Spartz, e seguiu um modelo similar ao do UHPFC. Muitas das páginas de fãs eram hospedadas pela Geocities.com ou pela Tripod.com, primeiras e populares distribuidoras de espaço gratuito na Web em troca de exibição de anúncios de publicidade; uma delas foi o Leaky Cauldron, que foi posto na Net em julho de 2000. Então os fãs se habituaram com os registros de domínios da internet, se apoderando de uma porção de domínios menores como HarryPotterFans.net (lar do Unofficial Harry Potter Fan Club), HarryPotterGuide.co.uk e DProphet.com. A regra comum para um site de fãs era simples: tinha que ser comandado por fãs, e tinha que incorporar alguma palavra ou aspecto da série em seu título. Além disso, apenas divertir.

As redes sociais também estavam começando a se popularizar. Embora fossem atingir o auge a ponto da insanidade em 2007, quando quase todo mundo que entrasse online com regularidade tivesse algum tipo de diário na Net, uma conta no Facebook ou uma página no MySpace, as redes sociais começaram exatamente quando a internet estava ganhando velocidade. O LiveJournal.com, fundado em 1999, logo emergiu como uma das marcas mais fortes de cola entre amigos online. Anteriormente, para obter atualizações sobre seus amigos você tinha que passar pelo processo um tanto trabalhoso de buscar as últimas postagens que eles tinham feito em fóruns de discussão, ou enviar/receber e-mails individuais, ou se tornar integrante de um grupo reservado de e-mail no qual uma mensagem é distribuída para que todos leiam. O LiveJournal tratava de tornar isso pessoal. Você obtinha um nome de usuário e "fazia amizades", ou acrescentava os nomes das pessoas de quem você gostava. Todo mundo em sua lista era acrescentado a uma página de "amigos", de modo que tudo que você tinha de fazer para ficar em dia com sua rede online era clicar um link e examinar as atualizações do dia. Os comentários eram todos integrados, assim você podia rapidamente deixar um bilhete de apoio, ou uma risada, ou mesmo um comentário maldoso no diário de alguém – em outras palavras, você podia construir suas amizades digitalmente. E então criaram-se as comunidades dentro do LiveJournal, de modo que, se você fosse alguém que realmente adorava Harry, podia simplesmente entrar para a comunidade Harry Potter. Se essa fosse grande demais ou insossa demais, você podia entrar para a comunidade Draco Malfoy. Ou a comunidade Draco Malfoy Luvs Pansy Parkinson 4EVA.

O LiveJournal, lado a lado de pequenas redes sociais como ele, era como uma teia de aranha crescendo por baixo de uma comunidade, capturando os membros e conectando-os uns com os outros sem exigir nenhum esforço por parte deles. Uma vez que seus amigos no LiveJournal tinham a tendência de ter interesses em comum com você, as postagens de seus amigos tinham a tendência de ser interessantes para você, e era fácil ficar viciado em ler e responder a outras postagens. Quanto mais amigos alguém tinha, mais fácil era fazer novos amigos; se alguém olhava para a lista dos amigos de um usuário e via seu nome, o que se tornava mais provável quanto mais amigos você tivesse, você apenas se abria a uma plateia muito maior do que se o seu conteúdo ficasse isolado em um blog que alguém tivesse que ativamente ir procurar e acessar a cada dia.

E assim os bloggers do LiveJournal que tinham em comum um interesse por Harry Potter foram crescendo e se agrupando, e tinham feito isso ao longo de anos; jogavam jogos de interpretação de personagens (RPG), escreviam fan-fics que interessavam uns aos outros, postavam ícones, e dividiam teorias e ensaios. Na época, cerca de 40 por cento dos usuários tinha menos de 18 anos.

Se os três primeiros livros de Harry Potter tiveram como público-alvo crianças com idade entre nove e 11 anos – e os juízes do Prêmio Smarties pareciam pensar assim, uma vez que em dezembro de 1999 fizeram de Jo Rowling a única autora a ganhar o prêmio três vezes, também seguidas –, então em 1999, aqueles que tinham lido os livros aos nove anos agora estavam com idades entre 11 e 12 anos. Aqueles que começaram aos dez, ou 11, ou 12, agora eram pré-adolescentes ou adolescentes. Só na América a dedicação a Harry Potter estava crescendo aos saltos, se multiplicando como um cogumelo e se alimentando de si mesma para fazê-lo, e crianças daquela idade eram as mesmas que tinham a probabilidade de distribuir informações na internet ou formar redes sociais online. Exatamente as pessoas certas, exatamente os fãs certos, exatamente na hora certa.

Era muito mais fácil, como jovem adulto, ser um fã com a internet do que sem ela; culturas de fãs não digitais costumavam se conectar através de revistas e boletins informativos enviados pelo correio para suas casas, e uma vez que geralmente era preciso haver um adulto para procurar e encontrar um fanzine, as crianças em grande parte eram deixadas de fora, ou pelo menos eram obrigadas a ser fãs no isolamento de seus bairros e escolas. Agora elas não só estavam formando redes sociais, mas também usando Harry Potter para explorar ideias literárias ao escrever ficção de fã. Estavam aperfeiçoando seus talentos artísticos ao desenhar seus personagens e cenas favoritos de Harry Potter. Uma vez que a socialização online tinha se desenvolvido a tal ponto que qualquer peça de fan-fic ou de fan art tinha a probabilidade de receber respostas e avaliações, elas também estavam se habituando a receber, a aproveitar e a usar críticas construtivas.

Esse uso público de Harry Potter para esforços criativos, ainda que não totalmente original, acabou por atrair a atenção dos advogados da franquia florescente, que perguntaram a Jo Rowling se ela queria fazer alguma coisa a respeito daquilo. Se ela começasse a aplicar regras e regulamentos a seu fandom como a conhecida autora Anne Rice fizera em 2000, quando baniu fan-fic sobre a sua obra ("É absolutamente essencial que vocês respeitem meus desejos", declarou a autora em seu Web site), isso teria tido um efeito incalculável na progressão de sua base de fãs e, provavelmente, empurrado a maior parte da atividade para comunidades protegidas por senhas ou comunidades off-line. Em vez disso, ela preferiu não fazer nada, e eu perguntei o que a levara a essa decisão.

– Inicialmente, eram principalmente crianças escrevendo para crianças. Eu achava que não deveríamos interferir, e sim aceitar aquilo como lisonjeiro – respondeu ela. Ela se agitou um pouco como se alguma coisa lhe tivesse feito cócegas na base da coluna. – Eu nunca li nada de fan-fic online. Conheço pouca coisa a respeito de algumas só de ouvir falar. Eu não quero ver isso. É desconfortável para o escritor da obra original, posso dizer isso abertamente. Você aprecia o que tem de lisonjeiro, mas ao mesmo tempo não é um sentimento agradável ver uma espécie de versão de brinquedo, feita de papelão, daquele mundo que você criou ser erigida e coisas serem trocadas de lugar, e as leis violadas. Mas se a internet tivesse existido na época de Agatha Christie, isso teria acontecido com Christie. Ou com Dickens! Teria acontecido com Dickens. Porque houve escritores com personagens que eram muito, muito estimados e populares, e que criaram um mundo que as pessoas achavam imensamente atraente. Elas queriam entrar naquele mundo e uma maneira maravilhosa de viver naquele mundo seria escrever elas próprias aquele mundo. Mas, é claro, não aconteceu [com esses escritores]. Aconteceu comigo, e fui eu que tive de lidar [com as repercussões].

Logo se tornou necessário para Jo Rowling explicar melhor sua posição; se não se aborrecia com as fan-fics, ela também não se incomodava com a fan-fic pornográfica? Ou com a fanfiction *slash*, que consistia em histórias geralmente associadas a personagens homossexuais masculinos e os detalhes explícitos de seus relacionamentos sexuais? Será que encorajar (ou pelo menos não desencorajar) a fan-fic significa que os autores dessas histórias podem vender suas obras? Os limites não estavam definidos, e embora já houvesse fandoms atuantes online tratando de outras obras, nenhum era tão grande nem tinha tantos membros que estivessem testando os limites mais extremos da permissividade de uma autora.

Também existe um sentido de apropriação, de se atribuir direito, que vem junto com a criação, quer seja ou não justificado; embora a comunidade principalmente demonstre uma disposição para atribuir demasiado crédito à autora ou até negar qualquer criação (não é incomum ver uma nota no cabeçalho de uma história onde se lê algo como: "Todos estes personagens são de J. K. Rowling, eu não possuo nada, faço isso por diversão, não é meu *copyright*, por favor, não me processem!") no espírito da celebração da série, tem havido ocasiões em que outros tiveram posturas menos elegantes. Ao se recordar de uma dessas ocasiões Jo olhou para a mesa e deu aquele ligeiro sorriso malicioso que geralmente precede uma anedota muito divertida.

– Houve um escritor de fan-fic – disse ela – que escreveu para meu agente para dizer: "Como eu faço para impedir as pessoas de copiarem minha obra [de Harry Potter] online? O que faço para impedi-los legalmente? – Ela fez uma pausa para dar ênfase; mas não precisava; eu já estava às gargalhadas. – De maneira que você vê. Tudo é fumaça e espelhos e você pensa: será que alguém sabe o que é real e o que não é?

Quando a Warner Bros., tendo acabado de comprar os direitos de Harry Potter, disse a Jo que eles iriam tentar "conter, um pouco, os sites de fãs", ela pensou que isso seria um alívio.

– Sempre existe a preocupação de que coisas sejam sequestradas com propósitos realmente nefastos, e, veja bem, isso não tem nada a ver com dinheiro. Como eu vou controlar isso? Assim, para mim foi um alívio saber que alguém iria se certificar de que o que estava acontecendo era dentro dos conformes. Eu estava tão envolvida que eles me perguntaram: "Está tudo bem para você que nós façamos isso?" E sinceramente não vi problema nenhum.

Mas, mais uma vez, o fandom de Harry Potter na internet era novo, em grande medida desconhecido, e ainda não compreendido por aqueles dentro ou fora dele; quando a Warner Bros. instruiu seu departamento jurídico a enviar cartas para aqueles que eram donos dos sites que usavam os termos e imagens dos livros de Harry Potter, a companhia se esqueceu de acrescentar, "mas talvez redigir a carta em termos que não fossem os de uma carta dando ordem para cessar e desistir ou incorrer em violação de direitos autorais, porque alguns desses sites são administrados e controlados por crianças".

As cartas padrão para "cessar ou desistir" que foram enviadas para os donos de sites eram, em vez disso, em papel timbrado da Warner Bros., em uma cadência legal polissilábica que seria suficiente para fazer um adolescente de 13 anos tremer – que foi exatamente o que aconteceu.

Claire Field, uma adolescente britânica que administrava o HarryPotterGuide.co.uk, recebeu uma carta no princípio de 2001 declarando que o nome do domínio tinha "a probabilidade de causar confusão no público consumidor ou a diluição dos direitos de propriedade intelectual" de Harry Potter, e que o nome do domínio tinha "em nossa opinião... a probabilidade de infringir os direitos aqui descritos", e que eles iriam encaminhar "aquela questão para as mãos de advogados" se ela não transferisse o domínio do site para a companhia.

Antes de fazer qualquer outra coisa, Claire foi consultar seu pai, que levou o caso para a imprensa. O tabloide britânico *Mirror* publicou uma matéria sobre Field, retratando-a como uma vítima inofensiva da avareza corporativa.

– Ultraje. Ultraje absoluto – recorda Jo, e ela estava certa; depois de semanas de resistência, PotterWar nasceu.

Na época, Heather Lawver era uma adolescente de 16 anos vivendo na Virginia, que chefiava um pequeno site chamado The Daily Prophet, como o jornal de bruxaria do mesmo nome. O site era escrito um tanto em estilo fan-fic com uma pitada a mais; os colaboradores assumiam identidades de Hogwarts como Cho Chang (que é dos livros) ou Larissa Potter, a irmã há muito desaparecida de Harry Potter (que definitivamente não está nos livros), e escreviam de acordo com isso, como se fossem colunistas de um jornal. Como tantos outros, Heather havia criado o site quando estava entediada, mas não porque não tivesse deveres de casa e tarefas domésticas: Heather fora diagnosticada com uma infecção óssea no pé esquerdo e estava confinada ao leito.

Rapidamente ela reuniu uma equipe de crianças para escrever histórias; impôs-lhe um prazo limite para entrega às sextas-feiras, confiando no amor por escrever e na dedicação de uma menina de dez anos para ser a editora. Uma das integrantes da equipe, Lindsay, de cerca de 12 anos na época, ligou para ela chorando, dizendo que tinha recebido uma carta da Warner Bros. e que achava que J. K. Rowling estava pessoalmente aborrecida com ela e seu site, o besthogwarts.com.

– Era realmente um site de crianças pequenas – recordou Heather. – Não ia muito além de: "Nós amamos Harry Potter", era só isso e eu fiquei realmente furiosa porque o momento em que aconteceu não poderia ter sido pior. Aquela pobre garota tinha acabado de perder o pai na semana anterior e já estava muito vulnerável e abalada, e ao ouvi-la falar depois de receber aquela carta assustadora cheia de termos jurídicos... vi que estava apavorada, achava que ia ser levada ao tribunal e que sua família perderia todo o dinheiro que tinha e que seria sua culpa. Ela estava disposta a entregar tudo, e eu disse: "Ei, espere um minuto, eles não têm o direito de fazer isso".

A família de Heather era fã de "Weird Al" Yankovic, o músico e humorista, e tinha algum conhecimento das leis sobre paródia e violação de direito autoral, e achava que a publicidade gratuita que Lindsay estava dando à série valia qualquer coisa que se assemelhasse à paródia que pudesse ocorrer em seu site. De modo que Heather, presa ao leito, começou a fazer pesquisas na internet. Ela descobriu que as cartas tinham sido enviadas para o mundo inteiro, para Cingapura, Polônia, e para crianças em todos os Estados Unidos e na Grã-Bretanha – como Claire Field, cujos advogados ela contactou.

Enquanto isso, Alastair Alexander, um ativista de Londres, também estava lutando contra as cartas de "ordem para cessar e desistir"; ele havia criado o site Potterwar.org.uk apenas para tentar chamar atenção para o caso de Claire. Alexander havia liderado uma campanha semelhante contra a eToys.com e estava começando a reunir tropas novamente. Em fevereiro de 2001 já estava organizando uma campanha mundial; tinha postado trechos da carta que Claire recebera no site e começado a coletar notícias sobre o caso, e sugeria que todo mundo mandasse a Warner Bros. andar ao comprar todos os nomes de domínios relacionados a Harry Potter em que pudessem pensar, numa manobra coletiva que ele chamava de "S-Potter-cus". Entre os sites que apoiavam a campanha do Potterwar estavam o HarryPotterWarnercansuemyarse.co.uk, e HarryPotterSucks.com.

Heather disse a Alastair que queria fazer alguma coisa "bem grande, em escala realmente global, para derrubá-los". Ela tinha um plano: queria fazer a Warner Bros. pagar caro por aquilo.

Mas a Warner Bros. já estava dando para trás. Depois das primeiras matérias sobre Field, Diane Nelson, à época vice-presidente sênior da Warner Bros. Family Entertainment, declarou em entrevista à revista *Entertainment Rewired*: "Nós fomos ingênuos... a carta do estúdio foi resultado de uma falha de comunicação. Nunca tivemos a intenção de fechar Web sites."

Mais tarde, eu ouviria a mesma coisa; um executivo da Warner Bros., com quem eu estivera falando a respeito de uma questão totalmente não relacionada, se lembrou do PotterWar e começou a sacudir a cabeça pesarosamente ao recordar. Ele pareceu até ficar constrangido ao mencioná-lo; disse que a campanha das cartas tinha sido um grande erro, uma questão de o escritório de advogados fazer o que era tecnicamente o trabalho deles, mas também não fazer a coisa certa com relação aos fãs, e que só tinha acontecido porque a pessoa A não tinha dito à pessoa B o que eles pretendiam fazer.

Diane Nelson ainda fala do assunto nos mesmos termos:

– Nós cometemos um erro – disse ela. – Falamos com o pai da garota e pedimos desculpas. Admitimos que estávamos errados e dispostos a mudar totalmente nossa abordagem.

A companhia também tinha acabado de sair de uma fase difícil com relação aos direitos de propriedade intelectual. A Warner Bros. parecia estar se esforçando com dificuldade para compreender plenamente o que significava ter uma base de fãs preexistente tão ardorosa e jovem, bem como o envolvimento da autora – uma autora que tinha desejos específicos quanto a manter a série livre de comercialização excessiva. Os estúdios não estão habituados a trabalhar ou se relacionar com escritores para dar forma a uma marca; não fazia parte do DNA deles. Nelson admite que houve uma curva de aprendizado – especialmente quando mercadorias abaixo do padrão como toalhas de papel e papel higiênico Harry Potter, ou protótipos de cuecas para meninos ostentando frases como Wingardium Leviosa e Never Tickle a Sleeping Dragon (respectivamente, feitiço para fazer objetos voarem e Nunca faça cócegas em um dragão adormecido) entraram em fase de produção.

Ou quando uma vassoura de Harry Potter vibratória apareceu na Amazon e foi objeto de algumas críticas afirmando que poderia ser interpretada e usada de maneiras não recomendáveis, como: "Eu fiquei surpreendida ao ver quanto tempo [minha filha] consegue ficar em seu quarto e brincar com aquilo!"
– A realidade é que tivemos uma oportunidade – recordou Nelson. Ela e outros na companhia reformularam todo o plano de marketing, instituindo orientações mais específicas e controles mais rígidos, para tentar abordar Harry como uma marca "sempreviva", que agora eles tinham que cultivar, porque não iria passar. – Eu me apresentava diante de centenas de licenciados e fazia discursos sobre como estávamos tratando a marca.

Nunca haveria merchandising de produtos nos filmes, e eles nunca usariam imagens dos filmes em produtos. Eles descartaram o esquema típico de parceria global de marketing, no qual cerca de 12 companhias ou fabricantes de grande porte se associam a uma marca de propriedade intelectual para ajudar a aumentar a saturação no mundo inteiro. A Warner Bros. associou-se somente com a Coca-Cola e, mesmo nesse caso, permitiu que o nome Potter fosse associado ao deles apenas para propósitos filantrópicos; não havia nenhum chance de que Harry fosse aparecer numa lata de Coca-Cola ou beber copos borbulhantes de refrigerante na mesa de Grifinória no Salão Principal. Apenas um logotipo de Harry Potter apareceu em uma garrafa e mesmo essa campanha durou pouco tempo.

Enquanto a Warner Bros. e a família Field resolviam suas diferenças (o site de Claire na Web relatando o incidente afirma que a Warner Bros. continuou a exigir o nome de domínio deles), o PotterWar seguiu adiante. Heather organizou um boicote mundial de mercadorias relacionadas com Harry Potter (exceto pelos livros, porque não havia desentendimento com Jo Rowling) e atuou como a porta-voz da organização, uma escolha deliberada para lembrar ao público o rosto meigo e jovem dos fãs de Potter. Ela apareceu em jornais e em programas de entrevistas matinais, e sua pouca idade, sua eloquência e seu desejo apaixonado de deixar a Warner Bros. de joelhos chegaram à grande mídia e conquistaram muita atenção. Até eu dei o melhor de mim ao escrever um artigo furioso contra a Warner Bros. em minha coluna de entretenimento *The Hoya*.

Em junho a infecção óssea de Heather, oesteomielite, que pode migrar para uma parte do corpo sem deixar traços, havia se espalhado até o cérebro, deixando-a com pouca ou sem nenhuma função motora ou de fala. As cartas para os sites Potter estavam escasseando, desaparecendo como se tivessem sido banhadas em ácido. O caso Field foi abandonado. Ao mesmo tempo Heather recebeu a notícia de que iria morrer em seis meses.

– Nós soubemos que tínhamos vencido quando as cartas pararam de ser enviadas em massa, soubemos que tínhamos vencido quando Lindsay ficou com seu site e não se falou mais no assunto, ela parou de ser ameaçada. [Alastair] tinha tido esperanças de conseguir que mais algumas de nossas exigências fossem satisfeitas, mas eu precisava cuidar de mim mesma. De modo que acabou antes da hora. Eu estava temerosa de que fosse morrer completamente senil aos 16 anos de idade, mas o PotterWar fez muito para pôr um fim àquilo. Se eu tivesse morrido, estaria satisfeita com a vida que tinha levado. Eu tinha feito algo que não seria esquecido, e tinha deixado minha marca, podia partir satisfeita.

Heather ainda não sabe por que não morreu. Por volta de agosto, ela começou a recuperar a memória. E também a função da fala.

– Depois de algumas semanas, eu melhorei, e não existe explicação para isso. Fui consultar todos os especialistas que pude... não existe explicação médica para por que a doença recuou.

Para se livrar totalmente da bactéria, os médicos amputaram metade de seu pé esquerdo; quando Heather completou 17 anos, estava de novo saudável. Mas aos vinte anos de idade foi diagnosticada com a doença de Dercum, que causa dores inexplicáveis e ganho de peso. Uma vez que se conhecia muito pouco sobre a doença, ela fez o que lhe veio naturalmente: fundou a Sociedade Dercum, uma organização com o intuito de informar o público, confortar as vítimas e ajudar a financiar pesquisas sobre a doença.

Hoje em dia o PotterWar é um velho lembrete do fandom de Potter anterior ao período mais esclarecido; a nova atitude da Warner Bros. logo se disseminaria tornando-se mais ampla, em sentidos que mudaram diretamente a maneira como os estúdios tratam todos os fandoms. A única ação concreta que Jo Rowling e seus representantes hoje em dia geralmente tomam contra sites é voltada contra aqueles que estão vendendo mercadoria não autorizada ou associando a série a pornografia. De maneira geral um representante entra em contato com o webmaster e exige que, no mínimo, restrinja o acesso ao conteúdo por meio de uma senha ou outro tipo de restrição por idade, embora às vezes solicitem a cessação total de atividades.

O site da Claire, HarryPotterGuide.co.uk, ainda existe, embora apresente uma declaração de exoneração de responsabilidade no início da página.

"Este é um site Harry Potter não oficial, e, portanto, só devem entrar nele pessoas que compreendam plenamente que este site não tem qualquer ligação com J. K. Rowling, a Bloomsbury, a Scholastics [sic] ou a Warner Bros. Entretanto tem intenção de ser uma experiência educativa para todas as idades, e não tem fins lucrativos. Se você compreende plenamente os critérios aqui descritos, por favor, sinta-se livre para clicar o ícone abaixo e entrar no site."

CAPÍTULO SEIS

ROCK EM HOGWARTS

Na entrada de serviço da Universidade Webster em St. Louis, Missouri, Paul DeGeorge esvaziou metade do conteúdo de sua van jogando-o na rua e enterrou a cabeça numa camisa branca social suja. Ele emergiu com o rosto desalinhado.
– Você está vendo isto? – perguntou, sacudindo a camisa perto de meu rosto. Era tão fedorenta quanto meias sujas bolorentas e ainda estava molhada da noite anterior, eu sabia porque Paul acabara de roçar com aquela imundície em meu nariz. Eu me encolhi e pulei para trás.
– Feito! – Ele a atirou com violência na traseira da van onde caiu numa fenda desocupada entre mochilas, cordas de guitarra e os detritos de quatro anos de turnê. Paul se inclinou de novo sobre a mala de camisas, como um mergulhador de lata de lixo.
– Estas são as que não foram usadas – disse, indicando uma mala em que ainda não havia tocado. – Estou tentando fazer durarem ao máximo.
Ele cheirou mais três camisas para testar e então:
– Temos uma vencedora! – A camisa semilimpa, menos fedorenta, mas ainda bem fedida, que não estava translúcida, mole de suor ou mofada, foi vestida e abotoada num piscar de olhos, até o pescoço do rosto sorridente que poderia ter pertencido a um moleque que acabara, feliz da vida, de brincar num esgoto.
Dentro do prédio, o clube dos Potterholics Anônimos estava ocupado em transformar o salão coletivo em um Hogwarts em miniatura. Quatro garotas, cada uma com o rosto alegre e bem alimentado à base de milho típico do Meio-Oeste, penduravam

fios de luzes pequeninas e bandeiras representando as quatro casas de Hogwarts.
— Abrimos um barril! — gritou uma.
— Mas é cerveja de raízes — disse outra revirando os olhos. — Não vale falar assim quando não é cerveja de verdade.

Os integrantes da banda lentamente empurraram e carregaram o equipamento tirado da van maltratada, onde Paul estivera mergulhando em camisas, para dentro da sala. Um par de alto-falantes que parecia ter um dia viajado com o Spinal Tap foi posicionado na frente, enquanto Brad e Joe, parecendo uma vagem ao lado de uma minicenoura devido à diferença de suas respectivas alturas, comparavam os méritos de várias plataformas bambas para ver até que ponto podiam pular nelas antes que quebrassem.

Emily, de cabelo ultracurto com fios desiguais, usando sua onipresente minimochila em forma de coruja, arrumou camisetas de modelos variados, CDs e escovas de dentes numa mesa desmontável meio bamba, então desemaranhou um fio de pequenas lâmpadas e o pendurou ao redor de sua área de trabalho.

Com a montagem terminada, os rapazes ficaram por ali, esperando; Paul ficou deitado de bruços sobre o aparelho de ar-condicionado, mexendo em seu laptop branco a despeito da grande rachadura que havia criado uma grande mancha roxa em sua tela. Brad sentou atrás de sua bateria, com os braços e pernas longos dobrados em posição, e ensaiou alguns ritmos; as baquetas movendo-se suavemente, como se por vontade própria, mas acompanhando o balanço de seu cabelo longo. A explosão de cachos castanhos de Joe podia ser vista acima da cauda inclinada do piano, enquanto feliz da vida ele improvisava melodias que ressoavam pela sala.

— Escutem isso. — Paul encolheu as pernas e sentou num piscar de olhos, e os outros correram e se juntaram ao redor dele para ouvir. — Nós gravamos pouco antes de apanhar você.

Um pequeno trecho de melodia gerada por computador, acompanhada por um vocal áspero e garganteado, saiu do computador:

"Sempre que eu corto o cabelo/ Ele sempre cresce depressa/ Sempre que eu corto o cabelo/ Ele sempre cresce depressa."

Tinha menos de um minuto. Paul e Joe estavam sorrindo felizes como gatos Cheshire e perguntei com meus botões se o resto da música – o tamanho, o conteúdo, os instrumentos, o arranjo – teria ficado preso em algum buraco.

– É, humm, é boa – comentei em tom cuidadoso, mas os rapazes estavam ocupados demais trocando risadinhas de autossatisfação, repetindo a gravação e cantando junto.

O som de uma gargalhada alta atraiu minha atenção para o pequeno vestíbulo de entrada da sala, onde um grupo de pessoas já esperava. Em qualquer outro dia poderiam ter sido confundidas com alunos, mas naquele dia não havia dúvida de por que estavam ali, mesmo se eu já não soubesse a resposta. Um olhar contava toda a história: havia os pequenos e excêntricos, usando robes pretos e echarpes listradas; pais carregando crianças de oito anos no colo, garotas do movimento gótico com batom escuro e camisetas com os dizeres "Slytherins Do It Better", as patricinhas da faculdade de suéteres e mocassins, e os garotos de 18 anos de cabelo penteado com gel e cara séria, com manchas de suor nos paletós usados sobre as camisetas Save Ginny, todos estavam lá para tomar parte na injeção de adrenalina que era um concerto dos Harry and the Potters.

Quando afinal as portas estavam prontas para se abrir, os Potterholics tinham conseguido transformar o salão insosso, com seu tapete cinzento e teto abaulado, em um espaço escuro semelhante a uma capela, cheio de flâmulas e bandeiras das casas de Hogwarts e, passando na parede, um clipe em loop de velas flutuando dos filmes de Harry Potter.

As portas se abriram e a banda mal levantou a cabeça enquanto o público variado entrava na sala. Algumas das garotas trocavam risadinhas e lançavam olhares para os rapazes, mas na maioria o bando de gente também não deu muita atenção à banda; e a banda os tratou com a mesma cortesia. Paul e Joe em seus trajes civis não eram nem de longe tão interessantes para aquela galera quanto os alter egos que estavam prestes a se tornar. Os irmãos e seu baterista andaram casualmente pela sala, enquanto Emily comandava uma venda animadíssima de camisetas. Uma banda local, amiga dos rapazes, chamada Someone Still Loves You, Boris Yeltsin – que outrora tivera uma de suas músicas apresentada no seriado de TV adolescente *The O. C.* – abriu o show para eles, e a galera inicialmente se comportou respeitosamente, mas ao final tinham se tornado fãs gritando e pulando, completamente destituídos da atitude convencional de ignorar a banda que abria o show.

Quando chegou a hora, vestir as fantasias levou cerca de dez segundos: uma gravata vermelha e dourada ao redor do colarinho branco fedorento de cada irmão, de cabelos castanhos cacheados até os ombros, suéteres de cashmere cinza, cintos cravejados de tachas prateadas. Numa completa inversão da calma preguiçosa de meia hora antes, os dois irmãos DeGeorge, transformados em imagens de espelho ligeiramente alteradas de si mesmos, correram para o palco e esperaram que a multidão parasse de berrar.

Paul gritou:

– Eu sou Harry Potter!

– E eu sou Harry Potter! – replicou Joe.

– E nós somos Harry and the Potters!

Esse é o início incendiário obrigatório de todo concerto dos Harry and the Potters e, a essa altura, já houve centenas. Essa súplica ridícula, um pedido de que a plateia aceite a premissa e dê o salto de fé na comédia junto com eles, é uma parte tão essencial do show quanto a própria música. E a premissa é de que os irmãos DeGeorge não sejam apenas dois nerds ligados em ciência de Norwood, Massachusetts, com uma semelhança passageira com Harry Potter, que cantam canções sobre Hogwarts e magia, mas que eles sejam duas versões separadas do garoto bruxo em pessoa, das quais a mais velha viajou de volta do futuro para formar a banda com a sua contraparte de 14 anos.

É uma premissa que só poderia ter começado como brincadeira, uma piada, e foi isso exatamente que aconteceu. Mais ou menos. A história das origens foi contada e recontada até ficar gasta, uma cópia em escala menor da famosa viagem de trem de Jo Rowling. Os dois irmãos DeGeorge, para se divertirem e porque se pareciam com o menino bruxo, formaram uma banda sobre Harry Potter, e cinco anos depois se tornaram uma sensação. Mas era uma brincadeira. Eles sempre dizem que começou de brincadeira. O que é, na verdade, apenas uma meia verdade; o objetivo original dos garotos com certeza foi fazer os amigos darem risada, e toda a ideia de viagem no tempo e bruxo/músico de rock – funcionava em torno da aparência física dos garotos, um capricho de Paul, um monte de ideias tiradas dos filmes favoritos deles (*Dois loucos no tempo, De volta para o futuro, Os caça-fantasmas, Os Goonies*) – foi uma espécie de tirada meio idiota digna de "Weird Al" Yankovic. Mas não houve nada de insincero com relação ao nascimento da banda, no que diz respeito a Paul e Joe escreverem apressadamente, mas dedicadamente, músicas na mesa da cozinha de casa, enquanto seu pai servia um churrasco para os amigos deles. Não houve nada de falso na insistência deles, desde o primeiro dia, em defender o idealismo e a moralidade de Harry em suas canções. A ideia de Paul para a banda tinha surgido mais de um ano antes, e ele havia tentado (por vezes falando desenfreadamente com insistência inebriada, em festas de amigos) convencer seus amigos músicos a se envolverem com ela. Algumas das canções que eles escreveram naquela primeira sessão, mais tarde, entraram intocadas em seu primeiro álbum e ainda fazem parte dos números mais apreciados em seus shows. Algum tempo depois, centenas de bandas spin-off (ou seja, criadas a partir da mesma ideia) dariam a si mesmas nomes como The Butterbeer Experience e Justin Finch-Fletchley & the Sugar Quills, afirmariam que os DeGeorge tinham sido sua inspiração, e incorporariam o espírito deles de faça você mesmo e a criatividade centrada em Harry, de modo a criar um novo e florescente gênero musical que Paul e Joe chamaram de "wizard rock" (rock de bruxo). Os Harry and the Potters sempre foram engraçados, mas sempre foram mais que uma piada.

Tecnicamente, eles não escreveram a primeira canção de wizard rock. Essa honra vai para as Switchblade Kittens, uma banda punk que teve um pequeno sucesso quando trezentas estações de rádio universitárias tocaram sua versão da canção romântica de Celine Dion "My Heart Will Go On". As Kittens escreveram uma canção curta que capturava o *zeitgeist* dos fãs de Potter entre o lançamento do quarto e do quinto livros de Harry Potter: "Ode to Harry Potter", uma canção aparentemente cantada por Gina Weasley sobre sua paixão infinita pelo Menino que Sobreviveu:

> *I can't help but blush when you are near me*
> *But you just exclude me from your circle of three*
> *I'm right in front of you*
> *But you don't see*
> *You treat me like I'm a Colin Creevey*

Com arranjo de guitarra elétrica e melodia de teclado, a canção divertida e dançante, que não teria ficado deslocada em um vídeo dos anos 80, foi lançada no final de 2000 e, ao final de 2001, tinha sido baixada mais de três milhões de vezes. Circulou entre os amigos de Harry Potter do mesmo modo que vídeos do YouTube tipo "você tem que ver" são passados hoje, em parte porque na época o fandom ainda era novo o suficiente para que todos ficássemos embasbacados com o fato de que uma música com Harry Potter por tema sequer existisse. Ganhei minha cópia em um cassete de áudio em uma de minhas primeiras reuniões com a recomendação de que *eu tinha que ouvir aquilo*. E eu ouvi, sem parar.

Em 2003 as Kittens já tinham se apresentado na primeira conferência Harry Potter a ser realizada. Paul e Joe não tinham nenhuma ideia do que havia começado: eles mal sabiam que existiam sites Harry Potter, quanto mais conferências.

Norwood, Massachusetts, o subúrbio que produziu Harry and the Potters, parece qualquer coisa menos o berço de futuros porta-estandartes roqueiros bruxos/viajantes do tempo que defendem ordens do dia anticorporativas. A cidade mais parece ter saído de uma pintura pastoral: a praça central muito limpa; as cercas vivas bem aparadas ao redor das entradas para carros; as casas antigas e arquitetonicamente distintas que exsudam uma dose maciça de charme da Nova Inglaterra sem serem luxuosas demais nem esnobes, sem parecer atração turística.

A música sempre tinha sido uma parte importante da vida dos garotos e nunca fora uma desculpa para que fossem exageradamente sérios. O irmão DeGeorge mais velho estava apenas entrando na puberdade quando o princípio da década de 1990 viu a ascensão da superbanda New Kids on the Block e, embora fosse fã da música *sugar-pop* – mistura de rock com pop –, Paul havia criado uma banda paródia do grupo quando estava na quinta série. O hit dos The New Kids, "Cover Girl", se transformou, para Paul, em "Shaving Girl" (Garota se Barbeando) e "Didn't I (Blow Your Mind)" se transformou em "Didn't I (Blow Up Your Garage)?"

"Weird Al" Yankovic sem dúvida teve uma influência nessas tendências farsescas, mas quase mais responsável que qualquer outra pela revolução de Harry and the Potters é a They Might Be Giants, a banda conhecida por suas canções supérfluas, curtas e de fácil aceitação sobre temas incomuns, como a matemática. Através da TMBG, parecia bacana ser esquisito, gostar de coisas tradicionalmente *dweeby* como matemática e ciência, e parecia bacana usar a música para contar histórias curtas e engraçadas, em vez de ficar se lamentando da vida amorosa. Paul passou o gosto por esse tipo de música para seu irmão caçula, que mal tinha idade escolar, e quando Joe acabou a sexta série estava tocando na Ed in the Refridgerators, uma banda com um nome que ostentava um erro de ortografia e que claramente tinha de agradecer à TMBG por sua inspiração. As canções eram sobre temas aleatórios como ter piolhos ou como cuidar de Sea Monkeys (*Artemia salina* – literalmente tiradas do manual de instruções) e, tipicamente, não tinham mais de um ou dois minutos de duração (que poderia ter sido porque Joe estava tocando na velha Gibson 1963 Melody Maker de Paul, que era tão maltratada que desafinava se tocada por mais tempo que isso).

Mas, à medida que Joe crescia tentando expressar seu ego adolescente através de música leve e fácil, os gostos de Paul começaram a tender para a música mais pesada e mais de acordo com a época. O sucesso dos The New Kids tinha acabado e os adolescentes estavam se voltando musicalmente para o lado oposto, com um novo gênero de música que plugava em seus sentimentos desencantados. A música grunge tinha chegado de Seattle, e à medida que Paul se interessava por música com a mesma paixão que outros garotos se interessavam por esportes, ele descobriu que a banda que encabeçava o movimento, Nirvana, tinha canções que vibravam com sentimentos de raiva, confusão e a conhecida desilusão dos adolescentes. Em particular "Smells Like Teen Spirit" respondia aos sentimentos de Paul de frustração e impotência durante aquela fase tão desagradável do crescimento. Por meio do Nirvana ele descobriu os Pixies, um grupo alternativo de Boston que já não existia mais, mas que tivera muito sucesso no exterior. A ideia de ouvir música que não era maciçamente popular tinha certa elegância secreta para Paul, como se ele fosse parte de um clube exclusivo que não incluísse as garotas do colégio e outros acessórios típicos da vida *teen*.

Paul foi para a loja de discos para comprar *Surfer Rosa*, o disco dos Pixies a respeito do qual Kurt Kobain falava tanto. A famosa capa do álbum o deslumbrou, quando a viu: nela uma dançarina de flamenco topless, com o peito arqueado para a frente como se em meio a um passo de dança, bem no meio de um aposento em ruínas. Há um pôster na parede do fundo que foi rasgado em tiras e um crucifixo do outro lado. Religião, liberdade, ousadia e sexo em uma única fotografia – tudo isso parecia desafiar Paul a entrar.

– Fiquei atordoado, meio que me perguntando, será que tenho permissão para comprar esse disco? – recordaria ele. Paul se convenceu a fazê-lo, nervosamente se aproximou do balcão com o dinheiro e depois correu para casa com o disco nas mãos como se alguém pudesse tomá-lo dele. Ele se lembraria de botar o disco para tocar em seu "equipamento de som vagabundo tipo três em um, e de o mundo mudar imediatamente. Aquele disco mudou inteiramente a maneira como vejo a música".

Imediatamente entendeu por que o Nirvana dizia que "Smells Like Teen Spirit" era a tentativa deles de copiar uma canção dos Pixies. Era som alto, sujo, sem nenhum polimento – nenhum conforto, nenhuma conformidade. Paul achou que era a melhor coisa que já tinha ouvido na vida, e começou a usar uma velha camiseta dos Pixies como se fosse uma segunda pele.

Comprou uma guitarra, tornou-se DJ e começou a frequentar a famosa Landsdowne Street, uma rua só de clubes noturnos e casas de espetáculo de música da área. Mas ainda achava que a música seria apenas um hobby.

Eu fui me juntar aos rapazes em St. Louis na primeira semana de março. Eles estavam na metade da turnê do período de férias da primavera, que tinha sido agendada de modo a combinar com o período em que Joe não tinha de estar na escola. Às seis e meia da manhã, depois do show na Universidade Webster, estávamos acordados e a caminho de Troy, em Michigan, uma viagem de nove horas de carro. Às oito já estávamos atrasados porque, durante o café da manhã, alguém tinha cometido o erro de contar a Paul que o motel tinha uma máquina Ms. Pac-Man. Nós quase tivemos que tirá-lo de lá à força.

A van às vezes parecia ser cáqui, e às vezes cinza, e estava sempre coberta de poeira; as mensagens escritas com o dedo: "Eu te amo Harry Potter!", poderiam estar lá desde 2003. Eles tinham comprado a van por 14 mil dólares alguns anos antes, e ela guarda o segredo do sucesso deles: o sistema de alto-falante e amplificadores móvel dos shows. Eles levam o show consigo, de modo que podem tocar um set inteiro em qualquer lugar onde haja eletricidade.

Por maior que seja a van, dentro dela você tem que se encaixar no assento; depois que todo mundo embarcou e pegamos alguns buracos na estrada, a mistura do excesso de mercadoria, malas de roupas, comida, água, travesseiros, fitas de mixagem, CDs e outros trambolhos acumulados ao longo dos anos, se acomodou ao nosso redor e nos manteve no lugar. Não valia a pena gastar energia trocando de posição; sentar no banco da frente, mesmo com seus joelhos batendo no painel a cada solavanco, era um luxo. Todo mundo tinha um trabalho. Emily, que controlava a venda de mercadorias e com frequência atuava como mãe do grupo, primeiro se certificou de que todo mundo tivesse água para beber, então pegou um laptop e começou a atualizar a lista de e-mail da banda, copiando os novos endereços de um notebook que eles mantinham na mesa de venda de mercadorias para a planilha eletrônica Excel. Paul se orgulha muito de suas planilhas eletrônicas: como o administrador *de facto* da banda, ele criou planilhas que controlam a venda de mercadorias, o número de presentes na plateia, os custos das excursões, de modo que podia prever com precisão quantas pessoas poderiam esperar em cada local; qual deveria ser a previsão de gastos; e de quantas camisetas precisariam e de que tamanhos para que parte da turnê. Depois que acabou de atualizar as listas, Emily começou a contar o dinheiro da noite anterior, que ela trazia sempre consigo em todas as ocasiões numa pequena mochila. Uma pessoa tinha que cuidar das instruções sobre o caminho a seguir, que geralmente eram incluídas no computador no último local em que a banda tivera acesso à internet; o computador ficava ligado graças a um adaptador enfiado no isqueiro do carro. Alguém estava sempre encarregado da música. E geralmente uma pessoa de cada vez podia dormir.

Estava nevando quando chegamos a Troy e seguimos devagar para a igreja. O grupo tinha tocado em igrejas antes, geralmente uma sala de trabalho com lâmpadas fluorescentes e tapetes azuis. Mas aquela igreja parecia crescer e sair da colina em que era construída, como uma choupana ou uma duna de areia. Nós já estávamos atrasados, de modo que havia pelo menos uns dez garotos acotovelados na entrada. Àquela altura eu já era integrante da equipe, de modo que, como todo mundo, carreguei parte do equipamento e me preparei para ajudar a fazer a montagem rápida e rasteira; seguimos nosso guia que estava nos conduzindo para o local onde o equipamento deveria se montado até que chegamos...

– O altar? – exclamei com incredulidade.

Paul e Joe pareciam que iam explodir de felicidade. Nada de sala de atividades insossa desta vez; a mesa do altar tinha sido afastada para deixar espaço para o equipamento musical, e a plateia estava sentada nos bancos da igreja como se uma missa fosse começar. Alguma coisa com relação ao caráter blasfemo daquilo tudo imediatamente eletrizou os Potters, e a perspectiva fez desaparecerem as teias de aranha criadas por nossa longa e desconfortável viagem. Eles subiram e desceram aos saltos os degraus para carregar o equipamento, enquanto exclamavam sobre como seria bacana tocar "The Weapon" ou "Save Ginny" sob o imenso crucifixo de metal na parede ao fundo.

Espaços de apresentação não convencionais eram uma especialidade dos irmãos DeGeorge. Paul fez a faculdade em Tufts, onde rapidamente se tornou o agente que contratava os concertos para a universidade, e imediatamente havia começado a pensar em como aplicar o orçamento de que dispunham de maneira mais eficaz. Em vez de alugar um sistema de som e amplificadores a cada show, convenceu a organização a comprar um, que rápido se pagou e economizou em custo de aluguéis. Ele diminuiu ainda mais os custos ao realizar shows nos salões de visita e salas de aula do campus em vez de alugar salas. Ao final do ano ele deixou o grupo com um raro excedente de orçamento e o usou para contratar bandas melhores, comprar um equipamento de som melhor, e fazer outras coisas que não tinha ideia que o ajudariam em sua carreira posterior.

Paul se formou em 2001 e foi trabalhar em Boston como engenheiro químico, ajudando a criar vacinas. Estava começando a se sentir frustrado com todo o cenário musical de Boston, e o contínuo bloqueio de sua amada Lansdowne Street para concertos produzidos pela Clear Channel. Todos os velhos retiros favoritos e os lugares onde tinha encontrado sua identidade musical estavam se tornando sanitizados e corporativos. Como um pequeno ato de protesto ele criou um selo de discos chamado Eskimo Labs e o usou para produzir álbuns de bandas de que gostava.

Naquele verão ele e o irmão leram os livros de Harry Potter. Todas as ideias de Paul – e, por extensão, de Joe – sobre a corporatização do rock, e a maneira como o sentimento e a ligação provenientes da música de que ele se lembrava, estavam sendo suplantados por esforços de companhias que só se interessavam por margens de lucros – estavam sendo espelhadas pela luta de Harry contra o establishment, seu status de perdedor e sua capacidade de superar os poderosos. Certo dia, de improviso, Paul escreveu em seu diário: *Se você quiser realmente fazer rock, tem que ir para Hogwarts.* Aquele pensamento não lhe saiu mais da cabeça. *Não seria bacana se Harry tivesse sua própria banda de rock?*

Joe estava feliz da vida tocando guitarra na Ed in the Refridgerators, se apresentando em shows e em estações de rádio que gostavam da onda de seu rock ultrajovem. À medida que crescia, ele, exatamente como Paul, começou a ficar parecido com o agora famoso menino bruxo, e durante um show da Ed, alguém de fato gritou para Joe: "Eu te amo, Harry Potter!"

Aquilo foi o bastante para Paul. Depois do show, levou Joe para um canto e lhe contou sobre sua ideia. Harry and the Potters – seria Harry e seus amigos, tais como Hermione no baixo e Hagrid na bateria – e Joe deveria pegar a ideia e apresentá-la.

Os amigos de Joe não gostaram, de modo que a ideia não deu em nada até o verão de 2002, quando um show de rock potencialmente bom deu errado. Duas de três bandas cancelaram com os irmãos DeGeorge, deixando o concerto que eles tinham planejado apresentar no quintal desfalcado. Apenas seis pessoas apareceram.

Paul, meio na galhofa, meio satisfeito com o ambiente que não apresentava nenhum risco para testar sua ideia, agarrou Joe e propôs:

– Vamos apresentar a Harry and the Potters.

Eles se sentaram à mesa apertada da cozinha, com vista para o quintal e escreveram três músicas que fariam o trabalho de explicar por eles a concepção da banda para o público do show. Eles não queriam brigar por quem seria Harry, de modo que se apropriaram de uma página de *De volta para o futuro* e implementaram uma história de viagem no tempo na qual Harry em seu sétimo ano, representado por Paul, tinha voltado no tempo para formar uma banda com seu eu anterior.

Harry Potter Ano 7 e Harry Potter Ano 4 se tornaram Harry and the Potters, e as primeiras canções deles foram trabalhos que com o tempo se tornariam a assinatura do seu estilo narrativo simplista. "Problem Solving Skills" conta a história da salvação da Pedra Filosofal, enquanto "I Am a Wizard" é a interpretação musical dos primeiros capítulos do primeiro livro. Escreveram uma música sobre quadribol que nunca mais voltou a ser tocada e que quando é mencionada ainda faz Paul fazer careta. Tentaram escrever canções sobre coisas que são exclusivas de bruxos. Você não pode tomar um ônibus para ir para a escola como todo mundo faz? Você tem que tomar um trem? Tudo bem, aqui vai a canção:

The bus don't go to Hogwarts
You have to take the train.

Eles decidiram, quase imediatamente, escrever todas as canções da perspectiva de Harry, em parte porque "escrever canções a respeito de si mesmo é divertido", explicaria Joe.

– Isso apenas tornava as coisas realmente interessantes, porque você podia trabalhar com o personagem, em vez de trabalhar a partir de fora – disse Paul. – Você pode criar uma personalidade. Não só é mais fácil, mas também acho que apresenta um material mais interessante para ouvir. Porque o ouvinte está recebendo a perspectiva de um personagem, e damos tanto de nós mesmos para aquele personagem também. O nosso Harry, evidentemente, é muito mais extrovertido.

– E não tem nada de desportista – diz Joe. – É mais um roqueiro punk.

– Nós dizemos às pessoas que nossa banda é o que seria se Harry largasse o time de quadribol e começasse a frequentar os aficionados de bandas.

Eles desencavaram becas de formatura, um colete de lã que Paul encontrou no armário e todas as gravatas que encontraram que se aproximassem das cores da Grifinória. Usaram seus próprios óculos. Pouco lhes importava se eles ou as músicas que tinham acabado de criar eram bons: foram para o quintal pensando: *Nós escrevemos estas músicas hoje de manhã! Vejam!* Então tocaram, abrindo o show para a banda de Joe, e seus amigos não tiveram nenhuma reação, como se os irmãos tivessem arrumado um novo bicho de estimação engraçado ou tivessem lhes mostrado um link de internet interessante. Foi um não evento similar com os pais deles, que já tinham visto tantas de suas ideias de bandas esdrúxulas para considerar aquela apenas mais uma. O pai DeGeorge fez búrgueres para todo mundo, e a ideia poderia ter morrido ali. Joe continuou com suas apresentações com a Ed. Paul voltou a tocar com sua banda, The Secrets, que se desfez pouco depois daquilo devido a diferenças criativas.

Mas quando, apenas seis meses depois, eles souberam que o quinto Harry Potter iria ser lançado, acharam que talvez estivesse na hora de tentar de novo. Dessa vez tentaram conseguir apresentar alguns shows. Enviaram um CD demo para um gerente da livraria Borders, e logo fizeram o primeiro show como os Harry and the Potters.

– Os shows foram marcados para serem realizados na Borders [para o lançamento do quinto livro], e nós pensamos, caramba, cara, a gente tem que escrever umas músicas – relatou Paul.

Eles escreveram material equivalente a um CD em abril, com a intenção de ter o primeiro álbum pronto para a venda nos shows. Dividiram o trabalho: Joe ficou com *Harry Potter e o Prisioneiro de Azkaban* e Paul com *Harry Potter e a Câmara Secreta*, e os irmãos fizeram anotações sobre que partes poderiam ser boas para usar numa canção. Paul criava uma melodia em seu teclado Casio e trazia a gravação de seu apartamento em Jamaica Plain para Norwood, para que Joe acrescentasse um vocal ou um acompanhamento em keyboard. Era uma cozinha de refeições rápidas musical: um punha sal, o outro a pimenta, e eles punham o produto no balcão. Mais uma canção pronta!

Os irmãos lançaram o álbum *Harry and the Potters* junto com o lançamento do livro cinco e com a quantidade oposta de fanfarra. A despeito dos muitos erros, dos desempenhos sem polimento e da qualidade de som fraca, o disco tinha melodias inegavelmente de apelo e apresentava toda a ideologia deles como banda Harry. As canções eram curtas, engraçadas, a respeito dos livros e muito repetitivas. Eles só tinham trabalhado especialmente duro em uma música: "These Days Are Dark", uma faixa de pop ligeiro sobre a luta contra Voldemort que repete:

These days are dark
But we won't fall
We'll stick together
Through it all
These days are dark
But we won't fall-all-all.

O humor é mais leve, até alegre, se comparado com o final do livro, o ponto final narrativo do álbum deles, que vê Harry deixar Hogwarts sob a sombra ameaçadora do retorno de Voldemort.

Para o logotipo eles queriam algo de icônico, algo que falasse de rock e de Harry Potter, mas que tivesse o minimalismo que já reconheciam ser evidente em suas canções e estilo, de modo que um amigo desenhou um logo em que escreveu *Harry and the Potters* na mesma fonte que é usada nas capas das edições americanas dos livros; nesta capa o *P* de *Potter* se estende para baixo como um raio; para a versão dos Potters, o *H* inicial faz isso, e também o último *S*, se estendendo em dois longos raios até se cruzarem sobre uma guitarra.

Paul usou 1.200 dólares de seu próprio dinheiro para pagar a matriz de impressão. Eles estamparam as camisetas em silkscreen no quintal de casa, usando emulsão fotográfica, e pediram a vários amigos de Joe para estampar cerca de duzentas. Um modelo, a camiseta Save Ginny!, é o que mais vende e ainda ostenta a mesma imagem tosca: uma silhueta de basilisco que mais parece um guindaste de construção do que uma cobra e uma garota que parece uma boneca de papel, com o lema Save Ginny! impresso em preto e branco numa camiseta verde-grama. O outro modelo era uma camiseta com a estampa da capa do álbum.

Desde o primeiro show em junho do ano anterior, eles tinham comprado gravatas Grifinória de verdade no eBay e suéteres cinza de lã de caxemira (a lã genuína é vital porque a caxemira repele o fedor do suor) numa loja de roupas de segunda mão, camisas sociais brancas (também no eBay), tênis Converse, jeans escuros e cintos de couro pretos com fileiras de tachas de metal de ambos os lados. Paul achou que este último seria um belo toque de rock-punk, como se o Kiss o tivesse dado de presente de Natal a Harry. E também abandonaram os robes – esquentavam demais e impediam os movimentos.

Pouco antes do show na Borders, uma mulher telefonou perguntando se eles não gostariam de fazer uma sessão de fotos para promover um bar local. Seria no The Rack, agora um salão de sinuca/bar fechado combinado com açougue em Boston. A sessão de fotos seria ousada, fazendo publicidade dos garotos como ícones sexuais usando a gravata de Grifinória.

– Eca, de jeito nenhum! – comentou Paul, o rosto se franzindo numa careta só de lembrar. – Por que Harry Potter apareceria em um bar para uma foto idiota de publicidade?

Eles nunca sequer tinham tocado para um público de verdade e já tinham uma oferta para usar o status de ícones de Harry Potter para fazer o que consideravam se vender aos bandidos. A partir disso surgiu um sistema. A forte reação de rejeição deles era alimentada pela identificação que sentiam com Harry Potter. Harry Potter nunca posaria com garotas sexy para fotos de publicidade. Harry Potter nunca tocaria em um show que fosse proibido para crianças, nem ajudaria a vender álcool. Harry Potter nunca assinaria com o canal de promoção de eventos e vendas Live Nation. Harry Potter nunca se aproveitaria de seus ouvintes e fãs para vender mercadoria ou álbuns caros demais. Harry Potter lutaria contra as forças sombrias do mal e da indústria fonográfica como se elas fossem a mesma coisa. Harry Potter se tornou um sócio invisível dos Harry and the Potters, cujas escolhas morais ajudariam e orientariam as deles enquanto tentavam criar um nicho logo à esquerda da indústria musical.

A caminho de Toronto, a parada seguinte da turnê, começamos a falar a respeito dos óculos de Joe, que estavam causando um ligeiro ataque de ansiedade em Paul.

– Estes são os meus óculos da época de colégio. Uma das hastes da orelha quebrou de modo que colei com fita isolante. E um dos parafusos caiu de modo que prendi com fio dental.

– Fio dental?

– É, tem fio dental onde deveria haver um parafuso. – Eu fui checar, o fio estava lá enroscado em um dos lados.

– Igual ao de Harry – comentei.

– Estou tentando fazer com que ele compre óculos novos – disse Paul em voz baixa.

– Pode esquecer. De jeito nenhum. Estes óculos são meus.

– Você pode pelo menos arrumar um par de reserva para a turnê do verão?

– Por quê?

– E se você perder a lente?

– Não vou perder a lente.

– Você vai perder a lente.

– De jeito nenhum.

– Você quase perdeu duas vezes.

– Isso foi só porque o fio estava frouxo.

– Mas e se o fio arrebentar, você vai perder a lente, não sabe disso?

– Não vai acontecer.

Paul atirou as mãos para o alto. Os irmãos eram parecidos em muitos aspectos, mas eram mais diferentes do que eram parecidos.

Paul era a pessoa lógica, tensa, quem se preocupava com o estado dos instrumentos, com a mercadoria e com quanto tempo precisariam para chegar a cada local; Joe parecia viver em um plano diferente da maioria das pessoas e tinha a mesma probabilidade de às vezes começar de supetão a cantar uma canção improvisada ou falar absurdos numa voz de extraterreno e de participar em um debate racional.

Em outras ocasiões era apenas caladão, e me descobri mais curiosa querendo saber o que estaria passando por sua cabeça do que me sinto com a maioria das pessoas.

O show em Toronto era no Tranzac Club, uma boate que às vezes funcionava como teatro ou espaço comunitário, mas tinha uma estrutura de palco adequada e um bom equipamento de som. Uma banda folk com pelo menos seis integrantes, com alguns tocando triângulo, carrilhãs e outros instrumentos que não reconheci, abriu para os garotos. A música deles era bem bonita, mas eu mal conseguia ouvir a letra, e quando a apresentação acabou, eu me dei conta de que o cantor principal tinha passado tanto tempo olhando para o teclado que eu não tinha nenhuma ideia de como era sua cara. Cerca de cinquenta pessoas aplaudiram educadamente e, depois de encerrar o show, os integrantes da banda se serviram de cervejas e foram ficar no bar, observando os trezentos e poucos fãs que esperavam pelos Potters.

– A gente sabe quem são os fãs deles pelas echarpes – disse um para o outro, com um toque de desdém. Mas por volta da metade do show... o show barulhento, animado e cheio de um tipo de energia que eu não podia nem imaginar ter, e com os garotos exsudando uma quantidade de suor que eu não conseguia sequer imaginar possuir... a postura deles tinha mudado. À medida que Paul e Joe insistiam para que todo mundo acreditasse no poder do amor, e usavam suas guitarras mágicas imaginárias para lutar contra as forças do mal no universo – enquanto insistiam que a música e, de alguma forma, a trama de *Os caça-fantasmas* tinham relevância na luta contra Voldemort –, os integrantes da banda folk pararam de ficar encostados no bar e tiraram as mãos dos bolsos, sacudiram a

cabeça no ritmo da música e olharam ao redor com incredulidade. O mesmo que havia feito o comentário sobre as echarpes disse:
– Eles são meio parecidos conosco.
– Os primeiros shows foram ruins – recordou Paul, e Joe fez uma cara de que teria dito isso se Paul não tivesse dito antes. Ruins, ruins, ruins. Contudo, isso não parecia ter importância para os fãs, que adoravam a ideia. Quase de imediato os garotos se tornaram uma banda de sucesso, esgotando ingressos nas livrarias locais. Logo Paul estava recebendo e-mails não solicitados de livrarias de cidades vizinhas, convidando os *Harry and the Potters* para vir tocar na cidade delas.

Online, onde a goela enorme e continuamente em expansão dos fãs de Harry Potter se encontrava diariamente, a presença dos Potters de maneira geral não era percebida. A "Ode to Harry Potter" das Switchblade Kittens ainda estava em circulação, mas era considerada uma anomalia e não a arauta de um movimento importante.

No final de setembro de 2003, o nome "Harry and the Potters" começou a aparecer em pequenos blogs, jornais, e o florescente LiveJournal.com.Bloggers falou sobre aquela pequena banda simpática cujos membros cantavam canções melodicamente simples, por vezes desafinadas sobre Harry Potter. Então, em 25 de setembro de 2003, Cassandra Claire, cuja fan-fic sobre Draco ainda estava lhe conquistando cumprimentos e respeito da galera teen, fez uma pequena postagem em seu LiveJournal, que geralmente era cômico e conciso como sua fan-fic e lido religiosamente pelos fãs.

Serei eu a única pessoa que nunca viu isso antes?, escreveu ela, incluindo o link para a página de download de música da banda. *Eles são realmente bem bacanas.*

Mais de cem comentários se seguiram à postagem de Cassandra. Os leitores dela que tinham blogs incluíram em seus blogs, aqueles que descobriram através desses blogs incluíram em seus blogs, e subitamente a banda ganhou visibilidade, sendo considerada pelos fãs que eram os formadores de opinião do mundo

Harry Potter como muito simpática. A caixa de correspondência de Paul começou a encher.

Em 27 de setembro, três sites distintos sobre Harry Potter fizeram postagens sobre a banda: o Veritaserum.com postou e enviou a informação para o MuggleNet.com, que também a postou, enquanto um dos editores do Leaky descobriu a banda através do circuito LiveJournal, e também a incluiu como notícia – tudo quase simultaneamente. Todas as postagens foram breves e simples, não mais que uma linha – *existe uma banda chamada Harry and the Potters, e uma de suas simpáticas canções se chama "Save Ginny Weasley", e eles são divertidos.* Mas isso foi o bastante.

Os irmãos DeGeorge mal sabiam que existiam sites Harry Potter e muito menos os frequentavam, de modo que, quando Paul abriu sua caixa de correspondência naquele dia e encontrou dezenas de cartas de fãs, ficou abismado. Começou a lê-las – algumas eram realmente positivas e elogiosas; algumas cáusticas e atacavam o talento deles ou o que os escritores consideravam a falta de talento.

– Nós ficamos abobalhados, perguntando, que diabo é um LiveJournal? Que diabo é o MuggleNet? – ele relatou rindo.

A comunidade deu a eles o primeiro presente no final daquele mês: uma conta do provedor de internet de quatrocentos dólares por excesso de downloads dos arquivos de 3 a 5 megabites de música no site deles. Paul entrou em pânico e retirou os arquivos imediatamente, mas para Joe alguma coisa se revelou.

– Foi quando eu me dei conta de que podíamos fazer turnês – disse ele.

No verão seguinte eles já tinham gravado o segundo disco, *Voldemort Can't Stop the Rock*, que era principalmente baseado em canções sobre *Harry Potter e a Ordem da Fênix*. A faixa título, a primeira vista sobre os personagens malvados em Harry Potter, começava a revelar suas tendências políticas – continham versos como "e não permitiremos que o Lorde das Trevas estrague a nossa festa / como Tipper Gore tentou fazer com o PMRC", se referindo ao movimento dos anos 1980 para censurar e proibir o que alguns pais consideravam "música ofensiva". Aquela canção se tornou menos sobre Harry Potter e mais um hino de Harry and the Potters, e eles começaram a se dar conta de que poderiam realmente ter sucesso naquela empreitada – se não fossem processados. Essa era uma pequena ideia recorrente que os infernizava, e agora, com a possibilidade de sucesso verdadeiro começando a despontar, estava desabrochando e começando a se tornar uma verdadeira preocupação. Paul já tinha feito pesquisa da legislação sobre paródia e guardado como munição.

Eles fizeram turnês ligeiras durante o ano de 2004, e para o verão Paul conseguiu uma licença do trabalho de dois meses. Os rapazes tocaram em mais de trinta shows, atravessando o país de uma ponta a outra, saltando apenas a maior parte do Meio-Oeste. O maior público para o qual tocaram foi de 150 pessoas numa seção de crianças numa biblioteca em San Francisco. As plateias estavam ganhando animação graças a algumas rádios estudantis que tocavam as músicas, de modo que as pessoas vinham aos shows já conhecendo as letras. Em Seattle eles se encontraram com as Parselmouths, uma banda formada por Brittany Vahlberg e Kristina Horner, duas garotas de 16 anos que afirmavam que os Potters eram a inspiração delas e, em agradecimento, presentearam-nos com uma privada Hogwarts e suéteres com as iniciais bordadas. As garotas tinham levado a sério a ideia de faça você mesmo dos Potters e conseguido fazer com que sua música fosse ouvida gravando-a em sua secretária eletrônica e distribuindo o número do telefone para que as pessoas ligassem.

A essa altura Paul estava começando a pensar que, talvez se tentasse, poderia pagar o aluguel com aquelas apresentações e viver da banda. Ele pensou muito a respeito disso durante o inverno de 2005, quando, nas férias escolares de Joe, a banda de dois integrantes decidiu cair na estrada, e depois cruzar o oceano, e tentar a sorte na Inglaterra.

A Inglaterra, berço de Harry Potter, não demonstrou atração pela ideia como os rapazes esperavam. Tocaram para plateias de cinco e oito pessoas. Em Manchester os amplificadores estouraram.

O tempo lhes deu uma acolhida tipicamente britânica, chovendo sempre e com um toque de neve suficiente para tornar o humor e os percursos de carro infernais. Paul era o único com idade legal para dirigir o carro, de modo que dirigiu durante oito dias.

A lembrança da viagem é mesclada de amargura, carregada da ironia de terem sido simbolicamente rejeitados pelo berço de Harry Potter. Contudo, pode ter sido apenas uma consequência natural do humor deles, o fato de aquela nuvem de chuva os estar seguindo, independentemente do clima desagradável da Inglaterra. Pouco antes de terem partido para Londres tinham recebido uma carta da Warner Bros. que dizia, com efeito, que eles estavam violando direitos autorais e marca registrada e que precisavam ter uma conversa.

Paul e Joe se investiram do espírito de "vamos lutar contra a autoridade", encaixando-se rapidamente e felizes da vida no molde de punks, tentando evitar serem destruídos pela corporação gigantesca, um frágil renascimento da PotterWar. Não seriam derrotados sem dar combate. Vamos lutar!

Paul enviou em resposta uma carta escrita por um advogado amigo, que listava vários casos que sustentavam o direito deles de existir; definiram sua postura e pensaram em argumentos legais, imaginando uma batalha grandiosa, e um painel de juízes togados concedendo a vitória ao mais fraco.

O que ocorreu foi muito menos glamouroso. Uma carta de duas páginas e meia chegou rapidamente às mãos deles, listando citações de vários casos para mostrar que a corporação tinha base legal para fazer suas exigências. Contudo, a Warner Bros., naquele tipo de situação, já era gato escaldado com o caso PotterWar, e não parecia querer repetir a experiência. O representante da companhia pedia uma conversa por telefone com Paul.

Marc Brandon ligou para ele alguns dias depois. Na ocasião, o departamento de Marc na Warner Bros. estava ocupado principalmente em fechar falsos leilões na eBay, e sua principal preocupação com Harry and the Potters era que a venda deles online de camisetas e outras mercadorias fosse crescer além do ponto de uma pequena margem não convencional e pôr em perigo o controle da Warner Bros. sobre seu merchandising de produtos da marca. Depois de algumas rodadas de negociações, Marc disse a Paul que eles podiam continuar a vender sua música online, mas qualquer outra coisa era proibida exceto em shows ao vivo, a respeito dos quais a WB simplesmente não se interessaria a menos que apanhasse os irmãos no ato. Tirem tudo exceto os CDs da internet, e "nós nunca mais falaremos com vocês".

A despeito da emoção diante da perspectiva de uma luta de verdade contra um gigante, esse foi um acordo que os Potters ficaram contentes de fazer. Ao final da conversa estavam trocando amabilidades.

— Cara, você tem que vir nos ver tocar — disse Paul a Marc, depois rapidamente retirou o convite. — Eu estava brincando. Não quero que você venha. Fique longe.

Agora consolado com uma promessa verbal, Paul achava que a banda só estaria segura se não se tornasse uma grande ameaça à Warner Bros. Tinha percebido o sentimento por parte dos representantes da Warner Bros. de que eles consideravam a Harry and the Potters uma curiosidade de fãs, e prefeririam que a banda continuasse a ser uma diversão a mover uma ação contra ela. O problema das mercadorias, ao que parecia, decorria da taxa de licenciamento de 100 mil dólares que os fabricantes oficiais pagavam para manufaturar e vender produtos relacionados com Harry Potter; aqueles vendedores podiam começar a se sentir desrespeitados e prejudicados, especialmente se crianças fossem atraídas por mercadorias concebidas por amadores. Todas as mercadorias dos Harry and the Potters exceto a música deixaram de ser vendidas online.

Paul se demitiu de seu emprego e Joe planejava adiar a ida para a faculdade por um ano mais ou menos para que eles pudessem ficar em turnê em tempo integral. Mas naquela altura o "vírus" tinha contaminado outras pessoas. Em abril de 2005, os Potters tocaram em um show na casa de um amigo chamado Matt Maggiacomo, em Rhode Island. Era a segunda vez que tocavam lá, e daquela vez os amigos tinham planejado uma pequena surpresa para os Potters. Bradley Mehlenbacher (futuro baterista dos Potters) e Brian Ross, meios-irmãos e músicos da área, tinham decidido se divertir à custa dos Potters escrevendo um par de canções engraçadas e se apresentar no show como "Draco and the Malfoys", que seria a nêmesis natural da banda. Eles curtiam com a brincadeira de viagem no tempo dos Potters de serem Harry Potter Ano 4 e Harry Potter ano 7 chamando a si mesmos de Draco Ano 15 e Draco Ano 19 (para corresponder a suas verdadeiras idades). Todas as canções eram sobre o tal Harry Potter, o garoto metidinho a besta que recebe atenção demais na escola, e eram maldosas e ao mesmo tempo monstruosamente irônicas – como por exemplo, "My Dad Is Rich".

My Dad's always there
To open all my doors
You have to call a Patronus
Just to catch a glimpse of yours.
My Mom says she loves me
When she tucks me into bed.
How's your mommy doing
In the Mirror of Erised?
My Dad is rich
And your Dad is dead.

Era tudo muito bem-feito e engraçado e com a intenção de ser uma brincadeira, mas como Paul e Joe podiam atestar nunca se devia fazê-lo a menos que de fato se quisesse, porque brincadeiras tinham uma tendência engraçada de se tornar verdade. Matt Maggiacomo, um guitarrista veterano e compositor de canções "normais", tinha decidido também participar da brincadeira se "transformando" no Whomping Willow (salgueiro lutador), a árvore violenta que fica nos terrenos de Hogwarts. Em vez de escrever canções, ele apenas tocou "Carry On Wayward Son", de Kansas, e balançou os mais de cinco minutos de duração da música.

Nenhuma das bandas pastiche pensou que sobreviveria à noite, embora adorassem a recepção ululante que receberam dos amigos às gargalhadas.

O que eles ainda não tinham percebido era que cada vez mais fãs de Harry Potter estavam seguindo o caminho dos Potters e fazendo o que as Parselmouths tinham feito: criar bandas baseadas em outros aspectos da série. Mas era difícil conquistar fãs com música online; os Potters só tinham ficado conhecidos dos fãs porque os fãs tinham podido ouvir as músicas "bacanas". E depois a popularidade deles só cresceu tão rápido porque tocavam em shows incessantemente e tinham experiência, equipamento e tempo livre para fazer isso. Nem todas as bandas tinham uma, duas e muito menos três dessas coisas. Não parecia possível para o que estava rapidamente se transformando no gênero musical wizard rock se tornar um gênero em que alguém, exceto os Harry and the Potters, pudesse se apresentar profissionalmente.

Mas então veio o MySpace.

Já em 2005, o site de serviço de rede social MySpace.com estava incandescente, reunindo mais de 25 mil usuários por dia. Crescendo lado a lado com sua popularidade principal estava sua popularidade entre amantes de música; o site permitia que bandas carregassem música de graça e lhes dava uma ferramenta com que tocar as canções no site, cuidando de todos os custos associados à largura de banda e oferecendo uma alternativa para os impasses cada vez mais comuns entre as companhias gravadoras e diletantes de música que baixavam MP3s demais de redes de partilha de arquivos. O MySpace tornava fácil ouvir e distribuir música.

Exatamente como em 2000 o amadurecimento da internet cutucou o fandom principiante de Harry Potter levando-o a sair do ninho, o MySpace instava o wizard rock a adquirir consciência, constantemente trabalhando por trás dos bastidores como as engrenagens por trás do mostrador de um relógio. A primeira banda a pôr seu perfil online foi a Parselmouths, das duas adolescentes de Seattle; elas começaram a criar personagens para sua banda, concebendo a si mesmas como bem-sucedidas Sonserinas que todo mundo adora odiar. No final de 2005, os Harry and the Potters postaram seu perfil e começaram a direcionar as pessoas de seu site para o MySpace. O site também oferecia aos Potters uma maneira fácil de contactar diretamente seus fãs: durante os mais ou menos dois primeiros anos que a banda Harry and the Potters o usou, o MySpace tinha uma ferramenta que permitia às bandas se comunicarem com seus "amigos" que moravam em determinada área. Vão fazer um show em Oklahoma? Então, podiam enviar um bilhete rápido para todo mundo em sua lista de "amigos" que estivesse na área ou em qualquer lugar nas vizinhanças. Os Potters sempre tinham tido o cuidado de coletar uma lista de e-mail em todos os shows – mas, se duzentas pessoas iam ao show, obtinham talvez dez endereços escritos. Agora, milhares de pessoas que não conheciam estavam "fazendo amizade" com eles no site, não sabiam que também tinham dado seus endereços pedindo para serem avisadas quando os Potters estivessem em sua área, mas imaginem se elas se importariam de receber um e-mail avisando-as de quando os Potters estariam na cidade? Era o tipo de estratégia de marketing direto pelo qual companhias maiores pagariam milhares de dólares para criar. Com aquele tipo de contato, eles podiam e de fato enviavam um boletim avisando todo mundo exatamente onde estariam em cada cidade, e podiam reunir um grande público quase sem nenhuma antecedência. Devido ao acordo verbal com a Warner Bros., aquela galera era necessária, porque a venda de mercadorias e o cachê dos shows financiavam o grosso das operações deles.

Cinco meses depois de pôr o perfil no MySpace, o Potters tinham cinco mil "amigos". Em um ano, eram mais de 30 mil. Em mais um ano, tinham superado largamente a marca dos 80 mil. Esses números eram representativos de uma base de fãs subjacente muito maior, e uma pela qual uma banda "de verdade" mataria. Os Potters foram uma das maiores histórias de sucesso dos tempos áureos do MySpace, e sua forte identificação com os temas principais dos livros os tornavam naturalmente atraentes para qualquer um que gostasse de Harry Potter. Se o próprio Harry Potter havia começado com um movimento entre jovens nos pátios de escolas e livreiros independentes, e principalmente porque era divertido, os Harry and the Potters estavam vivenciando uma ascensão similar, mas em menor escala, da de Jo Rowling.

Eles também estavam começando a se tornar conhecidos por – e a identificar o gênero florescente com – seu hábito de fazer rock em bibliotecas. Em seus primeiros shows descobriram um nicho que em grande medida nunca tinha sido explorado: o fato de que nem todas as bibliotecas eram redutos de silêncio a que a maioria das pessoas associava prédios cheios de livros. Algumas também tinham centros de atividades, ou tinham salas de teatro e produziam shows, ou salas em que recebiam autores para leituras, ou mesmo pequenas bandas locais. E é claro que Harry deveria estar tocando numa biblioteca. Era mais uma alfinetada na grande corporação estar intencionalmente aumentando o volume em um lugar que queria que você falasse baixo.

O tour do verão de 2005 foi esparso, apenas algumas datas na Costa Oeste e um par perto de Boston e Nova York. Mas com o advento do novo livro de Harry Potter, veio uma inundação de cobertura de imprensa e um bando de repórteres em busca de uma abordagem nova para falar sobre Harry Potter; logo eles se viram no *Boston Globe* e no *U.S. News & World Report*, e na Forbes.com.

Eles passaram o dia do lançamento de *Harry Potter e o Enigma do Príncipe* tocando numa livraria em Michigan, então tiraram alguns dias de folga para ler o livro. Quase imediatamente compuseram duas canções que integrariam seu próximo disco, *Harry and the Potters and the Power of Love*, ambas centradas ao redor dos dois grandes acontecimentos do livro. "Dumbledore" se tornaria uma canção simples, mas gradualmente cada vez mais complicada, uma apologia ao diretor da escola que morre no final do livro. A outra era a inevitável canção de amor a Gina, para a qual fizeram um arranjo com entradas de saxofone e uma seção solo. Em shows ao vivo, Paul por vezes usava aquela seção para fazer um monólogo de até 12 minutos sobre o amor e o filme *Os caça-fantasmas*. A canção foi hit imediato, e logo nenhum show estaria completo sem que ela fosse apresentada, com o longo monólogo. Ela é o "Free Bird" deles.

Enquanto isso, Brian, Bradley e Matt não estavam fazendo absolutamente nada. Não queriam invadir o espaço que Paul e Joe tinham criado, mas estavam ficando irrequietos: tinham tido ideias e escrito músicas. Matt, especialmente, se dava conta de que queria participar daquele subgênero divertido e havia arquivado o álbum Kansas em favor de uma canção verdadeira do salgueiro lutador, sobre como tinha sido rude da parte de Rony e Harry bater com o carro em seus galhos. Ambas as bandas queriam tocar em shows.

Contudo, Paul ainda estava paranoico e um tanto superprotetor. Ele e sua banda tinham acabado de sobreviver a um encontro desagradável com a Warner Bros., e ainda sentia os abalos resultantes; agora tinha que financiar sua vida e os estudos de Joe a partir das atividades da banda, e o que aconteceria se alguma outra banda destruísse a estrutura frágil de confiança que ele havia construído? Afinal, nada havia sido assinado, era apenas um acordo de cavalheiros, e pelo que Paul sabia Marc não era nenhum cavalheiro.

As outras bandas apresentaram regras para tentar acalmar esses temores: elas não tocariam em um show a menos que estivessem abrindo para Harry and the Potters; não lançariam um álbum a menos que Harry and the Potters dissesse que estava aprovado, e não venderiam nenhuma mercadoria online, conforme o acordo com a Warner Bros. De todo modo, os Dracos e o Whomping Willows (como Matt agora chamava a si mesmo, no plural) nunca seriam projetos que usariam para se sustentar – não sem "Harry Potter" no título. Eles tocaram em alguns shows e se mantiveram discretos.

Alex Carpenter, contudo, não sabia de nada sobre o *status quo* do wizard rock quando fundou sua banda, The Remus Lupins. O escritor/ator/músico do sul da Califórnia não poderia ter apresentado um polo mais oposto ao desalinho modesto e improvisado de Paul e Joe DeGeorge. No princípio de 2005, Alex nem era um fã de Potter – ele na verdade tinha feito troça das crianças nas festas de lançamento –, mas isso mudaria quando assistisse ao terceiro filme Harry Potter, que tinha sido dirigido por Alfonso Cuarón, um diretor que adorava. E então, para impressionar uma garota, ele leu os livros. Não lhe despertaram uma paixão consumidora, mas Alex gostou muito dos elementos da história, e, certa noite, se divertindo com amigos, pegou a guitarra e compôs e cantou uma canção rápida sobre o professor Snape. Naquele ponto, Alex jura, nunca tinha ouvido falar de Harry and the Potters nem de wizard rock. Os amigos insistiram que ele pusesse a música online, de modo que o fez, galhofeiramente atribuindo-se o nome de The Remus Lupins porque achou engraçado que uma banda de um integrante tivesse um nome no plural. Alex abriu uma conta no MySpace para hospedar suas novas canções. Enviou a canção Snape e outra que havia composto sobre Luna e Neville. Em 15 de outubro ele tinha um disco completo.

Alex teve uma abordagem diferente da de Paul e Joe. Ele quase imediatamente levou a banda a sério e, em vez de fazer turnês incessantes em lugares pequenos, realizou competições em sua página no MySpace para ajudar a divulgar a banda. A arte da capa de seu álbum geralmente incluía fotos de si mesmo, e a descrição de sua banda era mais autopromocional que outras; Alex era de Hollywood, e sua família tinha ligações com a indústria cinematográfica – para Alex, isso era exatamente o que se fazia quando se tinha um projeto ao qual se queria dar publicidade. Ele respondia a todos os comentários do MySpace que recebia, e como garotas adolescentes o achavam bonito, rapidamente atraiu a atenção encantada de um bando de jovens fãs. Por volta do dia de Ação de Graças de 2005, Alex abriu sua página no MySpace e descobriu que tinha cerca de 170 pedidos de amizade, uma diferença acachapante da semana anterior.

As bandas já estabelecidas – isto é, Harry and the Potters e a aspirante Draco and the Malfoys e o Whomping Willows, das quais as últimas estavam definhando por causa das "regras" – não gostaram daquele cara novo. Ele estava se destacando da turma, e estava tocando em shows *em Los Angeles*. E se aquela pessoa da Warner Bros. aparecesse e visse mercadorias com temática de Potter à venda? As outras bandas monitoravam discretamente as atividades dele online. Finalmente Matt, que sempre foi um tanto antagonista – como o salgueiro lutador, pronto para atacar, disposto a fazer postagens incendiárias em blogs ou a escrever e-mails de fôlego, brutalmente honestos, que batiam pesado –, enviou um e-mail para Alex no qual deixava claro que as ações de Alex os estavam incomodando. Matt explicou "as regras", disse a Alex que ele estava "ostentando" o movimento e que eles prefeririam que ele fosse mais devagar com as coisas para não pôr tudo em risco.

Alex não deu bola. Em sua opinião as regras eram "absurdas, e a última [que exigia que ele não tocasse em um show sem os Potters] era simplesmente impossível" para ele geograficamente.

– Eu interpretei aquilo, talvez incorretamente, como uma ordem tipo "pare de tocar". Respeitar aquelas regras ou parar de tocar. E eu com certeza não ia ceder a todas aquelas exigências.

Depois de uma longa série de e-mails, Alex venceu. Matt começou a concordar com Alex. Por que os Harry and the Potters estavam decidindo o que ele fazia ou deixava de fazer com sua banda? Por que todo mundo estava tão nervoso e paranoico com a Warner Bros.? Começou a parecer que todo mundo estava trabalhando duro demais para proteger a carreira dos Potters, e por fim os Potters, especificamente Paul, concordaram. Alex iria tocar e fazer shows não importava o que acontecesse; a era em que o contingente de roqueiros bruxos do nordeste podia controlar o fluxo do movimento havia acabado. A única maneira de continuar envolvido era se bandear para o outro lado e começar a fomentá-lo. Era se tornarem os vovôs do wizard rock ou se tornarem o tipo de rock ao redor do qual crescia limo. Eles escolheram o primeiro: Paul (Joe ainda estava na escola e não estava envolvido em nada exceto criar músicas e tocar em shows) junto como o Whomping Willows e Draco and the Malfoys começaram a assumir um papel mais consultivo, dando às novas bandas dicas sobre como evitar serem destruídas pela Warner Bros. e como respeitar o movimento e a ideologia de Harry Potter.

E então o wizard rock explodiu. Fosse por causa da nova atitude dos Potters ou não, fosse ou não porque Alex estava tocando em shows por toda a Costa Oeste, novas bandas começaram a surgir mais depressa que as pessoas conseguiam contá-las.

No verão de 2007, o movimento se refinou ainda mais: havia bandas folk, bandas eletrônicas e tecno, grupos que pareciam com os Beach Boys ou as Indigo Girls, e alguns que incorporavam o clima lírico de clássicos do cancioneiro americano e outros os gritos guturais do Revolte-se contra a Máquina. Os Draco and the Malfoys depois de passarem um ano fazendo turnê com Harry and the Potters, começaram a fazer shows solo e estavam se tornando famosos por direito próprio. Suas *personae* no palco como Dracos canalizava a raiva contida do personagem no livro, fazendo exortações a maltratar Dobby, matar hipogrifos e se vingar de Harry (a quem eles sempre se referiam como "aquele moleque de Hogwarts que recebe mais atenção do que deve para seu próprio bem", um mantra que a galera agora habitualmente canta com eles). Matt Maggiacomo largou seu trabalho e agora é um Whomping Willow em tempo integral fazendo turnês; sua versão da árvore violenta agora é a de um ambientalista (naturalmente) ativista, que tem uma paixonite por Hermione e fundou sua própria casa em Hogwarts ("a Casa do Assombroso"). Mesmo as Switchblade Kittens retornaram ao wizard rock e lançaram um álbum de tema de bruxaria feminina, em 2006, chamado *The Weird Sisters*.

Contudo, a despeito de todo o temor das bandas com relação ao movimento se tornar grande demais para a Warner Bros. continuar ignorando-o, muito poucas bandas representavam tal ameaça porque muito poucas tocavam em shows de verdade. O fenômeno se manifestou principalmente em centenas de perfis do MySpace no qual crianças, completamente inexperientes em música, criavam canções e postavam-nas só por prazer. Isso se aplicava a Darius, de sete anos, cujos pais, Tina Olson e Ian Wilkins, tinham bandas de wizard rock chamadas, respectivamente, DJ Luna Lovegood e The Cedric Diggorys. Depois de assistirem a uma apresentação dos

Potters numa biblioteca das vizinhanças, Darius gravou algumas canções sobre dragões, uma das quais consistia principalmente em ele gritando: "Rock de dragões reina! Rock de dragões reina!", sobre uma trilha de música computadorizada, e seus pais fizeram um perfil de banda exibindo sua música. Quando Paul e Joe descobriram que tinham sido a inspiração para um roqueiro punk de sete anos, os irmãos contactaram a família Wilkins e convidaram Darius para abrir o próximo show que fizessem na cidade.

Agora, as duas bandas – the Potters e Darius's The Hungarian Horntails (Rabo-córneo húngaro de Darius), que é formada por ele e seu irmão caçula, Oliver – tocam juntas com bastante frequência, ou pelo menos sempre que há um evento importante de wizard rock. Ian e Tina nunca perdem uma oportunidade de levar a família inteira a um show de wizard rock, o que com frequência significa viagens de sua casa na Pennsylvania até Boston. Na primeira semana de junho de 2007, Tina e sua filha de uma semana, Violet, viajaram com a família inteira para a The Knitting Factory em Nova York para assistir a um show dos Potters. Darius e Oliver se acabaram correndo pelo local durante três horas seguidas, enquanto o pequenino Holden, de três anos, se agarrava na perna do pai. O bebê Violet estava aconchegado no *babypack* contra o peito da mãe. Enquanto isso os Potters gritavam e tocavam, e quatrocentos fãs dançavam e bebiam. Tina com os cabelos louros cortados bem curtos e sandálias hippie, se balançava como se os Potters estivessem cantando uma cantiga de ninar, e Violet dormia.

Nesse período, o MySpace estava fazendo o trabalho pesado de publicidade para o Harry and the Potters, mas eles também estavam começando a receber atenção da crítica. Os shows deles foram elogiados e incluídos entre os cinco melhores shows ao vivo em 2005 pelo Pitchfork Media, o site da Web que podia literalmente lançar bandas direto ao estrelato com uma boa crítica; a crítica positiva que o site escreveu sobre o Harry and the Potters na

Biblioteca Pública de Nova York ("Quem dera os Decemberists[1] pudessem fazer rock assim") significou que eles podiam tocar em quase qualquer lugar.

Essa nota no site resume a explicação de como eu me tornei uma fã de wizard rock, porque resultou em os Potters serem contratados para se apresentarem na Knitting Factory em Nova York, um local histórico, conhecido pela maneira como promoveu música sem fronteiras. Eles tocaram no princípio de junho de 2006; Cheryl tinha me arrastado para lá, jurando vezes seguidas que eu gostaria da banda. Eu já os tinha ouvido e achava que eram divertidos, admitia, mas na verdade não gostava muito da música. Francamente, não achava que fossem grande coisa como compositores e músicos. Cheryl me garantiu que não se tratava absolutamente disso. Ela tinha o dedo muito mais próximo do pulso do movimento do que eu jamais tivera, mas talvez isso fosse porque trabalhasse na Scholastic, cujo relacionamento com a Harry and the Potters parecia ser o da mãe que acha que seu filho rebelde é bonitinho demais para ser punido. O potencial para violação de *copyright* tecnicamente era território da Warner Bros., de modo que Harry and the Potters estava ganhando um séquito secreto mas fervoroso na editora de Harry.

Estava a noite mais quente do verão até aquele momento e depois de entrar fiquei satisfeita por ter posto um vestido de linho. O ar estava abafado e a pista de dança, uma massa impenetrável de gente. Eu tinha trazido minha câmera de vídeo para o caso de o show render cobertura que valesse a pena para o Leaky. Enquanto garotinhas fantasiadas de Hermione Granger se agarravam nas mãos de seus pais e garotas adolescentes em fantasias mais adultas de Hermione dançavam ao som da abertura da música hilariante de Draco and the Malfoys, eu comecei a gravar.

Fui me espremendo até chegar à frente da fila na mesa de venda de mercadorias; CDs e escovas de dentes (e será que aquilo era fio dental?) estavam sendo vendidos a uma velocidade de raio, mãos

---

[1] Banda indie pop de Portland. (N. da T.)

passando por cima e por baixo, dinheiro indo e vindo. Quando os Potters finalmente chegaram ao palco, eles o fizeram aos pulos, refletindo a energia que zunia no salão. A brincadeira da abertura deles já tinha sido ouvida antes pela maioria daquele público, mas eles riram de todo modo, e os Potters embarcaram em um set de uma hora que fez o porão já escaldante parecer uma panela de pressão. O piso estava escorregadio do suor de todo mundo, mas ninguém parecia se importar. O fandom estava vivo e pulsante bem diante de mim, e eu nunca o tinha visto ao vivo tão vibrante. A atmosfera de celebração era inebriante, enquanto os Potters davam a piscadela e faziam a afirmação brincalhona de sua existência no início do set, e a transformavam numa exploração da força espantosa do amor no universo e a ideia de que momentos, pequenos momentos, são tudo o que fazem nossa vida. Tinham uma espécie de pureza transcendente que ao final do show tinha eviscerado a ironia com que se apresentavam. Num primeiro momento eram uma piada, e faziam um monte de piadas ao longo do show, mas ao final eram um veículo para as mensagens do próprio Harry, talvez com uma mente mais clara e uma voz mais alta do que a que Harry, naquele ponto após o livro seis da série, tinha conseguido alcançar. Estavam vivendo os livros de Harry Potter. Ali no porão da Knitting Factory, eu vi dois rapazes exaustos e banhados em suor usarem suas melodias simples, conscientes, monotemáticas, liricamente escassas e com vozes que na verdade não eram afinadas convencerem uma multidão de adolescentes a adultos de meia-idade a pular com eles, a socar o ar e a tocar guitarras imaginárias cantando em uníssono o coro imperativo de que – "a arma que temos é amor, amor, amor, amor". Eles incendiaram a plateia ao pular do palco e vir para o meio do público, ao dizer-lhes cara a cara e pedir-lhes para cantar junto como se a sua missão pessoal fosse se assegurar de que o chão tremesse com as batidas de seiscentos pares de pés.

Quando afinal voltaram para o palco, a multidão no gargalo se esbarrava com o mesmo entusiasmo de qualquer galera dançante de mosh *pit*. Os rapazes retomaram seus instrumentos e tocaram alto e forte, de modo que acima da gritaria um teclado e uma guitarra soavam a todo o volume. Por fim, uma longa nota trêmula que se apagou em nada. Joe gritou:

– Obrigado, todos vocês! Continuem dançando, continuem lendo, continuem amando!

Não houve bis, embora o público estivesse louco por um; o último número era o fim esperado, a catarse habitual que acompanhava um show dos Harry and the Potters.

Depois que acabou, eu não conseguia parar de fazer elogios delirantes para Cheryl, e ela apenas me dava aquele seu sorriso satisfeito consigo mesmo que eu conhecia tão bem. Paul, ao saber que eu era do Leaky, tinha me presenteado com um monte de CDs depois do show, e quando cheguei em casa, fui para minha amiga de confiança, a internet, para descobrir com alguma vergonha que o florescimento de todo aquele movimento tinha escapado por completo à minha atenção de repórter. Além dos Malfoys e do Whomping Willows, havia bandas sobre Hermione, Gina, os Wesleys, Remo – basicamente qualquer personagem Potter que valesse a pena ser explorado tinha um perfil acompanhado de anexo de música no MySpace, e suas canções. O wizard rock era um gênero que de fato existia.

A última noite da turnê era em Montreal, em uma pequena sala de reuniões de uma organização ucraniana. O palco tinha sido cortado na parede do fundo, como se um buraco quadrado tivesse sido aberto nela, e os Harry and the Potters pareciam fantoches em um diorama. O espaço outrora tinha sido usado para um show famoso da banda Arcade Fire, e a simples ideia de tocar lá deixara os rapazes radiantes de expectativa. Eles só tinham anunciado o show alguns dias antes devido a um agendamento de último minuto, mas mesmo assim cerca de cem pessoas apareceram e dançaram desde o minuto em que eles entraram em cena. Paul, Joe, Emily, Brad e eu nos juntamos a elas, comemorando o fim da turnê. No dia seguinte viajaríamos de volta para Norwood e tocaríamos a todo o volume "Born in the U.S.A.!", enquanto cruzássemos a fronteira americana, depois passaríamos defronte à primeira biblioteca em que a banda havia tocado e ao galpão de fundo de quintal onde eles tinham feito seu primeiro show.

– É um trabalho muito bacana, sabe? – comentou Paul. – Quantas pessoas conseguem deixar as outras pessoas ligadas na vida, na música ou na arte? É algo de especial e também, em minha opinião, um investimento merecedor de nosso tempo fazer isso.

Paul disse que achava que ele e seu irmão tinham se tornado músicos melhores ao longo do tempo que tinham passado como os Potters e que se sentiam "gratos à Warner Bros. em muitos sentidos por tê-los deixado continuar. Nós nos sentimos quase privilegiados por podermos fazer o que fazemos. Creio que pelo menos por uma vez na história da lei corporativa uma megacorporação de peso finalmente compreendeu o valor de permitir certos usos de sua propriedade intelectual, catalisando as pessoas ao redor disso."

Eles vão parar com as turnês depois do verão de 2008, disseram, e depois disso só tocarão em um show especial aqui e ali. ("Existe um tempo limitado em que se pode ser Harry Potter Ano Quatro", comentou Joe com tristeza.) Queriam tocar nos dois estados que ainda não tinham visitado: Alasca e Havaí. O último show dos sonhos deles é no quintal de Jo Rowling; se ela os convidasse para fazê-lo amanhã, então amanhã seria o último show – sairiam direto do quintal deles para o dela, juraram. Então estaria na hora de pendurar as chuteiras. Paul planejava abrir uma loja para vender cachorros-quentes, ou se tornar consultor de programação para jovens em bibliotecas, ou alguma outra coisa. Joe não tinha ideia do que viria a seguir. Quer continuar a estudar ciência. Segundo ele é a nova magia.

Nós jantamos na casa dos rapazes antes de ir para casa. A mãe deles os recebeu de volta da turnê com uma travessa fumegante de pasta *fagioli* acompanhada de salada Waldorf. Eles empilharam o equipamento na adega subterrânea da casa, que havia se tornado um depósito com o acervo dos Harry and the Potters completo, com as primeiras camisetas em silkscreen e até as calcinhas que tinham sido jogadas para eles em shows. A mãe de Joe e Paul levou Joe e Emily de carro de volta para a faculdade, e Paul me acompanhou até a estação para eu pegar meu trem para casa. Fiz questão de dizer que tinha sido uma surpresa agradável a maneira como eu tinha me divertido muitíssimo durante a viagem com eles. Ver que havia um bom público em todas as cidades festejando Harry Potter através da música e da comunidade tinha sido uma experiência libertadora e validante.

– É uma pena que vocês lá no Leaky já tenham tanta coisa rolando para este verão – disse Paul quase distraidamente. – Vocês deviam sair numa turnê conosco.

CAPÍTULO SETE

VIDA DE TRABALHO

— Turnê? John e Sue se mostraram céticos quando receberam meu telefonema exuberante.

– Turnê! Vai ser tão maravilhoso! Levaremos o podcast para fazer uma turnê! *Alguém* já fez turnê com podcast? É assim que festejaremos *Relíquias da Morte*! Com Harry and the Potters! Shows de rock e podcasts juntos, levaremos a festa *ao país inteiro*, vamos lá, gente, vai ser incrível!

Eu contei a ambos sobre minhas experiências na turnê com Harry and the Potters, e como a cada show que eles tinham feito, as pessoas tinham vindo falar comigo para dizer que ouviam o programa semanal de entrevistas na internet do Leaky com tema de Harry Potter, o PotterCast, e como com frequência alguém dizia que um dia gostaria de assistir a uma gravação ao vivo. A certo ponto o baterista dos Potters e Draco and the Malfoys nas horas vagas, Bradley, rubro de entusiasmo, havia se libertado de um círculo de fãs que o cercava depois de um show e me cutucado no ombro.

– Melissa, eu acabei de autografar uma camiseta que *você também tinha autografado*. – Eu não entendi muito bem do que ele estava falando até que seu rosto se abriu num largo sorriu. – *Que demais!*

No dia seguinte depois de Paul ter sugerido a ideia da turnê, eu o encostei num canto e perguntei:

– Você estava falando sério?

– A respeito de quê?

– De fazer a turnê conosco, com o PotterCast.
– Estava!
– Não, falando sério, estava falando *sério*?
– Sim, estou falando *sério*!
– Hum. Porque na verdade ainda não demos início aos nossos planos para o *Relíquias da Morte*...
Ele me enviou a lista de quatro datas da banda, e nós começamos a planejar. Eu enviei uma proposta para nosso patrocinador do podcast, a Borders, para garantir que eles nos apoiassem e ajudassem a financiar o custo de alugar uma van e dar de comer a quatro pessoas durante a excursão. Ao longo de duas semanas no final de junho, faríamos podcasts cedo, durante o dia, nas cidades em que a banda tocaria em shows, e então encorajaríamos os integrantes de nossa audiência a ir ao concerto que teria lugar nas vizinhanças naquela noite. Planejamos três programas combinados com shows, sempre em bibliotecas (porque os Potters agora eram conhecidos demais para acomodar seu público em livrarias). Nós abriríamos para eles. Paul ofereceu inverter a ordem, mas eu vetei a ideia; ninguém iria se acomodar para uma hora de debate, por mais divertido que fosse, depois de suar a alma em um show de rock. Então, depois de duas semanas seguindo os Potters, nos separaríamos e faríamos a nossa turnê de podcast independente, porque eles estariam voltando para o leste para estar em Boston para o lançamento de *Relíquias da Morte*, e nós ainda não tínhamos nenhuma ideia de onde estaríamos. John, Sue e eu deixamos essa decisão de lado pelo momento. A única coisa que sabíamos era que queríamos estar juntos na ocasião.

Alguns meses depois que conheci Meg em 2002, ela se mudou para Baltimore para fazer uma mudança de carreira e lecionar, e também para estar perto de Jennie, uma de suas melhores amigas e coadministradora do Sugar Quill. No fim de semana de sua festa de despedida, conheci Kathleen, uma garota mignon, de cabelos encaracolados, que estava fazendo seus estudos de graduação na Universidade de Nova York. Ela também trabalhava no Sugar Quill e era uma pessoa com quem eu havia me correspondido em fóruns de discussão antes. Tudo nela pressagiava sua futura carreira como professora de jardim de infância: o modo de falar claro e cuidadoso, como se ela estivesse o tempo todo explicando a virtude de levantar a mão para pedir para ir ao banheiro, a liderança direcional invisível que sempre assumia quando saíamos em grupo e o entusiasmo juvenil dela em nossos momentos malucos e obsessivos de Harry Potter fizeram de nós duas uma dupla quase imediata. Logo eu estava passando muitas noites com ela, seu namorado, Shane, e o resto de nosso grupo – uma artista e clone perfeita de Gina chamada Polly, que tinha a pele tão clara e era tão meiga que parecia que o "ana" tinha sido acidentalmente omitido de seu nome; Elizabeth, uma vice-presidente numa firma de contabilidade cuja paixão pela superioridade de Nova York entre as cidades ultrapassava todas as coisas em sua vida, até mesmo Harry; e Mike, um estudante de graduação em física com os cabelos encaracolados desalinhados e os óculos redondos de um professor maluco. Pelo menos uma vez por semana eu via um deles, ou todos; nós íamos ao cinema, experimentávamos novos restaurantes e assistíamos a filmes de garotas (a despeito das objeções de Mike). Não concordávamos em tudo, mas jogávamos de acordo com a regra básica sobre a qual tínhamos formado nossa amizade relacionada com Harry Potter – cânon era melhor do que não cânon, e Rony e Hermione eram um *fait-accompli* –, conversávamos muito sobre Harry Potter, mas não o tempo todo.

Eu também estava cada vez mais mergulhada em meu trabalho no Leaky e na capacidade que por vezes tinha de excitar o fandom. Cada e-mail que recebia de agradecimento por termos publicado uma determinada história ou nos fornecendo uma dica para um furo era como combustível para mim. Na maioria das vezes ainda estávamos apenas coletando links para outras notícias, mas era um trabalho prazeroso e necessário para os fãs de Harry Potter que gostavam de se manter informados. Eu ainda estava fazendo meu trabalho de repórter principalmente quando ficava até tarde no trabalho, ou em casa, ou no ônibus, embora eu checasse meu e-mail mais regularmente durante o dia. Estava me tornando quase a única pessoa que atualizava o site e isso me agradava.

Também estava determinada a conseguir fazer com que nosso empreendimento em prol dos fãs fosse reconhecido como imprensa de verdade, principalmente porque estava cansada de todo mundo arquear a sobrancelha quando eu contava o que fazia nas horas vagas. Não era em nada diferente de cobrir qualquer outra área, em minha opinião, e eu tinha alguma experiência de comparecer a *junkets*[2] de imprensa, assistir a sessões especiais e outros eventos de publicidade de filmes de meus tempos de repórter na faculdade. No mínimo, eu achava, os fãs deveriam ter acesso aos grandes acontecimentos de publicidade.

O segundo filme seria lançado dentro de poucos meses, de modo que comecei a mandar e-mails aleatórios pelo menos duas vezes por semana para pessoas na Warner Bros., cujos endereços eu tinha tirado de uma velha lista de contatos do *Hoya*. Nunca recebi uma resposta, mas continuava a repetir o mesmo e-mail de apresentação a cada vez.

"Alô, eu sou de um site de fãs de Harry Potter; gostaria muitíssimo de criar um relacionamento em que pudéssemos escrever matérias a respeito desses filmes!", era a mensagem básica, mas eu a recheava com um dossiê bastante longo sobre minha experiência, o valor do site para os fãs e os motivos por que achava que eles deveriam começar a nos dar atenção.

Quando, durante o trabalho para o site, uma questão específica era levantada a respeito da filmagem, eu ligava para o estúdio; o telefone me oferecia respostas ainda menos positivas. Por vezes a pessoa do outro lado da linha continha uma risadinha quando eu dizia que era de um site de fãs, mas de maneira geral eram educadas. Contudo, pareciam não saber o que fazer comigo, e depois que eu era transferida quatro ou cinco vezes, então a conversa

---

2 *Junket* – instituição do jornalismo cinematográfico, eventos promocionais (pode ser festa, mesa-redonda, viagem etc). Inclui acesso a personalidades ou a astros e entrevistas, sempre com tudo pago. (N. da T.)

acabaria comigo percebendo que tinha sido esquecida, fechando meu celular com raiva e voltando de minha hora de almoço para satisfazer o último capricho de Denise.

No verão de 2002, minhas viagens de ônibus de volta para casa geralmente eram ocupadas com botar em dia o trabalho para o Leaky em meu laptop. Eu o conectava à rede antes de sair, baixava minha correspondência e trabalhava, a caminho de casa e a caminho do trabalho de manhã. Embora geralmente não fosse interrompida, havia um homem de meia-idade persistente que tinha o hábito de sentar ao meu lado. Ele esperava até que eu fechasse o computador e começasse a ler, para então me encher de perguntas que faziam com que eu tivesse vontade de transformar meu livro num porrete e bater com ele em minha cabeça até ficar surda.

– Então, o livro é bom?
– Tudo bem no trabalho hoje?
– Hoje o tráfego está ruim, hein?

Eu lentamente olhava por cima da margem do livro e dava um sinal de cabeça educado, e retomava a leitura na esperança de que ele evaporasse. Certa noite eu estava equilibrando meu laptop numa das mãos como uma garçonete com uma bandeja, e com o telefone na outra enquanto me encaminhava para meu assento; eu finalmente tinha conseguido que alguém me pusesse em espera na Warner Bros., porque havia algum tipo de dúvida sobre quando *Harry Potter e o Prisioneiro de Azkaban* seria filmado, e tinha decidido que mais uma hora de humilhação telefônica não seria pedir demais. Também tinha uma estratégia para o Velho do Ônibus; eu me sentaria no corredor até que ele entrasse no ônibus, depois trocaria de lugar para meu assento de janela favorito. Assim o velho não poderia sentar ao meu lado sem me pedir para sair do lugar e ele geralmente não pedia. Geralmente ele era obrigado a sentar em outro lugar, numa fila diferente, de onde não podia ouvir. Naquela noite ele encontrou um assento bem do outro lado do corredor e tentou encontrar meus olhos, mas eu deliberadamente o ignorei. O ônibus fez todas as suas paradas e se dirigiu para a estrada. Eu

me transferi para o assento de janela no instante em que alguém chamado Barbara atendeu minha chamada.
– Oi! Alô! Ah, finalmente!

Barbara Brogliatti era a pessoa mais simpática com quem eu já tinha falado sobre Harry Potter. Ela nem suspirou quando eu disse que era de um site de fãs, e ouviu seriamente minha pergunta sobre o calendário de filmagem, algo que, francamente, só fãs quereriam saber. Barbara me disse que iria investigar a discrepância enquanto eu esperava, e o tempo todo eu continuava ignorando as tentativas do Velho do Ônibus de encontrar meu olhar.

– Sra. Brog... o.k., Barbara, obrigada. Sim, é para o Leaky Cauldron, somos um site de fãs – disse a ela, embora eu estivesse tentando manter minha voz baixa porque falar ao telefone geralmente é reprovado no ônibus e eu violava essa regra com frequência, e aquele grupo de passageiros era minha turma habitual das sete e meia, que me conhecia como a garota do laptop e do celular sempre piscando. Também mantive minha voz baixa porque tinha acabado de dizer "Leaky Cauldron" e "site de fãs" na mesma frase, e também tinha que tentar parecer ter alguma autoridade com relação a isso de modo que a sra. Brogliatti me levasse a sério. E o velho começou a bater no encosto de meu assento para chamar minha atenção.

– Eu estou ao telefone! – respondi, e lhe lancei o olhar mais furioso que consegui, e girei a cabeça de modo que meu cabelo chicoteasse.

– *E nós estamos tentando dormir!* – resmungou alguém atrás de mim.

– Certo, Melissa, bem, parece que eles vão fazer uma breve interrupção nas filmagens entre o dois e o três – disse Barbara em meu ouvido.

– Posso dar a notícia?
– Claro!
– Beleza! Obrigada! Foi ótimo falar com você.
– Também gostei de falar com você!

Eu suspirei e fechei o telefone. No dia seguinte Barbara admitiu que não era importante o suficiente no mundo dos filmes de Harry Potter para me dar informações consistentes, de modo que me passou para outra pessoa, que me passou para outra pessoa, que me passou para o assessor de imprensa Marc Cohen, que me tratou gentilmente e respondeu às minhas perguntas. As informações eram filtradas, é claro, mas eram informações de verdade sobre o calendário de filmagens do segundo e do terceiro filmes. A partir daquele dia passei a ter uma pessoa certa a quem endereçar meus e-mails quando tínhamos uma pergunta sobre um calendário de filmagem ou algum boato sobre escalação. Eu nunca ficava mais feliz do que quando algum boato ridículo surgia e o Leaky acabava com ele. Éramos os únicos que nos importávamos com os boatos ridículos a ponto de checá-los, e a WB estava mais satisfeita do que qualquer um poderia ter imaginado em nos ajudar a fazer circular a notícia correta. Dava a sensação de que nossas informações eram realmente úteis.

No final do verão Marc me avisou de que eu poderia assistir a uma exibição antecipada de partes do segundo filme Harry Potter numa sessão especial para a imprensa, o que era como maná caído do céu. Eu respirei fundo e lhe enviei minha pergunta seguinte, em termos muito hesitantes e inseguros: Será que seria pedir demais, se eles não se importassem, porque nós tínhamos demonstrado ser responsáveis até aquele momento, pedir que o Leaky fosse convidado para a coletiva de imprensa em Nova York do *Harry Potter e a Câmara Secreta*? Chequei meu e-mail obsessivamente, voltando lá a cada momento até que recebi uma resposta de uma mulher com quem nunca tinha falado antes chamada Brenda. Era animadora; era uma indicação de que meu e-mail tinha sido circulado e debatido na Warner Bros. As palavras dela: *É claro, Melissa. Vamos fazer isso acontecer*, me mandaram imediatamente para o banheiro para dar alguns telefonemas pessoais.

A Warner Bros. tinha passado de ameaçar sites de fãs com ordens para cessar as atividades há menos de um ano a convidá-los a estar bem pertinho dos atores. Eu me sentia como uma experiência em inclusão de fã; não conseguia me lembrar de jamais ter ouvido nada sobre uma fã ser incluída pelo estúdio em uma grande ocasião, especialmente em um filme importante como Harry Potter. Eu delirei ao telefone com Kathleen, e nós comemoramos indo ao cinema naquela noite.

Todo dia, contudo, nos consumíamos cada vez mais com a perspectiva do quinto livro Harry Potter. Eu vinha pesquisando a internet em busca de informações a respeito do livro desde que entrara para o Leaky, como se fazer um determinado número de pesquisas na internet fosse tocar os alarmes e revelar a resposta com relação à sua data de publicação em minha tela. J. K. Rowling e seu pessoal tinham andado calados, e estávamos começando a ficar desesperados.

De alguma forma, miraculosamente, consegui a manhã de folga no trabalho no dia da sessão especial, muito provavelmente porque Denise não estava lá naquele dia. Como é típico, a *junket* do filme foi realizada em um hotel. Toda vez que alguém me perguntava para que órgão de imprensa eu trabalhava, discretamente, eu mudava de assunto. Eu me conduzi ao máximo que pude como uma perfeita profissional durante as entrevistas na mesa-redonda com o diretor e os produtores, para mostrar a Warner Bros. que eu não iria gritar e desmaiar a cada vez que alguém dos filmes entrasse na sala. Só depois da coletiva de imprensa, quando vi o trio principal de atores, que mais pareciam manequins minúsculos de grandes astros de cinema do que crianças de verdade, foi que perdi a compostura e segui as outras cem pessoas até a frente da mesa para pedir um autógrafo. Consegui um de Rupert Grint, que era um participante ativo do fórum de discussão da BBC, e que me ouviu falar alguma coisa sobre meu Web site e disse:

– O Leaky Cauldron, conheço, bacana!

De volta à MTV Networks fiquei andando de um lado para outro em meu pequeno cubículo. Eu já tinha pedido um bocado naquele dia. Mimi, a minha supervisora, que tinha cabelos cor de cobre e uma língua afiada, apareceu para deixar alguma coisa no escritório de Denise, e olhei para ela suplicante.

– O que há?
Eu retorci os dedos e embarquei no discurso que havia ensaiado o dia inteiro.

– Mimi, Dan Radcliffe, o garoto que faz o papel de Harry Potter, vai estar lá embaixo na MTV mais tarde e pensei que eu poderia descer e cobrir a visita para o *Pages*. É uma notícia importante o fato de Harry Potter estar aqui e tenho certeza de que se pudesse entrar eu conseguiria uma pequena entrevista com ele ou pelo menos uma foto, e usaria material promocional do *junket* nas páginas e daria uma belíssima matéria!

Mimi me lançou um longo olhar e revirou os olhos.

– Vá. Não demore.

Eu dei um gritinho e agarrei meu gravador e saí correndo. Esperei no pequeno vestíbulo interno que separava o prédio dos escritórios corporativos de seu estúdio ultrassofisticado e muito fotografado. Eu só tinha estado lá uma vez, rapidamente, para cobrir a gravação de um programa. Naquele momento fiquei parada casualmente em meio às centenas de pessoas entrando e saindo apressadas do almoço e esperei por alguém cujo cartão tivesse a faixa magnética do tipo necessário. Elas enfiaram o cartão, abriram a porta e eu corri e entrei atrás delas, mostrando ao guarda na porta meu crachá como prova de que eu trabalhava no prédio. Ele mal me viu passar.

O corredor estava vazio e gelado, o que me deu certeza de que tinha chegado antes de Dan e seu séquito. A sala verde de recepção estava acolhedora, vazia, aberta, com apenas uma senhora da assessoria de imprensa da MTV Networks sentada lá dentro. Nós nos conhecíamos e eu apressadamente confessei que, ostensivamente, estava lá para tentar conseguir uma entrevista para a *Pages*, mas que na verdade tinha entrado escondida para tentar conhecer Daniel Radcliffe. Ela caiu na gargalhada e disse que achava que minha "entrevista para a *Pages*" era uma grande ideia e me deixou ficar.

Uma hora depois eu tinha certeza de que havia cometido um erro. Quanto tempo mais poderia demorar para Daniel chegar ali, e se eu continuasse a esperar será que ainda teria um emprego quando voltasse? As pessoas continuaram a chegar aos pouquinhos, e logo eu era uma de dez ou 11 outras na sala verde, inclusive músicos de uma banda com cabelo estranhamente colorido a respeito da qual eu não sabia nada e não me interessava. Saí da sala verde para ficar longe deles.

Ao final do corredor as portas se abriram mais uma vez e quase nem olhei para ver quem era. Tanta gente já tinha entrado sem ser Daniel que eu nem esperava mais vê-lo. Contudo, o som que veio da porta não foi o de um par de sapatos; mais parecia um regimento marchando. Levantei o olhar e dei com uma formação em losango de enormes guarda-costas de ternos pretos, falando em fones de ouvido e olhando para todos os cantos ao redor e, encabeçando o bando, parecendo um rei criança, estava Daniel. Ele andava como se estivesse sozinho, passou rapidamente por mim e entrou na sala verde; imaginei que estivesse tudo acabado, que agora nunca conseguiria conhecê-lo. Mas para meu espanto nenhum dos guardas me deu um segundo olhar quando entrei de novo.

Lá dentro Daniel estava tomando um refrigerante e puxando os punhos da jaqueta jeans grande demais, e de vez em quando coçava a nuca. Não tive coragem de me aproximar dele. A senhora minha amiga assessora de imprensa e eu ficamos de pé em um canto e tentamos fazer de conta que não estávamos olhando fixamente.

Eu reuni minha coragem. Não havia sentido em vir tão longe e não chegar a lugar nenhum. Havia um homem de cabelos grisalhos e aparência elegante, se servindo de café a uma mesinha, que parecia importante. Cautelosamente me aproximei dele e me apresentei, e fiz uma careta quando cheguei à parte sobre...

– O Leaky Cauldron. Eu faço isso em meu tempo livre, mas trabalho aqui, lá em cima, na MTV – expliquei. Para minha surpresa essa foi a parte menos importante da frase, porque o homem com quem eu estava falando se animou todo e estendeu a mão.

– O Leaky Cauldron? Nós lemos o site o tempo todo. Eu sou Alan, o pai de Dan.

Minha mão se moveu para apertar a dele, muito lentamente.

– Obrigado – prosseguiu ele. – Obrigado por tratar meu filho com respeito. Nós gostamos muito disso. Vocês fazem um excelente trabalho.

Eu olhei para minha amiga da assessoria de imprensa, irracionalmente esperando que o rosto dela revelasse que aquilo tinha sido uma pegadinha complicada armada para mim. Mas ela não estava nem olhando para mim. Eu me virei de volta e gaguejei um obrigada em resposta, e examinei o rosto de Alan, encontrando apenas gentileza e apreço genuíno, nenhum vestígio de zombaria com relação ao fato de eu ser uma mulher adulta que trabalhava em um site de fãs de Harry Potter. Algumas pessoas que eu conhecia bem que poderiam aprender alguma coisa com a tolerância dele.

Dei mais um empurrão em minha coragem e expliquei a Alan que, se eu pudesse fazer cinco perguntas a Dan para a revista da MTV, aquilo justificaria o fato de eu estar ali esperando por mais de uma hora. Alan pesarosamente respondeu que os pedidos de entrevista tinham que passar pela pessoa da assessoria de imprensa que não estava ali, mas que, se eu pudesse usar as informações do *junket* daquela manhã em minhas cinco perguntas, eu poderia tirar uma fotografia de Dan naquele momento e assim ter uma matéria completa.

Ele me apresentou a Dan como sendo do Leaky Cauldron e o rosto de Dan se arrumou exatamente na mesma expressão que o de seu pai: ele deixou escapar um pequeno "ah" de surpresa, e estendeu a mão para apertar a minha e me agradeceu. Eu tirei uma foto rápida dele e uma dele comigo para aproveitar, me despedi dele e de sua família, e estava de volta à minha mesa antes que minha chefe chegasse do almoço. Alguns dias depois minha matéria me foi devolvida por Denise quase sem cortes e foi postada no site, para grande interesse do resto do pessoal do escritório.

Dois dias antes de *Harry Potter e a Câmara Secreta* ser lançado nos cinemas, eu estava na casa de Kathleen e estávamos fazendo a coisa mais idiota que jamais fizemos em nome de Harry Potter. Estávamos fazendo suco de abóbora. Tínhamos assado várias abóboras e agora as estávamos espremendo em tecido de algodão, graças a uma receita que Kathleen tinha desencavado na internet. A companheira de quarto dela, Mieke, volta e meia enfiava a cabeça na cozinha e nos olhava, com ceticismo.

– Vai ser para todo mundo esta noite! – comentou Kathleen alegremente. – Ela acha que estamos malucas – acrescentou enquanto Mieke saía da cozinha resmungando para si mesma.

– Nós estamos – respondi com as mãos cheias de polpa de abóbora. – Ela já viu o seu quarto?

O quarto de Kathleen estava decorado com os maiores pôsteres de vinil de *Harry Potter e a Câmara Secreta* que qualquer de nós já tinha visto. Marc tinha me mandado três pôsteres de cinema de tamanho grande, sobras dos que a companhia tinha mandado para pendurar dos tetos nos cinemas. O e-mail que ele havia enviado anteriormente dizia apenas que eu iria ficar de verdade, mas de verdade mesmo feliz, muito brevemente, e nós tínhamos passado uma semana tentando adivinhar o que aquilo queria dizer. Os pôsteres tinham um metro e oitenta de largura e dois metros e meio de comprimento, eram impressos em ambos os lados em borracha grossa de cheiro forte; cada um tinha um close-up de Harry, Rony e Hermione. Embora eu estivesse grata e fossem muito legais, e embora eu compreendesse o motivo por que ele quisera mandá-los para mim, eu não tinha muita certeza do que, exatamente, faria com eles. A trabalheira que fora necessária para tirá-los do escritório e levá-los para a casa de Kathleen tinha sido épica, cada um pesava mais ou menos sete quilos. A largura deles combinada ocupava quase todo o espaço na parede de seu dormitório. Mas tínhamos nos certificado de que estivessem devidamente pendurados antes que todos chegassem no dia seguinte – talvez apenas para assustar todo mundo quando entrasse no quarto.

Foi nessa ocasião que conheci David. Todo mundo que iria assistir ao filme estava sentado na sacada de Kathleen, esperando que eu chegasse em meio ao ar frio de novembro. Denise tinha me feito ficar trabalhando até tarde, arquivando material urgente, a maior contradição de termos que eu já tinha visto, e corri os três quarteirões do metrô. Meus amigos eram facilmente identificáveis: todo mundo usava echarpes vermelhas e douradas da Grifinória. Quando cheguei, bufando aos trancos, David, que eu nunca tinha visto antes, mas conhecia da internet, se levantou exibindo seu mais de um metro e oitenta, e se ofereceu para me mostrar a dança interpretativa da echarpe que eles haviam coreografado enquanto esperavam por mim. Eu ri, mas disse a ele de teria que esperar porque estávamos atrasados. E mesmo isso acabou por não ter importância porque na sala de cinema disseram que só nos deixariam entrar meia hora mais tarde. Fomos para uma livraria para passar o tempo, e enquanto subíamos numa escada rolante David e eu nos viramos na mesma hora para a esquerda e saímos direto para a seção de música de cinema.

– Ah, sim, nós vamos ser bons amigos – comentou ele.

CAPÍTULO OITO

"GET A CLUE" – O LEILÃO

No final de março de 2007, a ilustração da capa de *Harry Potter e as Relíquias da Morte* foi revelada. Tínhamos recebido alguns e-mails esparsos e estranhos no Leaky, sugerindo que alguma coisa ligada a Harry Potter aconteceria na manhã seguinte, e o mês de março, em um ano de lançamento, geralmente significava trabalho de arte e layout, então resolvi me levantar cedo.

Não deu outra, quando liguei a televisão, Meredith Vieira e seus asseclas estavam sentados com Arthur Levine no cenário do *Today*, puxando um pano de cor púrpura que cobria uma tela. Lá estava um desenho de Mary GrandPré de Harry, de braços erguidos para o céu, aparentemente tentando capturar alguma coisa. Eu havia esperado, e meio que desejado, que a capa fosse preta, mas era laranja, do tom laranja de um sol da manhã agressivo. Eu me enchi de esperança; o rosto de Harry parecia livre de dor ou medo.

Entre aquela capa, a capa britânica, e a liberação de dois sumários do enredo, quase nenhuma informação foi revelada ("Harry tem o fardo de uma tarefa misteriosa, perigosa, aparentemente impossível"). Nós sabíamos disso no final do livro anterior. "Nunca Harry se sentiu tão sozinho, nem enfrentou um futuro tão cheio de sombras." Isso valia para todos os livros, e aliado à maneira como Arthur disse no *Today* que chorara de soluçar enquanto lia o livro, estávamos prontos. Aquilo era material suficiente para pelo menos um mês de teorias.

A mesma coisa havia acontecido no final de 2002, quando fãs estavam ficando realmente desesperados por notícias sobre o quinto livro. Já havíamos completado nosso segundo ano sem um livro de Harry Potter, e uma vez que qualquer anúncio oficial da editora significaria que ainda levaria pelo menos seis meses para que o livro ficasse pronto, era muito provável que tivéssemos de passar três anos inteiros de intervalo entre livros. O plano original, é claro, tinha sido de lançar um livro por ano, mas Jo Rowling havia descoberto que sua estabilidade financeira não era uma panaceia. Ela não tinha podido tirar nenhum tempo para aproveitar seu estonteante sucesso. Trabalhava o tempo todo, ainda tinha que cuidar de crianças em tempo integral, e estava sendo pressionada por todos os lados com pedidos insistentes para fazer de tudo, desde doações para caridade a entrevistas. Era como se estivesse se afogando.

Não que tivesse ficado ociosa: entre 2000 e 2003, J. K. Rowling tinha publicado dois "livros didáticos" sobre a série Harry Potter para angariar fundos para caridade, havia se casado, tivera um filho e escrevera um romance de quase novecentas páginas. Mesmo assim, tão logo foi divulgada a notícia de que o quinto livro havia sido adiado, as matérias na imprensa afirmavam que Jo Rowling estava sofrendo de bloqueio de escritor e que havia desistido de tudo para usar seu avental de cozinha. Aquela afirmação a enfureceu, não porque não gostasse de usar um avental de cozinha – ela assava pão com frequência –, mas porque achava que um escritor homem jamais teria sido alvo de uma matéria como aquela. Ninguém estava fazendo nenhum comentário a respeito do fato de que seu novo marido, Neil Murray, havia abandonado a carreira de médico para ficar de marido "doméstico" para sua esposa milionária. Ou, melhor, não o estavam fazendo em voz alta o suficiente para chegar aos ouvidos de Jo.

– Eu não estava com bloqueio de escritor. Eu disse para a Bloomsbury: "Não tenho condições. Não vai haver um livro no ano que vem. Eu preciso de algum tempo de descanso." E foi absolutamente a coisa certa a fazer, porque eu subi para respirar um pouco e me dei conta de que a vida podia ser boa se eu não me matasse de trabalhar. A verdade era que eu poderia ter tido um colapso se tivesse me comprometido a escrever mais um livro, mas eu não estava surtando, e com certeza não tinha bloqueio de escritor, como pode ser comprovado pela enormidade do livro que se seguiu ao meu descanso.

Durante esse período ela também estava chegando ao fim de um processo judicial de mais de dois anos contra Nancy Stouffer, uma autora que afirmava que Jo Rowling teria tirado a palavra "Muggle" (trouxas) de seu livro, *The Legend of Rah and the Muggles*. Não apenas a justiça decidiu em favor de Rowling como lhe concedeu uma indenização, pois considerou que Nancy Stouffer e seus advogados tinham agido de má-fé por usar documentos que tinham sido falsificados para fundamentar a ação.

No final de novembro de 2002, a Children's BBC anunciou que Jo Rowling havia doado um cartão escrito a mão contendo 93 pistas sobre o novo livro, para ser leiloado pela Sotheby's de Londres em favor da Book Aid International, uma organização filantrópica em prol da alfabetização na Grã-Bretanha. Os fãs positivamente salivaram. Heidi me ligou no trabalho bem cedo de manhã, quase chorando e reclamando de como era injusto que o cartão fosse acabar com alguém que pudesse pagar a quantia estimada em 9.400 dólares que se esperava iria arrematar em leilão.

– É uma pena que não possamos pedir às pessoas para nos enviar dinheiro para comprá-lo e postá-lo [online] – disse ela.

Eu concordei e desliguei, mas antes que minha mão largasse o fone já estava ligando de volta para ela.

– E se *pudéssemos*?

O plano emergiu rapidamente: os fãs poderiam nos enviar dinheiro para que pudéssemos fazer lances em nome de todos nós, e quer ganhássemos ou perdêssemos, doaríamos aquele dinheiro para a Book Aid International. Nós batizamos o movimento de "Get a Clue" (consiga uma pista), e depois que anunciamos a ideia, os fãs responderam com uma energia e um fervor que anteriormente estivera esmorecendo durante a longa espera pelo novo livro. Eles postaram novamente nosso anúncio na internet, informaram a seus veículos de imprensa locais e fizeram tudo que podiam para disseminar a ideia, enquanto eu criava uma organização sem fins lucrativos para arrecadar o dinheiro. Em menos de uma semana nossa organização estava instituída e tínhamos uma conta em banco, e passei todos os minutos de que dispunha na semana seguinte ao telefone com repórteres do mundo inteiro. Era uma matéria perfeita de interesse humano; desesperados para dar uma olhadela no livro seguinte, fãs do mundo inteiro se reúnem para arrecadar dinheiro para uma entidade beneficente. Nossa caixa de contribuições transbordou com pagamentos; nossa caixa de correspondência parecia jorrar com cheques e votos de boa sorte. Crianças colavam as moedas de suas mesadas em cartões e escreviam mensagens de apoio com crayon no verso. Fomos inundados com mensagens de agradecimento e entusiasmo pelo fato de termos mobilizado a comunidade Harry Potter por uma causa tão boa.

Toda a minha família contribuiu para ajudar: quando eu chegava em casa do trabalho a cada dia, meus pais já tinham separado a correspondência e preparado os cheques para que eu assinasse. Depois de tudo isso ter sido feito, incluíamos cada nome, sua doação e endereço numa planilha eletrônica. Eu saía duas horas mais cedo para o trabalho de manhã, para chegar ao banco perto de meu escritório às sete horas, e cuidar de mais alguns e-mails e outras tarefas em minha mesa antes que meu dia de trabalho oficialmente começasse. O Leaky Cauldron lutava com o tráfego aumentado, e tudo estava correndo maravilhosamente, até o primeiro e-mail de Neil Blair.

Eu tinha visto referências ao sr. Blair – era apenas assim que eu conseguia me referir a ele – em documentos jurídicos. Ele era o advogado de Jo Rowling, por definição uma pessoa a ser temida por um fã insignificante. Criatura aterrorizante, ele podia usar seus conhecimentos de advogado para me esmagar com uma teclada em seu computador! Sem dúvida, o e-mail apenas dizia alô e que, pelo que ele tinha conhecimento, planejávamos postar o conteúdo do cartão se o arrematássemos, e essa informação estava correta? – mas tinha que ser um artifício. Ele era o *advogado de Jo Rowling*. Ele era *a lei*.

Em vez de responder ao e-mail, eu telefonei para ele, algo que pareceu deixá-lo completamente confuso.

– Sim, nós planejamos postar o cartão se o arrematarmos – disse-lhe logo depois de me apresentar. – O senhor vai nos impedir de fazer isso se conseguirmos?

– Por que não esperamos para ver se vocês conseguem e então pensamos nisso?

– Eu... hum. – Aquilo era o meu equivalente verbal de baixar os punhos. – Está bem.

Ao longo de mais de um ano na MTV Networks, eu só contava às pessoas sobre meu trabalho no Leaky Cauldron com base em necessidade de saber. Mimi tinha que saber, e alguns de meus amigos tinham que saber que eu era a encarregada e a pessoa responsável por um site de fãs em minhas horas vagas. Denise com certeza não precisava saber. Contudo, no dia em que fui entrevistada sobre o leilão pelo *New York Times*, achei que talvez estivesse na hora de contar. Enviei uma circular por e-mail, explicando que iria ao jornal e o motivo disso, me certificando de justificar todo o empenho a respeito da enorme contribuição para caridade que isso resultaria e menos a respeito de ser para um site de fãs. Então me escondi atrás da lateral de fórmica de minha escrivaninha e desejei que ninguém me visse quando passasse.

Foi menos constrangedor do que imaginei que seria. A maioria de meus colegas achou aquilo fascinante, e muitos admitiram para mim, em tom de conspiração, que também tinham lido e adoravam os livros. Mimi veio até minha mesa e disse: "Que bacana!", e se foi. Denise não disse nada até o dia em que o artigo foi publicado.

– O poder dos fãs – disse ela, e fiquei sem saber se era uma declaração, uma pergunta ou uma exclamação. Fosse lá o que fosse, ela o disse de uma maneira que claramente dava a impressão de estar me elogiando, mas em vez disso fez com que eu sentisse que qualquer migalha de respeito que eu tivesse conquistado dela havia desaparecido.

Dois dias antes do leilão, eu caí de cama com febre, e, pior, eu tinha que fazer um favor a Marc Cohen.

– Libertar Dobby? – perguntei incrédula na manhã em que ele me ligou com a ideia. – Mas ele *é* livre. Ele também não é real.

– Apenas reúna alguns amigos e mandaremos buscar vocês às três da manhã. – Estávamos em dezembro. – Vai fazer isso? Promete?

Eu recrutei Kathleen, Polly, Mike e tantos leitores do Leaky loucos o suficiente para querer vir conosco. Era uma tentativa escandalosa de publicidade tipo "vejam só essas pessoas malucas", para promover o segundo filme que tinha acabado de ser lançado, e foi apenas um sentimento persistente de gratidão para com a Warner Bros. por tudo o que tinham feito por nós que me levou a considerar fazê-lo. Deram-nos cartazes de piquete que retratavam Dobby em caricaturas, como um preso político maltratado. Nós obedientemente empunhamos os cartazes enquanto gritávamos palavras de ordem diante da NBC e da CBS, na esperança de sermos mostrados na televisão, e nos perguntávamos por que Dobby tinha que ser libertado. O pessoal dos jornais de televisão também queria saber; um deles, de seu estúdio aquecido e acolhedor, se virou para nós durante um intervalo para comerciais e disse através da vidraça da janela:

– Mas ele já está livre!

Àquela altura a neve havia se transformado em granizo, e então o granizo se transformou em gelo, e nosso cabelo começou a formar pingentes de gelo. Eu cheguei a de fato quebrar um. Cheguei ao trabalho parecendo um picolé derretido.

Quando afinal chegou o dia do leilão, graças a meus dias de trabalho de 24 horas e a nossa marcha pelos direitos civis do elfo doméstico, eu estava com pneumonia. Somando tudo, em menos de duas semanas, tínhamos arrecadado 24 mil dólares pela causa. Ficamos chocados ao saber quanto dinheiro tinha entrado, mas não contamos a ninguém a soma total para nos assegurar de não atrair aqueles que estariam dispostos a pagar mais. Eu tirei o dia de folga para participar no leilão. Seria de manhã bem cedo na Costa Leste e, embora a Sotheby's tivesse sido gentil de me instruir a respeito dos procedimentos, eu ainda me sentia uma impostora sentada ali ao telefone com eles. Quem era eu para gastar todo aquele dinheiro naquele único item, e será que eu conseguiria falar quando chegasse minha vez de dar o lance?

– Estamos todos muito entusiasmados com isso – admitiu minha ajudante britânica para o leilão. – Boa sorte!

Minha vez não veio nunca. Os lances dispararam muito acima de 24 mil em menos de trinta segundos, enquanto eu ficava sentada ali, atordoada, ouvindo as atualizações sussurradas ao telefone que minha amiga me dava. A coisa inteira levou cerca de três minutos, e finalmente quando os lances começaram a ser feitos mais lentamente de modo que o leiloeiro pudesse consultar os lances por telefone, minha amiga perguntou se eu gostaria de fazer um lance, eu hesitei por uma fração de segundo antes de dizer não. A garota se desculpou, me deu os resultados e desligou. Como acabou por se revelar tínhamos dado um tiro no pé; toda a publicidade que havíamos criado a respeito do leilão tivera o resultado de aumentar o interesse. Um comprador americano desconhecido arrematara o cartão depois de pagar 44 mil dólares.

Inicialmente fiquei consternada, mas depois que parei e refleti sobre o que tínhamos conseguido, meu desapontamento desapareceu – 44 mil dólares do arrematante e 24 mil de nós... era cerca de seis vezes a quantia que a Book Aid tinha esperado obter com o leilão. Eu botei música para tocar e dancei pelo meu quarto com total abandono. No dia seguinte no trabalho, ninguém exceto Mimi tocou no assunto; ela lera a notícia no jornal e disse:

– Bom trabalho. – Acenei para que ela se fosse e desviei o olhar, louca para retomar minha vida normal e calma. Ela se plantou diante de mim e disse:

– Olhe, falando sério. Bom trabalho.

O leilão também trouxe muita atenção para o Leaky. E embora eu só fosse descobrir isso muito, muito mais tarde, atraiu o olhar de um autor britânico em particular, para quem a extraordinária atividade e organização dos fãs de Harry Potter ainda eram um mistério.

Em janeiro de 2003, finalmente, tivemos a notícia de que o quinto Harry Potter iria ser lançado no dia 21 de junho. A BBC, que tinha meu telefone em discagem rápida por causa das matérias sobre o leilão, me convidou para participar em um programa de rádio para debater a notícia.

– Depois de tantos anos de espera, veio tão depressa! – exclamei, e dei um tapa na testa enquanto tentava descobrir o que eu quisera dizer com aquilo.

Pouco antes que 19 de junho se tornasse 20 de junho – ao toque da meia-noite da véspera do dia em que o quinto livro seria lançado –, eu estava sentada ao computador contando os segundos. Minha cabeça zumbia agradavelmente, e não só de entusiasmo; David, Kathleen, Polly, Elizabeth e eu tínhamos atacado o suprimento de vodca que havíamos comprado para o fim de semana que se aproximava, e apesar de eu só ter tomado uma infusão aguada com oxicoco, tinha sido suficiente para colar um sorriso ligeiramente vazio em meu rosto.

Assim que bateu meia-noite, apertei a tecla Publicar no post do Leaky que estivera escrevendo, então fui correndo para a página para checar. No alto da tela da página inicial, a contagem regressiva, que estivera rodando enlouquecedoramente há mais de cinco meses, marcava *0 dia* e meu post apenas destacava isso.

Ei, galera, eu tinha escrito, como se todo mundo que lesse o Leaky estivesse sentado na sala de minha casa. *Vejam só. 0 dia. ZERO DIA.*

– David, vem cá! – gritei. Nós quatro tínhamos vindo para a casa de verão de meus pais em Nova Jersey, um dia antes, para fazer os preparativos para o grupo de 13 pessoas que deveria chegar no dia seguinte. Aquela casa era a realização do sonho de trinta anos de meus pais de construir um lugar à beira-mar que servisse como destinação e refúgio de férias, como um ímã que atraísse a família inteira depois que nos casássemos. Tinha se tornado um lugar que parecia saído de um sonho, um espaço amplo e arejado de cerâmica cor de areia e mobília rústica. Durante todo o verão do ano anterior tínhamos recebido um número espantoso de pessoas para churrascos, jogos de pôquer, para nadar e pescar caranguejos; eu acordava e encontrava pessoas dormindo em todos os cantos da casa, em cobertores empilhados no piso, encolhidas em cantos de sofás, e às vezes três ou quatro espremidas em um quarto. À noite a piscina mudava de cor, de verde para azul e rosa fluorescente, e as lâmpadas antiquadas lançavam ondulações reluzentes pela água e faziam com que o pátio parecesse estar encaixado em um domo dourado. De alguma forma eu havia convencido meus pais a me deixarem usar aquele oásis por um fim de semana sem eles, para dar a outros 12 fanáticos por Harry Potter e a mim um lugar para ler o quinto livro pela primeira vez – juntos.

A maioria dos que foram eram amigos de Meg, garotas que eu tinha conhecido antes em uma reunião em Maryland durante a qual tínhamos jogado jogos relacionados a Harry Potter, feito um grande bolo com a forma do rosto de Harry Potter, e uma competição de fan-fic "todos contra todos". Todas as pessoas atuavam no Sugar Quill, no qual com o estímulo e a ajuda de Meg eu havia postado minha primeira obra de fan-fic. Com as garotas de Nova York e David, o grupo era completado por B. K. DeLong, meu chefe no Leaky, e sua esposa.

Mas naquela noite seríamos só as garotas de Nova York, David e eu, e depois que nossos preparativos e tarefas estavam feitos, tivemos muito tempo para ficar à toa. Por cima de meu ombro David leu a nota que eu havia postado no Leaky, depois se abaixou para me dar um abraço desajeitado. Então girou nos calcanhares e saiu pela porta que levava ao pátio, e ouvi o estrondo de água e vários gritinhos femininos. Lancei um último olhar afetuoso para o site e desliguei o computador, seguindo na esteira de David. Ficamos brincando na água e rindo e comemorando o fato de que finalmente a hora havia quase chegado, depois de três anos de espera, e que estaríamos juntos quando chegasse, e que tínhamos nos encontrado e éramos amigos, e demonstramos essa amizade de formas gloriosas e também imaturas. Conversamos sobre em que página achávamos que Rony e Hermione iriam se beijar, porque com certeza isso aconteceria no livro cinco, e sobre com que rapidez planejávamos ler o livro, e nossas palavras saíam apressadas, e nadamos até ficarmos cansados e conversamos até ficarmos roucos, seguimos depois da meia-noite e pela madrugada adentro até o céu começar a clarear.

Os carros cheios foram chegando aos poucos, ao longo de todo o dia seguinte, mas a cada vez que eu ouvia o ranger do cascalho na entrada, saía aos gritos e aos pulos. Todos tínhamos trazido presentes para dar uns para os outros. Meg fizera etiquetas para livros personalizadas para todo mundo; Jennie, a arquivista, distribuiu para todo mundo papel e lápis ecológicos para escrever nossas observações enquanto líamos.

A livraria Barnes & Noble para onde fomos estava cheia de famílias. Um homem louro posava com o filho de dois anos, de cabelo louro quase branco, penteado para trás com gomalina e vestido numa beca, numa cópia perfeita de Draco Malfoy. Por toda parte para onde olhávamos havia gente fantasiada, com os robes enrolados sobre as mangas e varinhas de condão nas mãos. Alguns tinham seguido o caminho da bruxa tradicional e pareciam personagens saídos de *O Mágico de Oz*. Tínhamos decidido chegar três horas mais cedo, apesar de nossos livros estarem reservados há meses. Algo com relação ao clima festivo no ar era inebriante, e com certeza nenhum de nós jamais tinha visto uma livraria tão cheia.

Fomos andando até o fundo da loja, onde nos sentamos em círculo numa almofada malfeita e cheia de protuberâncias, lá encontramos exemplares de todos os livros anteriores e lemos em voz alta nossas passagens favoritas. A minha era a parte no livro três em que Neville acaba com o bicho-papão, uma cena que mostra sua primeira investida no mundo adulto e é um gostinho de vitória para um personagem doce, mas derrotado. A de Meg era, é claro, um momento Rony/Hermione, do mesmo modo que a de Kathleen. Enquanto ouvia meus amigos lendo em voz alta meus livros favoritos, adormeci no colo de David. Quando acordei, tive a impressão de ter tentado sem sucesso fazer surfe de multidão. Havia pessoas de pé ao meu redor como se fossem troncos de árvore, bloqueando minha visão para tudo exceto elas. David me cutucou para que me levantasse e fosse me juntar ao resto do grupo que estava todo de pé, ajeitando as roupas e começando a saltitar de expectativa.

Enquanto eu dormia a loja havia se transformado. O que tinha sido um punhado de fãs fantasiados agora era uma verdadeira multidão. Tínhamos que abrir caminho quase à força, usando os ombros, apenas para nos mover pelos corredores, e o nível de barulho havia se tornado uma cacofonia. O lugar estava cheio de crianças vestidas em robes compridos demais, adolescentes vestidas como estudantes de uniforme com uma ligeira pinta de vagabundas, mulheres de meia-idade que não estariam fora de lugar em um festival renascentista, e pais com crianças nos ombros ou penduradas nos braços, puxando-os para baixo como baldes de ordenhadoras. Esses pirralhos brandiam varinhas de condão uns para os outros, gritavam feitiços aleatórios dos livros, enquanto os ligeiramente mais velhos, o grupo dos que não tinham mais idade para aquelas bobagens, folheavam os livros que tinham sido postos perto do display Harry Potter. Nós nos desviamos de capas esvoaçantes e floreios de varinhas, e um comentário sussurrado sobre a velocidade da passagem do tempo percorreu nosso grupo, lembrando-nos: eram 11 e vinte.

Aquela era minha primeira experiência de festa de lançamento à meia-noite, algo que era virtualmente inexistente para um livro antes de Harry Potter. Considerei que a multidão na pequena livraria em Nova Jersey seria um interessante estudo de caso em fandom: por mais que houvesse crianças por lá, também havia adolescentes, adultos e idosos, todos fantasiados e agindo como se estivessem tão entusiasmados com o fandom como todos os outros. Mas adorei observar as crianças, que estavam passando o tempo de espera correndo como loucas pelos corredores ou de fato folheando outros livros. Àquela altura, Harry já conquistara uma reputação por ter de novo tornado a leitura uma atividade bacana para crianças, embora alguns argumentassem que era impossível que uma série de livros tivesse sido responsável por tamanha reviravolta. Mais tarde, em 2006, Yankelovich, um estudioso de tendências de consumidor, publicou uma pesquisa feita em colaboração com a Scholastic que havia sido realizada em 25 grandes cidades com mais de mil participantes; o estudo revelou que cerca da metade dos leitores de Harry Potter com idades entre cinco e 17 anos declarou que não lia livros antes de começar a ler a série, e que agora gostava de ler. Cerca de 65 por cento declararam que estavam se saindo melhor na escola desde que tinham começado a ler a série.

No Leaky, estávamos sempre ouvindo falar de pessoas que tinham aprendido a amar livros através de seu amor por Harry. Também tínhamos ouvido falar de crianças disléxicas que haviam lutado para superar seu problema de modo a poder ler Harry, e ao fazê-lo haviam se dado conta de que podiam superar quase totalmente a dislexia. Priscilla Penn, uma leitora do Leaky, me contou que sua sobrinha, Kaitlin, tinha um nível de compreensão de leitura abaixo do padrão antes de começar a ler Harry Potter no final de 1999. No ano seguinte seu nível de compreensão se tornara normal e ela se entusiasmara pela leitura. O mesmo aconteceu com Kodie, um delinquente juvenil adolescente de Terre Haute, Indiana, que era analfabeto até descobrir a série; sua mãe adotiva, Shirley Comer, uma enfermeira, tinha começado a ler Harry Potter em voz alta para ele quando estava num centro de reabilitação juvenil.

"Agora, ele quer que eu traga qualquer tipo de livro sobre mitologia ou da série *Guerra nas estrelas*. Ele chegou até a ler *O Senhor dos anéis*", relatou Shirley. Ela encontrou para ele um livro de psicologia que era apropriado para seu nível de compreensão.

"O livro o está ajudando a compreender um pouco melhor a si mesmo, e isso é algo que nunca imaginei que ele fosse conseguir: ler e apreciar."

Quando era quase meia-noite, Meg me agarrou pelos ombros e fez um barulho que nunca lhe saiu dos lábios, mas ricocheteou dentro de sua voz e vibrou por sua garganta e ombros como se ela fosse um diapasão que tivesse sido golpeado com uma força inapropriada. Aquele grito sufocado provocou um igual em mim e nós pulamos sem sair do lugar, agarrando os braços uma da outra e adorando a oportunidade de estarmos em meio a pessoas de todas as idades e de nos esquecermos da nossa.

Kathleen fez um barulho estranho e me deu um toque para me mostrar com seu jeito de professora de jardim de infância que uma paleta coberta por um pano havia aparecido atrás da caixa registradora. Não se precisava dizer a ninguém o que havia por baixo do pano, mas para tornar a visão ainda mais bonita havia uma beiradinha de azul visível em um canto. Ficamos olhando fixo, mesmerizados, boquiabertos, com a proximidade do livro.

Kathleen aproveitou para recordar todo mundo do plano de ação.

– Comprem seu livro, então sigam direto para o carro. *Nada de leitura no carro!* – Esse debate tinha levado semanas. Será que deveríamos ler em voz alta nossos livros no caminho de volta para casa? Não, isso seria injusto com quem estivesse dirigindo. Seria cruel. Poderia causar um acidente.

Tíquetes vermelhos vinham a seguir – eram tíquetes vermelhos com números determinando a ordem de compra. Pela maneira como tinham sido recebidos poderiam ter sido os próprios livros ou barrinhas de ouro. Os funcionários se agitaram, e a excitação coletiva se tornou tangível.

– Falta um minuto! – gritou alguém. Nós começamos uma contagem regressiva. A amiga de Meg, Kristin, tirou uma fotografia do relógio de alguém.

O livro era quase impossível de abrir. Com 870 páginas, não *parecia* um tijolo, poderia ter sido usado como tijolo. Depois de tê-lo nas mãos, literalmente comi os lábios para evitar abri-lo. Eu seria a motorista de um de nossos quatro carros; será que poderia botá-lo bem na minha frente enquanto dirigia? Enquanto eu esperava que o grupo todo comprasse seus livros e se encontrasse comigo na calçada, abri ligeiramente a capa e deixei fechar. Então repeti o gesto. Dei uma olhadinha debaixo da capa como se estivesse querendo descobrir o que era um presente de Natal sem que meus pais percebessem. Discretamente olhei por cima do ombro. Eu poderia apenas olhar a página de rosto ou ler só o sumário, talvez o frontispício, e ah, será que aquilo era o Almofadinhas saindo da casa de alguém?

– Você está espiando – disse Kathleen atrás de mim, e dei um pulo, sobressaltada de culpa. Ela tentou falar em tom severo e não conseguiu; em vez disso tinha saído quase como uma risada, metade riso, metade grito de alegria porque era possível espiar. Quando afinal as 13 pessoas tinham se juntado a nós na calçada, nos abraçamos e gritamos e então saímos correndo para os carros.

De volta a casa, corremos para dentro. Alguns trocaram de roupa e vestiram os pijamas, outros, roupas mais confortáveis, outros apenas sentaram direto no sofá e começaram a ler. Tínhamos montado uma câmera de vídeo na sala adjacente – era tudo parte de nosso plano de não estragar a história para ninguém devido à velocidade de leitura diferente de 13 pessoas. Com uma câmera de vídeo e uma sala confessória preparadas, se você precisasse gritar ou chorar ou berrar por causa de alguma coisa no livro, podia apenas ir para o aposento predestinado, apertar o botão Record, e fazer tudo diante da câmera. Então mais tarde assistiríamos às reações de todo mundo em tempo real e acharíamos graça ou nos horrorizaríamos.

Dez minutos depois de sentar com o livro, Kathleen se levantou furiosa e atirou o livro no chão, atraindo os olhares zangados de todos quanto a por que aquela pessoa tão pequenina era capaz de tanta raiva – e uma vez que ela era provavelmente a mais ardente shipper de Rony/Hermione entre nós, trocamos todos olhares tremendamente preocupados. Ela saiu pisando duro para a sala confessória, bateu a porta, e pudemos ouvir apenas gritos abafados e resmungos. Tive que me conter para não perguntar a ela o que a havia enfurecido tanto; eu já estava tendo um bocado de dificuldade para ler, uma vez que cerca de oito de nós havíamos nos acomodado na sala de visita e aquilo estava atrapalhando minha concentração. A cada dois segundos alguém gritava "Aaah!", ou "Chega!", ou "Droga!", ou apenas desfiava um monte de palavrões e saía desabalado para a sala do confessório.

Depois de ler mais algumas páginas, eu soube por quê. Os primeiros dois capítulos do livro reestruturavam completamente a série inteira. Sirius tinha um passado misterioso? Membros de família desconhecidos? O incesto grassava na comunidade de bruxos? Rony é parente dos Malfoys? Sirius de Belatriz? Harry, de alguma forma, de todo mundo? Eu estava tentando conter minhas exclamações e suspiros a um mínimo e mesmo assim eles estavam escapando como efeitos vocais gravados de uma produção em estúdio. Estava sendo obrigada a parar, voltar atrás e reler.

Kathleen tinha se exaurido no confessório, e saiu com apenas uma ligeira cara de mau humor e desdém, se acomodou ao meu lado no sofá e enterrou o nariz de volta no livro. Eu ficava o tempo todo virando para ela na expectativa de que apenas um olhar fosse me revelar o que a enfurecera tanto.

Mas não demorou muito para que eu mesma corresse para a sala do confessório, ligasse a câmara e tentasse esquecer que, essencialmente, estava falando comigo mesma e fazendo a maior exibição de maluquice obcecada de minha vida. Então praguejei em voz alta.

– Que diabo está acontecendo neste livro? Isso não é Harry Potter! Quero dizer, é Harry Potter, mas não é Harry Potter. É tão diferente!

A porta estalou e se abriu atrás de mim, e Meg e Kathleen apareceram. Ambas pareciam tão perplexas quanto eu me sentia. Até aquele momento, Harry tinha se transformado em um cretino resmungão e tinha berrado e tratado mal todo mundo que um dia fora bom para ele. Mais nada era mágico e feliz e encantador. Harry era arrogante, orgulhoso e petulante, e ficava o tempo todo fazendo e dizendo coisas antes de pensar, e de maneira geral havia se tornado uma pessoa com quem eu não tinha grande interesse em passar mais oitocentas páginas. Enquanto isso parecia que dementadores tinham sugado toda a felicidade do livro.

Minha cabeça parecia cheia de algodão. Eu precisava descansar, mas temia desesperadamente ficar atrasada com relação a meus amigos e passar o dia seguinte ouvindo seus suspiros e gritos enquanto pulava páginas para tentar alcançá-los – perdendo detalhes e estragando a experiência para mim mesma.

– Eu preciso de café – implorei. – Será que alguém faz uma parada e vem comigo fazer um café?

Uma pausa mortal.

– Parece uma ótima ideia – disse Meg. Aliviada, comecei a sair da sala, mas me virei quando Meg não me seguiu.

– Vamos lá, Meg!

Ela tornara a sentar, de pernas cruzadas, com uma cerveja na mão e o livro apoiado nas pernas.

– Não posso, sinto muito, vá você. Eu tenho que ler.

Em algum momento durante a madrugada, dois de nossos compatriotas, Michael e Heather, acabaram o livro. Eram ambos leitores rapidíssimos e, enquanto eu ainda estava assistindo à detenção de Harry com Umbridge, eles tinham ultrapassado a batalha no Ministério, a morte de Sirius e suas consequências. Mike ficou sentado na sala parecendo ter acabado de passar uma semana virando nos estudos sem dormir. Heather andava pela casa como se nada tivesse acontecido, cozinhando para o dia seguinte.

Perto do amanhecer, minha energia estava se esgotando. Meus olhos pulavam palavras, até que me dei conta de que não tinha ideia de onde eu estava no texto, e tive que voltar e reler. Fui para o meu quarto, determinada a tirar um cochilo, e encontrei Meg e David sentados na cama, de livros abertos.

– Eu tenho que descansar – declarei como um soldado exausto de combate.

Eles perguntaram a que parte eu havia chegado, que tinha sido a pergunta constante ao longo da noite – as pessoas passavam e perguntavam: "Em que parte você está?", e então, dependendo de sua resposta (que só podia consistir no número da página ou no número do capítulo, de modo a não revelar nenhuma informação caso a pessoa não estivesse muito adiantada), ou esfregavam as mãos e diziam: "Ah espere só até você chegar a X, Y e Z", ou apenas diziam: "Ainda não cheguei aí" e saíam apressadas para tratar de chegar. Eu disse a Meg em que parte eu estava, e ela e David trocaram olhares expressivos.

– Espere só e verá – disse David me fazendo lembrar de Sarah.

– Tudo está a ponto de mudar.

Eu quase gemi, porque agora de jeito nenhum eu conseguiria dormir.

– Sério?

Meg ergueu as sobrancelhas.

– O mundo inteiro vai mudar logo a seguir, Melissa.

– É, eu acho – disse, suspirando e com os ombros curvados – que não vou poder dormir agora.

– Ah, não, não pode – disse David.

O evento que mudaria o mundo ao qual eles estavam se referindo era a fuga de Dumbledore de Hogwarts, talvez a cena mais cheia de ação e divertida da série. David e Meg estavam certos, todo o escopo e o foco do livro tinham mudado, mas, quando afinal cheguei a esse ponto, estava quase morta de exaustão, porém de algum modo cansada demais para dormir. Segui para a parte mais alta da casa, um pequeno espaço aberto, e encontrei Kristin preguiçosamente virando páginas e tomando café.

– Alô, você – disse ela, a voz suave e com o sotaque sulista de sempre. – Como está indo?

– Estou me sentindo péssima – confidenciei. – Não sei se as pessoas vão gostar desse livro. Eu tenho a sensação de que ela me tirou meu melhor amigo. Harry é mesquinho, nada está correndo

bem, nada está seguro, nenhuma das coisas que nos confortavam estão aqui.
Kristin deu lugar para mim no sofá, encolheu as pernas mais para junto do corpo e se inclinou para frente.

– Eu sei. Quero dizer, é brilhante. É ousado e arriscado, e ela realmente tem o cuidado de retratar adolescentes de verdade. Todos nós éramos assim quando tínhamos 15 anos.

Eu refleti a respeito disso e das pirraças que havia feito e que de vez em quando ainda fazia quando tinha oportunidade.

– Você tem razão. Mas eu não sei. Não sei se as pessoas vão gostar dessa série depois desse livro. Não é uma leitura agradável. Não traz o mesmo tipo de divertimento. É como se agora qualquer coisa pudesse acontecer, e ou estamos com ela ou não.

À medida que a manhã foi avançando emendada na longa noite, estalos de livros fechando anunciaram que um número cada vez maior tinha acabado de ler o volume. As pessoas estavam andando pela casa atordoadas.

A casa parecia ter sido atingida por um trem; saí de meu casulo de leitura e mal vi as pilhas de roupas se derramando das malas, ou os pratos sujos amontoados na pia. Passaríamos as horas seguintes fazendo trabalho de reconhecimento, lendo partes juntos e revisitando os pontos altos, e assistindo aos vídeos uns dos outros, dormindo para nos livrar da exaustão de esgotar três anos de espera num período de 12 horas. Ao final do sábado à noite, Heather tinha preparado para nós um banquete de Dia de Ação de Graças, apesar de estarmos em junho, e foi só depois de a mesa do jantar ter sido tirada e todo mundo estar nadando ou admirando o céu à meia-noite, ou relendo trechos favoritos, que voltei ao meu e-mail e ao Leaky.

Eu estava visceralmente dividida com relação ao livro cinco. Gostava do livro, mas ao mesmo tempo não o amava, e eu havia esperado o mesmo tipo de vitória e exultação por vencer o vilão presente em todos os outros livros. Havia esperado torcer até o final e me divertir muito, e em vez disso me descobri detestando Harry, não me divertindo, e sentindo, como ele, que todas as coisas boas de seu mundo paralelo que eu acabara por amar me tinham sido tomadas. Era como se eu tivesse passado um ano com Snape em vez de com Harry, ou na casa dos Dursleys em vez de em Hogwarts.

Contudo, todos nós éramos da mesma opinião: quer gostássemos ou não, o livro tinha sido corajoso, e queríamos agradecer às pessoas responsáveis por sua publicação por terem apoiado as intenções de J. K. Rowling.

Eu estivera pensando em fazer isso desde que acabei de ler o livro, mas, quase sem me dar conta, me vi examinando os e-mails que tínhamos recebido nas horas que antecederam o lançamento do livro cinco. No Grupo Yahoo!, que temporariamente servira como fórum para nossos comentários, encontrei o que considerei uma mensagem espantosa na ocasião: um post de Cheryl Klein, uma assistente de Arthur A. Levine, editor americano dos livros. Um editor do Leaky acabara de fazer uma afirmação de que Levine havia cometido um erro relativo à continuidade no programa matinal de entrevistas, e Cheryl tinha escrito para esclarecer a questão. Aquela foi a primeira vez que tomamos conhecimento de com que atenção – e talvez favorável – as editoras vinham observando e acompanhando nosso site, se importando a tal ponto que tinham corrigido um erro como aquele. Aquela tal Cheryl havia me parecido muito distante e educada, e embora não fosse a primeira vez que nos enviava um e-mail ou apresentava um link, aquela era com certeza a primeira vez que ela reagia a alguma coisa publicada no site. Seguindo a convenção de nomes apresentados no endereço de e-mail dela, deduzi qual seria o e-mail de Arthur e enviei um e-mail para ambos.

Alô Arthur, Cheryl:
Eu queria apenas escrever para lhes dizer obrigada por terem os cojones de publicar aquele livro. Eu o li envolta numa espécie de névoa de choque; é tão frio em certas partes, e com bons motivos, mas deixa você tão... vazia. Tão

pesarosa e vazia. É um livro maravilhoso, brilhante... mantém você perfeitamente alinhada com as emoções de Harry o tempo todo, o que explica a frieza. Eu me sinto como Harry – não quero que ele tenha que passar por isso. Tenho tanto a dizer e tanto para contar, mas não consigo ordenar meus pensamentos para fazê-lo. Acabarei conseguindo... Eu finalmente compreendo de que J. K. Rowling estava falando quando disse que poderia acabar por só ter um leitor ao final disso – o entusiasmo frenético, estonteante, para chegar até aqui se apagou um pouco... Não hesitarei em comprar o livro seis, mas tenho a sensação de que estarei comprando uma entrada para um funeral. Mas uma coisa é certa – a jornada será épica e lendária e estou satisfeita por vocês não terem hesitado em apresentá-la da maneira que JKR deseja. ... Agora virá o teste que verá quem ficará até o fim para ver isso acabado. E tudo o que ela dirá é: "Eu bem que avisei."

Estou em companhia de 13 pessoas que concordam comigo e enviam suas congratulações. Pois é. É isso aí. Uau.

Deixei aquilo de lado, imaginando que nunca receberia resposta, e fui me juntar a meus amigos na noite cálida. Contudo, na vez seguinte em que fui checar meu correio, saí voando da tela e correndo para o pátio, e meus amigos voltaram correndo comigo para ler a mensagem de Arthur Levine que acabara de chegar:

Olá Melissa –
Estou tão contente por você ter gostado do livro! Dê minhas saudações à "Ordem" que você reuniu em sua casa.
Eu com certeza compreendo as suas reações; fica tudo muito à flor da pele agora que você acabou de fechar o livro. Só posso dizer que para mim as reações se esclarecem à medida que o tempo passa. Também me lembrei de como era maravilhoso que os amigos de Harry estivessem crescidos. Como Hermione realmente demonstrou por que seu lugar era na Grifinória (algo que Cheryl ressaltou) e como

outros, como Neville, mostravam uma força de caráter que ainda não tínhamos visto.
Nem tudo é sobre tristeza. Também diz respeito ao fato de que tempos difíceis despertam o que há de melhor em pessoas corajosas. E creia-me, Jo não está tentando provar nada a ninguém. Ela apenas está contando a história como sempre a imaginou. Ela ficará contente ao saber que você gostou, posso lhe garantir.
Tudo de bom,
Arthur

Nós conversamos obsessivamente sobre o e-mail, como se tivesse vindo da própria Jo. E mais tarde, deitada com a cabeça apoiada no colo de David, pus em palavras pela primeira vez o que estava começando a se tornar minha esperança mais secreta e ingênua:
– Algum dia – disse a ele –, um dia, quando eu for uma jornalista de verdade, eu vou entrevistá-la.

Na terça-feira depois do lançamento do livro, me enfiei atrás de minha mesa de fórmica branca na MTV Networks cedo, vestida em trajes casuais, querendo apenas que o dia acabasse logo e que pudesse voltar para casa e para o meu computador, onde eu tinha várias horas de comentários sobre o livro por fazer.

Mal sentei e minhas mãos já estavam se esgueirando para meu e-mail pessoal, para o Leaky, para o Sugar Quill, para fóruns de discussão. Tinha havido uma tempestade virtual de e-mails mais cedo entre as pessoas que estiveram em minha casa, e aquilo tinha me feito rir um bocado enquanto a manhã engrenava.

Todos os meus colegas de trabalho estavam me dando sorrisos entusiasmados, pois àquela altura eu havia me tornado a Garota Harry Potter. Eles vieram discretamente até a minha mesa depois que Denise saiu, me perguntando sobre o livro, me tratando como se fosse alguém que tivesse acabado de ganhar um grande presente ou alguém que tivesse voltado da lua de mel. Alguns estavam me olhando como se esperassem que eu tivesse mudado. Seus olhares inquisitivos foram recebidos com sorrisos educados enquanto eu atendia telefonemas e acertava horários. Por mais que fossem gentis, eles eram "trouxas"; não entendiam nada.

– Bom-dia, MTV Networks – respondi alegremente, enquanto com a outra mão usava o mouse para checar fóruns de discussão.

– Ah, alô Melissa, aqui é Lizo.

– Lizo! – gritei, atraindo olhares. Eu baixei a voz. – Oi! O que manda?

Lizo Mzimba era um repórter de televisão da BBC Children's que com frequência fazia matérias sobre Potter e era um fã de nosso site. Ele geralmente telefonava quando havia alguma notícia fascinante sobre Potter para debater, ou para me dizer que tinha uma matéria para colocarmos o link no Leaky. Naquele dia era só para ficar de conversa comigo, como vinha fazendo há semanas, dizendo que Jo Rowling lia e gostava do Leaky e que eu deveria estar presente à leitura, a primeira depois do lançamento do livro, que ela faria em Londres.

– Você deveria vir – disse ele. – O evento será daqui a dois dias. Você poderá conhecê-la.

– Ah, pare com isso, não, não vou – disse abanando o braço como se para afastar uma mosca. – Eu não posso me mandar para a Inglaterra agora, tenho um emprego – declarei, justo quando uma pilha de papéis para arquivar foi posta sobre minha mesa.

Desapontamento e incredulidade se mesclaram na voz de Lizo.

– Ah, pare com isso, apenas trate de embarcar num avião. Estou lhe dizendo que vai valer a pena.

– Não posso. Sinto muito. Até breve – consegui dizer depressa, desligando rapidamente o telefone enquanto ouvia Denise se aproximar pelo corredor. Me virei para a pilha de trabalho e mantive a cabeça baixa na esperança de que ela passasse sem parar. Ela entrou no escritório, e eu respirei aliviada e abandonei os arquivos em favor do e-mail.

– Então, como foi o livro?

Os enormes pôsteres de cinema foram um presente da WB e contribuíram para criar um cenário fantástico no quarto de Kathleen para nossa festa para a sessão de *Harry Potter e a Câmara Secreta*. (Foto de Mieke Toland)

Emily e Susan (e seus livros Harry Potter anotados) pouco antes do início do debate de *ships* da Nimbus 2003.

Uma fã em seus trajes de Snape na Lumos 2006, caracterização completa com peruca e nariz adunco.

Uma fã trouxe um dementador para a estreia de *Harry Potter e o prisioneiro de Azkaban* em um cinema em Nova York.

James Phelps, Devon Murray, Megan Morrison, eu, Jamie Waylett e Matthew Lewis em Nova York antes da première do terceiro filme Harry Potter. (Foto de John Inniss)

Não consegui resistir à tentação de tirar uma foto sentada na cadeira de Dumbledore na festa do DVD de *O prisioneiro de Azkaban*! (Foto de John Inniss)

Barbara Marcus e Arthur Levine da Scholastic fazem pose diante de um relógio de contagem regressiva no dia 16 de junho de 2005, um mês antes do lançamento de *Harry Potter e o enigma do Príncipe*.

Com Fiddy Henderson antes do lançamento de *Harry Potter e o enigma do Príncipe*. (Foto de Emerson Spartz)

Emerson Spartz, Jo Rowling e eu depois de nossa entrevista de 2005. (Foto de Fiddy Henderson)

Um mar de fãs na première de cinema de *Harry Potter e o Cálice de Fogo* em Leicester Square, Londres.

Eu, Dan Radcliffe, John Noe e Sue Upton na festa que se seguiu à première de *Cálice de Fogo* em Nova York. (Foto de Carole Anelli)

O ônibus londrino de dois andares da Scholastic, pintado de roxo e decorado como o Nôitibus Andante, visitou bibliotecas por todo os Estados Unidos durante as três semanas antes do lançamento de *Relíquias da Morte*.

Cheryl Klein e eu (e Emerson quase fora da foto à direita!) em nossa
turnê de *podcast* para a Scholastic. (Foto de Dylan Spartz)

Depois do primeiro programa da turnê PotterCast 2007, na Printer's Row do *Tribune* de Chicago, conhecemos muitos fãs entusiasmados. (Foto de Edward Drogos)

Nosso alegre grupo de funcionários do Leaky no dia 22 de julho de 2007, depois do último *podcast* da turnê. *Da esquerda para a direita*: Sarah Wilkes, Alex Robbin, John Noe, eu, Sue Upton, Bre Bishop, Edward Drogos, Jeff Zippe, Maryann Penzvalto. (Foto de David Carpman)

Harry and the Potters, com a ajuda de Darius of the Hungarian Horntails, cantam "The Weapon" no dia 20 de julho de 2007, para mais de 15 mil pessoas na Harvard Square, em Boston, que por aquela noite foi rebatizada de Hogwarts Square. (Foto de Stu Sherman)

Uma criança fantasiada de Harry na Hogwarts Square na noite da véspera do lançamento de *As Relíquias da Morte*. (Foto de Stu Sherman)

Jo Rowling com fãs no Museu de História Natural de Londres, pouco antes de dar início à leitura de *Harry Potter e as Relíquias da Morte* na noite do lançamento do livro. (Foto de Bloomsbury/Jamie Turner)

Em Manhattan, a Scholastic comemorou o lançamento com uma feira de rua. Mágicos fantasiados se apresentaram para os fãs. (Foto de Joel Kohen/Wire Image/ Getty Images)

A maioria do quadro editorial sênior do Leaky com Jo Rowling no Carnegie Hall, em outubro de 2007. *Da esquerda para a direita*: eu, Alex Robbin, John Noe, Jo Rowling, Sue Upton, Nick Rhein.

"Get a clue" - o leilão

A pergunta parecia ser dirigida a uma criança pequena, e por um breve segundo olhei ao redor em busca de uma, antes de me dar conta de que Denise estava atrás de meu computador e que eu era a criança pequena. Minha mão automaticamente tinha clicado o mouse fechando meu e-mail e abrindo meu documento de trabalho. Respondi da melhor maneira que pude.

– Foi bom.

Ela pareceu satisfeita consigo mesma, então estendeu um grande envelope de papel pardo e o deixou cair sobre a pilha atrás da qual eu costumava me esconder. Peguei a pasta no envelope esperando que fosse uma matéria para copidesque ou uma sugestão de matéria.

– Meus convidados para o chá de panela – disse ela.

Minha mão fez uma pausa sobre o envelope.

– Como disse? – perguntei, como se não tivesse compreendido o que ela dissera.

– Meus convidados para o chá de panela – repetiu ela. Girou nos calcanhares, voltou para o escritório e fechou a porta. Coloquei a pasta cuidadosamente ao lado de meu telefone e a encarei.

Agarrei meu celular e em segundos tinha descido trinta andares e estava do lado de fora do prédio.

Com o calor do fim de junho me atacando, andei de um lado para outro pela rua Quarenta e Quatro entre a Sétima e a Sexta Avenidas, pesando minhas opções. Liguei para Meg.

– Meg, preciso ser convencida.

– Tudo bem – disse ela imediatamente, o tom leve e positivo.

– Por favor, me convença a entrar em um avião daqui a dois dias para ver J. K. Rowling numa leitura na Inglaterra.

– Ah – exclamou Meg, o tom leve desaparecendo da sua voz como se eu tivesse estourado um balão. – Trate de entrar num avião. Faça. Vá e faça isso agora.

– Mas acabei de tirar uns dias de folga, para o lançamento do livro. Se eu desaparecer...

– Melissa, você nem é paga por seus dias de folga. O que eles vão fazer, suspender você?

– Eu poderia ser demitida.

O tom de Meg se suavizou.

– E isso seria realmente tão ruim? – perguntou ela, e um adejar de algo que imaginei ser alívio me dominou. – Falando sério, Melissa, invista na sua sorte. Lizo está lhe dizendo para ir. Ele diz que você poderá conhecê-la. Ele alguma vez mentiu para você? Ele disse que ela lê o site.

Eu soltei um muxoxo.

– Pode fazer pschht à vontade, mas ele provavelmente está certo. Você sabe que ela conhece o Leaky. E agora você vai poder *conhecê-la*, se for. – Ela fez uma pausa, provavelmente em busca de efeito dramático, uma especialidade de Meg, e então partiu para a decisão. – Se você não embarcar naquele avião, vai se arrepender pelo resto da vida?

Minha voz ficou pequena.

– Vou.

– Então, o que mais eu preciso dizer?

Nada. Desliguei o telefone e voltei para minha mesa, então entrei na Orbitz.com, onde encontrei um voo relativamente barato para Londres e um hotel que eu podia pagar. Minha pausa seguinte para ir ao banheiro foi usada para visitar Mimi; ela tinha sido transferida para outro departamento, mas eu ainda a via com frequência.

– Mimi, posso guardar uma malinha aqui por alguns dias? Tenho que escondê-la de Denise de modo a poder dizer que tenho uma situação de emergência pessoal enquanto vou a Londres conhecer J. K. Rowling.

Ela olhou para mim por cima dos óculos e deu uma gargalhada.

– Ah, mas é claro.

Dois dias depois eu estava no terminal de British Airways no Aeroporto Internacional John F. Kennedy. A Operação Tire-me do Trabalho sem que Ninguém Perceba tinha corrido tão bem quanto eu poderia ter esperado; Denise saiu na hora, eu voei para o escritório de Mimi, que ela deixara destrancado para mim, agarrei minha mala e me enfiei num táxi. Eu tinha ligado para B. K. do

"Get a clue" – o leilão

terminal, enviado um e-mail para Meg antes de sair do trabalho, e informado meus pais de meus planos. Eles quase bateram palmas. Tinham me visto chegar em casa cansada e irritada ao longo de quase dois anos e estavam satisfeitos por eu estar tomando uma atitude passivo-agressiva. Esse apoio, mais que tudo, fez com que eu me sentisse intocável. Fazia muito com que eu me lembrasse das ocasiões em que minha mãe vinha me acordar para me avisar que eu iria matar aula de modo que pudéssemos passar o tempo juntas; eu voltava para a escola no dia seguinte me sentindo protegida de qualquer queixa de professores por uma bolha invisível.

Ao mesmo tempo, aquela era a primeira viagem que eu fazia apenas para o site. Momentaneamente, podia me esquecer de que não tinha uma companhia me financiando, que estava pagando a viagem com a miséria que eu ganhava por semana, e que o Leaky não era uma organização de imprensa credenciada. Eu me sentia como uma repórter de verdade ao embarcar numa viagem de trabalho. Só tinha posto na mala roupas de trabalho, pijamas e meu computador. Tinha todos os detalhes de minha viagem impressos numa pasta azul que ficava em minha mão para fazer com que eu parecesse mais profissional. Estava vestida de preto e tinha um suéter dobrado no braço. Eu não tinha ideia de que diabo estava fazendo.

Meu hotel ficava num subsolo em Queen's Park e era uma coisinha minúscula com a metade do tamanho de meu dormitório na faculdade. Era ensolarado e fresco, e alguém da Scholastic tinha deixado para mim uma entrada para o evento no balcão da recepção de um hotel que ficava no bairro elegante de Kensington. Eu tinha ligado para Lizo assim que cheguei, e ele me dissera para esperar no hotel até que ele chegasse lá.

– Você está pronta para conhecê-la? – perguntou ele assim que eu entrei no táxi preto.

– Eu não vou conhecê-la. Talvez, se eu tiver sorte, ela possa responder a uma pergunta vinda do lado da imprensa no tapete vermelho. Não sei o que estou fazendo aqui. Por que estou aqui? O que estou fazendo? De todo modo, ela não vai saber quem eu sou.

– Vai *saber sim*. Ela lê o site.

– Ela não lê o site.
– Ela lê o site.
– É muito gentil de sua parte dizer isso – insisti, e Lizo deu uma risada –, mas ela não lê o site.

Ele acenou para que eu me calasse e ficamos em silêncio até chegarmos ao local.

Eu nunca tinha estado no Royal Albert Hall antes, e esperava algum tipo de estrutura teatral, mas em vez disso parecia um coliseu romano fechado. Em vez de tapete vermelho, uma grande extensão de Astroturf verde, mais parecendo um campo de quadribol, se estendia das portas até o círculo. Lizo tinha uma posição especial à sua espera lá dentro, portanto nos despedimos e eu fui para o amontoado barulhento de gente da imprensa e a mesa de credenciamento à procura de alguém da Scholastic para poder me acomodar.

Quando ouviu meu nome, a mulher mignon de cabelo dourado saltou de trás da mesa e agarrou minha mão. Era Kris Moran, a assessora de imprensa na Scholastic com quem eu mais falava.

– O Leaky Cauldron! – gritou ela.

Eu dei uma risada nervosa, enquanto ela me apresentava às outras pessoas da Scholastic, os outros guardiões do reino, e me dei conta, pela primeira vez, de que eles não eram guardas palacianos nem brutamontes da segurança. Eram pessoas mais ou menos da minha idade que trabalhavam numa editora de livros infantis.

Kris me acompanhou até o "tapete" e, embora meus pés parassem na entrada da área cercada da imprensa, os dela não pararam. Eu tropecei um pouco, mas me apressei em segui-la, e ela me conduziu até o outro lado do corredor para uma área muito mais fresca e menos cheia, onde um grupo de representantes de vinte vencedores da competição esperavam com seus livros.

– Você vai ficar aqui – disse-me ela, e eu mal tive uma chance de olhar agradecida para ela antes que outra pessoa da Scholastic viesse me levar para dentro. "Aqui" significava a certeza de um livro autografado e até mesmo uma fração de segundo para dizer alô para a sra. Rowling. Aqui, significava que eu não era mais apenas imprensa, ou não era imprensa.

Os vencedores da competição tinham sido trazidos de avião da América e eram todos adolescentes de origens étnicas variadas, o tipo de adolescentes que sempre ganha competições fáceis de redação, de soletrar palavras e campeonatos de física – o tipo de adolescentes que eu tinha sido. Eles eram os *geeks* demonstrando uma confiança e um estar à vontade que provavelmente nem sempre sentiam na escola. Nós conversamos e esperamos, meus nervos ficando mais aflitos a cada segundo que se passava. A área de imprensa superlotada parecia quente e suja como uma toalha de papel amarfanhada.

– Está pronta para conhecê-la? – Lizo estava debruçado sobre a barreira, olhando com expressão satisfeita para mim.

– Não vai acontecer. – Mas agora eu não conseguia mais sustentar a discussão. – O.K., talvez vá acontecer. Talvez eu vá conhecê-la. – Eu nunca havia considerado aquelas palavras por tempo suficiente para acreditar nelas, e saídas de minha boca pareciam vazias e tolas. Eu me agarrei com força em meu exemplar azul de *Harry Potter e a Ordem da Fênix*. Do outro lado do tapete, vi uma mulher pequenina de cabelos pretos pulando com um braço levantado, acenando acima da cabeça.

– Liz! – gritei. Minha amiga Liz, que estudava em Londres, tinha vindo assistir ao espetáculo.

– Você vai ser *apresentada a ela*! – berrou Liz em resposta. Eu gemi.

Um carro preto estacionou na base do tapete e os repórteres se moveram como um corpo com muitas pernas, caindo uns por cima dos outros, para alcançar a loura de trajes alegres que havia acabado de saltar do carro.

Tudo ao meu redor mudou. Os vencedores da competição se posicionaram numa fila tensa, trocando sorrisos excitados e segurando seus livros para serem autografados, Lizo desapareceu no vestíbulo, para gravar sua matéria. Comecei a mexer na bolsa, deixei cair meu gravador que tinha trazido porque pensei que fosse ficar com a imprensa; deixei cair o livro e lutei para pegar e botar a capa na posição certa; então deixei cair a caneta e comecei a revirar minhas bolsas como uma andarilha, e o tempo todo Jo Rowling vinha avançando pela fila, já tendo parado para a foto obrigatória dela com o livro para a imprensa, e agora vinha dando autógrafos loucamente, em um ritmo que fazia com que parecesse um raio de cabelo louro com a mão anexada. Eu tinha que ficar pronta ou iria perder a vez.

Eu me compus bem a tempo, e enquanto ela assinava o livro da pessoa ao meu lado deixei a caneta cair de novo – por que meus dedos subitamente pareciam pequenas salsichas? Quando ela apareceu na minha frente, eu pus a mão possessivamente sobre a capa do livro.

Ela olhou para o livro e então para o meu rosto paralisado, deu uma risadinha como quem diz: Ei, eu vou precisar disso aí se você quiser um autógrafo. Mas se eu ia fazer papel de tola na frente de J. K. Rowling, ia fazer um papelão bem-feito, de modo que gaguejei o discurso que tinha preparado na cabeça. Exceto que não consegui ir muito longe.

– A-a-alô, sra. Rowling, meu nome é Melissa e trabalho em um site chamado Leaky Cauld...

– O Leaky Cauldron? Eu adoro o Leaky Cauldron! – exclamou ela, e se atirou para mim e me deu um abraço que me deixou chocada até os ossos. Ela realmente tinha se atirado por cima da barreira e então se afastou, sorrindo largamente para mim, e tive certeza de que de algum modo eu na verdade havia adormecido em minha mesa na MTV Networks e entrado em meus sonhos mais loucos.

– Vire, vire! – Ouvi o grito de algum lugar à minha direita e olhei atordoada, e vi Lizo com um sorriso impossivelmente satisfeito com a câmera do telefone em punho. Jô e eu estávamos com um braço ao redor da outra e de cabeça colada quando Lizo bateu a foto.

Finalmente entreguei a ela meu livro e encontrei uma utilidade para o gravador que ainda estava em minha mão – perguntei se ela diria um alô para seus fãs e apertei o botão gravar.

– Alô para todo mundo que está no site de fãs Leaky Cauldron, que é meu site de fãs favorito! – disse ela, e me deu um último sorriso e foi levada embora. Só depois de Lizo ter dito "Eu não disse", e, a meu pedido, Liz ter recriado aquele momento para mim várias vezes, foi que eu finalmente abri meu livro. A dedicatória era: *Eu amo o Leaky Cauldron! – J. K. Rowling.*

CAPÍTULO NOVE

BANIDO E QUEIMADO

—Não deixe de me dar notícias – advertiu minha mãe. Eu estava fazendo a mala, quase pronta para ir para o aeroporto. – Sempre me avise onde você está. Nunca se sabe se ela vai fazer você de refém ou coisa parecida.
– Mãe! – exclamei, embora fosse claro que ela estava brincando e nós duas estivéssemos rindo. Mamãe não tinha sido a primeira, nem mesmo a sexta pessoa a fazer aquela piada comigo naquela semana... que o fato de eu estar indo visitar Laura Mallory, na Geórgia, fosse resultar em lesão corporal ou que em algum momento durante nosso encontro ela fosse me arrastar para ver sua coleção particular de crucifixos. Mais de uma pessoa havia sugerido que eu poderia identificá-la no meio de uma multidão pelos chifres, e todos os amigos a quem eu tinha falado daquela viagem reagiram ou com um levantar de sobrancelhas, ou com um grande suspiro, ou disseram apenas: "Ai Jesus", que pelo menos fazia parte da pauta.
– Tenho certeza de que ela não é perversa – assegurei a minha mãe, e ponderei a respeito disso enquanto fechava a mala. – Talvez um pouco maluca.
Fiquei a me perguntar que conversas a sra. Mallory estaria tendo na Geórgia – será que os amigos dela estariam lhe dizendo que poderia me reconhecer no meio de uma multidão pelo tridente e pelo rabo bifurcado? Será que minha posição na comunidade Potter me marcava como uma alma maldita pronta para suas tentativas de salvação? E será que ela não olharia para a minha vida, para a maneira como eu a vivia, e *me* consideraria um bocadinho louca?
Mais tarde naquela manhã eu estava xingando enquanto dirigia pela Atlanta Highway à procura da Ruby Tuesday onde tínhamos

marcado de nos encontrar, e não a *outra* Ruby Tuesday, que era a tal onde eu já estivera duas vezes e não encontrara Laura Mallory, e sim uma mulher loura mal-humorada que não recebera muito bem minha insistente pergunta se ela era quem não era, e duas garçonetes que haviam respondido alegremente: "Geórgia!", sem um pingo de ironia quando eu perguntara onde estava.

Quando Laura Mallory telefonou, ela tentou esconder como estava irritada.

– Eu tenho que ir buscar os meus filhos – disse, e perguntou se iria receber alguma recompensa pelo tempo que me concederia.

Eu interpretei a pergunta como verdadeira ingenuidade e não uma tentativa de me explorar, e expliquei que não, que normalmente pessoas não eram pagas para conceder entrevistas, embora pudesse, com prazer, pagar-lhe o almoço. Eu esperava que ela ouvisse o tom de súplica em minha voz, porque eu teria que partir dentro de cerca de quarenta horas.

– Bem... – disse ela, e houve uma pausa interminável. – Há uma fita que eu gostaria de lhe dar.

– Eu irei buscá-la. Agora mesmo. A senhora tem cinco minutos? – Eu nem me importava com o que havia na fita. Podia ter sido Satã dançando a dança da galinha.

Nós nos encontramos num estacionamento, nos comportando como se estivéssemos trocando segredos de Estado. O Honda preto de Laura era tão reluzente que parecia líquido e, embora eu já tivesse visto uma de suas fotos, quando baixou o vidro da janela eu estava esperando que uma velha de cara amarrada franzisse os lábios para mim e levantasse um crucifixo entre nós. Em vez disso, ela era loura, cheia de vivacidade, e usava batom rosa cintilante e um macacão de veludo branco. Tinha o cabelo super bem penteado, as unhas super bem-feitas, e estava com uma filha de dois ou três anos sentada no banco do passageiro, se torcendo para cima e para baixo e olhando para mim com enormes olhos azuis levemente cobertos por uma franjinha loura quase branca. Eu estava olhando para uma típica mamãe cricri em tons pastel.

Meu aceno tímido tinha um pedido de desculpas e nos tratamos educadamente, nos cumprimentando e avaliando uma à outra. Ela me passou um videoteipe.

– Isso é todo o motivo por que eu comecei – explicou. – Assisti a essa fita e soube que alguma coisa tinha que ser feita.

Eu assenti e prometi assistir a ela enquanto a filha de Laura me dava sorrisos alegres e falava coisas incompreensíveis em língua de bebê.

– Eu sinto muito termos nos desencontrado hoje – disse. – Será que terá tempo amanhã? Eu gostaria de conversar sobre a fita e... outras coisas.

Laura refletiu a respeito disso por um minuto, a hesitação franzindo-lhe o rosto levemente maquiado.

– Eu tenho meus filhos e meu marido, e coisas para fazer – começou a dizer, e fiz o possível para imprimir uma expressão compreensiva em meu rosto e que passasse a ideia de que a última coisa que eu gostaria de fazer seria interromper o seu dia, embora ambas soubéssemos que era tudo o que eu, de fato, queria fazer.

– Está bem – por fim concordou. – Afinal você veio até aqui.

A fita em minha mão era velha e claramente fora tirada de sua caixa muitas vezes. A capa retratava uma versão de cartum de um gato preto, uma vassoura e um chapéu de bruxa numa janela de pedra arqueada que se abria para um céu purpúreo iluminado pelo crepúsculo e uma lua amarela, com morcegos esvoaçando diante dela. *Harry Potter: Witchcraft Repackged; Making Evil Look Innocent* (Bruxaria reembalada; fazendo o mal parecer inocente). Céus.

Algumas horas depois sentei diante da tela de televisão em meu quarto no Hyatt do aeroporto e assisti à fita. O vídeo que fizera Laura Mallory dar início à sua jornada de infâmia anti-Harry Potter se apresentava como um pastiche de todos os vídeos a que eu tivera que assistir em assembleias sobre procedimentos de segurança na escola, completado com o trabalho de arte em vídeo típico daquela época, a música de má qualidade, transições dramáticas e a crença inquebrantável em sua correção. Aqueles vídeos me fizeram acreditar que a penalidade para atravessar a rua fora do sinal era ser imediatamente atropelada por um carro, que um gole de cerveja me condenaria a reuniões do AA pelo resto da vida. É claro que já atravessei a rua com o sinal fechado para mim e tomei mais que um gole de cerveja. Mas, diante desses vídeos, com seus efeitos visuais vagabundos, música dramática e modelos visuais obtusos, me tornei uma ativista. Especialmente depois do vídeo sobre segurança de ônibus – aquele foi o pior, mostrando uma garota que tinha deixado de manter a devida distância de um ônibus e acabara escorregando e caindo debaixo dele na hora em que o ônibus partia. Eu agora me sentia como se estivesse assistindo àquilo de novo, vendo uma tomada de câmera aérea da cabeça da garota, girando como uma tampa, e a câmera abrindo em zoom para mostrar sua vida entrando numa espiral rumo ao nada.

Eu assisti àquele vídeo quando era criança e nunca mais fui irresponsável perto de um ônibus. Mas, se visse qualquer um deles hoje, desconfio que fosse rir de sua inadequação e ineficácia. O mesmo acontecia com este. Imagens dos livros de Harry Potter (voando, batendo as capas) eram cortadas para um material em estilo de documentário sobre wiccanos dançando em um círculo, descalços, no meio de uma floresta, e falando da deusa. Referia-se ao sacrifício de Lilian Potter para salvar o filho como "sacrifício oferecido à magia da deusa" e de uma inversão... do fator Deus. O fato de Voldemort beber sangue de unicórnio na Floresta Proibida é interpretado como um incentivo ao sacrifício de animais; videoclipes de donos de livrarias falando sobre como as crianças estavam loucas para ler os livros são mostrados como sinais de advertência de um vício em drogas. A ideia de que Harry fala com cobras é acompanhada por música tonitruante, e a prova mais comprometedora e grave é que as varinhas de Harry e de Voldemort têm em comum uma pena de fênix no cerne, algo que aparentemente indica que eles de alguma forma compartilhavam uma fonte de poder e a tendência para o mal.

Assisti à fita inteira, embora cada palavra fosse dolorosa e agressiva para mim. Se eu fosse acreditar naquele vídeo, teria que acreditar que crianças liam Harry Potter e pensavam, *eu agora posso fazer bruxaria!* Em vez de, *Como eu queria que Hogwarts fosse real, mas sei que não é!*

Jo Rowling disse que nunca alguém se aproximara dela e lhe agradecera por ter sido iniciada em bruxaria por ela. A ideia de os livros serem censurados nunca lhe ocorreu, porque existem muitos livros sobre bruxaria e magia, e eles não têm sido banidos ou publicamente desafiados. Só se recorda de ter sido abordada pessoalmente quanto a isso uma vez. Na América, enquanto fazia compras com seus filhos, um homem veio até junto dela e disse:

– Você é J. K. Rowling?

– E eu respondi: "Sim, sou." E ele disse: "Estou rezando por você", numa voz mais sinistra do que se tivesse dito: "Morra, mulher malvada."

Em retrospecto, disse Jo, ela deveria ter-lhe dito que também estava rezando por ele. Mas havia recuado, porque o homem era assustador.

Quando entrei na International House of Pancakes, no dia seguinte, para me encontrar com Laura para o café da manhã, eu a avistei imediatamente. Não parecia nem remotamente assustadora. Sozinha em uma mesa reservada, de frente para mim, imaculadamente vestida e penteada, com muito pouca maquiagem ou joias além de dois colares – um pequeno colar de diamantes e um mais longo com uma cruz de ouro. Sentei num banco, disse um rápido alô e me dei conta de que tinha interrompido uma conversa dela com as pessoas atrás de mim.

O homem no banco atrás de mim tinha um rosto simpático e cabelos castanhos que rareavam. Laura explicou a ele o objetivo de minha visita.

– Ah – disse ele dando-me um olhar avaliador. – Você vai dizer que ela tem chifres?

D urante a maior parte dos últimos dois anos, o nome de Laura Mallory tem estado na vanguarda do debate em prol da censura a Harry Potter por conteúdo impróprio. A questão não é de que ela tenha sido a primeira, ou a última, a desafiar Harry Potter, mas sua atuação tem sido marcada por uma tenacidade que não passou despercebida. Sua história é atraente para a imprensa: Mãe preocupada com o bem-estar dos filhos tentou banir os livros da biblioteca da escola, e levou seu pedido ao conselho escolar. O pedido foi negado, ela continuou insistindo. E de novo foi negado, ela apelou mais uma vez.

Essa tem sido a característica de Laura Mallory: sua luta incessante para atingir uma meta que, se conseguisse, na verdade não a afetaria mais. Seu filho já concluiu os estudos e saiu da escola fundamental cuja biblioteca tinha os livros de Harry Potter que a ofendiam, mas isso não encerrou sua luta. Ela transformou a luta de uma questão de fato em uma questão simbólica, de uma preocupação por sua família em preocupação por toda a humanidade – das salas de aula para o conselho escolar, e até a Suprema Corte da Geórgia. Ao fazer isso, ela tem atiçado o fogo da atitude antagonista dos cristãos fundamentalistas com relação a Harry Potter, colocando-a regularmente sob o foco da atenção nacional e talvez mundial.

A cidadezinha de Loganville é uma migalha de 15 quilômetros quadrados nos arredores do condado de Gwinnett, um dos condados que a cercam. Gwinnett é uma extensão setenta vezes maior e abriga o maior sistema escolar do estado, e teve uma explosão demográfica de 50 por cento desde o ano 2000. O condado, parte da área metropolitana de Atlanta, tem sido listado entre os que mais crescem na nação.

Contudo, Loganville – uma cidade onde a maioria dos lares consiste em famílias com ambos os pais, e 85 por cento dos residentes têm nível superior ou mais – é mais uma relíquia suburbana do modelo de crescimento urbano que a cerca. Não é uma cidadezinha antiga e pitoresca nos moldes da Nova Inglaterra, com praças rústicas. É mais o último vestígio de suas cercanias em rápida mutação. Fica muito movimentada no centro onde é dividida ao meio pela Atlanta Highway, que continua para oeste rumo à mais densa Snelville. A autoestrada parece se replicar em seções, como uma fita de Möbius: Staples, IHOP, Ruby Tuesday, Eckerd, Staples, IHOP, Ruby Tuesday, Eckerd, com talvez uma grande loja da Wal-Mart. Essa estrada se abre em saídas para comunidades floridas, cheias de arbustos, consistindo em casas de ardósia ou de tijolos vermelhos, com grandes entradas para carros, amplos quintais modorrentos e quase sem muros.

Numa dessas ruazinhas secundárias, chamada Brushy Fork, fica a J. C. Magill Elementary School. Mais parece um celeiro ou um rancho do que uma escola. O pátio escolar tem uma quadra de tênis, uma quadra de basquete, um galpão coberto e um pequeno campo de futebol. A mistura de lama com travessuras transforma os alunos de jardim de infância à quinta série em crianças suadas, fedorentas e sujas de lama. Os membros do quadro docente sorriem enquanto apontam para a poeira que as crianças trazem para os corredores limpos e cobertos de murais. As crianças param nos cruzamentos para dar passagem aos professores e é fácil lembrar o gesto como forma de saudação.

Essa é a escola cujos princípios de moral Laura Mallory achou que estavam desencaminhados, graças à presença de Harry Potter nas prateleiras. Vim até a Geórgia para tentar compreender. Eu tinha alguma esperança. Sabia que a maioria das pessoas de meus círculos a consideravam uma louca e não tinham sido poucas as vezes em que eu mesma a havia chamado de louca. Mas ela era a principal voz clamando pelo banimento de Harry Potter, e eu estava determinada a descobrir por que estava tão determinada a criticar o que eu e tantos outros adorávamos tão apaixonadamente.

E eu sabia que ambas estávamos pensando que tínhamos uma chance de convencer a outra a mudar de opinião.

Todo mundo na região parecia saber quem ela era; testei minha teoria com um funcionário no hotel e minha pergunta foi recebida com um revirar de olhos; uma bibliotecária em Gwinnett disse:

– Ah, ela – com a voz carregada de desdém.

Laura Mallory começou sua campanha contra Harry em 2005; quando seu filho voltou para casa e lhe contou que sua professora os tinha estimulado a ler a série. Depois de fazer alguma pesquisa e com a ajuda do vídeo *Witchcraft Repackaged*, ela chegou à conclusão de que os livros eram perigosos e pediu à escola que os banisse. Seu pedido foi negado. Laura apelou, foi de novo negado. Finalmente ela levou o caso à Corte Superior do estado, e de novo foi negado. A imprensa noticiou o caso, como costuma fazer quando alguém desafia publicamente, e em um nível tão veemente e grandioso, uma série tão apreciada.

O apelo ao conselho escolar, em abril de 2006, trouxe 95 pessoas à pequena sala de audiências que geralmente é reservada a questões disciplinares da escola. Laura apresentou um exemplar em brochura dizendo que nele "a bruxaria grassa", e jurou que Harry Potter ensina que é correto crianças fazerem feitiços, poções e outras atividades de ocultismo. Ela também apresentou Jordan Fuchs, uma garota de 15 anos, como testemunha; Jordan disse que ela e uma amiga tinham testado os feitiços e feito uma sessão de bruxaria depois de ler Harry Potter.

Vários alunos de nível intermediário saíram cedo da aula para assistir à reunião realizada às duas horas, alguns deles usando camisetas com os dizeres: "Censura Destrói a Educação", e outros com adesivos com o rosto de Daniel Radcliffe, que faz o papel de Harry Potter no cinema.

Os desafios a Harry Potter começaram em 1999, mas proliferaram em menos de um ano. Já em 2000, os livros Harry Potter eram os que com mais frequência eram alvo de solicitações para serem retirados de escolas e de prateleiras de bibliotecas. Ninguém pede que apenas um livro, e não todos sejam retirados das prateleiras, e sim que toda a série seja banida.

O Gabinete da Associação de Bibliotecas Americanas de Liberdade Intelectual (ALA) lida com os desafios em nível de escolas públicas, com frequência oferecendo assistência àqueles que lutam contra a remoção dos livros. Eles oferecem documentação e informações e, de vez em quando, prestam ajuda se o caso é levado à justiça. A diretora do Gabinete de Liberdade Intelectual, Judith Krug, recorda a década de 1990 como os bons e velhos tempos, quando os livros mais desafiados tratavam de homossexualidade.

Em 1999, a ALA recebeu apenas 472 desafios cumulativos; o gabinete estima que esse número represente menos de um quarto de todos os relatados e registrados. Segundo Judith Krug, os livros de Harry Potter deixaram "tudo para trás na poeira". Muitas das queixas a respeito de Harry Potter eram na realidade pedidos de moderação e de reformas no sistema escolar. Houve apenas alguns casos em que livros foram queimados (aos quais os fãs geralmente não fizeram objeções, uma vez que a pessoa que queimou o livro primeiro o comprou, o que derrota seu objetivo), e geralmente pais pediram a professores que lhes dessem a lista de leituras de modo que pudessem instruir seus filhos a sair da sala de aula se certos livros fossem lidos em voz alta. Por vezes, as queixas não tinham nada a ver com bruxaria ou religião: os pais estavam apenas reclamando que o conteúdo estava deixando a criança assustada. Mas esses nunca foram os incidentes contestados com mais fervor.

Os livros foram mais pesadamente desafiados entre 1999 e 2003, coincidindo com o período de incubação do fandom de Harry Potter. Em 2000, a ALA recebeu 646 desafios, um aumento de 50 por cento desde 1999, que Krug afirma terem sido principalmente por causa de Harry Potter.

Desafios não significam banimento: no máximo, desafios são o registro de uma queixa, ou a tentativa por parte de um pai ou alguém de fazer com que um livro seja banido da prateleira. Laura Mallory tinha feito muitos desafios, mas não tinha conseguido que nenhum livro fosse banido. Muitas bibliotecas, inclusive uma em uma escola de condado perto de Galveston no Texas, o mesmo condado onde uma polêmica sobre a prática de dizer preces na escola levara a Suprema Corte a decidir contra a prática em 2000, instituíram restrições exigindo que as crianças trouxessem bilhetes de autorização de seus pais antes de poder retirar quaisquer livros de Jo Rowling.

Em 1999, uma tentativa de proibir leituras dos livros Harry Potter resultou numa revolta estudantil. Os alunos de quarta série de Zeeland, no Michigan, que foram submetidos à proibição, escreveram cartas ao superintendente, pedindo-lhe que revogasse a proibição. Quando descobriram quantas crianças de outras localidades sentiam o mesmo ultraje, formaram o *Muggles for Harry Potter*, um grupo anticensura que teve a adesão quase imediata de milhares de adolescentes a partir de uma campanha basicamente de posts na internet e petições escritas em papel.

Os desafios não se restringem apenas a cristãos; também houve pequenos grupos de oposição no mundo muçulmano e judaico. Os livros foram banidos em escolas particulares pelo Ministério da Educação nos Emirados Árabes Unidos porque se considerou que tinham valores que se opunham ao Islã, e houve pequenas conflagrações por parte das igrejas ortodoxas grega e búlgara.

Um dos cristãos que vê Harry Potter como uma influência moral positiva é o padre Stuart Crevcoure, da Igreja Católica Romana, da diocese de Tulsa, Oklahoma. Fã apaixonado de Harry Potter, Crevcoure declarou que o uso do ocultismo em Harry Potter não constitui um programa de recrutamento para jovens pagãos.

"Eu li muitas histórias sobre bruxas, fadas, gnomos e magia quando era criança, e não me saí mal por causa disso. Existem muitos temas que creio que são compatíveis com o conhecimento cristão... temas como a morte, o amor e o sacrifício – esses temas têm sido parte da arte de contar histórias há muitas e muitas eras, e com certeza também são temas muito cristãos. Não creio que no futuro iremos ver o papa Bento escrever uma encíclica sobre Harry Potter, mas, veja só, o tema de sua primeira encíclica foi o amor."

Quando eu disse a Laura Mallory que era católica, ela invocou o papa e o padre Gabriele Amorth, exorcista oficial da Igreja Católica, que falaram contra Harry Potter na imprensa (o papa o fez antes de se tornar papa, quando era o cardeal Joseph Ratzinger e prefeito da congregação para Doutrina da Fé, uma posição com frequência descrita como a de advogado do diabo da Igreja). Descartei seus comentários, explicando que nenhum dos dois falava por mim e que os argumentos deles não tinham me convencido; na verdade, havia um grande número de padres e membros do clero, um dos quais era meu colega de trabalho no Leaky, que eram de outra opinião, e que até usavam Harry Potter para ilustrar os princípios de moral evocados na Bíblia.

Foi nesse momento que Laura começou a falar sobre sua visão. Ela raramente fala a respeito do assunto, admitiu. A visão veio-lhe como um sonho, talvez um sonho desperto – não conseguia se lembrar exatamente do que estivera fazendo quando aconteceu, que tinha sido há pelo menos uns três anos. Em sua visão, via uma procissão triste de pessoas ignorantes marchando rumo a um profundo abismo. Via aquilo claramente diante dos olhos, mesmo ao falar sobre o assunto – ou pelo menos era convincente ao parecer estar vendo uma tela invisível. Em seu sonho, centenas, milhares, talvez milhões de pessoas seguiam para a morte sem sequer saber, caminhando sem se dar conta para um precipício e para um fogo azul-claro iridescente abaixo. Fluindo como um rio, disse ela, serpenteando, formando uma cascata humana enquanto eles desciam para um lago de chamas azuis, como é previsto no Livro das Revelações. Ela também estava lá. Ela é a única pessoa tentando impedir aquilo. Passando uma corda branca, tentando usá-la para contê-los. Tentando deter o fluxo.

Laura era uma mulher curiosa, cheia de contradições. Magra e pequenina, mas capaz de comer fartamente; afável e de maneiras delicadas, mas às vezes dura e tensa; bem-educada e acessível, mas em outras ocasiões abrupta e incapaz de ouvir opiniões diferentes. Laura era dissimulada com relação à sua história, sobre nomes e datas, por causa da surra verbal que havia recebido de fãs de Potter: só o que revelava era que fora criada em Atlanta, e se descrevia como cristã evangélica, sem nenhuma outra denominação associada. Sua família ia à igreja quando era mais jovem, mas ela não tinha laços verdadeiros com a religião, e não tinha virtualmente nenhuma recordação de estar associada a nenhuma seita; se lembrava apenas de "uma grande igreja presbiteriana".

Tinha passado menos de um ano na faculdade em Oxford College da Universidade de Emory antes de abandoná-la e se transferir para a Georgia State. Pressão dos pares e uma "necessidade de ser aceita" tinham-na transformado em um modelo de garota dos círculos de festas da Geórgia, dizia, viciada em nicotina e com um namorado que vendia "drogas recreativas" como maconha e Ecstasy. Nunca experimentou Ecstasy nem "nada pior que isso", dizia, embora admitisse ter feito algumas outras experiências.

– O circuito de festas estava ficado ultrapassado – relata. Seus amigos a atacavam pelas costas, quando tinham oportunidade. – Drogas estavam ficando ultrapassadas. Toda aquela coisa de festas também estava ficando meio passada. Foi divertido por algum tempo, mas depois perdeu a graça.

Então o namorado dela foi para uma faculdade fazer estudos bíblicos e afirmou que sua vida havia mudado totalmente. Ela o visitou e o encontrou em meio a pessoas que a acolheram bem, embora "não estivesse vestida com as roupas apropriadas" e "provavelmente fedesse a fumaça de cigarros". Aquelas pessoas lhe falaram sobre Jesus. Disseram-lhe que Ele tinha um plano para ela, e essa perspectiva tocou seu vazio espiritual. Laura passou a viagem de volta para casa chorando e rogando a providência divina.

Laura não me relatou exatamente o que aconteceu para levá-la para o que considera um estado mais esclarecido. Disse apenas que Jesus abriu seus olhos, e então agiu como se aquela fosse a explicação mais completa que alguém pudesse pedir. Relatou que subitamente conseguiu parar de fumar, de um dia para o outro. Drogas e álcool foram banidos pelo resto da vida. Então afirmou que o Espírito Santo lhe apareceu e abriu sua alma e espírito.

– Nós temos emoções e vontade em nosso corpo, mas existe algo subjacente a isso – disse.

Mas, sobretudo, ela podia ouvir as vozes de Deus. Claras como o dia, perfeitamente claras, e pode repetir as coisas que Ele lhe disse; pode relatar como se Ele fosse alguém com quem tivesse falado ao telefone na semana passada. E ela imediatamente percebeu minha incredulidade.

Eu disse a Laura que era uma pessoa de fé; que acreditava em Deus. Tinha religião. E não tinha ideia de que modo ela conseguia tratar suas crenças como sendo mais importantes que as minhas, que não consideram Harry Potter um perigo para elas. Eu queria saber com base em que ela podia afirmar que eu estava errada e ela certa; que Harry Potter não era um chamado para a correção moral ou uma defesa de ideais seguidos pela moralidade cristã, mas, em vez disso, era um portal perigoso para sistemas de crenças seculares e pagãos. E já que estávamos falando nisso, disse-lhe, eu queria saber de que modo ela podia afirmar que crenças pagãs eram inerentemente más, ou como podia transferir esse sistema de crenças para o sistema de ensino público, que deve ser destituído de influências religiosas.

– Nós juramos lealdade ao país diante de Deus – respondeu ela fervorosamente. – A Igreja e o Estado foram tirados do contexto. As raízes da América são claramente cristãs e qualquer um que afirmar o contrário não estudou nada do que devia e como devia.

Em outubro de 2006, seis meses depois daquela infame audiência no conselho escolar, Laura fez alguns de seus comentários mais explosivos sobre Harry Potter até aquele momento: que livros que promovem o mal, como os de Harry Potter, incentivam uma cultura na qual trágicos tiroteios acontecem em escolas, como o que aconteceu na Columbine High School, no Colorado, no qual dois alunos dispararam contra seus colegas de turma e mataram 13 pessoas. A audiência de Laura de 20 de abril, por coincidência, fora realizada no dia do sétimo aniversário daquela tragédia, e Laura havia planejado (mas não tivera tempo) ler uma citação de Darrell Scott, cuja filha, Rachel Joy Scott, morreu no tiroteio. O sr. Scott falou diante do Subcomitê Judiciário do Congresso contra o Crime em Washington, D.C. A citação que ela pretendia usar no discurso era:

> *As leis que os senhores fazem ignoram*
> *nossas mais profundas necessidades*
> *Suas palavras são ar vazio*
> *Vocês nos despojaram de nossa herança*
> *Vocês baniram a prece simples*

Agora tiros enchem nossas salas de aulas
E crianças preciosas morrem
Vocês buscam respostas por toda parte
E fazem a pergunta: "Por quê?"
Vocês impõem leis restritivas
Por meio de crença legislativa
No entanto não compreendem
Que é de Deus que precisamos.

Não tenho dúvida de que Laura sinta grande pesar pelas vítimas e famílias das vítimas de Columbine, mas não estava sozinha quando me revoltei ultrajada quando ela fez a comparação. Também não estava preparada para o e-mail que recebemos de Lindsey Benge.

Não é a opinião dela de que Harry Potter seja mau o que mais me ofende, e sim a acusação completamente insana de que Harry Potter e material similar sejam a causa de tiroteios em escolas. Como sobrevivente do tiroteio de 1999 na Columbine High School, creio que conheço alguma coisa a respeito desse tópico.

Lindsey Benge não é apenas uma sobrevivente do tiroteio em Columbine; ela esteve muito próxima de onde o pior da tragédia aconteceu e teve que viver com as consequências.

Uma hora antes de Dylan Klebold e Eric Harris entrarem na escola portando armas e bombas, Lindsey estava revendo anotações de aula com seu amigo Dan Mauser, um adolescente magro, louro e de óculos redondos, a quem ela conhecia desde o ensino fundamental. Lindsey queria matar aula e ir para a biblioteca com ele no período seguinte, algo que Dan estava tentando impedir.

– Só quero ver você depois do almoço – disse a ela.

Na sala de aula estava sendo exibido um filme e eles cochicharam e discutiram até que Lindsey, resignada, acompanhou Dan até a biblioteca e se virou para ir para a aula de matemática.

– Tchau, Moose – despediu-se.
– Tchau, Linda. Vejo você mais tarde.

A biblioteca se tornou o núcleo da tragédia. Enquanto os dois atiradores anunciavam sua presença, os alunos correram e se esconderam debaixo das mesas e dentro de salas. Cerca de dez minutos depois de começar a atirar, Eric Harris entrou e gritou para todo mundo se levantar – primeiro os que estavam de chapéus brancos (mais provavelmente atletas). Dylan Klebold entrou logo atrás de Eric. Eles atacaram a biblioteca num frenesi de violência, destruindo vitrines, atirando bombas e ferindo ou matando quase trinta pessoas. Os atiradores perguntaram a pelo menos uma garota, a sobrevivente Valeen Schnurr, se acreditava em Deus; e ela disse que sim e não foi morta, embora haja relatos de que outra, Cassie Bernall, também disse que sim e foi fuzilada imediatamente.

Daniel Mauser foi baleado no rosto por Harris, quase à queima-roupa. Morreu imediatamente.

Na confusão causada pelo tiroteio, Lindsey tinha sido tirada da escola; uma amiga a puxara para fora pelas costas da camisa em direção a uma saída. Antes de sair, ela viu Klebold, se virando, com alguma coisa escura na mão.

"Moose", como Lindsey o chamava, não foi seu único amigo a morrer no tiroteio. Rachel Scott, filha do homem cujas palavras Laura Mallory ia usar em seu testemunho, e algumas outras que foram feridas, também eram amigas suas. Mas foi perder Moose o que deixou Lindsey em choque. Ela ficou sem reação. Quase não chorou. Ela assistia às matérias nos jornais desapaixonadamente. Amigos telefonavam e ela dizia que estava bem. Mais tarde naquele ano, uma amiga sua que ficara paralisada da cintura para baixo devido a ferimentos sofridos no tiroteio perderia a mãe por suicídio. Lindsey e seus amigos encontraram o carro abandonado de Rachel. A mídia repetia e reciclava matérias sobre o tiroteio. O avô de Lindsey morreu em junho. E, exceto por alguns incidentes isolados, Lindsey se recusava a encarar a tragédia.

– Eu me fechei completamente para tudo – recordou ela. – Fiquei naquele estado e continuei com a vida como se nada tivesse acontecido. – Ela encontraria algum consolo e conseguiria pôr um fim àquilo no ano seguinte, quando a escola instalou uma claraboia na biblioteca em homenagem às vítimas; fez treinamento de controle de armas; considerou uma carreira nas forças de segurança; tentou falar a respeito do tiroteio e lidar apropriadamente com a tragédia em todos os níveis emocionais. Mas não estava funcionando; havia uma espécie de insensibilidade em todas as suas atividades. Ela ia ao cinema com amigas, mas não conseguia se permitir apreciar os filmes. Tinha a sensação de estar andando em um lamaçal.

Depois que o primeiro filme Harry Potter foi lançado, Lindsey se viu com um cupom para os livros; seus amigos eram fanáticos pela série, mas ela se recusava a se deixar levar. Mas finalmente cedeu. E então mergulhou nos livros.

Como tantas outras pessoas, Lindsey imediatamente ficou fascinada pela série. Na época, eram apenas quatro livros, de modo que, para ela, a história acabou quando Cedrico, um colega de turma correto e gentil, é morto em um ato de violência aleatória. Os temas da perda, da confiança nos amigos, e em fazer o que é correto em vez de o que é fácil, tocaram fundo. Em Neville Longbottom ela viu seu amigo Dan, às vezes desajeitado, às vezes excêntrico, às vezes determinado, que, como Neville, quando era importante enfrentava os amigos.

– Dan era um desses amigos que, nas fases iniciais de nossa vida, passavam sem ser muito percebidos, exatamente como Neville – relatou ela. – Você não se dava conta de como ele era importante e de como era um bom amigo.

Logo Lindsey estava na internet, procurando por quaisquer informações sobre os livros que pudesse encontrar e debatendo-os durante horas em livrarias. Ela os leu repetidas vezes. Costumava se vestir de bruxa para ir a festas. Era como se um véu tivesse sido levantado de sua consciência, deixando tudo mais vibrante; desde a tragédia, ela não se sentia tão tomada por alguma coisa. À medida que o tempo passou e mais livros foram lançados, ela se sentiu mais sintonizada com as mensagens de Harry, e essas mensagens ajudaram a esclarecer seus sentimentos com relação à matança sem sentido e a perda profunda que ela e sua comunidade tinham sofrido. Quando Harry, ao final de o *Enigma do Príncipe*, tem um impulso irracional de rir durante o funeral de Dumbledore, Lindsey se lembrou de todas as vezes em que "coisas idiotas" que todo mundo via como as mais tristes recordações e tributos ao redor da tragédia de Columbine a faziam rir.

– Recuperou para mim um sentido inocente de alegria – disse ela –, além de me dar algo com que eu podia me identificar em termos de lutar com dificuldades e perdas. Minha única esperança é de que essa mulher [Laura Mallory] se dê conta de que não consegue provar suas afirmações. Ela apenas está insultando as pessoas que usa como exemplos. Como, então, ela se atreve?

O e-mail de Lindsey esclarecia uma das verdadeiras ironias a respeito de Laura Mallory, e, sentada diante dela em um IHOP, senti a presença pulsante dessa ironia. Eu realmente acreditava que Laura poderia adorar Harry Potter. Se ela conseguisse ultrapassar a parte da bruxaria, não levar em conta os feitiços, poções e seres fantásticos, e contemplar o cerne claro e moral, se apaixonaria do mesmo modo que eu, Lindsey e tantos outros. Aquele pensamento pesou sobre nossa conversa e confundiu meu raciocínio. Do mesmo modo que a tristeza e o carinho que ela afirmava sentir pelas almas que "se perdiam" com Harry. Senti meu desdém por Laura se dissolver em uma profunda sensação de pesar por ela estar negando a si mesma a experiência.

O cerne do argumento de Laura Mallory não era que os livros assustassem as crianças ou que ela tivesse objeções contra a ideia de bruxaria como prática comum (embora tenha). A questão é que ela acredita que os livros promovem a prática de bruxaria de verdade: que as crianças leem o livro e se voltam para o que ela chama de "oculto". Depois de cinco minutos de conversa ela brandiu para mim uma lista de 11 tipos de magia encontrados no mundo real e que estão em Harry Potter, inclusive a adivinhação, experiências fora do corpo, e viagem no espaço e no tempo. Eu não sabia disso antes – isto é, eu sabia que era parte de seu argumento, mas nunca imaginei que sua crença em magia fosse uma realidade tão entranhada, que fazia seus olhos se esbugalharem enquanto ela apontava para cada um dos nomes escritos na folha como se fossem revelações – mas estão escritos aqui, está vendo como são verdade! Sufoquei a vontade de assinalar que ela acreditava mais em magia do que eu, e que provavelmente estava fazendo mais para disseminar a ideia de que magia pode ser praticada usando Harry Potter como manual do que eu com meu site Harry Potter.

Os fãs têm parecido especialmente ansiosos para se assegurarem de que todo mundo saiba que os fundamentalistas que se opõem a Harry Potter não falam em nome de todos os cristãos. De fato, pessoas de todas as fés adoram os livros. Elas afirmam que a moralidade da série não pode ser questionada. Harry consistentemente faz escolhas que podem ser consideradas no espírito cristão: ele arrisca a vida para salvar outras pessoas, se opõe ao preconceito e considera a luta contra o mal a tarefa mais importante de sua vida. Em janeiro de 2000, *Christianity Today*, a principal publicação evangélica fundada por Billy Graham, publicou um editorial perguntando aos pais o que deveriam fazer, dando todos os relatos de cristãos entrando em conflito com conselhos escolares ao pedirem que os livros fossem retirados de bibliotecas, e então respondeu à sua própria pergunta:

"Nós somos de opinião que os senhores devem ler os livros de Harry Potter para seus filhos."

Ao mesmo tempo que afirma que cristãos nunca deveriam "se desculpar por examinar o que influencia nossos filhos", o editorial chama Harry Potter de um "Livro das Virtudes com um divertido viés pré-adolescente". A bruxaria literária do livro "não tem quase nenhuma semelhança com as práticas dos círculos wiccanos", e contém "maravilhosos exemplos de compaixão, lealdade, coragem, amizade e até autossacrifício".

Não consegui fazer Laura compreender isso.

— No cerne desses livros existe uma mensagem boa — disse-lhe, insistindo que a mensagem é muito mais forte do que o desejo de pegar uma varinha de condão e sair agitando-a.

— Mas e todas as crianças que acabam de ler os livros e querem pegar uma varinha, e as que aderiram à bruxaria?

— São realmente uma minoria, e existem outros fatores, inclusive a interação com os pais. Os pais têm a responsabilidade de saber o que seus filhos estão lendo.

— E não há nenhuma responsabilidade por parte dos livros, nem da Scholastic, nem de Rowling?

Não no que diz respeito a se assegurar de que eles não comecem a praticar a wicca,[3] respondi. Eles são livres para publicar o que quiserem, dentro de limites razoáveis.

— Ninguém vai publicar *Como cometer um assassinato, de A a Z*. Ela cruzou os braços.

— Você sabia que os livros foram recusados por nove editoras?

— Muitos livros são.

— Ah.

— É comum.

Ela pareceu decepcionada.

— Está certo usar bruxaria para lutar contra o mal?

— Eu creio que não, mas...

— Mas isso é o que Harry faz.

— Mas é *ficção*!

— Não, não é, é feitiçaria. — Ela já estava com a Bíblia sobre a mesa aberta na página da Revelação 21. Eu agitei as mãos para tentar detê-la.

— A maneira como é *praticada* é ficcional — objetei, mas ela já estava lendo em voz alta sobre os assassinatos covardes, inacreditáveis e abomináveis.

---

[3] Wicca é uma religião neopagã fundamentada nos cultos da fertilidade que se originaram na Europa Antiga. O bruxo inglês Gerald B. Gardner impulsionou o renascimento do culto, com o nome de Wicca, nos anos 1940 e 1950. A tradição wicca e seus termos são baseados em diversas culturas do paganismo antigo, modificadas pelo que, segundo Gardner, era uma tradição sobrevivente da bruxaria medieval, mas da qual o conhecimento que temos é obscuro. (N. da T.)

– Eu quero apenas que as pessoas saibam o que está em meu coração – disse ela, em tom de súplica. – Sou uma pessoa de bom coração e adoro crianças... eu amo crianças e creio que para Deus elas são íntegras e Ele as ama muito. As crianças estão praticando bruxaria por causa de Harry Potter. O que acontecerá com suas almas?

– Eu creio que tanto o meu quanto o seu raciocínio são imperfeitos – disse a ela. – E creio que todo raciocínio humano é imperfeito. Não cabe a mim dizer. E a diferença entre nós é que eu não sou uma missionária.

– Você poderia ser uma missionária com seu livro. Poderia usá-lo para o bem.

– "Para o bem" é uma frase muito perigosa – retruquei, quase para comigo mesma, àquela altura já me sentindo um tanto cansada. – É realmente uma pena, porque creio que você gostaria dos livros se os lesse, da maneira como eu faço, e superasse a ideia de que contêm feitiços e magia; você realmente adoraria esses livros. Eles tratam de ter princípios de moral, e ser honesto e justo e *bom*.

– Não se pode lutar contra o mal com o mal – disse ela, e seu rosto ficou pálido, um dedo perfeito apertado com tanta força contra o tampo da mesa que ficou branco. – Ele é um feiticeiro. A prática de bruxaria é má. Se você não acredita nisso, esta é sua escolha. Você tem o direito de acreditar nisso. Mas um dia todo mundo saberá que a bruxaria é má.

O rosto dela estava firme, apesar da mão sobre a mesa, ainda branca onde ela pressionava com tanta força. Havia orgulho em suas palavras. Orgulho e alguma outra coisa pela qual eu estivera procurando a tarde inteira – uma crença em sua retidão. Eu nunca tinha visto uma crença na própria retidão assim tão inflexível de perto. Era a primeira vez que eu encontrava alguém que usava a parede da fé para bloquear qualquer linha de raciocínio lógico que eu pudesse encontrar. A esperança que eu construíra cuidadosamente se despedaçou e se dispersou em mim; Laura estava convencida de que possuía todas as respostas, porque acreditava

que Deus já lhe dera essas respostas e as daria de novo sempre que ela pedisse. Eu invejei sua certeza.
— As pessoas não têm o direito de praticar qualquer religião que queiram? — perguntei.
— Com certeza têm, mas isso não significa que você tenha que submeter seus filhos a uma doutrinação em bruxaria na escola.
— Então o que você diria — sugeri, me empertigando um pouco ao me dar conta de que tinha um argumento —, se uma pessoa wicca viesse à escola e dissesse: "Tal livro está submetendo meu filho a uma doutrinação no cristianismo e isso tem que parar."
Ela hesitou.
— Que livro?
— Um livro imaginário! Apenas digamos que exista.
— Então eles teriam um motivo justo de pedir a exclusão, como fizeram os ateus.
— Você apoiaria as tentativas deles de tirá-lo das bibliotecas?
— Dependeria das circunstâncias. Essa é uma pergunta muito tosca sem um livro específico.
Olhei ao redor em busca de um título obscuro que exemplificasse meu argumento.
— Um dos livros que você tem em casa nas suas estantes, um dos livros cristãos que você diz que seus filhos leem, sobre a Bíblia. Se eles pusessem esses livros na biblioteca.
Ela se animou visivelmente.
— E que tal nas salas de aulas? Harry Potter está nas salas de aulas.
— Tudo bem, na sala de aula, e uma pessoa praticante da wicca faz objeção. O que você diria a isso?
— Que eles têm o direito de fazer isso. A América é um país livre. Eles têm o direito de se opor. Se eu os ajudaria? Não, eu não concordo com a wicca. A bruxaria é uma abominação.
— Então como — perguntei, porque estava honestamente confusa —, como pode pedir ao sistema escolar que apoie a senhora e seu desejo de ter os livros retirados das prateleiras, se não apoia a pessoa wiccana? — Ela não responde. — Não está seguindo meu raciocínio? Se está pedindo apoio ao nosso sistema...

– Eu sei que você quer me pôr em contradição.
– Não, eu quero compreender, estou tentando compreender, como não pode dizer a essa pessoa wiccana fictícia que seus livros cristãos devem ser retirados das salas de aula.
– Eles já fizeram isso! A Bíblia foi retirada.
Assinalei que a Bíblia é na realidade um texto cristão, um texto oficialmente reconhecido como tal. Ninguém designou Harry Potter como um livro educativo de bruxaria, exceto ela e pessoas que pensam como ela. Ela se apegou a isso, afirmando que a presença em sala de aula e a recomendação de professores indicam o contrário.
– Os livros estavam sendo usados como *textos* – insistiu ela. Ela repetiu isso para tentar provocar uma reação minha, mas não me deixei levar.
– Como textos de leitura, não como textos para ensinar feitiços – retruquei.
Ela se empertigou.
– Bem. Eu *espero* que professores não sejam como você.

J. K. Rowling entrou no quarto lugar da lista de autores alvo do maior número de protestos contra sua obra entre 1990 e 2004 – embora apenas cinco de seus livros (mais dois educativos) tivessem sido publicados e, àquela altura, ela tivesse tido livros publicados por apenas metade daquele tempo. Desafios públicos, por alegação de conteúdo impróprio, a Harry Potter, naquela altura só vinham sendo feitos havia cinco anos, de modo que Rowling recuperou o tempo perdido.

As vigas mestras da lista da ALA incluem livros que têm sido considerados obras eternas: *Ratos e homens* de John Steinbeck virtualmente mora nela. Do mesmo modo que livros de Maya Angelou (devido a "conteúdo sexual, racismo, linguagem ofensiva e violência"); bem como *O apanhador no campo de centeio*, de J. D. Salinger. As últimas séries a causar impacto contínuo na lista foram a dos muito elogiados predecessores de Harry: os Goosebumps e a série Fear Street de R. L. Stine. Harry inicialmente roubou o título dos livros alvo do maior número de protestos *Heather Has Two Mommies* e *Daddy's Roommate*, dois livros que explicam a homossexualidade para crianças.

Apresentei esse fato a Jo Rowling em sua casa em Edimburgo; ela estava fechando as cortinas e, antes que eu tivesse acabado de falar, levantou a mão e disse:

– Pois é, você tem razão.

Mais que qualquer coisa ela parece perplexa com toda a questão. Nunca havia imaginado que seus livros fossem vender tanto a ponto de torná-la famosa, quanto mais ganhar notoriedade, nem que fosse conquistar seguidores tão ardentes, quanto mais uma verdadeira linha de piquete.

Assim que mencionei o nome de Laura Mallory o rosto dela ficou pensativo e seu queixo se inclinou, como se estivesse tentando descobrir alguma coisa.

– Ela já leu os livros?

A contradição central de Laura Mallory – e é uma que ela tem em comum com muitas pessoas que defendem sua causa – é o fato de nunca ter lido os livros de Harry Potter. Muitos dos que se opõem à obra de Rowling são contra antes de sequer ter lido, e parecem usar os livros principalmente para buscar neles germes satânicos. O sacrifício da mãe de Harry é retratado nos livros como um instrumento do bem e do poder do amor, e o vídeo do qual Laura Mallory extraiu sua missão é concebido para nos fazer crer que tal sacrifício é mau e errado, porque tira de Jesus o papel patriarcal de Salvador da Humanidade.

A única vez em que a ALA teve que ir a juízo por causa de uma questão de censura foi devido a um caso em Cedarville, Arkansas. Em julho de 2003, Billy Ray Counts e Mary Nell Counts, pais de uma criança da quarta série, desafiaram o conselho escolar da cidade por incluir a série numa lista restrita que exigia que os alunos apresentassem formulários de autorização para retirar os livros na biblioteca. Um dos principais argumentos era que violava uma decisão da Suprema Corte, de 1982, que proibia a restrição de livros com base em conteúdo.

O caso foi resolvido rapidamente em favor da ALA e dos Counts e não houve apelo, e a ALA não ficou nada surpresa com o fato de que ninguém no conselho escolar tivesse lido os livros Harry Potter. Tinham apenas "ouvido falar que eram livros impróprios" e os incluído na lista de livros restritos, relatou a sra. Krug.

Isso é o que mais me revolta e também a Jo: que alguém se dedique a uma missão mundial de banir os livros sem sequer tê-los lido.

– Ela é uma pessoa gravemente equivocada – observou Jo. – A postura que eu teria em minha vida seria dizer aos meus filhos: "Vamos debater, vamos conversar honestamente sobre o assunto." Eu não vou trancar à chave um livro infantil de sucesso e dizer que é do mal. Isso é absurdo, e eu iria ainda mais longe, diria que é nocivo. O fundamentalismo sob qualquer forma, em qualquer religião, é intolerante, e a tolerância é o único caminho para progredir. Para todos nós. Não posso imaginar em minha vida sair gritando e berrando contra alguma coisa que, na verdade, não conheço. Para mim isso é insano.

O fato de Laura Mallory não ter lido os livros é a maior fonte de minha frustração. Não pude deixar de sentir que o fato de Laura ser violentamente contra Harry Potter sem ter lido os livros é como ser contra o beisebol só porque os jogadores usam bastões.

Laura sabia o que eu estava pensando. Quando, incapaz de esperar por um momento melhor e quase explodindo de curiosidade, deixei escapar:

– Agora a pergunta de 64 milhões de dólares para você. – Ela olhou para os ovos no prato e sussurrou:

– Ah, não.

– Por que você não leu os livros? – Eu me senti melhor assim que perguntei. Tinha vontade de gritar aquilo.

– Eu sabia que você ia me perguntar isso.

Eu mal respirei, esperando pela resposta. Durante anos, conforme ela afirmava publicamente, ela não precisara ler os livros

Harry Potter para defender sua posição, nós como fãs perguntamos muitas vezes com veemência como podia fazer uma afirmação tão absurda. Por mais que sua recusa de ler os livros pareça prova para a maioria dos fãs de que ela é apenas intolerante, ou uma idiota, tinha sido principalmente nisso que eu havia alimentado minha frágil esperança com relação a ela. É só que ela não leu. Depois que ler, ela verá.

— Rezei repetidamente — disse ela. — Espero que você seja capaz de compreender isso, mas muitas pessoas não compreendem. Eu disse: "Senhor, eu preciso ler esses livros porque as críticas são inacreditáveis, e como posso fazer o que estou fazendo e não ler os livros?" Ele sempre me respondeu: "Não os leia. Não quero que você sofra a influência desses livros. Há uma missão demoníaca nesses livros", e foi o que Ele sempre me mostrou.

Eu tinha viajado até a Geórgia quase inteiramente para ouvi-la responder a essa pergunta, e era apenas isso? Deus disse a ela? E se eu dissesse a ela que Deus tinha *me* estimulado a ler os livros? Eu com certeza não podia citá-Lo *verbatim*, mas acreditava de coração que algo maior tinha me levado àquela série e às mudanças que tinha produzido em minha vida e em minha capacidade para contribuir para o bem no mundo. Não era a mesma coisa? Fiquei tentada a mentir e a dizer-lhe que Deus tinha me dado instruções opostas, mas não consegui me levar a zombar da fé de Laura. Havia algo de admirável em sua capacidade de ser inabalável, e eu não queria ser a pessoa que faria isso. Não que eu pudesse.

Além disso, Laura era carta fora do baralho. No dia 29 de maio, seu apelo à Suprema Corte foi negado. Apenas sua fé não venceria aquele caso. Aparentemente ela havia desistido.

— Agora está nas mãos de Deus — disse.

CAPÍTULO DEZ

ALTO-MAR

Havia quatro câmeras e seis órgãos de imprensa esperando que o jantar começasse. Eu estava dando os últimos retoques nos preparativos para o podcast ao vivo programado para depois do jantar; todo mundo estava ansioso para ver a onda de fãs fantasiados de Belatriz, Voldemort, Snape e até Dobby, o elfo doméstico. Fizemos um último teste de som antes de as portas se abrirem e então as hordas entraram para a abertura da conferência sobre *Harry Potter e a Ordem da Fênix* em Nova Orleans.

Já estávamos no dia 17 de maio de 2007. O tempo estava voando mais depressa do que podíamos acreditar e, à medida que julho se aproximava, por mais entusiasmados que estivéssemos, parte de nós queria desesperadamente parar o tempo.

Com a cobertura que Harry Potter estava recebendo, parecia que era o único assunto a respeito do qual se falava. A Borders tinha enviado uma equipe de sete pessoas à conferência para filmar material suficiente para seu Web site para usar durante as nove semanas até o lançamento de *Relíquias da Morte*. Eles filmariam nosso podcast, de entrevistas de pessoas na rua, e os debates de mesa-redonda com fãs, e transmitiriam tudo em banda larga para seus dezessete milhões de assinantes. O programa *Dateline* estava presente coletando informações para uma série de especiais sobre J. K. Rowling. E o Salon.com usou o evento para lançar um longo material sobre as características do fandom.

Cerca de mil pessoas compareceram à conferência e quase todas estavam esperando para entrar no jantar. Quando as portas se abriram foi como uma correria de liquidação de queima de estoque. Todos correram para seus lugares marcados, flashes de câmeras espocaram e as luzes vermelhas de câmeras de vídeo gravando escanearam a multidão. Já era fácil avistar fãs com lágrimas nos olhos, ou aqueles tendo uma conversa sobre a primeira vez em que leram os livros, ou como tinham 12 anos quando começaram e agora estavam com 22, e como tinham crescido com a série. Aquela era nossa última chance de estarmos juntos antes do fim, a última grande conferência antes do lançamento. Mil pessoas tinham vindo ao jantar e a maioria delas estava fantasiada. Mais tarde naquela noite, Sue, John e eu apresentaríamos um podcast para receber algumas delas e debater as teorias finais e, principalmente, se Snape era bom ou mau. Aquela era a grande dúvida que persistia havia dois anos; essa conferência tinha entre seus tópicos um Debate sobre Snape, ao vivo, que era o evento mais disputado. No jantar de abertura havia até uma Dominatrix Snape vestida de couro reluzente que circulava dando tapinhas nas pessoas. Ultimamente tudo dizia respeito a Snape, Snape, Snape, o que de certa forma era uma tremenda mudança com relação a apenas quatro anos antes.

Eu tinha voltado do evento no Royal Albert Hall e de meu primeiro encontro com Jo Rowling em junho de 2003 e encontrado um ambiente de trabalho hostil. Fui interrogada sobre onde tinha estado, mas fiquei firme, disse que era assunto pessoal e me recusei a falar. Na verdade eu não estava mentindo. Aquela viagem tinha sido muito pessoal. Depois de ter conhecido Jo, eu havia ficado no quarto de subsolo de meu pequeno hotel e feito o que havia jurado que nunca faria: enviado um e-mail para Fiddy Henderson, a assistente pessoal de Jo. Eu havia conseguido o endereço dela por acidente e me abstivera de usá-lo por uma questão de boas maneiras. Depois da recepção que Jo acabara de me dar deixei aquelas boas maneiras de lado e enviei um e-mail para ela e Neil Blair, contando-lhes efusivamente quanto o momento havia significado para mim.

Tudo que meus empregadores tinham que fazer para descobrir a verdade era entrar no Leaky Cauldron. Eu tinha corrido para um cybercafé logo depois do evento para contar aos leitores do Leaky Cauldron o que havia acabado de acontecer, e esse relato, minhas fotografias com Jo Rowling e a imagem escaneada de meu livro autografado estavam lá, cercados por mensagens fervilhantes de leitores assíduos do Leaky que tinham ficado radiantes com a validação. Eu quase queria que meus chefes se aborrecessem e me despedissem, mas mesmo depois de dois anos sob o comando de Denise eu ainda me apegava ao desejo de ter meus méritos reconhecidos. De modo que empinei o nariz, levantei o queixo e me mantive calada. Encerrado o interrogatório, voltei para minha cela e trabalhei dedicadamente nas coisas que achava menos inspiradoras, examinando todo o material que havia arquivado. Foi trabalho fácil, até divertido; o segredo de minha viagem, da recepção que tivera de Jo Rowling, do entusiasmo espantoso que meus pais tinham demonstrado por ocasião de meu retorno e do livro autografado, agora bem guardado entre toalhas em meu quarto, me cercava como um elo invisível, defendendo-me contra aquele lugar como um Patronos.

Mesmo assim decidi não levar as coisas ainda mais longe, de modo que, inicialmente, declinei das sugestões insistentes de Heidi de comparecer à Nimbus 2003, a primeira conferência de fãs de Harry Potter a ser realizada em Orlando, no mês seguinte. Eu nunca tinha ido a nenhum tipo de conferência, convenção, simpósio, ou lá como estivessem chamando, de modo que não tinha ideia do que esperar. Contudo, os fãs estavam tão entusiasmados com o evento que a ideia começou a me perseguir, e a curiosidade acabou por me vencer dois dias antes das cerimônias de abertura. Comprei mais uma passagem de avião barata e lá estava eu pronta para minha segunda viagem no mesmo número de meses. Eu não teria que faltar ao trabalho, pois era no fim de semana, então, numa noite agradável de sexta-feira me vi a caminho da Flórida.

A conferência teria lugar no Swan & Dolphin Resort em Orlando. Cheguei lá no final da tarde, de modo que deixei minha bagagem na recepção do hotel e segui para a sala principal da conferência, as cores verde e âmbar do hotel fazendo com que eu tivesse a sensação de estar nadando em um oceano de desenho animado. Um sentimento de insegurança se apoderou de mim enquanto ia andando; não sabia quem eram aquelas pessoas, não eram meus amigos on-line, exceto por Emily Wahlee, a quem eu finalmente iria conhecer depois de dois anos de conversas em um fórum de discussão. Os fãs que haviam comparecido àquela conferência pareciam ser principalmente dos grandes sites de ficção de fãs ou do LiveJournal. Eu conhecia alguns deles, mas na verdade só tinha passado tempo no Sugar Quill e no Leaky e, honestamente, não tinha ideia do que estava fazendo ali. Eu tinha uma câmera e meu laptop; pelo menos poderia escrever uma matéria para o site. Nunca tinha me sentido parte integrante do fandom físico, exceto por meus amigos da vida real e o pessoal do Leaky com quem falava todos os dias. Não manifestava meu amor por Harry Potter de formas não digitais. Eu me interessava mais por acontecimentos do dia a dia e por notícias do que por estudos acadêmicos detalhados investigando inferências psicológicas e convenções sociais tendo Potter como referência. Embora não tivesse nada contra aquilo, nunca havia me fantasiado, e não possuía nenhuma peça de roupa ou mercadoria tendo Harry Potter por tema. Apenas um olhar ao redor do lobby do hotel havia revelado quatro Dracos e um Snape; isso fez com que eu me sentisse um tanto uma fraude.

E o dia da abertura da conferência fez com que eu me sentisse uma impostora. Foi uma festa à fantasia para seiscentas pessoas. Nunca antes eu tinha visto tamanha variedade de pessoas de todas as formas, tamanhos e fantasias. Havia garotas vestidas como Lúcio, gente demais vestida como Hermione e, surpreendentemente, poucas vestidas como Harry. Os personagens secundários eram em muito maior número do que os principais, no mínimo dois para cada um.

Aquilo era diferente do que tinha sido quando eu estivera com outros fãs, como estar com Meg ou com Kathleen e David, e fazer bobagens relacionadas com Harry Potter como assar bolos ou fazer suco de abóbora. Era um concentrado de fandom. Evitei alguns duelos nos corredores. Uma galeria apresentava obras de arte, finas e detalhadas, retratando o universo de Harry Potter. A apresentação de tópicos parecia um catálogo de matrícula de disciplinas de faculdade: "Controle Narratorial: Harry Potter se Junta aos Três Investigadores", "Hermione Granger e Questão de Gênero nos Livros e Filmes de Harry Potter", "Os Sete Pecados Capitais/ Sete Virtudes Celestiais: a Evolução Moral em Harry Potter".

Exceto para o lançamento do livro cinco, eu nunca tinha estado simultaneamente em um aposento com mais de vinte fãs de Harry Potter; ali o único motivo por que eu estava recebendo olhares de estranheza era porque não parecia uma fã. Não tinha tatuagem da cicatriz, nem varinha de condão, nem robe preto. Eu era uma anomalia.

Tive minha primeira demonstração física do que o Leaky significava para os fãs quando visitei a sala em que Steve Vander Ark fazia uma palestra sobre a geografia do cânon. O site de Steve, o Harry Potter Lexicon, era uma enciclopédia online dos livros, reestruturando as informações neles contidas de modo que se pudesse pesquisá-las; era de enorme utilidade para escritores de fan-fic que queriam manter suas histórias fiéis ao cânon bem como para aficionados de trivialidades de Potter e para qualquer um tentando montar detalhes da trama. Nossos sites eram associados – B. K. e eu tínhamos escrito para Steve cerca de um ano antes sugerindo que formássemos a Floo Network, uma coleção online de sites afiliados uns com os outros, de modo a constituirmos um recurso completo para fãs –, mas aquela era a primeira vez que eu o via.

Ele tinha espessos cabelos grisalhos, usava óculos grossos, e tinha uma voz poderosa e um estilo de apresentação requintado. Era evidente que tinha dado palestras antes e passado muito tempo se apresentando em público, algo que fez com que eu me encolhesse ao me lembrar de meu desastrado trabalho em teatro no colegial e minhas tentativas penosas de apresentar trabalhos em aula na faculdade. Eu estava sempre atrás de uma câmera ou de um bloco de anotações; a questão não era que me faltasse vaidade, mas eu me sentia mais à vontade quando estava ocupada e olhando para as pessoas do que observando-as olhar para mim. De modo que, quando Steve decidiu avisar as cerca de cem pessoas na sala de minha presença, tratei de ficar bem ocupada.

Até aquele momento, ninguém sabia realmente qual era a minha aparência física. Aquele grupo de pessoas provavelmente lia o site, mas fotografias online do quadro de funcionários do site eram raras; a minha única fotografia com Jo Rowling, que tinha circulado no mês anterior, não fora muito nítida, e eu parecia uma pessoa diferente. De modo que ninguém sabia quem era a garota na frente da sala tentando tirar uma foto do grupo inteiro; eu estava agachada para não atrapalhar o projetor, e estava meio para a esquerda de modo a conseguir botar a foto em foco quando Steve estendeu a mão para a direita e anunciou que esta é Melissa, a garota do Leaky Cauldron que acabou de conhecer J. K. Rowling. O rugido de aplausos que se seguiu me surpreendeu tanto que caí sentada.

Eu me levantei rápido corando furiosamente, e acenei, tirei a foto e saí do caminho. Mas depois disso uma coisa estranha começou a acontecer: comecei a ser abordada com mais frequência nos corredores, e pessoas me pediam que assinasse o programa. Eu tinha pedido que o meu fosse assinado por todos os meus amigos como um anuário, e não me ocorreu pensar nele como nada além disso. De toda forma, era lisonjeiro pensar que estava em um mundo desconhecido em que uma porção de gente sabia quem eu era. Era um belo antídoto para labutar anonimamente em coisas sem graça como códigos HTML para as páginas da Web e análises quadro a quadro dos filmes.

Passei a maior parte da conferência perambulando meio a esmo, mas tentando absorver tanto da atmosfera quanto podia. As pessoas fantasiadas, logo aprendi, eram "cosplayers", jogadores de RPG fantasiados de personagens, que perambulavam pelos corredores, usando suas varinhas de condão recém-compradas para lançar feitiços em pessoas. À meia-noite em minha primeira noite, andei pelos corredores e encontrei grupos dispersos sentados no carpete. Um desses estava em meio a uma acalorada discussão sobre o cânon, Snape e se obteríamos mais conhecimentos sobre a sua natureza depois do quinto livro, que ainda não havia revelado suas lealdades. Outro era um grupo variado de fan-art, e eu quase babei ao ver os retratos luminosos e detalhados de meus personagens favoritos.

Mas o que a todo instante se tornava aparente para mim, ao longo do fim de semana inteiro, foi uma profunda sensação de alívio. Havia três anos desde que o verdadeiro fandom online havia começado, desde que a comunidade de fãs radicais havia realmente começado a se procurar e a se encontrar. Todos nós tínhamos outra vida, com trabalho e escola e famílias que não compreendiam como podíamos amar alguma coisa tanto quanto amávamos Harry Potter, pessoas que até, por vezes, faziam troça de nós por devotarmos tanto tempo e energia a isso – mas que depois passavam seis horas berrando até ficar roucas por causa de um jogo de futebol, e mais cinco depois dessas enquanto debatiam o mesmo jogo. Conhecer alguém no "mundo de verdade" com frequência significava que a questão de se ele ou ela conhecia e/ou gostava de Harry Potter se tornava uma questão crucial, do mesmo modo que alguém quereria saber se a outra pessoa gostava de música, teatro ou esportes. Ali, finalmente, estava uma comunidade de pessoas que compreendiam. Pessoas que faziam amizades baseadas no amor por Harry Potter somado a alguma outra coisa. Elas amavam Harry Potter, mas também eram artistas, ou gostavam dos mesmos programas de televisão, de autores e estilos de roupas similares, ou também escreviam fan-fic ou suas próprias obras de ficção. Em outras palavras, todo mundo na conferência tinha "saído do armário".

O que não significava absolutamente que todo mundo estivesse se dando bem.

O evento de longe mais esperado da conferência aconteceu no segundo dia. Eu tinha ficado retida em um painel diferente por alguém que queria me mostrar sua tatuagem Snitch, de modo que tive de correr para chegar a tempo, antes que fechassem as portas. Minha querida amiga Emily, uma das primeiras pessoas que eu havia conhecido no fandom online e a mais ardorosa defensora de R/H que eu conhecia, estivera ensaiando para aquilo, eu não queria desapontá-la ao não aparecer.

Depois de um ano em produção, alguns temiam que o lançamento de *Harry Potter e a Ordem da Fênix* fosse tornar aquele painel inútil, mas como tínhamos descoberto ao som dos gritos de frustração de Kathleen na semana anterior estavam enganados. Mais de 870 páginas de material novo haviam servido apenas para polarizar as facções, aprofundar a controvérsia e convencer cada lado de que era o certo.

Cânticos e vivas já ressoavam quando entrei. Na frente da sala, duas equipes de duas pessoas revisavam notas e ensaiavam discursos de abertura, seus exemplares do quinto livro repletos com centenas de marcadores coloridos.

Os retardatários preencheram os espaços na sala aglomerando-se nos corredores, enfileirando-se contra as paredes e fazendo fila para fora da porta no corredor do hotel. Aqueles que tinham ficado na fila durante horas antes estavam sentados no chão e, naturalmente, tinham se dividido no meio, como convidados em um casamento. Eles vaiavam uns aos outros e lançavam olhares de desdém para o lado oposto.

– Você tem que usar uma – disse Emily, me empurrando uma camiseta e me lançando uma acusação com o olhar. Eu hesitei; estava lá para representar e fazer a cobertura para o Leaky Cauldron, armada com uma câmera, um bloco de notas e suposta objetividade. Mas eu havia conhecido Emily no primeiro fórum de discussão que frequentara no fandom de Harry Potter, e ela estaria fazendo sua apresentação naquele dia, em pessoa, do mesmo modo que estivera lutando ao longo de anos eloquente e passionalmente online. Aquele dia era de extrema importância para ela. De qualquer maneira eu estava do lado dela, e sempre estivera desde o início.

De modo que lhe dei um sorriso encorajador e vesti a camiseta, então tentei esconder minha presença tendenciosa entre os partidários do lado esquerdo da sala.

– Sejam bem-vindos ao Primeiro Debate ao Vivo de Ships Harry Potter: Rony/Hermione vs Harry/Hermione! – anunciou um mestre de cerimônias, e a sala explodiu em aplausos.

Aquele Grande Debate no Nimbus 2003 foi a primeira manifestação física de uma briga que rolava desde 2001. Os "ships", abreviação de relationships, relacionamentos, eram neste caso em relação à formação do par Harry com Hermione *versus* Rony com Hermione. Os shippers naquele debate eram aqueles que eram de opinião que Jo Rowling de fato pretendia unir seu par de personagens favoritos nos livros. Alguns shippers apenas preferiam um par a outro, mas no debate esse sentimento não importava. Esse debate seria dedicado aos fatos. Não o que *deveria* acontecer, mas o que *iria* acontecer, com base nos fatos da fonte suprema – os livros Harry Potter.

Existe um ponto no crescimento de toda comunidade em que ela se torna grande demais para manter a paz e, no fandom, desentendimentos sobre interpretações de material fonte no qual o fandom é baseado é a maneira mais fácil de fomentar uma boa guerra civil. Aquilo havia começado a acontecer com o fandom Harry Potter em 2001, entre os fãs adultos, que na época estava começando a se aglutinar online. A internet havia chegado ao ponto em que havia uma abundância de lugares – fóruns de discussão, grupos LiveJournal, sites de fanfiction –, para que eles se reunissem, mas um deles, o que tinha o nome mais simples e mais apropriado, havia se tornado seu porta-voz. O Harry Potter for Grownups (Harry Potter para Adultos) foi o primeiro campo de batalha importante de debate do cânon.

Entre 1999 e 2002, mais de 4.000 pessoas se inscreveram no Harry Potter for Grownups, onde debatiam principalmente as questões centrais de trama da série. Na época, escritores de fanfic constituíam o grosso do fandom online; o FanFiction.net, um site relativamente novo, com frequência era lento e vivia sobrecarregado com a velocidade e o volume com que fan-fics de Harry Potter eram acrescentadas à sua base de dados. Sua meta era ter em arquivo todos os tipos de ficção de fãs, mas a partir de mais ou menos 1999 em diante, sua porção de histórias relacionadas com Harry Potter cresceu exponencialmente, dobrando e triplicando o número de sua concorrente mais próxima. A maioria das fanfics era curta e simples e tinha pouca profundidade ou desenvolvimento, mas um pequeno grupo de escritores competentes tinha se destacado entre as massas ignorantes. Geralmente esses escritores de fan-fic eram adultos que tinham seus próprios planos criativos como escritores de outras obras ou um interesse em explorar os personagens de Jo Rowling em situações diferentes.

Jo Rowling nunca se sentiria à vontade com a ideia de ficção de fãs, mas foi em algum ponto nessa época que os advogados dela lhe perguntaram o que ela queria fazer a respeito. Alguns escritores, como Anne Rice, proibiram ficção de fãs. Jo não gostava da ideia de fan-fic – ela achava que era algo como alguém entrar em sua casa e rearrumar sua mobília –, mas também não queria interferir com a expressão de amor pela série da base de fãs. Ela estipulou regras simples com seus advogados; nunca poderia ser feito por dinheiro e nunca ter material de conteúdo pornográfico. Exceto por isso, que ficassem à vontade.

Como tínhamos acabado de passar anos esperando por novo cânon – isto é, novas informações sobre os livros vindas de Jo –, no intervalo entre os livros os escritores de fan-fic que escreviam peças longas e épicas estavam começando a ser considerados semideuses no reino de Harry Potter. Eles postavam capítulos online à moda de Dickens, e suas plateias, como o fizera a de Harry Potter, ganhou velocidade e tamanho exponencialmente.

Antes da internet, a ficção de fãs geralmente ficava confinada a adultos que escreviam histórias sobre seus personagens de televisão ou de cinema favoritos e as reuniam em fanzines impressos, com frequência mimeografados, que eram enviados pelo correio numa velocidade que hoje seria considerada infinitamente lenta. Com a FanFiction.net, tudo o que qualquer pessoa precisava fazer para dar conhecimento ao mundo de sua fan-fic era ter uma conexão de internet e uma conta. Em minutos, leitores poderiam começar a deixar resenhas e a gratificação imediata era como uma droga.

As fan-fics mais em voga em 2003, na verdade, tinham pouco a ver com Harry Potter. Elas começavam lá – os personagens e os feitiços estavam lá. A grande contribuição da autora para a fan-fic é o trabalho que ela investiu ao criar os personagens e as paisagens; com esse conjunto de elementos básicos resolvido, os autores de fan-fic ficam livres para brincar e experimentar em caracterização e na trama. De modo que uma fan-fic Harry Potter é facilmente reconhecível pelos nomes dos personagens e dos lugares, mas por vezes por mais quase nada. Os personagens de Harry Potter de versões populares de fan-fic eram um pouco mais sofisticados, um pouco mais irônicos; tinham mais referências da cultura pop em seu arsenal, e suas contrapartes vilãs tendiam a ter lados bons secretos que seriam revelados por bruxas astutas, mas sensíveis, que os arrancavam deles. Havia romances apaixonados exagerados, bem como disciplinados e detalhados rompantes de aventuras, mas o número desses últimos empalidecia se comparado e aos primeiros. Harry Potter *slash* também começou a adquirir independência, e embora o termo "slash" geralmente denote formação de par masculino homossexual, era geralmente escrita por mulheres adultas (geralmente heterossexuais) retratando suas tramas românticas em um mundo ficcional preexistente.

Na lista do Harry Potter for Grownups, emergiu um grupo principal de autores, vocal e passional em suas discussões sobre os textos Harry Potter e igualmente sérios com relação à sua ficção de fã. Sem qualquer dúvida, a líder deles era Cassandra Claire, que escreveu três histórias com tamanho de romance formando uma trilogia sobre Draco Malfoy nas quais ele é uma alma complexa, perversa, mas redimível, mais sardônica do que sádica. Antes de *Harry Potter e a Ordem da Fênix* não se podia entrar no fandom sem que alguém dissesse que se tinha que ler a série Draco! Eu também tinha ouvido isso, mas aquilo nunca conseguiu de fato me atrair, em parte porque Draco parecia diferente e em parte porque a série parecia defender o par Harry/Hermione.

De fato, naquela época, as obras de fan-fic mais apreciadas retratavam um envolvimento romântico entre Harry e Hermione.

Ou os escritores acreditavam que eles *iriam* acabar juntos na série, ou achavam que *deveriam*. Os escritores dessas fan-fics eram quase sempre mulheres jovens profissionais de carreira ou mulheres de meia-idade casadas, e quer elas estivessem contribuindo com o que achavam que faltava ao cânon ou criando uma *tabula rasa* com Hermione, pouco importava, elas reuniram uma legião de seguidores que era da mesma opinião.

Os fóruns de comentários críticos para ficção de fã, mesmo se a história é realmente fraca, são céus de altos elogios. Quase não é uma ficção de fã se não houver um comentário que diga: *Ai meu Deus, você tem certeza de que não é J. K. Rowling?*

A lista Harry Potter for Grownups, contudo, não era um lugar onde "patricinhas" tentassem conquistar as boas graças de autores de fan-fic cobrindo-os de elogios. Era um lugar para debates, com frequência debates profundos e teóricos, sobre política e religião. Aquelas pessoas eram adultos que se orgulhavam de amar Harry Potter, e o nível de discurso tinha que refletir isso. De modo que quando a questão do shipping foi levantada no Harry Potter for Grownups, não estava destinada a desaparecer silenciosamente.

Tudo começou com um ponto e vírgula. Quando a deslumbrante Fleur Delacour sorri para Rony no final de *Harry Potter e o Cálice de Fogo*, há um ponto e vírgula entre sua ação e a cara amarrada que provocou em Hermione. Para shippers Rony/Hermione, isso significava que o sorriso causara a carranca de Hermione e, portanto, a afeição de Hermione era por Rony. Os shippers Harry/Hermione argumentavam que a cena inteira – que mostra Fleur também se desmanchando toda para Harry – tinha aborrecido Hermione. De um estudo de detalhe minúsculo como um sinal de pontuação surgiram intermináveis e ferrenhos debates online, abordando caráter, psicologia e o que pode ser inferido como um olhar de esguelha ou um rubor nas faces em literatura.

Embora Jo Rowling tivesse, naquela altura, se mostrado deliberadamente cautelosa e esperta com relação a muitos aspectos de sua série, ela aparentemente se mostrara muito franca com relação a relacionamentos. Em uma entrevista no rádio em 2000, quando uma criança perguntou: "Harry e Hermione ficam juntos?", ela respondeu: "Não, não, eles são amigos muito platônicos. Mas não vou responder com relação a mais ninguém, e assim ficamos entendidos, beijinho, beijinho, tchau, tchau!" Em vez de aceitar as palavras tal como apresentadas, os shippers Harry/Hermione argumentaram que, como essa entrevista teve lugar antes do lançamento de *Harry Potter e o Cálice de Fogo*, Jo Rowling teria querido dizer que eles eram amigos muito platônicos apenas antes daquele livro. Muito depois daquele quarto livro, um fã perguntou se Hermione tinha sentimentos românticos por Rony; Jo Rowling disse: "A resposta para essa pergunta está em *O Cálice de Fogo!*" Contudo, graças àquele infame ponto e vírgula, cada lado do debate afirmava que essa declaração provava que eles defendiam o relacionamento certo.

Lori Summers, uma autora de fan-fic muito conhecida por sua série Paradigm of Uncertainty, na qual Rony morre, e Hermione e Harry passam longos capítulos se recuperando disso antes de consumar seu amor um pelo outro, pediu em meados de 2000 que os membros da lista Harry Potter for Grownups contribuíssem para uma lista dos clichês encontrados com mais frequência em fan-fics (tais como Harry morrer e deixar Hermione grávida). Ela obteve uma robusta resposta, inclusive: *Gina confessa seu amor por Harry/Draco/Neville em seu diário* (o diário de Gina, possuído por Tom Riddle de *Câmara Secreta*, faria aparições frequentes na fan-fic de Gina). Ou seja, *Harry namora Cho, que o trai, levando-o a encontrar seu verdadeiro amor em Hermione.*

Ela não quis dizer por que estava colecionando esses tropos, mas a lista respondeu com alguns comentários em grande medida inofensivos, alguns ligeiramente irônicos sobre fan-fic e os relacionamentos em questão.

No final de 2000, Kathleen MacMillan, aparentemente farta de toda a discussão Harry/Hermione, sentiu a necessidade de postar um longo desabafo intitulado: "H/H e por que simplesmente está errado." Ela afirmava que a tensão romântica evidente nos livros era entre Hermione e Rony, e que a grande maioria da fan-fic

Harry/Hermione lidava de maneira ineficaz com Rony como personagem. Ela admitia que alguns integrantes da lista tinham defendido bem o argumento de que poderia haver indicações de que Hermione tivesse sentimentos por Harry, mas argumentava contra a ideia de o inverso ser verdadeiro.

"Harry gosta mais de Rony do que gosta de Hermione", escreveu ela. "Se eu ler mais uma fan-fic H/H em que Rony diga alguma variação de: 'Eu sabia que vocês sempre gostaram um do outro, estou tão contente por vocês, estou satisfeito por ter superado aquela minha paixonite no quarto ano', eu vou gritar! ... Estou cansada de Rony ser sempre posto de lado."

O e-mail de Kathleen naturalmente resultou em ainda mais discussões na lista; membros de longa data postaram análises item por item e refutações linha por linha, citando indicações dos livros do interesse de Harry por Hermione, embora admitissem que poucos shippers H/H acreditassem que eles fossem namorar no contexto dos sete livros publicados. A conversa se manteve bastante leve, com apenas alguns momentos de ultraje dignos de nota. Exceto por isso o debate se conservou educado e calmo, e embora a conversa tenha se mantido ativa ao longo do mês e se intensificado durante o mês seguinte, não foi mais acalorada do que o debate sobre se Sirius era um padrinho apropriado ou em que medida Dumbledore era eficaz como diretor.

Então uma nova usuária chamada Zsenya apareceu e declarou seu horror diante dos muitos tratados nos arquivos da lista que insistiam que Rony iria se passar para o lado mau. Ela escreveu um post intitulado "Rony de Armadura Reluzente", e se envolveu numa longa discussão sobre se Hermione beijar Harry no rosto no final do quarto livro significava alguma coisa.

Zsenya, ou Jennie Levine, comanda o SugarQuill.net, o site de ficção de fãs cujo objetivo principal é manter todos os personagens o mais próximo possível de suas encarnações no cânon. A arquivista está no meio da casa dos trinta e seu cabelo é uma explosão de cachos negros entremeados de fios prateados e uma mecha branca como um raio no topo. Ela, como Jo Rowling, adora

Jane Austen, e passou anos visitando e participando na República de Pemberley (Pemberley.com), um site que abriga a fan-fic de Austen, com frequência baseada nas heroínas corajosas e irônicas do mundo de chá e corseletes de Austen.

Jennie conheceu Meg em 8 de julho de 2000, no mesmo dia em que o quarto livro, *Harry Potter e o Cálice de Fogo*, foi lançado, em uma reunião do Pemberley.com. As duas tinham comprado seus exemplares de Harry Potter mais cedo naquele dia e estavam loucas para chegar em casa e lê-lo. Mas primeiro Meg, Jennie e várias outras pemberlianas, como se autodenominavam, iriam se encontrar no centro da cidade e assistir a uma peça estrelada por Jennifer Ehle, que desempenhava o papel de Lizzie Bennet na muito elogiada adaptação da BBC de *Orgulho e preconceito*. Era uma atividade de confraternização para reforçar os laços de grupo. Meg a Jennie mantinham em segredo do grupo Austen sua paixão por Harry Potter, como se fosse uma violação de etiqueta empurrar o debate naquela direção.

Foi no encontro seguinte, em setembro, em um chá inglês em Manhattan com o mesmo grupo de pessoas, que Jennie finalmente deixou escapar:

– Alguém leu os livros de Harry Potter? – E a única pessoa interessada em falar a respeito deles e responder a perguntas foi Meg. Elas tiveram o primeiro "ataque de potterismo", falando obsessivamente sobre os personagens, e acabaram se despedindo do grupo Austen. Passaram o resto do tempo andando por Nova York, falando sobre a série, jogando um jogo oficial de trivialidades de Harry Potter que tinham comprado numa loja próxima.

Elas descobriram que ambas estiveram escrevendo fan-fics de Harry Potter, em segredo. Começaram a se escrever por e-mail e a trocar histórias. Procuraram lugares onde se sentiam à vontade online, onde podiam conhecer e conversar com fãs que se parecessem com elas e encontraram poucos. HPforGU foi um deles, e em dezembro Jennie fez sua estreia como Zsenya, sem se dar conta de que estava entrando em um mundo já estabelecido, com regras diferentes das que as que imaginava que se aplicariam.

– Eu fui totalmente ingênua e, você sabe, fiz um post realmente simples e bem-humorado. Tipo: "Eu sou Zsenya e adoro os livros de Harry Potter, e acho que Rony e Hermione estão destinados a ficar juntos, isso não é maravilhoso? Todos nós não adoramos uns aos outros?", e fui atacada por todos os lados, comentaria em retrospecto.

A chama da guerra não se incendiou imediatamente depois do post de Zsenya, mas a mensagem definitivamente acendeu um fogo lento. Por fim a guerra cuidadosa, disssimulada em meio a esboços de sorrisos entre os shippers Rony/Hermione e os shippers Harry/Hermione começou a entrar em marcha para revelar o que realmente era: uma luta final entre a velha guarda, os escritores mais conhecidos de fan-fic (que em sua maioria era defensores do par H/H e que basicamente tinham criado a estrutura do fandom), e a nova guarda, que via as coisas de maneira diferente. Os argumentos se tornaram laboriosos e intensos, e se centralizaram ao redor dos mais minúsculos detalhes, da maneira geralmente reservada aos tipos que se mantinham em torres de marfim.

Depois de algum tempo, os defensores de R/H se cansaram de ficar nos mesmos argumentos todos os dias, de ter que ficar acompanhando com atenção o que rapidamente estava se tornando uma guerra, de sentir que tinham a necessidade urgente e desagradável de responder a tudo e de dar suas explicações repetidamente. Mas não havia nenhum lugar para eles se reunirem online. De modo que começaram discretamente a planejar um Web site que se adequasse a suas necessidades. Entre os defensores de R/H agora se incluíam Kristin Brown, Maureen Lipsett, Kathy MacMillan e alguém que se apresentava sob o nome de Jedi Boadicea. Eles começaram a trocar e-mails e a circular um documento contendo seus planos para a versão Harry Potter do Pemberley.com: um lugar que valorizasse o debate e a homenagem literária de uma maneira diferente da que estava sendo oferecida na lista Grownups, e onde moderadores tivessem o cuidado de remover qualquer coisa que fosse linguagem ofensiva, grosseira ou cheia de "internetês".

Do mesmo modo que o Pemberley.com se esforçava para recriar o mundo educado e cuidadoso em que viviam os personagens de Austen via internet, o Sugar Quill tinha por objetivo manter os debates e a fan-fic fiéis às caracterizações do livro. O site era chamejante, iluminado por um fundo de cor laranja e texto vermelho, e cheio de piadas para iniciados sobre os livros e, com uma página inteira devotada à adoração de Rony Weasley, ficava claro que estavam tomando por modelo A Toca ou o salão da Grifinória, se não exatamente na aparência, então em atitude. As fundadoras afirmavam sua devoção ao cânon, à representação de ficção de fãs baseada no que de fato acontecia nos livros Harry Potter; elas também criaram uma página SPEW ou Sugar Quill e seu Propósito de Existência na Web, que declarava o Sugar Quill como um site de tendência definida controlado por um grupo de indivíduos que o tinham concebido de determinada maneira por motivo determinado. Dizia, com efeito, que as pessoas que administravam o site eram jovens profissionais apaixonados por literatura e por escrever e que não tinham nenhum desejo de desmontar e destruir os livros e sim examiná-los, solucionar problemas, debater e tentar prever o futuro, mas não "sediar debates que não possam ser justificados pelos livros. Não estamos interessados em ouvir que Rony vai se passar para o Lado do Mal a menos que quem afirmar isso tenha um bom motivo para pensar assim. E mesmo assim, não temos certeza de querer ouvir".

A declaração também deixava claro que uma das metas do site era arquivar "nossa humilde produção de fan-fic Harry Potter", bem como dar ajuda àqueles que tentam fazer o mesmo. "Descobrimos que a fan-fic é uma grande bênção para nosso processo de aprendizado à medida que desenvolvemos nossas capacidades – ela nos dá um mundo já pronto e personagens para nos exercitarmos... Nossa esperança é que essa experiência venha a dar às pessoas a coragem e a experiência para evoluírem e começar a escrever histórias originais." Havia um serviço beta que jovens escritores podiam utilizar, no qual as seis fundadoras do site iriam cuidadosamente editar as histórias e oferecer sugestões e críticas.

A declaração também deixava claro que as pessoas do site eram fãs do ship Rony com Hermione e do ship Harry e Gina, e que a ideia de Hermione e Draco juntos era "lixo" (algo que tecnicamente não era, mas a administração achava a ideia tão inaceitável que a rotulou de lixo).

"Além disso, uma vez que alguns de nós temos quase trinta anos, também podemos nos dar a liberdade de fantasiar sobre Sirius Black e Remos Lupin, dois dos bruxos mais sensuais de sua geração. Somos dadas a pieguice e a risadinhas, embora prometamos que nos esforçaremos para controlar essas tendências típicas de Lavanda com provas concretas tiradas dos livros (se vocês os lerem da maneira como nós os lemos, concordarão que nossas formações de pares são corretas... permitam-nos convencer vocês...). Em todo caso, muito do que acontece neste site poderá ser muito sentimental. Se vocês não gostarem disso, procurem outro site."

"Se vocês não gostarem disso", nunca foi uma expressão muito apreciada no fandom. Na verdade, também não o é na vida. Mas online, onde todo mundo está livre das limitações do reconhecimento facial, as pessoas podem protestar com violência e gritar em números muito maiores do que na vida real. Alguma coisa com relação à atitude do Sugar Quill nunca se enquadrou muito bem com o pessoal da velha guarda. Talvez fosse a disposição deles de afirmar que H/H estava errado, quando muitos shippers H/H estavam fazendo tentativas laboriosas de ser diplomáticos. As Declarações Diárias do site se tornaram o proverbial sal na ferida.

Elas eram apresentadas na lateral da página e tinham a intenção de ser brincadeiras fazendo piada com as teorias dos fãs e os clichês de fan-fic com os quais discordavam mais ardentemente. "Gina não passa todo o seu tempo dando risadinhas." "Rony não trairá Harry." "Hermione NÃO é manhosa."

Mas o que pôs tudo a perder foi a primeira.

"Harry e Hermione como par são uma impossibilidade ridícula."

O verniz fino da civilidade começou a esquentar e a rachar na lista. Os shippers estavam começando a levar a sério seu nome e tinham começado a rotular seus ships da mesma maneira. O ship Rony/Hermione se tornou o Good Ship R/H (Bom Navio), enquanto potencialmente em resposta, Penny Linsenmayer começou a assinar seus posts como capitão do Navio de Cruzeiro H/H.

Jennie postou a lista de Declarações Diárias do SQ porque achava que eram engraçadas e queria que os outros se divertissem com a piada, e talvez dividir com seus simpatizantes um pouquinho de ironia. Imediatamente foi criticada por admitir que ela e seus colaboradores queriam ser "ditadores" com relação a seu próprio site. Em um bilhete Penny assinou: Capitão do Navio de Cruzeiro H/H, onde temos confiança em nossos membros e na liberdade de pensamento deles, e assim não temos necessidade de coisas como Regulamentos do Navio e Declarações Diárias... <g>.

E assim continuou. Houve muita conversa sobre "tipos R/H" e "pessoas H/H" e o que o shipping de uma pessoa revelava sobre sua personalidade e acusações de que partidários de R/H não eram capazes de suportar ver Rony receber nenhuma forma de crítica, e acusações de que os H/Hs não eram capazes de tolerar nenhum tipo de crítica a Harry. Tudo foi conduzido alegremente, com uma mentalidade "venha nos visitar em *nosso* site e poderemos todos ser amigos!", enquanto os acessos de fúria aconteciam privadamente.

Mais tarde Jennie e Meg publicaram "After the End", uma fan-fic sobre o verão depois que Harry, Rony e Hermione derrotam Voldemort; os relacionamentos estão definidos claramente desde o início – Rony/Hermione, Harry/Gina –, e o capítulo de abertura contém até um rebate falso, no qual Hermione diz a Harry que ela o ama. Mais tarde é revelado que a declaração era para obter elemento de amizade em um feitiço importante. Todo o estilo da fan-fic parecia contradizer todas as ficções de fãs mais populares Harry/Hermione. As meninas a postaram na FanFiction.net, em parte como um antídoto para a monstruosa popularidade de fan-fics H/H, em parte como um exercício de caracterização, e em parte como uma maneira de se divertir com personagens que já fazia algum tempo que Jo Rowling não atualizava para nós. Foi recebida com uma quantidade espantosa de risinhos maliciosos e desdém para uma obra nova. As críticas negativas persistiram ao longo dos dois primeiros capítulos e em termos de data coincidiu exatamente com a época com que o debate ship on-line havia se intensificado.

Simon Branford, um postador estimado no Harry Potter for Grownups, disse-lhes que as caracterizações eram "totalmente OoC", gíria de fan-fic para dizer "caracterização nula", um dos piores insultos que se podia fazer a escritores de fan-fic. Um post dizia que Hermione era uma "débil" por só ter tido contato físico limitado com Rony já aos 18 anos. Elas foram criticadas por Heidi por não lançarem o trio direto no trabalho e por deixarem Hermione com uma atitude de mandona depois de adulta. No segundo capítulo Heidi escreveu: "Ah, pobre Sirius – o que vocês fizeram com ele?" Outros comentários mais maldosos apareceram assinados como "anônimo", algo que raramente acontecia em fanfic de novos autores. Elas estavam sendo detonadas nas críticas. Mas Jennie tinha detonado muita gente em críticas tipo bomba, de modo que deixou passar.

Por fim a troca de insultos na lista Harry Potter for Grownups se tornou tão desagradável que os membros do Sugar Quill abandonaram o site. Enquanto isso, na esteira de toda a guerra, sites de fan-fic estavam rachando e crescendo de acordo com as preferências: Gryffindor Tower, um site de base definidamente Harry/Gina no qual a fan-fic mais popular apresentava uma Gina adolescente, grávida, que havia se permitido ter um filho de Harry aos 17 anos porque Dumbledore a havia informado sobriamente de que ela e Harry precisavam procriar para salvar o mundo. Também havia o Werewolf Registry, que tinha sido criado em parte para celebrar o loucamente apreciado ship "fanon" (uma corruptela de "cânon", significando que a ideia não era inteiramente sustentada pelo texto original, e mais por convenção de fãs) de Sirius Black e Remos Lupin; eles eram perfeitas almas torturadas, um condenado injustamente (e de acordo com o cânon, ainda não morto; muitas obras de fan-fic se dedicavam a exageradas exonerações de culpa e exemplos públicos de retribuição pelo encarceramento indevido de Sirius), o outro acometido por transformações mensais em lobisomem em noites de lua cheia. Eles eram a encarnação da angústia. O RestrictedSection.org abrigava ficção mais "adulta" (leia-se: sexual), e era objeto de uma carta de solicitação de desistência dos advogados de Jo Rowling, e atualmente existe com advertências para menores de 18 anos, redirecionando-os para o Leaky ou Fiction Alley.

Quando a discussão de ship no Harry Potter for Grownups se encerrou, ela se transferiu para o FictionAlley, o site que Heidi tinha criado depois que Cassandra Claire havia sido banida do FanFiction.net, por ter incluído trechos grandes sem referência de fonte de outro material publicado em sua fan-fic. O FictionAlley se tornou um site, intencionalmente, para *todos* os tipos de fan-fic e não apenas aquelas que os administradores considerassem apropriadas para o site. Os debates de ships continuaram *ad nauseum*, mas sem os contendores originais parecia ter menos importância; era mais como uma briga de pátio de escola que tinha durado tanto tempo que lutadores substitutos haviam sido trazidos. O tom, contudo, ficava claro no título do fórum de discussão; Deathmarch (marcha mortal). Novos debatedores de ambos os lados entraram na refrega. Os quatro desses que emergiram perto do topo – pelo número incrível de posts enviados, pelo tamanho de ensaio de cada post, pela bravata genial e por terem de sobra a inteligência que qualquer membro de um fórum precisa se quiser que suas palavras impressas se tornem respeitadas – foram minha amiga Emily, Angua (também conhecida como Susan), Zorb (Sara) e Pallas Athena (Linda).

As participantes pareciam ter saído de minha tela de computador para aquele debate no Nimbus 2003; eu havia seguido a coisa bastante de perto por muito tempo, maravilhando-me com quanto tempo uma discussão podia durar, ou com que frequência as pessoas que enviavam posts podiam oferecer material novo ou uma nova interpretação de material velho. As personagens principais eram conhecidas por mim, muito antes da conferência, como pessoas com um nível extraordinário de leituras e pessoas que escreviam com sofisticação, mas que com frequência se entregavam a sofismas.

O burburinho na sala de conferência esmoreceu, reduzindo-se a sussurros depois que os nomes foram anunciados; puxei minha camiseta de algodão dura e me sentei de pernas cruzadas do lado esquerdo da sala. Alguém tinha posto uma camiseta pró-R/H em um modelo em tamanho natural de Dobby, o elfo doméstico; caía grande demais ao redor dele como um camisolão, e seus olhos grandes e confusos pareciam fazer um comentário silencioso ao procedimento.

Os argumentos iniciais de cada lado resumiam a posição de cada um em poucas frases: shippers R/H acreditavam que Jo Rowling estava mostrando seu jogo e nos direcionando solidamente a seguir pelo caminho R/H, enquanto os shippers H/H acreditavam que os livros seis e sete revelariam um modelo herói/heroína que até o momento tinha apenas sido sugerido. Embora fosse claro que ambos os lados tinham passado muito tempo se preparando, a galera parecia ficar mais excitada quando um lado acertava um ponto difícil ou aludia a uma piada para iniciados que só aqueles que tinham estado seguindo os debates podiam compreender. Quando o lado H/H sugeriu que o status de Hermione como a frequente voz da razão na cabeça de Harry era prova do relacionamento deles, Emily rebateu:

– Você sabe quem é a voz de minha consciência? Minha mãe.
– E a galera explodiu.

Quando os R/Hs disseram que Harry tinha ficado chocado com como Hermione parecia "tão incrivelmente diferente de como normalmente é" no Baile de Inverno, os shippers H/H responderam em coro "e bonita", provocando mais gargalhadas coletivas. Eu tinha certeza de ter tido discussões iguaizinhas com minha irmã – quando ela não me deixava usar o forninho da "cozinha fácil".

Tudo levado em conta, achei que Emily e Susan tinham lutado bravamente, mas transformar um debate on-line em um debate ao vivo entre pessoas de alguma forma o esvaziava, dispersando toda a raiva contida que você podia inferir dos argumentos educados online. A certo ponto Linda esfregou as mãos e disse que Hermione era uma bruxa "ardilosa" e que conseguiria tudo o que quisesse, e eu me desliguei completamente da conversa. De alguma forma a imagem de Hermione, que àquela altura ainda tinha 15 anos, de acordo com as estimativas de Jo Rowling, lançar mão de feitiçaria – o que estava Linda insinuando, que ela começaria a acrescentar poções do amor no suco de abóbora de Harry? – fez mais do que me irritar, na verdade me deixou atordoada; afinal tudo não se revelaria nos livros? Por que estávamos fazendo aquilo, de novo? Ninguém podia dizer que tinha vencido o debate; ninguém foi declarado vencedor, embora ambos os lados afirmassem ter vencido mais tarde. No final foi apenas uma divertida luta de pugilistas profissionais literários.

Depois do debate, eu estava sentada sozinha perto de uma fonte em um dos lobbies do hotel, acabando um telefonema, quando uma mulher alta afro-americana veio se sentar ao meu lado. Eu a tinha visto na conferência e sabia exatamente quem era, porque Emily a havia mostrado para mim – era Angela das brigas da lista do Grownups. Eu deveria detestá-la. Ela fora medonha com minhas amigas online, e se soubesse quem eu era provavelmente não gostaria de mim por princípio, uma vez que eu era uma shipper R/H. Mas, pensando bem, eu não tinha sequer sido uma shipper quando entrara para o fandom – nem mesmo tinha ouvido o termo antes –, o fandom me ensinara o que eu era.

Angela era uma autora de fan-fic ferozmente H/H. A fan-fic que ela escrevia era do tipo prolífico, que se dividia em muitos episódios, conquistando novos leitores a cada capítulo postado até que houvesse um mar de seguidores clamando por novos posts. Ela e outras como ela – Cassandra Clare o exemplo mais notável –

também eram chamadas de BNFs, um termo novo para mim, mas que eu ingenuamente acreditava que se referisse aos escritores de Big and Numerous Fanfictions (de Fan-fics Grandes e Numerosas). Naquela conferência descobri que significava Big Name Fan, (Fã de Grande Nome) e eu também estava sendo tratada como uma. Eu trabalhava em um site prestigiado e Jo Rowling me tinha agraciado com seu toque. Isso era tudo que era necessário, aparentemente, integrar o BNF-dom não incluía nenhuma chave de ouro, apenas uma sensação de desconforto, como se você estivesse se apresentando para receber o prêmio de alguém ou, pior, recebendo um prêmio que nunca desejara conquistar.

Angela e eu ficamos sentadas em silêncio por alguns momentos tensos e então ela sorriu para mim. E aquilo pareceu tão genuíno, e tão diferente da pessoa a respeito de quem eu tinha lido, que retribuí o sorriso. Ela me disse que tinha lido meus relatos de minha experiência no Royal Albert Hall, e mais uma vez meu sorriso e riso nervosos vieram espontaneamente. Ela não era a primeira, a segunda nem a décima pessoa que olhava para mim como se pudesse ver Jo Rowling bem atrás de mim, logo ali, apenas fora de alcance. Quando eu havia conhecido Jo Rowling, tinha corrido para o primeiro cybercafé para mandar um post movida por um entusiasmo sincero e incompreensível, e pela necessidade de dividir a experiência com os leitores do site – não pelo desejo de ser convidada para a mesa da turma bacana. As pessoas ali na conferência tinham uma capacidade notável de fazer com que eu me sentisse como se aquilo fosse um prêmio, e de esperar que eu adorasse aquilo. Angela não estava agindo comigo da maneira como ela agia com minhas amigas online.

— Você um dia vai entrevistá-la – disse Angela, me surpreendendo com sua previsão franca. Ela foi a primeira pessoa a dizer isso.

Eu me sobressaltei e fiquei boquiaberta. Será que eu tinha tido alguma conversa imaginária com Angela em que lhe contara que aquele era meu sonho secreto?

— Eu bem que gostaria – respondi. – Mas, não, não posso nem sonhar...

– Não, você vai. Tenho certeza disso. Vai acontecer. Um dia.

Mais uma vez me sobressaltei um pouco diante da certeza dela e comecei a responder, tentando pensar em alguma maneira de dissuadi-la sem apagar a minúscula chama de esperança que começara a arder em meu íntimo. Eu estive a ponto de dizer a ela que o que dizia era lisonjeiro, mas que eu não imaginava como isso podia se tornar realidade. Estava pronta para dizer isso sorrindo numa boa e de contar a ela como eu me sentia, como todo mundo naquele lugar olhava para mim com expectativa e um conhecimento secreto de meu futuro que eu não possuía; estava a ponto de contar a ela como eu sentia que as esperanças bem-intencionadas daquelas pessoas estavam me deixando nervosa, que era como gorar minhas chances. Mas então outros BNFs apareceram e fui convidada para jantar.

CAPÍTULO ONZE

ACESSO

No primeiro dia de junho de 2007 viajei para Manhattan para o Centro de Convenções Jacob K. Javits para a feira anual do livro BookExpo America, o grande evento da indústria editorial. A Scholastic tinha um estande e havia boatos de que haveria distribuição de material promocional de *Relíquias da Morte*, algo que eu não perderia.

À medida que me aproximava do prédio reparei numa mancha grande, escandalosa, de cor roxa berrante, sobre rodas bem na frente dele. Quando cheguei mais perto me dei conta de que era o Nôitibus Andante: a Scholastic, para celebrar o lançamento do livro, estava enviando um ônibus de três andares, coberto de imagens relacionadas com Harry Potter, para circular pelo país como um dos ônibus similares descritos na série. O ônibus no livro é útil como veículo de transporte de emergência; bruxas e bruxos podem convocá-lo com sua varinha num instante, desde que não estejam debaixo d'água, e por uma pequena quantia podem ser levados a quase qualquer lugar com enorme velocidade e o movimento trepidante de um trem em disparada.

A versão da vida real com certeza obedeceria às leis de limite de velocidade, mas haviam sido feitos esforços para dar-lhe o mesmo tipo de charme que seu xará: o banco xadrez do motorista era esgarçado, como se o estofamento nunca tivesse sido trocado; o interior tinha sido decorado com almofadas roxas macias, velhas lanternas e um padrão de estrelas douradas; o trabalho de arte e design recentemente revelado de *Relíquias da Morte* estava lá, emoldurado, enquanto as prateleiras continham todos os livros de Harry Potter e um mostrador de contagem regressiva até 21 de julho. Na frente, uma corrente dourada protegia a escada que levava aos andares de cima, com uma placa onde se lia "Proibida a Entrada de Trouxas!" Na parte de trás, os visitantes podiam gravar uma mensagem de trinta segundos em videoteipe, todas as mensagens seriam compiladas e enviadas para Jo Rowling. Profissionais da área editorial, de paletó e gravata, faziam fila, transpirando enquanto esperavam, espichando o pescoço para espiar o interior até chegar sua vez e deixar sua mensagem.

O ônibus pararia em dez bibliotecas, permitindo que crianças em idade escolar gravassem suas mensagens para Jo. Eu tive que rir ao imaginar aquela coisa trafegando pela interestadual de Iowa, despertando olhares desconfiados de vacas e motoristas de trator.

Eu também estava às vésperas de uma turnê; dentro de cerca de uma semana John e eu daríamos início à turnê de seis semanas até a data do lançamento com um podcast numa feira do livro em Chicago, depois viajaríamos para a Califórnia e então voltaríamos, para nos encontrar com Sue e os Potters no Novo México para nosso primeiro programa conjunto. Cheryl apareceu para jantar antes de minha partida, entrando em meu apartamento com uma enorme caixa marrom debaixo do braço. Ela a abriu e revelou um boneco de papelão de Harry em tamanho natural do tipo que andava aparecendo nas livrarias – ele estava na pose do material de publicidade de *Relíquias da Morte*, com o braço estendido Deus sabe para o quê. Também tinha mais uma contagem regressiva, com a página destacável de cada dia apresentando uma obra de arte colorida de Mary GrandPré, a ilustradora das edições americanas. Eu gritei e bati palmas, e nós nos divertimos pondo flores, toalhas e até um copo de vinho na mão estendida de Harry. Depois que Cheryl foi embora, eu fui folhear a contagem regressiva para ver o que os mandachuvas tinham escolhido como imagem para o último dia. Era a escrivaninha vazia de Dumbledore, e o poleiro vazio de Fawkes. Senti uma opressão no peito diante da mensagem ameaçadora que deixava implícita, fiquei olhando para aquilo por algum tempo, refletindo sobre o dia em que a Hogwarts em minha mente se tornasse igualmente silenciosa.

O público que apareceu em Chicago foi o maior que já tínhamos tido para um PotterCast ao vivo, e não coube na tenda que tinha sido montada para nós. Uma vez que meu trabalho Harry Potter geralmente envolvia me sentar em silêncio em minha casa ao computador, eu nunca deixava de ficar chocada quando via nossos leitores se reunirem em carne e osso. Fazia apenas dois anos desde que o Leaky tinha começado a se expandir, e eu originalmente tinha lutado contra essa mudança, fazendo objeções em voz alta de que não tínhamos pessoal para nos tornarmos um supersite e que deveríamos continuar a ser apenas uma pequena fonte de notícias. Àquela altura, em 2003, eu estava fazendo a maior parte ou todo o trabalho de reportagem e era a chefe *de facto* do site, e temia a responsabilidade e o trabalho que acompanhariam a redefinição de seus limites. Também tinha me livrado do trabalho sob o jugo de Denise na MTV. Meu novo emprego diurno como repórter do *Staten Island Advance* estava evoluindo espantosamente bem; em poucos meses, graças a algumas matérias "de iniciativa" (artigos que eu concebi, saí em campo, cobri e escrevi, com apenas instruções nominais dos editores) eu tinha sido catapultada do papel de estenógrafa glorificada no turno da noite para articulista diurna de variedades, especializada em matérias diferentes e curiosas da vida real. Também tinha feito parte da equipe de reportagem no pior acidente de transporte ocorrido recentemente, a colisão do ferry de Staten Island em outubro de 2003. Na ocasião eu só tinha três semanas de trabalho e esperava ser excluída da cobertura; meu editor, contudo, me mandou para o hospital conseguir histórias sobre as vítimas, e quando de fato voltei com algumas me manteve na equipe cobrindo as repercussões. Eu sentia meu trabalho e habilidades se expandindo e, pela primeira vez em minha vida, adorava meu emprego. Costumava ficar paralisada diante da ideia de confiar em meus instintos ao abordar e depois redigir uma história sem orientação, mas a boa acolhida com que foram recebidas as matérias de minha iniciativa estava tornando isso mais fácil. Agora, os dois tipos de reportagem em minha vida eram opostos: dia *versus* noite, mundo real *versus* Potter. Na maioria das vezes eu deixava o trabalho diurno levar a melhor. Potter era muito divertido, mas era um hobby.

No outono de 2003, um representante de Warner Bros. me convidou para visitar o set do filme de *Harry Potter e o Prisioneiro de Azkaban*; eu me tornaria a primeira representante de um site de fãs a fazê-lo, e saltei – literalmente, fiquei aos pulos em meu cubículo de trabalho – para agarrar a ocasião. Quando chegou o dia e nós chegamos aos estúdios de Leavesden onde Harry Potter é filmado, senti toda a excitação digna de Capra sem nenhum cenário apropriado. Os estúdios são galpões que ficam em um lote de terra seca interminável, e parecem hangares de avião sem nada de mais.

Contudo, quando afinal tínhamos chegado lá, os outros repórteres sabiam que eu era "a garota do site de fãs", e não estavam entusiasmados apenas por mim, estavam entusiasmados em confiar em minha expertise de fã para lhes dizer o que eram a Dedosdemel e a Casa dos Gritos.

Quando saltei do ônibus que nos trouxera a Leavesden, Lisa St. Amand, uma assistente de imprensa com quem eu falava de vez em quando, agarrou minha mão e começou a pular.

– Você está aqui, você está aqui, você está aqui! – desatou ela aos gritos e eu retribuí na mesma medida, porque nunca na minha vida tinha imaginado que, quando lutava para que o Leaky fosse tratado como um veículo de imprensa normal, iria me encontrar em uma *junket* de imprensa que incluísse viagem ao exterior com visita a grandes estúdios como DarkHorizons e SciFi.com. Eu tinha apenas querido que pudéssemos garantir ter uma entrevista aqui e ali. Um assistente de produção saiu correndo de um galpão e nos pediu para fazer silêncio, e nós rimos como crianças que tinham sido apanhadas passando bilhetinhos. As expressões tradicionalmente impassíveis de meus colegas repórteres se derreteram em sorrisos gentis, se bem que ligeiramente incrédulos.

Eu nunca tinha estado em um estúdio de filmagem, quanto mais um de Harry Potter, de modo que estava tendo um ataque de fanzoca enquanto percorríamos as estruturas complicadas. Eu ficava apontando para as coisas e observando como diferiam do cânon, com um desrespeito acidental, mas mesmo assim indelicado pelos sentimentos dos cenógrafos ("Onde está a seção da Dedosdemel com os pirulitos de sangue? Deveria ficar bem aqui!") ou correndo para acessórios aleatórios no armazém e gritando para eles ("Os *pufes de veludo!*", exclamei em um uivo quando vi os escabelos sendo preparados para a aula de adivinhação de Trelawney. "Eles são de veludo e macios!"). Os outros repórteres caíram em cima de mim com perguntas sobre a trama e as complicações e precisão da representação, mas exceto por isso pareciam estimulados por minha ingenuidade.

Tinha se passado um ano desde que eu vira qualquer dos atores, de modo que fiquei encantada e surpresa ao ver Daniel Radcliffe, que desempenhava Harry, e Rupert Grint, que fazia Rony, sentados em duas cadeiras de diretor entre tomadas, trocando socos de brincadeira e rindo alto até que um assistente de diretor lhes disse para parar. As expressões de pesar nos rostos deles copiavam, de forma idêntica, a que eu tinha mostrado tantas vezes no ensino fundamental quando apanhada dando risadinhas silenciosas, e aquilo me fez rir. Durante todas as nossas entrevistas naquele dia e todas as vezes em que os encontrei desde então, sempre saí estarrecida com a normalidade dos jovens atores. Eu supunha que tinha algo a ver com o fato de estarem filmando numa área de Londres que se parecia com o Kansas de Dorothy Gale, ou talvez com o fato de assistentes de diretor não hesitarem em repreendêlos quando estavam se comportando mal, ou com o fato de que o set estava sempre cheio de pais e acompanhantes, ou talvez fosse porque Vanessa Davies, a publicitária-chefe, agisse como mãe para com os atores e guarda-costas para com a imprensa.

O trio principal de atores nos filmes – Daniel, Emma Watson (Hermione) e Rupert – foi todo escalado em 2000, todos eram relativamente desconhecidos. Jo Rowling tinha insistido que os atores escalados fossem britânicos, e realizou seu desejo: logo um verdadeiro quem é quem da comunidade de atores britânica se juntou às suas fileiras: Robbie Coltrane, Alan Rickman, Dama Maggie Smith, Sir Richard Harris, Emma Thompson e tantos outros. Alguns tinham adorado a oportunidade de trabalhar em Harry Potter; Richard Harris, que fazia o papel de Dumbledore nos dois primeiros filmes Potter, disse que tinha sido obrigado à força pelos netos.

O sucesso de um livro nunca garantiu o sucesso de um filme; e houve muitos filmes baseados em livros infantis para provar isso. Em 2007, *A bússola de ouro*, um filme baseado numa série de fantasia que teve sucesso mais ou menos na mesma época de *Harry*, teve um orçamento semelhante e uma escala grandiosa de produção, mas arrecadou apenas 70 milhões de dólares nos Estados Unidos e desapareceu dos letreiros rapidamente. Contudo, os filmes Potter tinham se tornado alguns dos maiores campeões de bilheteria de todos os tempos, pelo menos em parte porque foram produzidos durante a era em que os lançamentos dos livros superaram qualquer outro tipo de expectativa, e fãs teriam assistido até a três marionetes e um boneco de borracha representar a série se isso significasse entretenimento no intervalo entre os livros.

Houve realmente medo, quando os filmes foram lançados, que a elevação ao estrelado de crianças até então desconhecidas fosse deixá-las amargas, egoístas e ricas demais. Rupert Grint e Emma Watson quase nunca tinham atuado – Emma atuara um pouco numa peça escolar e Rupert em sala de aula. Dan era o único dos três com experiência de cinema. Ele fizera David Copperfield no filme do mesmo nome, e atraíra o olho do diretor Christopher Columbus. Foi só depois que o produtor do filme David Heyman encontrou Daniel e seus pais num teatro que eles começaram a cortejá-lo seriamente para o papel.

Em 2007, Dan já havia passado cerca de sete anos com a franquia Harry Potter. Por mais que tentassem, os tabloides ingleses não tinham encontrado nada do que acusá-lo; nenhum escândalo envolvendo drogas, nada de festas de arromba, nenhum gasto inapropriado de sua fortuna. Os relatos da imprensa sobre Dan pareciam bater com os meus, e a experiência de todo mundo do adolescente era a mesma: ele era inteligente, calmo, educado e parecia normal demais para ser um superastro internacional. Eu fiz esse comentário para Jo, que riu e disse que estragar as crianças tinha sido um de seus temores.

Deus não permita que isso os estrague, tinha pensado quando as crianças foram escaladas, pensando em Jack Wild, o garoto que havia desempenhado o papel de Artful Dodger na versão musical de *Oliver!*, e se tornara um exemplo de tudo que pode dar errado para jovens celebridades ricas.

– Você se sente um pouco como uma madrinha ou coisa parecida – relatou Jo. – Nós recentemente levamos Dan para jantar, e comentei com ele: "Eu durante uma época temi tanto pelo garoto que encontramos para desempenhar Harry Potter", e ele reagiu. "Ah, todo mundo fala do caso de Jack Wild!" – Ela imitou o tom exasperado e de descarte de Dan ao se referir ao ex-astro infantil cuja vida posterior desandara em excessos com bebida, drogas e acabara com a morte prematura de câncer oral. – Eu disse: "Pois é, Dan, mas por justo motivo, por justo motivo!" Mas eles são, todos eles, e vou bater na madeira enquanto falo, pessoas bem estruturadas e eu atribuo todo o crédito às famílias por terem feito um trabalho espantoso. E tenho que dar algum crédito também à Warner Bros., porque eles têm sabido protegê-los da maneira correta. Eu ficaria muito triste se achasse que algum deles se arrependia de ter feito o que fez.

Perto do fim de meu dia no set, fomos levados ao Salão Principal de Hogwarts. Lisa e Vanessa pararam no limiar das grandes portas de carvalho e se viraram para mim.

– Feche os olhos!

Eu estava mais que pronta para obedecer; nada definia melhor Harry Potter do que o Salão Principal, e eu queria ter uma experiência de imersão tão profunda quanto fosse possível. Elas me pegaram pelos braços e me conduziram, mas a essa altura todos os outros repórteres estavam me observando com mais atenção do que estavam observando os estúdios, de modo que tive certeza, mesmo sem ver, que parecia uma pessoa cega sendo conduzida por seus amigos mais íntimos. Quando abri os olhos, foi como se eu tivesse entrado nos livros. As grandes mesas compridas de tampo arranhado, a cadeira de Dumbledore no centro do Salão, as gárgulas escurecidas pelo fogo, o piso de lajes; tudo aquilo fez minha cabeça voar e meus braços ficarem pesados. Eu quase esperava que a professora McGonagall emergisse de uma das portas laterais e me chamasse para me dar um pito.

Aquele havia sido o primeiro cenário que Jo Rowling tinha visto quando chegara a hora de ela visitar o set de filmagens. Jo havia mostrado aos produtores e cenógrafos um esboço desenhado do grande salão, então meses depois tinha entrado em seu desenho.

– É uma sala de verdade, não é tudo de gesso, papelão e cola – comentou Jo. Depois entrou no beco Diagonal e foi direto para as lojas. A casa da rua dos Alfeneiros, observou com bastante surpresa, era exatamente igual ao lar de sua infância. Mas seu verdadeiro choque veio quando viu o Espelho de Ojesed.

– Eu entrei no aposento... e por um segundo vi a mim mesma refletida no espelho. E era verdade, o homem mais feliz do mundo olharia e se veria exatamente como ele é, e lá estávamos eu e meus livros sendo bem-sucedidos e o filme sendo feito na Inglaterra com um elenco só de atores britânicos, e naquela altura eu realmente acreditava que eles iriam fazer jus aos livros, de modo que, sim, foi meio assustador, quase simbólico, estar ali diante do espelho.

Quando afinal voltei para Londres com minha matéria exclusiva sobre o set de filmagens, John estava em cócegas querendo que eu concordasse que o Leaky se expandisse.

– Mas eu não tenho tempo!

– Mas é o que os fãs *querem* – insistiu ele. Naquela ocasião eu absolutamente ainda não conhecia John muito bem; tudo que eu tinha para me basear eram algumas conversas de mensagem instantânea e sua atitude persistente. Mas o site estava se expandindo quer eu gostasse ou não, mesmo que apenas na página de entrevistas. Em novembro daquele ano, Meg se mudara de volta para Nova York e estava ajudando com o site, eu tinha entrevistado Jamie Waylett, que representava o membro da Sonserina Vicente Crabbe nos filmes, durante a viagem de sua família a Manhattan. John Inniss, que eu pensava que fosse o pai de Jamie (revelou-se que era o namorado da mãe de Jamie), me enviou um e-mail para me avisar de que viriam a Nova York, e eu escrevi em resposta o que imaginei que seria uma piada, uma brincadeira, para alguém como ele, habituado a ver o filho dar entrevistas. Escrevi:

> Jamie tem tempo para conversar ou esta vai ser uma daquelas coisas de vinte minutos, tipo "mande a jornalista entrar, mande a jornalista sair"?

Eu sabia que minha intenção era que o comentário fosse uma brincadeira boba, mas a internet não tem entonação, e na ocasião não me dei conta de como podia parecer atrevida. Para minha sorte, duas coisas de que John Inniss gosta são cigarros e sarcasmo, e a resposta atrevida fez com que ele simpatizasse comigo e com o site. Nós decidimos nos encontrar para comer uma pizza e uma entrevista de trinta minutos.

A entrevista durou mais de duas horas, enquanto Jamie nos contava mais anedotas sobre sua vida como um ator Potter do que jamais tínhamos ouvido, e o fez com prazer indisfarçado. Por volta da metade ele começou a fazer imitações de Rupert Grint (Rony), Matt Lewis (Neville Longbottom), Chris Columbus (diretor do primeiro e do segundo filmes), e Alfonso Cuarón (diretor do terceiro filme). Também acabou se revelando que Jamie tinha uma história pessoal interessante para contar: havia sofrido um acidente de carro aos dez anos, e os médicos na época tinham dito que não sobreviveria, mas de alguma forma tinha conseguido. Cerca

de um ano mais tarde voltou para casa depois de caçadores de talento terem visitado sua escola e disse à família:
– Eu vou ser ator no filme de *Harry Potter*. – E ninguém acreditou nele até que receberam um telefonema da Warner Bros.

Mas a entrevista foi mais que um bom furo para o Leaky: Meg e eu percebemos que sinceramente gostávamos daquele garoto, que tinha um rostinho rechonchudo e olhos que desapareciam quando ele ria. Também gostávamos de John, que tinha uma coroa fina de cabelos grisalhos, usava uma camiseta dos Queens Park Rangers, e fez piadas irônicas e brincadeiras entre tragadas no cigarro durante as duas horas da entrevista. Seu filho, "Little John", que era da mesma idade que Jamie e muito mais lacônico, até deu algumas risadas silenciosas.

Estávamos nos despedindo quando encontramos a mãe de Jamie, Theresa e seus avós, que equilibravam pilhas de compras nos braços e pareciam estar prontos para atacar mais pontas de estoque.

Eu não sei o que me levou a dizer:
– Tem uma galeria com lojas de videogames aqui perto; por que eu não levo os garotos para lá e vocês podem fazer suas compras e nos encontramos para jantar?

Mais tarde Theresa me contaria que assim que nós saímos, ela entrou em pânico, se perguntando como tinha permitido que seu filho saísse com uma desconhecida. Jamie, Little John, Meg e eu jogamos hóquei aéreo, skee-ball e jogos de caça até acabarmos com nossas moedas, então fomos nos encontrar com a família em um restaurante chinês para jantar e sobremesa. John contou piadas sujas que pareciam ainda mais engraçadas por causa de seu sotaque inglês. Theresa, que tinha cabelos curtos e bem crespos, fumava tanto quanto John e falava um dialeto delicioso, mostrou a montanha de roupas que havia comprado e caçoou comigo sobre como o câmbio favorecia os visitantes britânicos. Jamie nos regalou com mais histórias. Todos eles pareciam fascinados com os meus conhecimentos e de Meg da cultura Harry Potter, de modo que contamos a eles histórias sobre as "guerras dos ships" e lhes contamos o que iria acontecer com o personagem de Jamie no quinto livro, que ainda não tinham lido. Depois que eles voltaram para a Inglaterra, nos mantivemos em contato através de John Inniss e chegamos a trocar 16 e-mails por dia. A entrevista e todas as imagens, videoclipes e matérias que tinham sido mostradas no Leaky tiveram uma tremenda recepção, e ampliamos a cobertura para incluir perguntas e respostas entre os fãs e Jamie, algo que só era possível através de John e que deixou nossos leitores muitíssimo entusiasmados. Jamie escreveu respostas francas e engraçadas, e a matéria completa parecia uma série de cartas entre amigos. Quando um dos fãs perguntou: "Você pôde ficar com seu anel da Sonserina?", ele escreveu em resposta: "QUEM ME DERA!!!!" Também contou histórias da ocasião em que tinha tido uma seleção de atores para seu "doublê de bunda", para uma cena em que suas calças eram arrancadas; a reação deliciada dos fãs às histórias de Jamie provou para mim que eles tinham estado loucos para se sentirem de algum modo pessoalmente envolvidos com a franquia do filme, e que Jamie estava lhes oferecendo mais que um clipe de entrevista padrão. Eu queria fazer mais e mais aquele tipo de coisa para o Leaky e pelos fãs, e John Inniss – que ficou ainda mais espantado com a enorme receptividade do que eu – prometeu que ajudaria.

Meg, Kristin e eu planejávamos visitar os Wayletts no final de maio, coincidindo com a première do terceiro filme. Já fazia algum tempo que eu não ia à Inglaterra, e tivemos a ideia de que poderíamos acompanhar a saída de Jamie para o evento, tirar algumas fotos na Leicester Square, e então dar uma volta pelos museus. No final de abril, John telefonou. Ele parecia excitado apesar de seu tom habitualmente brincalhão.

– Alô, você! – disse animado. Ouvi o estalo abafado de seus lábios enquanto dava uma tragada no cigarro. – Já comprou as passagens?

– Já! O que há?

– Ah, nada, menina – respondeu ele, rápido demais. – É só que estávamos querendo saber o que você vai fazer enquanto estivermos na première.

– Não sei. Ir para um pub ou coisa assim.
– *Certo* – disse ele, bem devagar. – Tudo bem, então que tal o seguinte: eu tenho uma entrada a mais bem aqui na minha mão, por que você não usa e vem conosco?
Levei pelo menos uns dez segundos para entender o que ele estava dizendo, e mais cinco para parar de gritar de alegria.
– Você tem certeza? Verdade mesmo? Você tem certeza? Não tem outras pessoas da família para dar? Verdade? Tem certeza? Jura?
John deu uma gargalhada e chamou Theresa para vir escutar meu ataque de debilidade mental.
– Nós achamos que você iria gostar – disse ele com a voz carregada de satisfação.
– Mas espere, por quê? Por quê? Vocês devem ter vinte pessoas que matariam para ter esse convite.
Eu quase ouvi John dar de ombros.
– Você acha que para elas significa a mesma coisa que para você? – Fiquei gaguejando em busca de uma resposta, mas John me fez calar. – Eu achei que não!

Duas semanas depois, Theresa de alguma forma tinha conseguido mais dois convites – para Meg e para Kristin. Quando chegamos a Londres, perguntei como tinha conseguido, mas ela fez uma expressão misteriosa e saiu para a cozinha para fazer café. Nós três estávamos em cócegas de entusiasmo, e não só porque iríamos usar vestidos bonitos e andar pelo tapete vermelho. Jo Rowling sempre comparecia às premières na Inglaterra e eu queria desesperadamente que Meg e Kristin também a conhecessem.
Usei um vestido azul que havia comprado por vinte dólares na Gap. Joguei um xale nas costas e calcei sapatos de salto brancos, Meg fez meu cabelo, e me senti muito glamourosa. Como se não bastasse aquilo tudo, eu iria no carro com Jamie e a família. Quando dobramos a esquina perto de Leicester Square e ouvi um rugido, pensei que fosse trovoada. John deu uma gargalhada.
– É a multidão – disse.

Estacionamos na frente do cinema, e enquanto Jamie saltava do carro conosco atrás dele, tive a sensação de estar envolta numa espessa correnteza de barulho vindo de todos os lados, capaz de me arrastar em suas ondas. Estonteada, me segurei em John e o segui pelo caminho enquanto Jamie dava suas entrevistas; só quando vi Meg e Kistin, que tinham vindo em outro carro, vir aos saltos em minha direção com expressões estarrecidas no rosto foi que percebi que aquilo era real. Eu já tinha assistido ao filme, de modo que passei a maior parte da exibição inquieta em minha cadeira, louca para sair dali e ir para a festa.

Quando saímos do cinema, a maioria dos fãs tinha ido embora, mas um grupo grande deles ainda permanecia. Jamie foi andando pelo cordão de isolamento, assinando autógrafos. Eu o fiz parar no final de modo a podermos tirar uma foto juntos do lado de fora do cinema, e alguém no meio do grupo gritou:

– Jamie, dê um amasso nela! – Rimos um bocado o caminho inteiro até o ônibus, que estava nos esperando para nos levar para o Museu de História Natural de Londres para a festa.

O museu tinha sido transformado desde a última vez em que eu estivera ali; a entrada parecia ter sido banhada em azul. Entramos sob spotlights de cor âmbar e passamos ao lado do modelo em tamanho natural de Bicuço, o hipogrifo, que estivera no filme. No salão principal, o modelo em escala natural de dinossauro, que sempre estivera ali, agora parecia um acessório de Harry Potter; a sala tinha sido salpicada de luzes brancas que pareciam estrelas, e fitas Mylar penduradas sobre as entradas que criavam a impressão de estarmos atravessando uma cachoeira tremeluzente ao entrar. Em todos os cantos havia mesas servidas com tipos diferentes de comida, e perto do fundo da sala, combinando com o tema do filme, havia cartomantes, quiromantes e especialistas em grafologia, todos fazendo leituras para os convidados. A Dedosdemel claramente tinha sido assaltada porque havia uma parede inteira de guloseimas, parecendo um arco-íris contra o fundo escuro.

Alguém usando um fone de cabeça nos direcionou para uma área VIP e nos deu todas as pulseiras para que pudéssemos transitar entre a área VIP e o resto da festa. Minha visão pareceu se aguçar quando entramos, acionada pela presença de Jo Rowling. Eu sabia que ela estava ali em algum lugar. Tinha decidido que iria cumprimentá-la, mas só isso, que tentaria não importuná-la com comportamento de fanzoca, uma vez que mesmo naquela área reservada ela estaria completamente cercada de admiradores.

Pela segunda vez aconteceu de eu estar preparada para vê-la, mas completamente despreparada para o momento. Não vi de onde ela tinha vindo nem que nó de fãs a havia libertado, sei apenas que subitamente ela estava na minha frente, e eu estava gritando mais alto do que pretendia e avançando para abraçá-la. Eu tinha começado a tentar conter minha atitude não muito delicada, quando me dei conta de que ela estava fazendo exatamente a mesma coisa. Pelo menos meus braços funcionaram, em vez de ficar duros como paus, como da última vez – tentei fazer minha língua funcionar e formar palavras, mas não adiantou, de modo que me contentei com algo como: "Oiê, como vai?"

Ela educadamente me cumprimentou pela roupa então me perguntou o que eu achava de seu novo Web site atualizado, que fora inaugurado cerca de um mês antes. A concepção era ir além da ideia de um fã-clube, uma ideia com a qual ela nunca se sentira muito à vontade porque geralmente significava que fãs tinham que pagar pelas informações e depois ficavam decepcionados com o conteúdo. Em vez disso o site Flash, que tinha sido projetado por Lightmaker, tinha sido feito para ser igual à sua escrivaninha na vida real, cheia de quebra-cabeças escondidos, presentes ocultos como rascunhos de capítulo e desenhos feitos por ela dos personagens. Kathleen e eu tínhamos ficado obcecadas com cada detalhe, e Meg e eu tínhamos explorado o site juntas ao longo de uma hora enquanto falávamos ao telefone. Era o céu para um fã de Harry Potter, e eu queria dizer a ela como era legal saber mais sobre Dino Thomas, e ver os desenhos dela de Harry, e onde ela derramara café em cima de suas anotações. Contudo, postada diante de Jo tudo que consegui dizer foi:

– Sim, é bacana! – E mergulhar em minha marca registrada de silêncio encabulado.

Nós balançamos a cabeça uma para a outra. Todos os meus pensamentos tinham corrido para a frente de meu cérebro e entrado numa tremenda colisão de tráfego, e quando afinal dois deles conseguiram se desvencilhar do desastre, Jo havia sorrido para mim e se afastado. Num cubículo do banheiro feminino, bati a cabeça contra a parede. *Um dia eu vou conversar com ela*, pensei e acertei a cabeça na parede mais uma vez.

Uma semana depois, em Nova York, John Inniss nos apresentou a Devon Murray, que fazia o papel de Simas Finnigan; James e Oliver Phelps, que representavam Fred e Jorge Weasley; Matthew Lewis, que fazia Neville Longbottom; e suas famílias. Saímos para jantar em um pub escocês, e Meg e eu entrevistamos os atores enquanto seus pais comiam em uma mesa separada. Todos estavam em Nova York para a première do filme, e se mostraram satisfeitos de responder a nossas perguntas enquanto comiam. Eu continuamente ficava impressionada com Matthew, que exibia mais conhecimento na ponta da língua sobre os livros que qualquer ator que eu conhecesse; no mundo dos fãs, isso significava muito. Quando ele falou sobre como tinha estudado e dado duro para o personagem porque queria muito fazê-lo bem por causa dos fãs, senti que estava sendo honesto e considerando seu papel como uma verdadeira responsabilidade.

Mais tarde Jo apoiou minha opinião: ele continua sendo, diria ela, a única pessoa a recusar informações sobre a série porque quer ler o material todo, publicado no livro. Cerca de duas semanas antes de *Relíquias da Morte* ser lançado, ela tinha ido toda alegre falar com ele numa première e dito:

– Você sabe, tem um bom material para Neville vindo por aí...

– *Não me conte!* – exclamara ele quase num grito, alto o suficiente para fazer a imitação que ela fez da cena ressoar pela casa.

– *Eu não quero saber!*

Na première de *Harry Potter e Prisioneiro de Azkaban* em Nova York no dia seguinte, Matt foi levado rapidamente pelo tapete vermelho antes que pudéssemos fazer uma entrevista rápida para o site. Mais tarde, John, Jamie, Meg e eu em tom brincalhão cobramos isso dele, e ele de boa vontade concordou com uma encenação para nos satisfazer. Nós estendemos uma camisa vermelha no piso do corredor do hotel e Matt pisou nela, Meg gravou em videoteipe e John se escondeu atrás de uma porta, representando os fãs, gritando: "Nós amamos você, Matt!", um minuto sim, outro não, e emitindo sons variados de "multidão" no resto do tempo. Jamie timidamente se aproximou de Matt e lhe pediu um autógrafo, e Matt fingiu-se de distante e esnobe ao dar. Eu fiz o papel da repórter, naturalmente.

– Sr. Lewis! Sr. Lewis! – disse numa imitação lastimável dos gritos típicos do tapete vermelho, porque estava rindo a mais não poder. – Que tal é estar aqui, na première de *Harry Potter*?

Matt deu uma risada, e em seu sotaque de Leeds respondeu com entusiasmo sobre como era maravilhoso estar em um lugar onde "todo mundo grita o seu nome". – Ele gesticulou ao redor para o corredor vazio, como se de fato acreditasse nisso.

Eu jurei a mim mesma que aprenderia a falar direito com Jo e quando, em 2005, a data do sexto livro foi anunciada, decidi que estava na hora de agir. Em fevereiro enviei à assistente de Jo, Fiddy, o que só pode ser descrito como um pedido de entrevista com Jo Rowling. Eu tinha um plano bem pensado: Jo escolheria o tipo de mídia que quisesse, e faríamos com que uma fã a entrevistasse! Seria perfeito! Enviei um currículo, clipes e uma longa carta explicando por que eu era a pessoa perfeita para a tarefa.

Fiddy e eu tínhamos mantido uma correspondência irregular nos 18 meses que tinham se passado desde o evento no Royal Albert Hall, depois de eu ter escrito a ela do meu quarto de porão no hotel de Londres, horas depois de Jo ter gritado para mim que adorava meu site. De vez em quando enviava um e-mail pedindo-lhe para esclarecer um boato, mas principalmente escrevia para dar um alô ou para passar-lhe alguma matéria que eu achava que ela gostaria de ver. Eu me senti bastante à vontade de lhe enviar uma proposta – uma proposta séria, bem escrita e formal. Eu apresentaria minhas credenciais. Defenderia minha posição. Detalharia tudo de maneira que não houvesse nenhuma chance de poderem dizer não. Nem imaginei a entrevista sendo apresentada no Leaky. Não, eu a imaginei numa publicação, "tipo normal", porque Jo Rowling podia escolher a publicação em que apareceria, certo? Certo. Era um plano perfeito. Ela teria que concordar comigo.

Enviei a proposta com o mesmo sentimento que se tornara uma segunda natureza sempre que eu apresentava uma história de que gostasse especialmente ou que fosse importante. Sentia-me nauseada.

Fiddy respondeu quase imediatamente, apenas para me avisar que tinha recebido o e-mail. Ela não disse quase nada – nada para tranquilizar meus nervos ou para me dar alguma sugestão de um resultado positivo –, mas, mesmo assim, havia entusiasmo e urgência subjacentes em suas palavras. Tudo o que dizia era para ter calma e aguardar, que tudo se resolveria no final. Lá no fundo de minha cabeça, onde eu guardava esperanças e sonhos secretos, alguma coisa lampejou. Eu a apaguei e tornei a me dedicar a preparar o site para o lançamento do sexto livro. Tínhamos acabado de abrir um fórum de debates, graças a uma magnífica proposta de Nick Rhein, e agora tínhamos seis vezes o número de funcionários que antes. Eu estava me esforçando para não microadministrar e perder a luta. Ficava irritada, gritava com pessoas que não tinham feito nada de errado, e de maneira geral manifestava uma ingenuidade que, em retrospecto, pareceria constrangedora. Tinha entrado para o site como editora e, de alguma forma, extraoficialmente, assumira o comando de tudo; rememorando, eu nem sabia quando a mudança havia ocorrido. Eu me preocupava com coberturas e entrevistas, não com o quadro de pessoal e a moral, e não fazia nada que bons administradores faziam, como, por exemplo, conhecer meu pessoal. Quando John Noe, na época ainda apenas um designer, me disse que eu estava deixando todo mundo louco e que precisava relaxar, interpretei isso como se querendo dizer que deveria parar de ler ou de postar em nosso fórum de funcionários ou me envolver abaixo do nível administrativo, o que só tornou as coisas piores.

No final de abril recebi outro e-mail de Fiddy, pedindo meu número de telefone, porque alguém da área Harry Potter precisava falar comigo. Eu dei de ombros e enviei a informação, sem pensar no assunto, porque a menos que ela me pedisse para violar a lei, era provável que eu desse a Fiddy qualquer coisa que ela pedisse. Foi só mais tarde naquela noite que, enquanto assistia a um filme, permiti que meus pensamentos vagueassem e, involuntariamente, dei espaço para que uma nova ideia brotasse. Espere um minuto. Todos os dias, durante a semana inteira, todas as semanas, eu falava com toneladas de pessoas ligadas a Harry Potter via e-mail. Elas pareciam viver na minha caixa de entrada: os advogados de Jo Rowling, seus editores, seus representantes, a Warner Bros., Fiddy – todos se correspondiam comigo lá e praticamente ninguém precisava do telefone. Para que propósito seria possível que alguém precisasse de meu número de telefone? Como uma pequena locomotiva, o cântico *Jo, Jo, Jo* serpenteou em meu cérebro. Eu me obriguei a rir bem alto de minha arrogância involuntária. Nem pensar.

Não conseguia me livrar daquele pensamento, e não tentei, porque fazê-lo seria admitir que seria possível. Foi só quando comecei a devanear que os possíveis resultados me ocorreram, e então me entreguei a um joguinho interno, tornando-os os mais ridículos possíveis. Jo queria que eu lesse o manuscrito para encontrar erros de continuidade. Jo queria que eu ficasse de babá e cuidasse dos filhos dela. Jo ia me convidar para ir para Edimburgo e entrevistá-la por ocasião do lançamento. Este último me fez dar gargalhadas.

No dia 4 de maio, às oito da manhã, meu celular velho de guerra me acordou com seu toque estridente. Pensei seriamente em atirá-lo pela janela até que me lembrei de que dia era e do e-mail de Fiddy da tarde anterior me avisando que alguma coisa aconteceria hoje. O identificador de chamada disse ID não disponível. Abri o telefone e sentei na cama.

— Alô?
— Alô... é Melissa?
— É Fiddy?
— Não... não, é Jo.

Ela mal tinha acabado de dizer o nome quando eu gritei alto o suficiente para sacudir a casa e acordar minha companheira de quarto:

— *Eu sabia! Eu sabia que Fiddy estava me aprontando uma!* Ela deu uma gargalhada, e eu pensei: *Acabei de fazer Jo Rowling rir. Finalmente! Estou sentada aqui ao telefone em meu apartamento e estou de pijama e acabei de fazer Jo Rowling rir.* Alguma coisa tinha que ser feita para trazer aquela conversa de volta para a Terra.

— Como vai você? Como vão as crianças? — Eu me encolhi toda. Lá estava eu de volta ao banheiro na première batendo a cabeça na parede.

— Está todo mundo bem — respondeu ela, e tivemos uma pausa constrangida, que rapidamente estava se tornando a especialidade de nosso relacionamento. — Eu estive pensando, como você sabe estamos perto da data do lançamento de *Harry Potter e o Enigma do Príncipe* e eu gostaria que, se você pudesse, viesse para Edimburgo para me entrevistar.

Eu pisquei os olhos. Minha companheira de quarto roncou.

— O quê? Mas é claro, sim! Posso, vou, sim, é claro!

— Ah, que bom. — Ela explicou que Fiddy tinha lhe falado alguma coisa sobre minha solicitação de entrevista, mas que ela tivera aquela ideia antes que eu a enviasse, e eu tentei me obrigar a manter uma conversa normal, casual, antes de desligarmos. Não funcionou. Ela me explicou mais detalhes da excursão, como logo em seguida iria telefonar para Emerson Spartz, do MuggleNet e convidá-lo também e como tínhamos que manter aquilo estritamente entre nós até o dia do anúncio, dali a dez dias. — Isso é realmente, é realmente, o que quero dizer é que, sinceramente, você *não* tem que ter acabado de ler o livro, não espero isso, mas a entrevista será no sábado à tarde. — Aquilo nos deixava com cerca de 15 horas para ler o livro inteiro, mas eu nem me abalei.

– Jo – disse, chamando-a pelo nome em voz alta pela primeira vez –, nós teremos acabado com o livro. Não se preocupe com isso.

Quando desligamos, parei de andar de um lado para outro e apertei o telefone contra o peito. Eu não podia contar para ninguém. Eu não podia contar para ninguém. Exceto minha família e Emerson, que estaria dormindo. Depois que contei a minha mãe e desliguei o telefone enquanto ela ainda estava aos gritos de alegria, desci correndo a escada e enviei um e-mail para Emerson, cujo assunto era: *Ligue para mim* e o corpo do texto dizia, *quando você souber do que se trata*.

A casa estava silenciosa e eu não aguentava mais, enviei mensagens de texto para David e Kathleen pedindo que me ligassem imediatamente. David respondeu primeiro, e eu não me contive e explodi:

– Você não pode contar a ninguém, mas eu não aguento, não aguento, não contar a você... J. K. Rowling acabou de me convidar para ir à casa dela para entrevistá-la no dia do lançamento de *Harry Potter e o Enigma do Príncipe*.

Houve uma pausa interminável e então David apenas riu, um riso lento, rouco, contagiante que também se apoderou de mim. Eu caí em minha cama agarrada ao telefone, apreciando aquele frouxo de riso, aquela gargalhada irrefreada de alguém que ou estava loucamente feliz ou apenas louco. Naquele momento pouco me importava.

No dia do anúncio Jo também concedeu ao Leaky o Prêmio de Site de Fãs, o e-troféu que ela dava aos sites bons devotados a Harry Potter. A seção de comentários no Leaky explodiu de vivas, assim como muitos de meus colegas repórteres no jornal, quando lhes contei. Eu me sentia muito mais à vontade com relação a contar às pessoas sobre meu hobby no *Staten Island Advance* do que na MTV Networks, porque quando tinha ido trabalhar no *Advance* já tinha bastante experiência associada a jornalismo de verdade a serviço do site. O site constava até de meu currículo. Nem um único repórter ouvia as palavras "entrevista" e "J. K. Rowling" sem olhar para mim com incredulidade e pedir que eu contasse a história inteira de como aquilo acontecera. Eu havia sido coautora de uma série de artigos sobre um centro cultural na ilha, tinha escrito resmas de papel com reportagens sobre o pior desastre de ferry que a ilha já vira, e estivera na equipe de reportagem da série que havia ganhado dois prêmios da Associated Press Association, mas a coisa que mais impunha respeito na redação era o Leaky Cauldron. Se eu fosse um quadro, o sorriso não poderia ter sido apagado de meu rosto nem com lona e terebintina.

Eu pedi a David e Kathleen para virem comigo para a Escócia, porque tínhamos estado planejando ler o livro juntos e isso não precisaria mudar. Além disso, eu sabia que se não os tivesse comigo imediatamente antes e depois daquela entrevista, eu poderia realmente enlouquecer.

CAPÍTULO DOZE

A ENTREVISTA

Nosso podcast de Tucson, no Arizona, feito no final de junho de 2007, é o meu programa ao vivo favorito até a data. As plateias por vezes pareciam dispostas a rir de qualquer coisa, quer tivéssemos feito uma piada ou não, e a plateia de Tucson era assim, parecia que uma leveza tinha se apoderado de todo mundo agora que o verão estava em plena floração e que o livro estava tão perto. Nós nos reunimos na Borders, onde realizávamos a maioria de nossos programas, e o público sentou no chão, ao redor de nossas três cadeiras; era como a hora de contar histórias com uma plateia adulta que tinha completa maestria da ficção em debate. Jogamos jogos de trivialidades e tentamos desvendar os mistérios de série.

Duas garotas tinham vindo vestidas como Sonserinas e trazido uma ilustração dos antípodas da Terra, para ilustrar um ponto sobre o Olho-de-Opala, da Nova Zelândia, o único dragão no universo de Harry Potter que não tinha pupilas. Esse era um tema central em todos os debates recentemente, porque a capa de *Relíquias da Morte* havia sido revelada e nela estavam Harry, Rony, Hermione, voando sobre uma aldeia pastoril montados no dorso de um dragão de olhos leitosos. Alguns diziam que o dragão era um Olho-de-Opala, e isto levantava complexas teorias com relação aos antípodas (que são pontos diametralmente opostos na superfície da Terra), e se os dragões tinham que vir da Inglaterra, da Austrália ou da França, e o que aquilo significava para os mundos mágicos que veríamos naquele último livro. Alguns diziam que o dragão parecia mais um cruzamento entre o Olho-de-Opala e o

Meteoro-Chinês. Alguns diziam que era Draco Malfoy, sob sua forma animal.

E John e Sue ainda estavam brigando por causa dos elfos domésticos de Hogwarts. Tinham começado aquela discussão há tanto tempo que não se lembravam mais quando: em algum ponto Jo revelava que Helga Hufflepuff, da Lufa-Lufa, tinha sido boa cozinheira. A partir daquele dia, basicamente para implicar com Sue, que se identificava com a casa dos texugos e achava que todas as coisas boas do mundo tinham o brilho do amarelo da Lufa-Lufa, John começou a dizer que isso significava que todos os elfos domésticos de Hogwarts, que trabalham na cozinha, tinham sido escravizados por Helga. A lógica não fazia muito sentido, mas John era capaz de deixar Sue louca e furiosa com apenas uma palavra a respeito do assunto; durante a gravação de um programa, eu tinha sentado quieta em um canto lixando as unhas, enquanto os dois se entregavam à discussão. Quando um fã em Tucson mencionou Helga, eu soube exatamente o que estava a caminho.

– Aquela Lufa-Lufa trabalhadeira que bota todos os elfos domésticos para trabalhar nos bastidores – começou John.

Sue imediatamente começou a fazer um discurso, sua defesa pura de Helga, tão passional como se estivesse diante de um juiz:

– Não! Eu acho que ela foi a primeira pessoa a salvar os elfos domésticos da perseguição, e deu-lhes um ambiente seguro. Porque em Hogwarts eles estão seguros. Dobby é pago para trabalhar. Por que você pagaria alguém se o estivesse mantendo prisioneiro? Alôô?

– É um esquema tipo Willy Wonka. – John adotou uma voz feminina. – Vamos encontrar os Oompa-Loompas e trazê-los para a minha fábrica! E eu escravizarei todos para fazer o meu chocolate.

– Willy Wonka não usa óculos e não é O-Menino-que-Sobreviveu!

Naquele ponto, eu sabia, a discussão não tinha mais nenhuma importância para John; ele apenas gostava de dizer coisas ridículas para provocar Sue. Ele, como tantos de nossos ouvintes, adorava ouvi-la debater com entusiasmo a respeito daquele tópico.

– Bem, talvez ela tenha aproveitado a ideia de Willy Wonka.
– Ai, meu Deus – suspirei.
– Ela não diz, Ooompa, Loompa, dooopidy-doo! – insistiu Sue.
– Esse é o ponto na gravação em que eu saio e vou fazer um sanduíche – eu disse para o público –, e quando volto, eles continuam nisso.

Parecia que, quanto mais perto chegávamos da data do lançamento, mais bobas as coisas começavam a ficar.

Enquanto isso, Jo estava se preparando para o evento do lançamento, uma sessão de autógrafos que se estenderia noite adentro no Museu de História Natural de Londres, o mesmo lugar onde tinham sido realizadas várias das festas das premières de *Harry Potter*. Os planos não tinham saído da maneira como ela quisera. Originalmente, Jo quisera dar autógrafos ao longo da noite inteira. Pela primeira vez para um lançamento de um de seus livros ela havia apresentado a ideia a seus editores, inicialmente insistindo nela. Era assim que queria passar a noite: ela apareceria à meia-noite, faria uma leitura e daria autógrafos durante o resto da noite para tantas pessoas quantas aparecessem. Jo ainda fala a respeito da ideia com anseio, como se talvez, se ela fosse um pouco menos famosa, pudesse ter feito.

– Não teria sido maravilhoso? – perguntou, quase quatro meses depois. – Não teria sido maravilhoso sermos um pouco espontâneos e deixar acontecer?

O pessoal dela acabou por convencê-la a se limitar a 12 horas de autógrafos, mas nem isso era factível: as lembranças de tumultos e brigas por autógrafos em Boston, numa ocasião anterior, ainda perduravam, eles tinham que redobrar suas dúvidas. E se uma criança fugisse de casa para conseguir um autógrafo para seu livro? E até que ponto era boa aquela ideia de um evento que durasse a noite inteira em Londres – e se alguém ficasse ferido? J. K. Rowling não podia mais ser uma mulher espontânea, pelo menos não naquela arena. Todo o continente da Europa, a maior parte de América do

Norte, e provavelmente um par de siberianos e nativos de Papua Nova Guiné quereriam o seu autógrafo e haveria um caos.

Os detalhes finais emergiram no meio de junho. Jo faria uma leitura no museu à meia-noite, para cerca de duas mil crianças vencedoras de concursos e seus acompanhantes. A maioria dos vencedores do concurso seria escolhida por seus editores ingleses.

Seria um espetáculo bem maior do que ela tivera para o livro quatro, quando viajara em um trem ao estilo Hogwarts Express pelo Reino Unido, assinando centenas de livros em todas as paradas. Era um evento bem maior do que o do livro cinco, quando chegara sem aviso prévio numa livraria Waterstones para dar livros de presente e metade das pessoas na loja não sabia quem ela era. E incluía mais gente do que o evento para o livro seis, em um castelo em Edimburgo, que tivera uma plateia inteira de crianças e uma leitura feita por Jo, mas acabara em uma hora.

Emerson e eu tínhamos estado nos escondendo nos bastidores do castelo naquela noite em Edimburgo, em 2005. Alguns minutos depois da meia-noite, um alegre e tagarela funcionário da Bloomsbury nos entregara nossos exemplares de *Harry Potter e o Enigma do Príncipe* e manifestara espanto ao saber que estávamos decididos a lê-los durante a noite. Então tínhamos corrido o caminho todo de volta para nosso albergue, comigo estrebuchando na esteira de Emerson, que é alto e tem pernas muito longas. Ele parecia ter uma quantidade de energia ilimitada, mesmo que seu corpo magro, movimentos lentos e modo de falar sucinto e sarcástico indicassem o contrário. Na época, Emerson estava no período entre o fim do ensino médio e o princípio da faculdade, e tinha conhecimento de negócios suficiente para criar e manter um site com o dobro ou o triplo do tráfego do meu e o dobro do pessoal – contudo, tudo nele ainda era resolutamente adolescente. Só comia fast-food, e parecia que as únicas peças de roupas que tinha trazido para aquela viagem eram várias camisetas do MuggleNet.com em níveis variados de limpeza e um par de jeans.

Nós dois terminamos de ler o livro naquela noite, quase não conseguindo, parando para tirar uns cochilos e um checando o progresso do outro o tempo todo. Cheryl tinha me recomendado que ligasse para ela depois "dos caldeirões de chocolate", uma cena que se revelou uma das mais engraçadas da série, na qual Rony come os chocolates batizados com poção de amor de Harry e se apaixona perdidamente por Romilda Vane. Eu acordei Cheryl para que pudéssemos rir juntas.

David e Kathleen enfrentaram a noite comigo, sacrificando o tempo de que dispunham para ler com calma para ler às carreiras, de modo a se certificarem de que teriam condições de me ajudar a preparar as perguntas de manhã. Tínhamos passado a noite na cama minúscula em nosso quarto, checando para ver onde cada um estava na leitura e fazendo pausas para deixar que quem estivesse ficando para trás (geralmente eu) alcançasse. Quando terminamos, por volta das dez da manhã, saímos do Grassmarket Hostel, de olhos remelentos e com expressão de estado de choque pós-Potter estampada no rosto, e caminhamos até um dos cafés favoritos de Jo. Enquanto tomávamos café e comíamos ovos, fizemos nosso primeiro debate sobre o sexto livro, no qual tínhamos ficado sabendo que é possível que Severos Snape seja, de fato, um bruxo das trevas. Ainda estávamos de luto pela morte de Dumbledore; a morte dele parecia real e recente, como se tivesse sido um professor nosso muito querido da escola fundamental.

Eu tinha comigo um documento de 66 páginas de perguntas, composto de uma seleção de perguntas de fãs sobre os outros livros, e estávamos acrescentando nossas novas perguntas sobre o livro seis o mais rápido que podíamos. Enquanto eu tomava banho, David e Kathleen passaram a ferro minha saia e imprimiram minhas novas perguntas e não me deixaram sair do quarto sem tomar uma dose de "Ginevra" para dar sorte – uma aguardente holandesa que David tinha trazido de Amsterdã, que cheirava a avelã e descia queimando. Eles insistiram que eu precisava tomar aquilo para acordar direito depois da noite anterior e para acalmar os nervos, e estavam certos em ambos os casos.

Enquanto eu me vestia para a entrevista, Emerson apareceu na porta de meu quarto parecendo preocupado. Um olhar para ele me disse que tinha terminado de ler o livro, estava com aquela vaga expressão de ter sido atropelado por um caminhão.

– Será que devemos, hum – começou ele, então bocejou –, dar uma passada no que vamos perguntar a ela?

Eu olhei para ele incrédula. Ele não tinha preparado nada?

– Eu estou me aprontando – respondi, e indiquei as toalhas em que estava enrolada. – Já imprimi minha lista de perguntas. – O rosto dele se abriu numa expressão de pânico. Eu suspirei. – A gente passa as perguntas no carro, O.K.? Vá tomar uma chuveirada.

No carro Emerson arregalou os olhos para meu documento de 66 páginas. Eu e vários voluntários fantásticos de minha equipe tínhamos passado um pente-fino no texto impresso de mais de cem páginas do fórum de discussão para selecionar as melhores perguntas. Tinha levado dias, e uma colega muito gentil chamada Heidi D. tinha extraído todas as perguntas escolhidas e as organizara por categoria, com código de cor, e posto em um documento Microsoft Excel. Acho que Emerson tinha quatro perguntas rabiscadas em uma folha de papel arrancada de um bloco e era só. Olhando para o rosto dele soube exatamente como Hermione se sentia quando Rony aparecia implorando por ajuda no último minuto.

– Está bem – disse, me endireitando. – A primeira coisa que precisamos perguntar a ela, *a primeiríssima coisa*, é se Snape é bom ou mau. – Emerson concordou, e eu dei uma risada soturna. – Ela provavelmente apenas vai dizer que a resposta está no livro.

Fiddy, de rosto sardento e sorridente, nos recebeu no portão da casa de Jo. Fiddy e eu tínhamos nos encontrado pela primeira vez no evento da noite anterior; na ocasião ela estivera super bem-vestida, mas naquele dia dava um exemplo perfeito do que mais tarde eu descobriria ser o traje padrão descontraído no escritório de Jo. Ela nos levou para o galpão na lateral da casa que havia sido convertido no escritório de trabalho de Jo e o centro nervoso de Fiddy. Fiquei ligeiramente desapontada por não entrar na casa de verdade de Jo – eu estava morta de curiosidade para ver de que modo ela a havia decorado, só para começar –, mas o escritório ainda era a realização de um sonho de fã de Potter. Era dourado e arejado; todo de madeira clara, as janelas iam do chão ao teto. Havia uma pequena cozinha no nível superior, que também abrigava os postos de trabalho de assistentes; uma pequena escada levava ao segundo nível, que tinha vistas para o quintal dos fundos e um jardim zen, e era cheio de toda sorte de parafernália Potter maluca, como uma fotografia da estátua da vaca de plástico vestida como Harry que estivera em Leicester Square. Havia um computador, que me disseram que era onde Jo trabalhava. Eu tinha enviado adesivos do Leaky Cauldron para ela e para Fiddy e fiquei radiante ao ver um deles colado na parede.

Tinha me vestido com apuro em respeito ao que a ocasião significava para mim e estava com uma saia de linho, um top marrom-claro e sapatos de imitação de pele de cobra. Emerson, como sempre, estava com sua camiseta MuggleNet, mas quando viu meu traje tinha jogado uma camisa social listrada por cima, deixando-a aberta de modo a mostrar seu logotipo. Quando Jo entrou, estava com o marido, Neil, que trazia no colo a filha deles. Mackenzie Jean Rowling Murray sorriu e gorgulhou para nós.

– Como vocês estão elegantes – ouvi Jo comentar, como se tivéssemos lhe feito um cumprimento ao fazê-lo.

Mais tarde Jo comentaria que o início daquela entrevista tinha sido como um encontro às escuras a três, e estava certa. Desajeitadamente trocamos presentes; a mãe de Emerson tinha conseguido uma chave da cidade de LaPorte, Indiana, o que achei um belo presente, enquanto, baseada na paixão insaciável que ambas tínhamos por cafeína, ofereci a Jo alguns quilos de café de mistura especial. Jo nos deu uma sacola de presentes para cada e suplicou para que não abríssemos até mais tarde.

Conversamos nervosamente sobre a noite anterior, o evento no castelo e a leitura que ela fizera para crianças em idade escolar, e Emerson e eu contamos como tínhamos corrido pelas ruas calçadas de pedras para voltar ao Grassmarket para começar a maratona de leitura. Enquanto eu lhe preparava o microfone, ela perguntou o que tínhamos achado do livro e eu quase cuspi nela para conter meus gritos de como tinha amado, no mínimo pelo beijo Harry/ Gina. Contudo, naquele momento, ainda estávamos pisando em ovos; alguém precisava dar a largada naquela entrevista logo ou uma hora se passaria e ainda estaríamos trocando amenidades.

– Com quem você fala a respeito de Harry Potter? – perguntou Emerson e, embora provavelmente tenha feito a pergunta com a intenção de continuar o bate-papo, deu início à entrevista. Todo o nervosismo que estivera demonstrando no carro havia desaparecido e, preparado ou não, ele começou a formular perguntas interessantes e bem concebidas com o que eu teria chamado de facilidade adquirida através da experiência, se não soubesse que não era o caso. Sua bem bolada pergunta introdutória conduziu facilmente a outros tópicos e passaram-se cinco minutos antes que eu pudesse fazer a que eu achava que deveria ser a primeira pergunta.

– Snape é mau?

Jo adotou uma expressão matreira que reapareceria sempre que ela tivesse um segredo.

– Bem, *você leu o livro*, o que você acha?

Lancei um olhar de soslaio para Emerson e comecei a rir.

– Eu não disse?

E agora meu nervosismo também tinha desaparecido. O resto da entrevista correu depressa num borrão; Jo, Emerson e eu seguimos adiante, resposta após resposta, esclarecendo uma porção de mal-entendidos sobre o cânon e descobrindo mais informações sobre os livros em uma entrevista do que os fãs jamais tinham conseguido. Eu já podia imaginar os fãs explodindo de satisfação, à medida que nossas respostas cobriam quase todas as áreas favoritas de fãs – o estado mental de Sirius depois da morte dos Potters, a história de Dumbledore, paralelos entre os Comensais da Morte e os nazistas, até coisinhas corriqueiras que alguns de meus fãs mais obcecados pelo cânon adorariam, como quantos bruxos existiam no mundo e por que Pirraça não pode ser expulso de Hogwarts. Eu estava quase pulando em minha cadeira de vontade de transcrever a entrevista e colocá-la online, antes mesmo de terminarmos. Mas a melhor parte de tudo foi como, em certos momentos, demos gostosas gargalhadas – a certo ponto Jo riu tanto que se engasgou com o refrigerante e não conseguiu conter um arroto, e eu tive que fazer um esforço enorme para segurar uma risada que quase vira um arroto.

De modo que estávamos ligeiramente inebriados quando começamos a falar sobre os relacionamentos românticos nos livros.

A entrevista não tinha seguido um script, e não tínhamos perguntas ou tópicos de debate aprovados previamente. A questão dos ships surgiu naturalmente – parecia que todos nós tínhamos estado loucos para falar naquilo. Perguntei a Jo se tinha se divertido escrevendo a parte dos relacionamentos em *o Enigma do Príncipe*.

– Ah, loucamente. Você gostou?

Emerson e eu demos gritinhos em resposta, contando a ela que tínhamos trocado *high-fives* durante as cenas da festa na Grifinória, em que Jo deixou claro que Hermione gostava de Rony e não de Harry, e que Harry gostava de Gina e não de Hermione.

– Embora, sabe, a gente ache que você deixou isso mais que óbvio nos primeiros cinco livros – disse Emerson.

Jo apontou para si mesma e sussurrou algo quase inaudível.

– O quê? – reagiu Emerson.

– Bem, eu também acho! – repetiu Jo, quase batendo o punho na mesa.

Foi como se cinco anos de estresse estivessem sendo desfeitos ali sobre o tampo da mesa. Todos nós deixamos escapar risadas, uma liberação que vinha de cinco anos de luta com as guerras dos ships, cada um à sua maneira. Por seu lado, Jo havia assistido boquiaberta, enquanto os shippers conduziam maciços debates online; Emerson dissera francamente em seu site que Rony e Hermione eram destinados um para o outro e que qualquer um que não acreditasse nisso estava insano; eu apertava os lábios e ficava de boca calada toda vez que tinha vontade de discutir com os shippers Harry/Hermione que iniciavam e incentivavam discussões medonhas em nossos fóruns de comentários. Eu tinha determinado que a linha do Leaky seria não considerar Rony e Hermione um casal efetivo até que isso ficasse provado nos livros ou até que Harry e Hermione fossem irrefutavelmente condenados por Jo, embora muitas vezes tivesse tido vontade de gritar isso dos telhados. A tentativa de imparcialidade tinha me custado mais dores de cabeça do que eu merecia, e tentar manter a paz entre as facções em briga era enlouquecedor. Agora Jo tinha feito isso. Estava acabado.

– Os shippers Harry/Hermione – disse Emerson, do mesmo modo que tinha feito tantas vezes em seu site – são uns iludidos, delirantes!

Eu cobri a boca com a mão, mas nem o insulto podia conter a minha satisfação. Aquela discussão estava encerrada.

Jo adotou um tom repreensivo com Emerson.

– *Emerson*, eu não vou dizer que eles são iludidos ou delirantes! – declarou ela. – Eu vou dizer que, sim, pessoalmente, acho... que é isso. Está feito, não é? Nós sabemos. Sim, agora sabemos que é Rony com Hermione. Também acho que dei várias pistas bem claras. Pistas do tamanho de *um bonde*, para falar a verdade, antes de chegarmos a esse ponto.

– Ela pôs o ponto final na questão – comentei mais tarde, ainda espantada com o que havia acontecido. – Acabou. Ponto final. As guerras dos ships a*cabaram.*

Eu estava errada. E Jo sabia.

– Assim que Emerson fez aquele comentário para a gravação, eu soube que teríamos problemas – ela disse mais tarde.

Nós saímos da casa de Jo por volta das cinco e meia da tarde. Fiddy chamou um táxi para nós e ambos mergulhamos no banco com os suspiros de satisfação que geralmente vêm depois de uma boa refeição. Apoiei a cabeça no encosto do banco e olhei para o alto.

– Foi tudo demais...

– Eu sei! – disse Emerson.

– Quando os fãs lerem...

– *Eu sei!*

A entrevista

Tínhamos seguido em silêncio por algum tempo até que Emerson me cutucou no braço e apontou para nossos presentes ainda embrulhados. Eu disse a ele para abrir primeiro, e Emerson desembrulhou uma deslumbrante caneca de prata gravada com a data e a inscrição *Com amor de J. K. Rowling* na lateral.

O meu presente era uma pequena caixa verde que ao toque parecia couro de réptil, e estampadas em relevo a ouro na tampa estavam as palavras, *Joseph Bonnar, Edinburgh*. O que havia dentro era fiel ao tema: olhei fixamente durante quase um minuto inteiro antes de tirar o anel de ouro corrugado. Em forma de serpente, o rabo enroscado ao redor de si e com os olhos de esmeralda faiscantes, era, dizia Jo na carta que o acompanhava, uma cópia do anel de noivado que o príncipe Albert dera à rainha Victoria. Ela disse que era um agradecimento pelo *trabalho dedicado e sua inestimável proteção a Harry e seus fãs*. Eu enfiei o anel e o botei diante de meus olhos, e ao contrário da noite anterior, como mais tarde ele diria em seu site, Emerson não riu de mim por fazê-lo.

Começamos a trabalhar quase imediatamente e continuamos até mais da metade do dia seguinte, que era o antepenúltimo dia que eu passaria em Edimburgo. Eu estava começando a chegar ao ponto da exaustão quando David e Kathleen, que tinham passado o dia se distraindo em Edimburgo sem mim, entraram no quarto onde Emerson e eu estávamos com nossos laptops montados, com expressões muito sérias no rosto.

– Melissa – disse Kathleen com o ar de alguém à beira de desmanchar o namoro. – Nós vamos fazer uma intervenção.

– Uma o quê?

– Nós queremos estar com você – disse David. – Pare de trabalhar. Agora. Vamos obrigar você a parar. Estamos em Edimburgo! Vamos, pare!

Franzi o cenho; meu editor do *Advance* havia me ligado dois dias antes para me pedir para escrever uma matéria sobre minha experiência. Eu não havia nem sequer começado e meu prazo se esgotava dali a algumas horas. E, afinal, eu estava em Edimburgo

para trabalhar, aquilo não era uma viagem de prazer por mais divertida que fosse – mas os olhos suplicantes de meus amigos...
– Vocês me dão dez minutos?

Fizemos uma intervenção semelhante em Emerson, que não precisou nem ser convencido; em um piscar de olhos, ele, seu amigo Jamie, sua mãe e nós estávamos no Last Drop, um pub no bairro de Grassmarket de Edimburgo. Emerson e eu batemos a mão ao alto em *high-fives* enquanto saboreávamos e revivíamos a entrevista. Mais tarde caminhamos quilômetros pela cidade, atravessando pontes e seguindo por becos e ruas desconhecidas. Eu dançava enquanto avançávamos, rodopiando; Jamie e Emerson encenaram um arremedo de luta de kung-fu o caminho inteiro, todos nós gritando de maneira realmente inadequada para o meio da noite. Quando afinal chegamos ao albergue, saciados e exaustos, caímos duros na cama e mergulhamos num sono profundo que pareceu gravar para sempre os eventos da semana em minha mente.

Na manhã seguinte Emerson me acordou, batendo forte em minha porta, para se despedir. Acenei cansada para ele e, antes que pudesse me dar conta, eu também estava a caminho de casa.

Emerson e eu postamos nossos relatos da noite do lançamento imediatamente antes de sairmos do albergue. Ambas as matérias relatavam a mesma história de dois pontos de vista diferentes – como tínhamos recebido nossos livros à meia-noite e corrido, e como meus pés estavam doendo tanto que Emerson insistiu em carregar meus sapatos de modo que eu pudesse correr mais depressa, e como tínhamos nos perdido, e como tínhamos batido as palmas das mãos em *high-fives* enquanto líamos o livro noite adentro. Nossos relatos gêmeos espelhavam os sentimentos um do outro e mostravam, em minha opinião, o laço de amizade que tínhamos forjado no curso daquele evento que superava as rivalidades mesquinhas das quais por vezes éramos acusados (e das quais às vezes travessamente participávamos).

A entrevista

Minha mãe me recebeu no aeroporto com o maior abraço e o sorriso mais largo que vi na vida. Ela imediatamente começou a falar sobre todas as pessoas a quem tinha contado, todo mundo que tinha ligado para ela para saber como eu estava e sobre todas as minhas entrevistas que tinha gravado ou lido.

– Todo mundo está me ligando para saber de você, e eu fico dizendo para irem para o Leaky e lerem todas as suas entrevistas, e tome aqui, ligue para o seu pai e diga a ele que chegou! – Ela me passou o telefone, mas eu estava mais interessada na internet que ainda estava fora de alcance. Eu estivera fora de contato com o mundo online por quase um dia e não tinha ideia de como as matérias tinham sido recebidas; minha mãe dissera apenas que os fãs pareciam estar adorando.

Contudo, quando entrei em casa, minha irmã estava lá, à minha espera e me recebeu com uma reação muito diferente.

– *Memerson, Memerson, Memerson!* – entoou como uma colegial, requebrando os quadris de um lado para outro a cada repetição. Ela estava vestindo um conjunto de malha, como se tivesse acabado de voltar da academia de ginástica, e seu rabo de cavalo balançava para a esquerda e para a direita em sua dança infantil.

– O quê?

– Memerson! Melissa e Emerson!

– O quê?

– Estão falando a respeito disso no Leaky! Memerson! Querem que vocês dois fiquem juntos! Acham que já estão!

Eu ainda estava com a bagagem de mão numa das mãos e minha bolsa na outra, e fiquei parada ali como uma estátua muito confusa no vestíbulo da casa de minha mãe. Minha irmã parecia estar falando uma língua estrangeira.

– O quê?

Ela deu uma risadinha maliciosa e começou a me contar como os fãs, depois de ler nossos relatos do cavalheirismo de Emerson, de nossa experiência amistosa, e de nossas personalidades similares às de Rony e Hermione, tinham decidido inferir que havíamos dado início a um relacionamento amoroso enquanto estávamos em Edimburgo. A ideia era ridícula; Emerson era sete anos mais moço que eu, eu não tinha nada além de sentimentos fraternos por ele, e não tínhamos, de forma alguma, dado qualquer indicação de que houvera alguma coisa entre nós. E não havia nada. E eles estavam pouco se importando.

A ideia pegou fogo nos fóruns de discussão, e um dia depois já havia fan-fics postadas a respeito de nós (algumas histórias escritas em tom de brincadeira, outras não), a maioria das quais ficava tecendo especulações sobre os momentos de bastidores ao redor de nossos relatos. Não consegui ler aquilo, toda vez que recebia um link para uma história, minha curiosidade me levava a clicar o texto, mas sempre parava quando chegava ao meu nome. Eu não conseguia aguentar ler a respeito de mim como se fosse um personagem fictício, com pensamentos inventados atribuídos a *mim*. A cada vez, meus olhos pareciam congelar na minha cabeça e meu pescoço ficar duro. Meu limiar de experiências "esquisitas" tinha sido significativamente aumentado desde que entrara naquele fandom intensamente devotado, mas aquele tipo de esquisitice não se enquadrava nas escalas normais. Certa ocasião eu apenas encaminhei o link para meus amigos Potter mais íntimos, inclusive Kathleen, David, Meg, B. K. e Kristin, com quem eu falava regularmente por uma lista de e-mail. Disse-lhes que lessem e me contassem o que havia nas histórias porque eu não conseguia fazê-lo; eles se divertiram muitíssimo dissecando o material e morrendo de rir enquanto o faziam. Mesmo aquelas mensagens se tornaram difíceis de ler, especialmente quando alguém mencionou que eu tinha sido descrita como tendo "olhos castanhos cor de chocolate", uma das descrições mais clássicas e irritantes de Hermione de fan-fic.

Seja como for, eu não era importante em tudo aquilo. A maior parte do fervor vinha do MuggleNet, e o Leaky estava pegando apenas a rebarba. Eu sabia por que estavam semiobcecados com Emerson. Antes do lançamento do livro seis, a primeira foto de Emerson tinha circulado na Net. Foi tirada por um fotógrafo do *Chicago Tribune* e mostrava Emerson sorrindo com um exemplar do quinto livro Potter que parecia estar brilhando, iluminando-o de baixo para cima. A foto toda tinha um estranho tom azulado, banhando seu modelo numa luminosidade fria e misteriosa. Também revelava que Emerson não era o garoto bobalhão e insignificante que todo mundo imaginava e sim um adolescente forte de braços musculosos, com um largo sorriso e grandes olhos azuis. As garotas ficaram loucas. Ele comandava o site favorito delas, tinha senso de humor *e* ainda tinha coragem de ser bonito? Foi um caso de estrelato de internet imediato. Sites de fãs e fã-clubes foram criados em seu nome, e para os adolescentes que eram obcecados por Harry Potter, ele poderia ter sido um semideus.

Na esteira do episódio "Memerson" e da estranha insistência das pessoas de acreditar que fosse verdadeiro, para as fanzocas de Emerson eu acabei ficando numa posição que me era totalmente desconhecida e imediatamente ridícula: a de ser *aquela garota*. Aquela a quem todas as outras garotas da escola desejavam que tivesse eczema. Ou chifres. Logo me vi sendo alvo de vituperações de adolescentes que desejavam ter tido meus amassos de ficção com Emerson. Outra fã prestativa me enviou um link para um álbum de fotos online onde eu era retratada de maneira pouco lisonjeira como Sim – uma personagem do popular videogame em que os usuários criam avatares digitais. A pessoa que o postou tinha jogado o jogo me usando como personagem e tinha tido um bocado de trabalho para me retratar como uma figura desempregada, suja e sexualmente promíscua, com péssimo temperamento e predileção por gravidez fora do casamento, enquanto os garotos do MuggleNet (pois agora que Emerson tinha fãs, os membros de seu quadro de pessoal de posição mais alta na lista também tinham) eram empregados, bem-vestidos e cuidados e tão devastadoramente boas-pintas quanto personagens digitais de baixa resolução podem ser.

Era tudo fascinante, do mesmo modo que filmes de horror são fascinantes, mas eu não podia passar muito tempo morrinhando com minha popularidade paradoxal; eu tinha muito que fazer – a entrevista estava sendo postada aos poucos, tanto em meu site quanto no de Emerson, e estávamos nos preparando para o que aconteceria quando a segunda parte entrasse na Net.

Fiquei diante de meu computador clicando a tecla Refresh por dez minutos seguidos quando a segunda parte da entrevista, a parte com os comentários sobre ships, foi postada. Não tive que esperar quase nada para que a primeira onda se abatesse, e duas horas depois eu ainda estava olhando incrédula para a página pululante de comentários com horror abjeto.

Foi muito pior do que eu havia imaginado. Mundos pior. Os e-mails chegaram imediatamente. Alguns pareciam nos considerar heróis contemporâneos, outros amaldiçoavam nossa existência por ter afundado o "ship" deles. Na mesma medida em que nos tornamos imediatamente festejados na comunidade Rony/Hermione fomos execrados entre os shippers Harry/Hermione. Eles dirigiram comentários ofensivos a Jo Rowling e lhe escreveram cartas – um homem, já de mais de trinta, lhe escreveu uma que dizia: *Perdoe-me por ter pensado que você fosse uma escritora melhor do que é.*

Mas nada se comparava com o que estava acontecendo com Emerson. Eu havia saído menos prejudicada; uma pessoa perversa sugeriu que eu fazia coisas nojentas com meus parentes, mas esse foi o pior comentário. A insistência de Emerson de chamar certa facção de fãs de "iludida" deu a seus detratores um ponto de união. Ele tinha sido cruel e os insultara, diziam eles, de modo que estavam retribuindo a cortesia. Emerson recebeu repetidas ameaças de morte (eu só recebi uma); sua linha de raciocínio foi comparada com a de senhores de escravos; ele foi retratado em obras de *fanart* nojentas, e fãs escreveram missivas vitriólicas amaldiçoando seu nome. Emerson só fez a coisa piorar quando publicou um "pedido de desculpas" aos shippers H/H – isto é, apenas àqueles que não estavam sugerindo que Jo na realidade ainda fosse fazer o par Hermione com Harry. Os outros, disse ele, passando sal suficiente na ferida para descongelar um quarteirão, eram mesmo iludidos.

A entrevista

Meg, que só estivera envolvida com o fandom perifericamente naquela época, voltou para o Sugar Quill para ler as reações à entrevista. Em caráter particular, ela enviou uma resposta a um fã, chamado Devin, que tinha feito um comentário incisivo sobre como era bom, finalmente, depois de todos aqueles anos, estar gloriosa e maravilhosamente *certo*.

Duas semanas depois eles estavam namorando. Ele era desalinhado, tinha cabelo preto, olhos verdes e usava óculos e, com os cabelos ruivos fulgurantes de Meg, os dois juntos teriam feito um par que parecia ridiculamente artificial se não estivessem tão claramente apaixonados.

No mínimo, a controvérsia me mostrou exatamente em quem eu podia confiar. Publicamente, alguns shippers H/H, como Angela, a garota que havia ousadamente previsto aquela entrevista e com quem eu mantinha um relacionamento cordial, se mostravam bonzinhos e educados comigo em meu blog. Ela me garantiu que não ficara absolutamente magoada com a entrevista, e aparentou estar acima de tudo aquilo. Uma porção de gente acreditou nisso, inclusive eu. Uma semana depois uma amiga me deu a senha para entrar numa comunidade H/H e me mostrou algo diferente: um post em que Angela acabara de chamar Emerson de debiloide de 18 anos e a mim de uma aspirante a Rita Skeeter.

Eu apenas ri e esfreguei meu polegar em meu dedo anular esquerdo, onde uma cobra de ouro se enroscava benignamente.

Mais de dois anos depois, eu estava de novo no escritório de Jo, usando o mesmo anel e, a despeito da ausência de Emerson Spartz, com uma tremenda sensação de déjà vu. O *Relíquias da Morte* tinha sido publicado e digerido, e Jo e eu estávamos chegando ao fim de uma entrevista de oito horas. Ambas rimos um pouco recordando o que havia acontecido ali da última vez.

– Eu tentei muito suavizar o golpe – disse Jo. – Só pelo fato de que alguém defendia o par Harry/Hermione não queria dizer que não fosse autêntico ou que necessariamente fossem pessoas equivocadas. De fato vou lhe contar uma coisa, Steve Kloves, que foi o roteirista [dos filmes Potter], que é uma pessoa supersensível e que conhece bem a série, e um bom amigo meu, depois de ler o livro sete, me disse: "Sabe, eu pensei que iria acontecer alguma coisa entre Harry e Hermione, e não sabia se queria que acontecesse ou não."

"Eu sempre planejei que a verdadeira alma gêmea de Harry, e isso é algo que mantenho e reafirmo, fosse Gina, e que Rony e Hermione tivessem aquela atração mútua combativa. Eles sempre terão briguinhas, sempre haverá pequenos desentendimentos, mas sempre acabarão juntos porque cada um tem algo de que o outro precisa."

Fiquei olhando para ela, percebendo que ainda não tinha terminado, e uma sensação de pressentimento se apoderou de mim.

– Kloves sentia que havia alguma atração entre eles naquela altura. E creio que ele estava certo. Há dois momentos em que [Harry e Hermione] se tocam, que são momentos intensos. Um, quando ela toca no cabelo dele enquanto ele está sentado no alto da colina depois de ler sobre Dumbledore e Grindelwald, e [outro] o momento em que eles saem do cemitério abraçados.

Naquela altura eu estava prendendo a respiração. Ela não havia acabado.

– Pois bem, o fato é que Hermione divide momentos com Harry dos quais Rony nunca poderá participar. Ele se retirou. Ela viveu algo de muito intenso com Harry.

– Então você acha que poderia ter sido com um ou com o outro.

Eu podia ouvir os gritos de lástima de shippers – tanto H/H quanto R/H – chegarem aos meus ouvidos vindo do futuro.

CAPÍTULO TREZE

INDEPENDÊNCIA

Nós finalmente decidimos onde passaríamos a noite do lançamento de *Relíquias da Morte*, e eu não podia estar mais satisfeita com a decisão: Jan Dundon, uma gerente da Anderson's Bookshop em Naperville, Illinois, tinha me telefonado nos convidando para participar da festa da Anderson's, um evento de duas cidades, e dezenas de milhares de pessoas. Tínhamos hesitado um pouco, mas chegado à conclusão de que a área de Chicago nos oferecia uma maravilhosa localização bem central para os fãs, e o tamanho daquela festa fazia dela o final perfeito para nossa turnê de podcast.

Um final de tarde em junho, enquanto eu estava de folga da turnê, Jan foi me buscar na estação de trens de Naperville para que pudéssemos debater os planos para 20 de julho. Ela e eu andamos pela cidade e pela sua vizinha, Downers Grove; havia uma garotada dançando pelas ruas enquanto uma banda jamaicana tocava, e postes de luz antigos iluminavam as calçadas. Naperville e Downers Grove iriam parar o tráfego para o evento, ocupando ruas e contando com a participação de comerciantes no que agora estavam chamando de A Festa que Não Deve Ser Nomeada. (O nome anterior, Muggle Magic, tinha sido alterado por solicitação da Warner Bros.)

A Anderson's é uma livraria extremamente respeitada, com duas lojas no centro das cidades; tinha sobrevivido à proliferação de redes de livrarias como a Barnes & Noble e a Borders, algo que havia se tornado cada vez mais uma proeza. Mas depois de Jan ter me buscado na estação de trem, enquanto andávamos pela cidade, havia um tom um tanto triste em sua voz.

– Este deveria ser o dia de maiores vendas para todas as livrarias – explicou ela. – Em vez disso, teremos sorte se não ganharmos nem perdermos.

Livrarias independentes outrora tinham dado o sopro da vida à série Harry Potter, mas com a enorme popularidade da série, uma brutal guerra de preços havia sido criada em torno dos livros. Grandes descontos reduziram os preços de venda das lojas, até a competição chegar a um ponto em que, essencialmente, os livreiros teriam que pagar para as pessoas levarem o livro. A Anderson's baixou o preço tanto quanto pôde, e parou em um desconto de 25 por cento – e só conseguiam manter isso porque estariam vendendo 200 mil exemplares. Algumas lojas só venderiam alguns, talvez cem exemplares (como a Hungerford Bookshop, na Inglaterra, que só vendeu 74). Contudo, para participar da experiência, a maioria das lojas ficaria aberta até a meia-noite e ofereceria festas, o que significava gastar muito do dinheiro que não ganhariam com um livro que deveria ser o mais fácil de vender.

As editoras vendiam o livro com um desconto de 40 a 50 por cento para revendedores, de modo que, com um preço sugerido de venda a varejo de 34,99 dólares, significava que as lojas podiam comprá-lo por 17 ou 18 dólares. Contudo, a partir de *Harry Potter e o Cálice de Fogo*, e cada vez mais a cada novo lançamento, atacadistas, redes de supermercados e por fim os grandes atacadistas online como a Amazon.com e a Barnes & Noble, começaram a usar o livro como "líder de perdas", o que basicamente significava que estavam perdendo dinheiro com o livro para gerar renda de outras vendas. Eles teriam o preço mais baixo, de modo que atrairiam o maior interesse, e a diferença seria coberta com outros produtos. Essa competição feroz praticamente garantia que as lojas independentes ou tivessem que oferecer o mesmo preço que as competidoras e desse modo ter prejuízo com o livro, ou perder com suas vendas, ou cobrar o preço total e depender da lealdade dos clientes.

– Perder dinheiro com um livro que é um bestseller garantido é loucura – disse Vivian Archer, da Newham Bookshop em Londres. Se todo mundo em Londres vendesse *Relíquias da Morte* ao preço sugerido para varejo de 17,99 libras, ou a algum preço a meio caminho entre o de atacado e varejo, todos ganhariam dinheiro. Contudo, as livrarias independentes estavam encomendando cautelosamente ou encomendando menos exemplares do que deveriam para se assegurarem de não ficar com encalhes. Com a maioria dos livros, os livreiros podem devolver o que não vendem, mas à medida que Harry Potter ganhou importância a Bloomsbury estipulou que apenas dez por cento do estoque poderia ser devolvido.

Costumava haver um ambiente diferente na Grã-Bretanha sob o Net Book Agreement, um acordo entre editoras datando de 1900, que permitia que houvesse um preço mínimo de livros para todos. O preço de venda era estipulado pela Associação dos Editores, e qualquer desconto além só seria permitido para clubes do livro, bibliotecas e escolas ou setores semelhantes. O acordo foi declarado anticompetitivo em 1997, em seguida à rejeição do acordo por várias das principais editoras; a partir de então os varejistas ficaram livres para fixar o preço que quisessem para qualquer livro. Alguns diziam que a mudança da prática tinha resultado em preços globais mais baixos no mercado do livro devido a mais competição; outros diziam que sobrecarregava livros que vendiam menos exemplares obrigando-os a ter um preço mais alto para cobrir a diferença, porque os bestsellers eram vendidos com descontos tão grandes que não rendiam nenhum dinheiro. Supermercados como o Tesco e o Asda, que estava criando suas livrarias – regularmente ofereciam livros pelo mesmo preço que uma revista ou algumas bisnagas de pão. Os livros Harry Potter podiam ser comprados barato, com um desconto de 50 ou 60 por cento do preço. Descontos similares podiam ser encontrados online na Amazon ou na Barnes & Noble.

Mas com Harry Potter também havia uma saída de salvação para as livrarias: nenhum vendedor online podia lhe entregar o livro à meia-noite e um do dia do lançamento. Para isso você tinha que estar numa livraria. E vendedores online não lhe ofereciam uma grande festa.

Jan me contou toda animada sobre a fantasia que usaria no grande dia – iria se fantasiar de Madame Hooch, e com sua baixa estatura, cabelo curto grisalho, jeito animado e olhos faiscantes, não vi melhor escolha. Haveria pessoas atuando como quadros vivos, um xadrez humano aqui, e um concurso de fantasias ali, disse ela. Para ela a festa claramente era um projeto muito acalentado, pela maneira como gesticulava e parecia ver a agitação futura diante dos olhos.

– A cidade parece que se torna viva. É tão especial! – Ao longo do dia esperava-se que mais de 50 mil pessoas fossem chegar e entrar e sair do local armado como cenário. Seria um parque de diversões 24 horas.

– Perfeito – disse-lhe, deixando-me contaminar por seu entusiasmo.

No dia seguinte, em nossa parada seguinte da turnê, as previsões de fãs vinham furiosas, espontaneamente, porque o tempo estava se esgotando e todo mundo queria que sua posição fosse ouvida. Especialmente quando perguntávamos quem morreria no último livro.

Nunca compreenderei plenamente por que as mortes eram tão importantes para nós, ou o que tínhamos a ganhar adivinhando-as. Por um lado era algo de concreto e definitivo, era uma previsão que você poderia escrever e depois cobrar o devido crédito se acertasse; por outro, o simples fato de que um personagem morresse ou sobrevivesse revelava alguma coisa sobre as circunstâncias em que tal coisa aconteceria. Para as casas de apostas eram apenas uma coisa a mais em que se podia apostar, da mesma maneira que mantinham sempre aberta uma aposta sobre se nevaria no Natal ou quando Tom Brady marcaria o seu próximo *touchdown*. Para os fãs era diferente. Sabíamos com que seriedade Jo Rowling planejava mortes, de modo que também as levávamos muito a sério: se você achava que alguém iria morrer era melhor tratar de apresentar uma boa explicação para isso, porque afetava o enredo, que afetava suas teorias, e às vezes uma boa teoria era o que bastava para alguém adquirir credibilidade e respeito no fandom.

Ao longo de anos, no PotterCast, vínhamos fazendo votações entre os fãs sobre quem viveria e quem morreria em diferentes livros Harry Potter. De maneira muito simples, chamávamos o jogo de Viver ou Morrer. Era de longe uma de nossas atrações favoritas e o jogo mais apreciado e, quando estávamos na estrada ou em programas ao vivo, se tornou fácil jogar rounds enormes, aos gritos. Anunciávamos o nome de um personagem e a plateia gritava: "VIVE!" ou "MORRE!" Depois de quase dez anos de especulações sobre os livros isso parecia uma destilação notavelmente simples de nossas complexas teorias e previsões.

Toda a louca especulação sobre a morte de personagens começou inocentemente: em resposta à pergunta de um repórter Jo Rowling disse, nos idos de 1999, que um personagem de quem gostávamos muito morreria no quarto livro. Há mortes nos primeiros três livros, mas de pessoas que não conhecíamos nem estimávamos especialmente. Um personagem que realmente conhecíamos bem iria morrer? Aquilo era notícia da maior importância.

A primeira ocasião em que essa afirmação foi registrada é bastante inócua. Sim, alguém morre no quarto livro. É apenas isso. Uma citação de palavras de Jo Rowling. Ela havia comentado que o trecho tinha sido difícil de escrever.

– Eu não podia contradizer aquilo – declarou ela recentemente. Qualquer coisa que revelasse seria considerada um *spoiler* (revelação sobre o enredo), os fãs eram ferozmente contra *spoilers*. – Estaria estabelecendo um precedente de sinalizar pontos importantes do enredo antes que acontecessem. Creio que houve alguma medida de desapontamento quando se revelou ser Cedrico Diggory, mas nunca tive a intenção de enganar ninguém. Pior que isso, levantei uma lebre que não parava de correr.

Ela ficara prisioneira de sua própria intenção de manter sagrados os detalhes do enredo. Enquanto isso, um elemento novo e impiedoso emergiu: dinheiro.

A companhia de apostas Blue Square, sediada no Reino Unido, foi uma das primeiras a disponibilizar apostas via internet, em vez de se limitar apenas a apostas feitas pessoalmente em lojas específicas. Quando J. K. Rowling divulgou que haveria uma morte no sexto livro, os corretores da casa de apostas acharam que seria "a coisa natural a fazer" abrir um livro de apostas para o nome de quem morreria, "especialmente dada a ampla cobertura de imprensa recebida pela série Harry Potter". E estavam certos; a ideia de corretores de apostas anotando nomes causou grande impacto na mídia.

Mas a ideia deles deu para trás, graças ao povo de Bungay, uma cidadezinha curiosamente "potteresca" em Suffolk, na Inglaterra, na costa leste da Ilha Britânica. A cidade abrigava um castelo que parecia estar em ruínas; tem um circuito recomendado para ciclistas, Godric Way, e o costume local mantém viva a crença no Black Shuck, um enorme cão negro que pressagia morte e destruição para quem o avista. Se algum dia existiu um lugar onde Harry Potter deveria ser impresso era lá. A gráfica local da Clays foi parteira de milhares de exemplares de Harry Potter ao longo dos anos.

A Blue Square estava aceitando apostas em volume normal, até que uma enorme quantidade de apostas começou a entrar sugerindo que Dumbledore iria morrer. Tivesse isso acontecido antes da internet, não haveria como provar a origem das apostas, mas os formulários online significavam endereços e números de cartão de crédito, e logo, foi fácil determinar que todas as apostas na morte de Dumbledore estavam vindo de uma cidade: Bungay, Suffolk. Mais de seis mil apostas entraram em menos de uma semana.

A Blue Square suspendeu as apostas, mas não antes de entrar em contato com o *Sun*. A notícia foi amplamente divulgada e dando-lhes garantias contra possíveis perdas monetárias decorrentes de violação de segurança.

Considerando a história envolvendo livros anteriores em estágio de impressão, não era um absurdo inacreditável imaginar que os apostadores tivessem uma informação de cocheira. A morte de Dumbledore de todo modo não era a menos provável, e quando os relatos da imprensa revelaram que esse personagem era um provável favorito, a maioria dos fãs deu de ombros e disse: "É, a gente bem que imaginou."
As apostas tinham tido um valor limite de cinquenta libras, então aquelas seis mil pessoas ganharam 250 libras cada.

– Nós pagamos o devido, a cinco por um, de modo que no total foi um desembolso de cerca de 30 mil libras – disse Alan Alger, porta-voz da Blue Square. – Provavelmente ganhamos cerca de 100 mil libras com a cobertura da imprensa, nesse caso não achamos que tivéssemos perdido dinheiro.

Eu postei a história no Leaky quando aconteceu, mas mal levantei as sobrancelhas quando vi o nome de Dumbledore. Embora em algum lugar lá no fundo eu achasse que tinha havido um vazamento de informação de verdade, obriguei a mim mesma a atribuir aquilo à possibilidade de que fosse apenas o resultado de um grupo muito concentrado de fãs de Harry Potter que tivessem todos feito suas apostas juntos. Com um pouco de força de vontade e uma pitada de negação, era possível fazer de conta que não sabia.

Alguns dias depois da matéria da Blue Square, declarações tinham sido feitas pela Bloomsbury bem como por Jo Rowling (através de seu site), recordando-nos que não deveríamos acreditar em tudo que líamos nos jornais. Contudo, houve *muitas* histórias como aquela e poucas provocaram uma resposta da autora; aquilo nos deixou bastante certos de que, daquela vez, seria Dumbledore que iria se mudar para o castelo no céu.

A coisa engraçada sobre as apostas e o livro seis, e toda a conversa sobre mortes ao redor do livro seis, era que Jo Rowling nem uma única vez dissera, especificamente, em nenhum dos milhares de artigos, entrevistas ou em lugar nenhum em seu site, que o livro seis teria a morte de alguém que amávamos. Ela tinha mencionado que haveria outras mortes na série, e com certeza nunca *negou* que fosse haver uma morte *importante*, mas no que dizia respeito ao livro seis, todo mundo poderia ter estado vivo e jogando buraco no final. Em algum momento entre os livros cinco e seis o populacho parou de querer saber se alguém morreria e se aquela pessoa seria um personagem conhecido e amado de todos, e começou a presumir que mortes importantes seriam apenas partes essenciais integrantes dos livros que faltavam da série. Em suma, as pessoas deixaram de se chocar exatamente com aquele elemento que era usado para causar choque.

Mesmo assim, o derby da morte não deixou de existir, em parte porque era muito divertido. Entrava em um ciclo de pergunta e resposta que continuava a cada nova partida do jogo. Sem dúvida, em alguma entrevista, Jo Rowling ouviria perguntas sobre o novo livro e quais os personagens deveríamos esperar que morressem. Então a história principal nas agências de notícias seria sobre como ela tinha prometido um banho de sangue, e nós fãs reviraríamos os olhos e nos lembraríamos de como ela tinha prometido um banho de sangue anos antes, e que qualquer número de mortes não seria realmente uma surpresa.

Um ano antes do lançamento de *Harry Potter e as Relíquias da Morte* ser lançado, em uma participação no programa do Channel 4 *Richard and Judy*, Jo Rowling fez uma declaração simples sobre como seu trabalho estava evoluindo. Ela revelou:

– Na verdade acabei por matar duas pessoas que não pretendia e uma pessoa foi poupada.

E com isso foi dada a partida, em alguns casos literalmente. Todos os sites da Net, estações de televisão, organizações jornalísticas, jornais e órgãos da mídia deste país e muitos outros publicaram a matéria. Àquela altura eu sabia como avaliar o nível de choque que determinada história causaria pela frequência com que meu telefone tocava. Agora que estávamos tão perto do fim da publicação da série, muitos repórteres tinham meu número em seus arquivos Potter, e eu estava me tornando uma pessoa a ser consultada para artigos e comentários, como o eram os webmasters de todos os grandes sites Harry Potter. Em qualquer dia,

Emerson Spartz e eu éramos citados em diferentes jornais sobre o mesmo tópico. Os repórteres não podiam conseguir comentários da autora ou dos editores enquanto o livro estivesse sob embargo, de modo que eu estava me tornando uma boa substituta, ainda que me parecesse fraudulenta, como se tivesse passado a me intitular dra. Melissa em um programa de entrevistas ou coisa parecida. Uma matéria tinha que atingir certo limiar para que aquele tipo de chamadas começasse, e quando havia uma história realmente quente eu provavelmente receberia duas ou três chamadas ao longo de um dia. No dia seguinte à divulgação daquela matéria eu tive que desligar meu celular para conseguir ter condição de fazer alguma coisa no trabalho.

A única chamada que atendi na hora do almoço foi da MSNBC. Horas depois eu estava sentada no estúdio, com um fone de ouvido e uma tapadeira com a falsa silhueta de Nova York ao meu lado, pronta para começar a falar com um âncora que eu não podia ver, mas que estava imaginando que vivesse bem atrás da câmera. Eu tinha tido uma experiência de entrada ao vivo em minha primeira entrevista, via telefone para a BBC, durante o leilão Get a Clue, havia gaguejado metade do tempo e falado rápido como uma metralhadora na outra.

A primeira coisa que esse repórter fez foi me perguntar como pronunciar o nome de Rowling.

– É Rowling, "roulin" – expliquei, feliz por finalmente poder esclarecer isso, e então prossegui, passando a explicar como duas mortes em um livro Harry Potter não eram nada de tão importante, que Jo Rowling tinha prometido e provavelmente cumpriria a promessa de um banho de sangue. – É como uma trilogia, no cinema – expliquei. – É uma guerra; pessoas morrem.

Por mais espantada que eu tivesse ficado inicialmente que aquilo fosse considerado matéria, depois de um pouco de reflexão fez sentido: já fazia quase um ano desde que houvera alguma notícia tangível de Harry Potter – Jo Rowling ainda não tinha anunciado que havia acabado de escrever e livro sete e não dera absolutamente nenhuma outra informação a respeito do livro, nem sequer o título. A carência absoluta de informações nos levou a nos banquetearmos com o que afinal era um detalhe insignificante. E como eu disse no programa, aquilo era como o fim de uma trilogia: qualquer um poderia morrer. Mais ninguém era necessário para o livro seguinte. Até Harry poderia morrer.

Essa era a grande questão, é claro. Harry viveria ou morreria? Logo no início, antes que Jo Rowling se tornasse a equivalente literária de Brad Pitt, ela ria e descartava a pergunta. Quando lhe perguntavam se iria escrever mais de sete livros, declarava que queria parar antes de chegar a *Harry Potter e a Crise da Meia-Idade*. Mas finalmente acabou por mudar de tática, alinhando-se com o crescimento do fenômeno. Em algum ponto por volta de 2000, todas as respostas de Rowling se tornaram:

– Vocês parecem certos de que ele não vai morrer. – Ou se perguntada sobre os filhos que futuramente Harry teria: – Como sabem que ele vai ter filhos?

Eu não conseguia encontrar ignorância deliberada para descartar essa pergunta. Eu tinha escolhido uma postura ligeiramente mais digna do que enfiar os dedos nas orelhas e gritar: "Lálálálálálálálá!", sempre que alguém sugeria que Harry morreria, e com certeza quando era um repórter que sugeria. Em meados de junho eu já devia ter respondido à pergunta: "Harry Potter vai morrer?", umas sessenta vezes, com diversas variedades de admoestações e choque pelo fato de que alguém sequer sugerisse tal coisa. Chegou a um ponto em que quando meu telefone tocava, meus amigos reviravam os olhos e contavam mentalmente quanto tempo demoraria para me ouvirem dizer algo como: "Não, com certeza que não, essa é uma história que gira em torno de amor e triunfo, e se Jo Rowling quisesse matá-lo e ainda conquistar essas metas sem dúvida poderia, mas não o fará. Não sei por que, mas ela não vai fazer isso."

Contudo, estávamos começando a ficar nervosos com relação a vazamentos do conteúdo do livro. Estávamos perto, perto demais do lançamento; em maio, mais ou menos na época em que os livros começariam a ser impressos, inseri uma nota no Leaky pedindo aos fãs que não se entregassem a trocas radicais de segredos Potter na internet.

Os Harry and the Potters também tinham passado a gravar anúncios com mensagens de serviço público e a divulgá-las durante nosso programa. Eles os gravavam dentro do compartimento traseiro da van em movimento, o que era perceptível pelo som constante dos pneus rodando ao fundo.

– Oi, esse é Harry Potter, de Harry and the Potters – dizia um.
– Pizza é um prato delicioso, mas não chegue perto de uma na Inglaterra. Os ingleses não sabem o que estão fazendo! – Ou: – Alô, trouxas! Ciência é o máximo! Continuem mandando ver!

Havia cerca de nove mensagens, mas a que levou nosso primeiro prêmio foi a última.

– Oi, eu sou Harry Potter – dizia Paul.
– E eu sou Harry Potter – dizia Joe.
– E nós somos Harry and the Potters, com uma mensagem especial para todos vocês, ouvintes do PotterCast.
– Vocês se lembram de quando Voldemort matou minha mãe?
– E meu pai?
– Aquilo não foi nada legal.
– Também não é nada legal estragar um livro para milhões de pessoas.
– Em julho deste ano, fiquem de BOCA FECHADA!

CAPÍTULO CATORZE

NO RÁDIO (INTERNET)

Estávamos quase em julho quando eu tive um colapso. Tínhamos acabado um almoço em um restaurante de cozinha chino-mexicana em Phoenix, no Arizona. A comida era de tão difícil digestão quanto sua categoria era exótica, e estávamos inquietos e cansados quando alguém de um jornal a alguns estados de distância me telefonou. Passamos pelas perguntas de rotina de entrevista – por que Harry é tão popular, qual será o futuro do site e de sua equipe quando a série tiver acabado etc. – enquanto John, Sue e Bre (a namorada de John, que estava viajando conosco) cada vez mais riam baixinho e maliciosamente a cada uma de minhas respostas, porque eu (e eles) tinha começado a fazer caretas enquanto falava. Àquela altura eles podiam adivinhar que perguntas estavam sendo feitas e recitar as respostas, e o exercício inteiro estava começando a parecer tão ridículo quanto às vezes eu tinha a sensação de que era. Quando o repórter chegou ao final de sua lista eu estava impaciente, esgotada e tão desesperada por uma piada quanto eles, de modo que estava meio enlouquecida e com a cabeça fora do lugar quando ele perguntou:
– E o Harry, ele vai viver ou vai morrer?
– Ora, o que é isso, Harry vai viver, e se não acreditar em mim, pode me morder.
Eu me calei e olhei ao redor para meus amigos, que ostentavam expressões idênticas de choque.
– Melissa! – Sue me repreendeu e tive que enfiar um guardanapo na boca para conter o riso.

– Por favor, não publique isso – supliquei, e fiquei contente ao perceber que o repórter também estava às gargalhadas. – É que estamos muito cansados por aqui.

Aquela era a declaração mais verdadeira que já tinha feito. Depois de apenas alguns dias de turnê PotterCast, agora entendíamos por que não éramos astros de rock (como se tivesse havido alguma possibilidade). Nós nos cansávamos depois de apenas algumas horas dirigindo, chegávamos atrasados para os programas e por vezes permitíamos que a exaustão que sentíamos passasse para nosso desempenho no podcast. Contudo, as plateias eram enormes e entusiasmadas, e por vezes faziam previsões hilárias. Um participante em Albuquerque sugeriu que Snape na verdade não existia nos livros – que o tempo todo ele tinha sido apenas McGonagall.

– Então quem era McGonagall quando ela falava com Snape? – perguntou Sue.

O garoto parou um segundo, então atirou as mãos para o alto.

– Uma ilusão!

Os podcasts Harry Potter só passaram a existir realmente um mês depois do lançamento do sexto livro Potter. O Leaky estivera trabalhando na ideia desde fevereiro anterior, e estava acabando a fase de planejamento e implementação quando o MuggleNet lançou o seu "MuggleCast" no iTunes. A recepção foi chocante – ocupou os cinco primeiros lugares na lista do iTunes em sua primeira semana de publicação, e quase instantaneamente uma nova mídia para a análise de Potter nasceu. O MuggleNet nunca deixaria de caçoar conosco dizendo que só tínhamos criado um podcast porque eles tinham feito um. Estavam errados, é claro, e havia prova disso no fato de termos comprado e registrado o domínio Potter-Cast.com em março, cinco meses antes de o MuggleCast ter sido lançado, mas eles pouco se importavam. Depois da controversa entrevista que Emerson e eu tínhamos feito juntos, os rapazes do MuggleNet e eu começamos a manter um relacionamento muito semelhante ao de irmãos, com todos os detalhes, inclusive com um grande afeto mútuo, provocações brincalhonas e tremendas implicâncias.

Nossos programas não eram muito diferentes; ambos tinham debates sobre livros e segmentos de notícias, e, conforme aprendemos muito rápido, dependiam das personalidades dos apresentadores para manter a audiência. Em nosso primeiro programa, eu fiz todos os segmentos introdutórios e a maioria das entrevistas; eu os gravei com microfone na mesa de jantar de minha companheira de quarto às três da manhã, me sentindo uma completa idiota. Na semana seguinte, Sue, que tivera tarefas pessoais para resolver na semana anterior, assumiu os segmentos de notícias. Mas o programa só conquistou um público realmente fiel por volta da sexta semana, quando John Noe se juntou a mim para um segmento de debate.

John tinha querido produzir, não fazer uma participação no podcast, mas certa noite, pensando que precisávamos gravar algum tipo de debate ao redor de nossas notícias, eu o recrutei. Sabia que John era um sujeito passional e muito trabalhador, mas não tinha ideia de que fosse engraçado. Subitamente lá estava ele fazendo o papel de palhaço quase com perfeição e parecendo não se incomodar nem um pouco.

John:
– Eu posso citar qualquer nome [dos livros Potter] se você me der uma pista.
– Ah, é? – eu disse.
– É, pode mandar.
– A mãe de Tom Riddle.
– A mãe de Tom Riddle... hum... eu não sei... não sei ainda o material do livro seis!
– Você disse qualquer nome!
– Qualquer um dos cinco primeiros, por favor!
– Você sabe, vamos competir [em trivialidades] contra os rapazes do MuggleNet e você está na minha equipe.
– Vou estar na equipe deles e acabar com eles.

A resposta do público foi instantânea e clamorosa, e levou a estranha fama que Emerson e eu tínhamos adquirido depois da entrevista com Jo Rowling a um nível diferente. Subitamente havia grupos de fãs e Web sites; o meu era chamado M.A.F.I.A., ou Melissa Anelli's Fans in Action, uma brincadeira com minha descendência italiana. O clube consistia em um punhado de garotas muito fofas que colecionavam coisas espertas ou engraçadas que eu dissera no programa. O de Sue era S.Q.U.E.E., imitando o som que ela fazia quando estava muito entusiasmada; o de John era I Noe John, um jogo de palavras com seu nome. Logo todo mundo em ambos os podcasts tinha fã-clube, e ficamos principalmente perplexos com eles – mas definitivamente lisonjeados. Se eu refletisse sobre o assunto, veria como um podcast era uma forma de entretenimento que podia congregar seus próprios fãs, e isso fazia sentido para mim (e me parecia diferente) de ser uma BNF. Essa última categoria tinha conotações de fandom de sites de fan-fic há muito enraizadas e um ligeiro ar de elitismo; aquela nova onda de "fãs de fãs" me parecia ter uma atitude mais carinhosa e parecia genuinamente concentrada no valor de entretenimento que cada pessoa trazia para o podcast. O humor de John fez dele imediatamente nosso maior astro convidado.

Em novembro, para celebrar o lançamento do quarto filme, e uma vez que de qualquer maneira todos nós iríamos estar juntos em Nova York, planejamos nosso primeiro podcast ao vivo em conjunto com a equipe do MuggleNet. Tínhamos imaginado que apenas iríamos nos sentar em um Starbucks em algum lugar, e que alguns fãs poderiam aparecer e curtir gravar conosco. Éramos ingênuos demais para nos darmos conta do que significavam nossos mais de 40 mil ouvintes; assim que apresentamos a ideia fomos inundados com e-mails de fãs prometendo comparecer. Quando chegamos ao número cem, eu disse a Andrew Sims do MuggleCast que iria procurar uma livraria que pudesse nos receber. Quando a lista bateu os quatrocentos, a Barnes & Noble no Columbus Circle foi considerada pequena demais pela gerência e eles procuraram outra opção. Quando quinhentas pessoas enviaram e-mails para dizer que estavam animadíssimas para ver nosso programa conjunto, a Barnes & Noble decidiu receber nosso primeiro podcast ao vivo em sua loja principal na Union Square.

Na manhã do programa eu estava indo buscar nosso técnico de som no Bronx quando Emerson me telefonou da Barnes & Noble. Não era nem meio-dia, e mais de setenta pessoas estavam fazendo fila do lado de fora do prédio para esperar pelo programa marcado para as sete da noite. Desliguei o telefone, atordoada, finalmente começando a me dar conta do que aquele negócio de podcast significava, e liguei para Cheryl na Scholastic, minha respiração ofegante como ficava quando eu tinha ataques de pânico. Ela passou 15 minutos me acalmando, me recordando que eu tinha entrevistado Jo Rowling e aquilo iria ser mole.

Eu já estivera em situações de fandom antes; em outras ocasiões meu autógrafo tinha sido pedido em conferências. Era mais como ser membro de um conselho de estudantes, pensei, nada de mais. Eu assinava o livro Harry Potter de alguém (sempre com um pedido de desculpas silencioso para Jo) do mesmo modo que assinava o anuário de um amigo. Mas isso era muito, muito diferente. Era a noite da première da versão em cinema de *Harry Potter e o Cálice de Fogo*, que era o motivo pelo qual tantos fãs estavam na cidade e podiam vir ao programa. Eu tinha feito uma matéria do tapete vermelho para o Leaky, mas ao contrário de todo mundo de nosso site e do MuggleNet, não fui assistir à projeção, corri de volta para a livraria para cuidar da montagem. Havia fãs sentados em todos os corredores do último andar da livraria; eles atravancavam a passagem na escada rolante em todos os andares; o guarda de segurança me disse que tinham tido que impedir a entrada de pessoas com cordões de isolamento. Às cinco da tarde, o *New York Post* tinha aparecido para me entrevistar; os cineastas Gerald Lewis e Josh Koury tinham feito o mesmo para o seu documentário, *We Are Wizards*. Mais de setecentas pessoas estavam reunidas em três andares diferentes, algumas obrigadas a assistir em telões via transmissão de vídeo. Fiquei andando como uma barata tonta esperando que os outros participantes voltassem do cinema.

Os rapazes do MuggleNet foram os primeiros a chegar, mas Sue e John não conseguiram táxi e tivemos que começar sem eles. Andrew e eu, os apresentadores principais de nossos respectivos programas, aparecemos para abrir o programa juntos. O rugido com que fomos recebidos me deixou tão nervosa que tremi durante a coisa inteira, mesmo depois que John e Sue apareceram correndo e se juntaram às atividades.

Uma hora e meia depois tínhamos debatido o filme até a exaustão, de modo que dissemos boa-noite. Tão logo o fizemos, pareceu que todo mundo na sala avançou em direção ao palco; a equipe da Barnes & Noble valentemente tentava organizar as coisas, mas os fãs estavam apenas se agrupando ao redor de cada apresentador na esperança de uma foto e um autógrafo. Eu vi Emerson assinar a calça jeans de um fã, e vi uma garota pedir a ele que assinasse seu peito, o resto dos garotos do MuggleNet recebeu adoração esganiçada similar. Sue e eu recebemos mais abraços e bilhetes de agradecimento por proporcionarmos aos fãs entretenimento semanal. Foi preciso mais uma hora para esvaziar o lugar, e depois que acabamos e nos reunimos num restaurante para jantar, olhamos ao redor uns para os outros como se tivéssemos acabado de escalar o Everest. Os garotos adolescentes jamais poderiam ter esperado tal reação de seus colegas de escola; Ben Schoen, um adolescente grande como um urso do Kansas, me disse que lhe arrancariam o pelo de tanta caçoada se usasse sua camiseta do MuggleNet na escola. Já Andrew era um fanático por vídeos meio desprezado. Depois de uma recepção tão calorosa, era quase como se eu pudesse ver a postura deles se endireitar, a confiança crescer. Todos dividíamos um mesmo pensamento: temos que fazer isso *de novo*.

Enquanto isso, os podcasts Potter estavam proliferando, crescendo às centenas; logo havia o Snapecast, dedicado ao professor de Poções adorado/odiado de todo mundo. Alguns podcasts se concentravam nos Weasleys, alguns nos filmes, e alguns até no MuggleCast e no PotterCast (mas principalmente no MuggleCast: os garotos adolescentes sempre obteriam um nível exponencialmente mais alto de histeria que o programa "mais adulto").

Naquela primavera, Kris Moran, da Scholastic, me telefonou para saber mais a respeito dos podcasts e eventos ao vivo que apresentaríamos. Não demorou muito e ela ligou de novo para debater uma das ideias mais lisonjeiras que já me foram oferecidas: a Scholastic queria nos enviar – a mim, Cheryl e Emerson – para uma turnê de palestras e debates sobre os livros, gravar as palestras como podcasts e assim celebrar o lançamento da edição em capa dura de *Harry Potter e o Enigma do Príncipe*. Planejamos a turnê ao redor da Lumos 2006, a conferência de fãs em Las Vegas, Nevada, onde o nosso próximo Leaky Mug (o novo nome para nossa empreitada conjunta MuggleCast/PotterCast) seria realizado. Passamos o verão viajando, encontrando hordas de fãs de Potter em Chicago, Los Angeles, Las Vegas e Nova York, e então fechamos com chave de ouro com mais um enorme Leaky Mug na Barnes & Noble da Union Square, na ocasião da leitura de Jo Rowling no Radio City Music Hall, em 2 de agosto. Ela estaria se apresentando em Nova York como parte de "An Evening with Harry, Carrie and Garp", uma série de leituras em benefício das organizações Médicos Sem Fronteiras e da Haven Foundation, que também incluía autores como Stephen King e John Irving.

Àquela altura eu andava me ausentando um bocado do trabalho. Eu tinha acumulado períodos de férias não gozadas suficientes para compensar, mas o *Advance* me parecia menos promissor que antes. Um de meus editores favoritos tinha ido embora e as matérias estavam ficando repetitivas, mas, pior, eu não estava mais me esforçando para superar esse problema, como fizera no princípio. Meu trabalho diário estava começando a me parecer mais um hobby; meu verdadeiro trabalho de reportagem estava no fandom de Harry Potter. Eu andava até devaneando sobre um livro a respeito do fenômeno.

Como todas as sessões de perguntas e respostas com Jo Rowling, as apresentações do Radio City Music Hall forneceram alguns excelentes tópicos para debate em nosso Leaky Mug, e o programa correu de maneira bastante semelhante ao anterior, salvo que com um público espectador ainda maior e mais barulhento, e houve um pandemônio depois que acabou. As equipes do PotterCast e do MuggleCast passaram o tempo restante juntas em Nova York, fazendo programas de turista, como o passeio da Circle Line, que eu não fazia havia anos. Na última noite sentei de pernas cruzadas no chão, mergulhada numa conversa séria com Emerson; estava fazendo um ano desde que tínhamos sido vistos pela primeira vez por nossos fãs como *entertainers*, e eu estava começando a aceitar e a apreciar de fato o que aquilo significava. Aqueles eventos eram divertidos, mas eu ficava ainda mais feliz com o que começara a acontecer nos bastidores: eu tinha começado a receber cartas de garotas muito jovens, algumas que queriam ser jornalistas e pediam conselhos, e outras que apenas achavam que eu parecia ser alguém com quem se podia conversar. Uma garota tinha se aberto e desabafado o coração numa carta de oito páginas, admitindo que tinha baixa autoestima e uma imagem de seu corpo que não era saudável. Quase tropecei e caí em minha pressa de ir escrever em resposta. Por mais passageira e artificial que a fama induzida por Harry Potter fosse, eu não podia negar que me agradava.

– Olhe só para nós – disse a Emerson, e ele olhou ao redor. Andrew estava mostrando a John vídeos engraçados no YouTube, o cabelo curto brilhando com a luz da tela; Ben e Kevin estavam mergulhados numa discussão sobre as virtudes e defeitos do Windows Vista.

– Maníacos por computador! Bolhas, cheios de espinhas – apontei para mim mesma –, maníaca gorducha, e vá entender como eles gostam de nós por causa disso.

– Eu sei – disse Emerson, e bateu um *high-five*, enquanto um sorriso lento se apoderava de seu rosto. – Ganhamos.

CAPÍTULO QUINZE

REVELAÇÕES/*SPOILERS*

Estávamos em turnê em San Francisco no dia 4 de julho de 2007 e por sorte Cheryl Klein também estava por lá. Ela estava tirando umas férias de que muito precisava com o namorado, James, e conseguimos dar um jeito de nos encontrar para jantar e assistir à queima de fogos do Dia da Independência juntos.

– Estou tão contente por Cheryl estar aqui – disse John, batendo palmas algumas vezes e se empertigando em seu banco –, porque tenho algumas teorias.

Sue, James, Cheryl, Bre e eu gememos juntos.

– Não, não, não, escutem, quero contar a Cheryl minhas teorias agora de modo que no dia 21 de julho ela possa me telefonar e me dizer como eu estava correto. Quero revelar minhas teorias para registro.

Eu revirei os olhos, mas fiquei interessada; Cheryl também.

– Primeira de todas: aquele dragão está nas masmorras de Hogwarts ou coisa assim. E acho que na capa Harry está com o braço estendido para Fawkes. E, aah, aah, não seria incrível se... esta surgiu durante nosso programa da semana passada... e se as armaduras, os cavaleiros de Hogwarts adquirissem vida e lutassem pela escola? Alguém faz um feitiço neles e, *bum*, eles saem marchando?

Cheryl não disse nada exceto "Hum", disse a John que havia registrado devidamente suas ideias e sugeriu que tratássemos de ir depressa para o cais do porto para ver os fogos. Foi um encontro super-rápido e então voltamos para o carro, nos enfiamos em nossos assentos como se fôssemos Harry and the Potters, em meio a uma bagunça de bagagens, caixas de camisetas, sacos de batatas fritas pela metade, câmeras, computadores e cabos de computador por toda parte ao nosso redor. Os Potters tinham se separado de nós quando viajamos para Londres para cobrir o lançamento do filme e agora estávamos viajando sozinhos.

Àquela altura já tínhamos feito mais de vinte programas ao vivo e atravessado o país duas vezes, e, a despeito de tantas noites em motéis sujos ou dirigindo através de montanhas, discutindo sobre quem tinha as instruções certas, e de termos passado tantas horas enfiados em nossos assentos na van que estávamos começando a ter os mesmos pensamentos e a terminar as frases uns dos outros, 21 de julho era como uma miragem que constantemente se mantinha fora de alcance. Mas os programas ainda eram muito divertidos, e ainda não tínhamos matado uns aos outros, de modo que entramos na Borders muito animados na segunda semana de julho.

Eu já ouvia os fãs quando entramos na loja – a aproximação da data do lançamento do livro estava fazendo tudo borbulhar, deixando tudo festivo. Quase aos pulos fomos para o fundo da loja, onde poderíamos deixar nossas bolsas no escritório do gerente.

Estávamos alegremente tomando o café que um fã deixara lá para nós quando Sue, que estivera lendo e-mails em seu celular, gemeu.

– Que foi?

– Nada. É... nada. – Ela abanou as mãos, mas eu vi a angústia em seu rosto. – Nada.

– Não pode não ser nada, o que é?

– Acho que recebi um *spoiler*. Droga. – Ela checou o telefone de novo. – É. É mesmo. Este é verdade.

Para a maioria dos fãs, receber um *spoiler* de Harry Potter é uma tragédia. Receber um *spoiler* significa que você viu um detalhe sobre a trama de um livro ainda não lançado, geralmente uma revelação importante. A gente sempre sabia quando um era verdadeiro. Uma informação verdadeira sobre Harry Potter tinha uma ressonância, como uma nota tocada corretamente. Sue parecia ter recebido um duro golpe.

Liguei para Kris Moran, assessora de imprensa na Scholastic.

- Kris, desculpe-me por ligar para você em casa, é Melissa.
A voz de Kris imediatamente ficou mais baixa.
- O que está havendo?
- Nós achamos que desta vez temos um *spoiler* de verdade.

Kris já devia estar discando em outro telefone, porque quando falou a seguir não foi comigo. Ouvi o nome "Mark", e soube que ela estava ao telefone com Mark Seidenfeld, o principal advogado da Scholastic que tratava de questões ligadas a Harry Potter – a resposta americana para Neil Blair. Nós demos a Kris o endereço de e-mail de onde o *spoiler* tinha sido enviado e acabamos de estragar sua noite de sexta-feira.

Durante a semana anterior, *spoilers* de baixo nível, obviamente falsos, de *As Relíquias da Morte* tinham começado a circular na internet. Esses supostos excertos do livro nunca pareciam reais; quase sempre eram claramente uma fan-fic, ou tinham sido deliberadamente intitulados Harry Potter para encorajar as pessoas a abri-los e visitar um site. Mesmo assim, eu tinha parado de ler qualquer e-mail que não viesse de uma fonte de confiança. Quando obrigada a abrir, eu franzia os olhos, fazendo tudo ficar borrado de propósito, e lia cuidadosamente, palavra por palavra, tão devagar quanto fosse possível, as primeiras linhas do e-mail para me certificar de que não fosse um *spoiler*. Às vezes Sue, sentada ao meu lado enquanto eu examinava a lista de minha correspondência, levantava a mão para cobrir a tela, num esforço de duas pessoas para evitar saber detalhes de um livro que ambas estavam loucas para ler.

Se parecesse, mesmo que muito remotamente, na menor das circunstâncias, ser um *spoiler*, eu teclava encaminhar e o enviava para os advogados, agentes e editores de Jo Rowling.

Até o momento as revelações da trama tinham sido relativamente mínimas. Eu tinha escrito um post dois meses antes no Leaky, chamado: "Nada de *Spoilers*, Bedelhudos!", em que reafirmava a política do Leaky contra *spoilers* – não apenas não nos disporíamos a postar a informação que nos fosse enviada, mas também deixávamos claro que qualquer um que tentasse fazê-lo iria ter que lidar com os advogados de Jo Rowling.

"Se Harry morrer, não queremos saber disso até Jo Rowling decidir nos contar. E se você decidir nos contar antes, será alvo da ira de uma equipe de quase duzentas pessoas, a maioria das quais esteve esperando quase dez anos por essas revelações finais e NUNCA poderão recuperar o momento que você roubou com sua revelação. Isso é ira séria, cuidado. Nós temos forcados, cera quente e penas. E não temos medo de usá-los."

Digno de nota é o fato de que esse post tinha sido anunciado por Jo Rowling, que o mencionara em seu Web site, assegurando que repórteres do mundo inteiro citassem minha história original – mas o fato é que eles apenas se apropriaram da frase sobre forcados e penas e usaram fora de contexto matando toda a graça da ameaça. Fiquei parecendo uma louca varrida, em todas as citações. Foi maravilhoso.

Meia hora depois de Sue receber o *spoiler* eu estava diante de uma câmera falando para uma repórter da CBS. Ela tinha entrado bem no meio de nossa conversa sobre o *spoiler* e começado a me fazer perguntas para registro. Eu disse, como sempre fazia, que não tínhamos certeza de que fosse verdadeiro – que a menos que a Scholastic confirmasse que era (e eles nunca o fariam), tudo o que tínhamos eram suspeitas. A produtora assistente que a acompanhava me perguntou por que não queríamos ler o *spoiler* – nós não éramos fãs, loucas para obter qualquer informação que pudéssemos?

– É nossa tarefa agir como sentinelas – retruquei, tentando esconder como eu tinha ficado interiormente indignada com a insinuação de que fãs não tinham capacidade de se controlar. – Como fãs temos que proteger o trabalho de Jo Rowling.

Uma grande parte da alegria de ler Harry Potter está no que acontece a seguir, na revelação da peça seguinte do complexo quebra-cabeça de sete livros. Para muitos fãs militantes, receber um *spoiler* era o equivalente a ver um cachorro estraçalhar seu livro diante de seus olhos.

O primeiro *spoiler* de Harry Potter na verdade aconteceu por culpa de Jo Rowling e de seus editores. Tinha sido intenção deles não revelar sequer o título do quarto livro Harry Potter até ser lançado. Na época a imprensa se referia ao livro como "uma operação de espionagem", ou "mantido em segredo", ou "envolto em mistério", e esse último até hoje ainda faz Jo dar gargalhadas.

– Inadvertidamente se tornou uma das melhores campanhas de marketing da história – relatou ela. – Eu disse [aos meus editores]: "Será que não poderíamos segurar essa informação por enquanto? Ainda não tenho certeza, acho que o título pode ser este."

O título de "trabalho" era *Harry Potter and the Doomspell Tournament* – Harry Potter e o Torneio de Feitiços –, e ela só o tinha revelado aos editores depois de receber garantias de que constaria apenas de um catálogo interno. Sem chance; vazou por toda parte, e foi corrigido em 27 junho de 2000. No caso de *A Ordem da Fênix*, a própria Jo revelou o título quando uma criança encantadora lhe perguntou durante um programa de televisão. Imediatamente alguém comprou o domínio da internet associado ao nome, e exigiu milhões de dólares à Christopher Little Agency para vendê-lo. A partir daquele momento Jo e a Warner Bros. decidiram montar uma campanha de desinformação: eles registraram uma companhia chamada Seabottom Productions Limited e começaram a proteger uma litania de títulos falsos tais como *Harry Potter e a revolta dos traidores do sangue*, *Harry Potter e a busca do centauro*, e o meu favorito *Harry Potter e a lanterna da chama verde*. (O mito dos fãs se tornou que a lanterna era um objeto que matava tudo que houvesse de mal e protegia seu portador.) Rowling enviava a seus representantes listas de títulos para registrar e proteger, e quando decidia anunciar o verdadeiro, a Seabottom já o tinha registrado.

– Agora que acabou, graças a Deus, posso contar – relatou ela, se dobrando sobre si com alívio. – Creio que tínhamos vários fronts. Precisávamos apenas manter alguma incerteza e confusão durante aquelas últimas horas antes do lançamento.

Eu tentava não me mostrar muito revoltada, mas a Seabottom tinha me causado muitos dias difíceis batalhando em meio a uma montanha de boatos. Eu até certa vez disse no Leaky que, se alguém registrasse um nome domínio para Harry Potter "seria JKR ou seu pessoal muito antes que a Warner Bros. ou nós venhamos a ouvir falar disso e também muito antes que a WB (e certamente uma companhia chamada Seabottom) o registrem".

Aqueles títulos falsos de Harry, contudo, de fato empalideciam em comparação com o que começou a sair da República da China em 2002, quando editoras, insatisfeitas com a longa espera pela *Ordem da Fênix*, começaram a produzir suas próprias novelas Potter. *Harry Potter e a caminhada do leopardo até o dragão*, *Harry Potter e a tartaruga de ouro* e outros semelhantes nunca foram grandes sucessos comerciais – Jo e seus advogados entraram na justiça e obrigaram os editores a se desculparem e a pagar multas, conseguindo uma vitória em *copyright* numa região do mundo onde isso é difícil de proteger –, mas de todo modo eram divertidas, pelo menos para os ocidentais.

"Harry não sabe quanto tempo levara para limpar o bolo grudento de seu rosto", lê-se no primeiro parágrafo do *Harry Potter e a caminhada do leopardo até o dragão*. "Para um rapaz civilizado é desagradável ter sujeira em qualquer parte do corpo. Ele se deita na banheira elegante, fica esfregando o rosto e pensa no rosto de Duda, que é gordo como o traseiro da tia Petúnia." Na história Harry é transformado em um anão gorducho cujos poderes mágicos são tomados.

Em 2007 o mercado de lá havia se expandido de novo e o *New York Times* publicou a matéria: "Mercado chinês inundado por falsos livros Harry Potter". Agora não havia apenas um *Relíquias da Morte* falso, mas também *Harry Potter e o dragão caminhante*, *Harry Potter e o império chinês* e *Harry Potter e o grande funil*.

Em 10 de agosto de 2007, o *New York Times* publicou oito excertos das versões falsas chinesas. Numa delas intitulada *Harry Potter e a pérola à prova d'água*, Harry Gandalf (de *O Senhor dos Anéis*, naturalmente) e os Pequenos Guerreiros (de... alguma outra obra?) encontram uma cidade marítima em um deserto, viajam por um buraco de fechadura para uma costa distante, conseguem uma armadura de ouro e matam o vilão. Então Harry e seus amigos encontram uma pérola à prova d'água que de alguma forma é útil para salvar Hermione do rei Dragão.

Quase desejei que aqueles livros fossem publicados em inglês legitimamente.

O conceito de um *spoiler* no que diz respeito a Harry Potter antes da publicação de *Relíquias da Morte* é diferente do que é normalmente definido. Um *spoiler* é qualquer fato a respeito de uma obra, seja filme, livro, série de televisão, jogo ou outras, que revele uma informação importante antes que os leitores, espectadores ou participantes tenham tido a oportunidade de ler, assistir ou jogar a coisa inteira. É como entrar numa sala onde todo mundo acabou de se acomodar para jogar Clue e gritar: "Foi o coronel Mustard na estufa com uma faca!" Durante aquela época de Harry Potter, seria como dizer isso antes que aqueles que pretendiam descobrir por si tivessem tido uma oportunidade de fazê-lo.

Spoilers de Harry Potter sempre existiram ao longo dos anos. Toda vez que Jo Rowling dava uma palestra, toda vez que alguma parte do cânon causava uma conclusão irrefutável de um fã, toda vez que havia uma entrevista, quase que inevitavelmente havia um *spoiler*. Mas eram pequenos. Paralelos. Coisas que esclareciam e forneciam mais informações. Nada que arruinasse a trama de futuros livros – apenas coisas que ampliavam o jogo de gato e autor que os fãs jogavam enquanto desesperadamente se esforçavam para reunir todas as peças do quebra-cabeça. Era o maior jogo de suspense e adivinhação de todos os tempos e durou anos, em centenas de países.

Os *spoilers* começaram a se tornar perniciosos quando não vinham de Jo Rowling; eram um sinal de desrespeito pela autora e as informações reveladas podiam estragar o prazer dos leitores ao ler os livros. Não faziam parte do jogo.

Progressivamente, a cada lançamento de livro, a artimanha de possíveis *spoilers* se tornou cada vez mais criativa. As pessoas que faziam as revelações geralmente não eram fãs. De maneira geral eram pessoas que não tinham nenhuma consideração pela série, que venderiam seus exemplares obtidos de formas escusas por dinheiro ou por fama.

Nós tínhamos regras rígidas no Leaky: informações sobre os livros tinham que vir de Jo Rowling ou de seus editores, e mais ninguém. Éramos fãs, não ladrões. Protegeríamos nossa autora predileta.

Antes do lançamento do livro cinco, não dispúnhamos de quase nenhuma informação a respeito do livro; a única informação de boa-fé que nos chegou veio de uma maneira tão tipo Garganta Profunda que quase esperei que fosse feita numa garagem. Isso em parte foi porque era 1º de abril, um dia de histeria completa no fandom Harry Potter. Algo que não faz nenhum sentido, não há nenhum motivo por que o dia 1º de abril seja sequer mencionado – só em 2006 descobrimos que era o aniversário dos gêmeos Weasley, e isso nunca é mencionado nos livros. Mas as peças e pegadinhas no fandom Potter para comemorar o dia eram elaboradas. Naquele ano o Sugar Quill tinha sido "ocupado" por Draco Malfoy. Ele transformou o site em verde e passou o dia em fóruns de discussão aterrorizando as pessoas. Eu estava ocupada achando graça nisso quando recebi um e-mail de alguém de quem nunca tinha ouvido falar, de apelido Rosalind.

Ela afirmava que tinha um exemplar de um resumo de *Harry Potter e a Ordem da Fênix* que tinha sido publicado em um catálogo da Scholastic do verão e outono de 2003, um catálogo lido principalmente por professores e distribuidoras de livro. Ela havia digitado a passagem inteira que dizia que a professora de Harry de Defesa contra as Artes das Trevas tinha uma personalidade como mel envenenado, que havia um elfo doméstico descontente em ação, e que Harry andava sonhando com portas e corredores, e que Rony estava se saindo supermal no quadribol. Tudo era bastante crível – fiquei muito impressionada com as palavras "mel envenenado" porque me pareciam bem coisa de JKR, mas ainda não tinha experiência suficiente com *spoilers* para saber separar os que eram realmente valiosos, e afinal era 1º de abril. E se realmente existisse um resumo daquele livro em um catálogo gratuito e amplamente distribuído, com certeza teríamos tido leitores nos escrevendo todos os dias sobre o assunto. Com certeza o livro mais esperado da história, o que contava com o maior esquema de segurança, e o livro a respeito do qual havia menos informação preciosa, não poderia estar plenamente descrito em um catálogo de venda de livros. Encaminhei o e-mail para a Scholastic, só por via das dúvidas, e eles me disseram que não existia resumo nenhum.

– Rosalind, te apanhamos de jeito! – tripudiei. – Você pensou que podia nos enganar, não é?

Rosalind jurou que estava dizendo a verdade e disse que me enviaria um exemplar. Eu tinha certeza de que nunca mais ouviria falar dela, mas mesmo assim lhe dei meu endereço.

Alguns dias depois minha mãe me ligou no trabalho na MTV e me disse que havia chegado para mim pelo correio um pacote grande sem endereço de remetente. Curiosa, pedi a ela que abrisse.

– É um catálogo de livros da Scholastic – disse-me ela. – E tem um papelzinho azul com adesivo marcando uma página.

– Vá em frente, abra, abra – sussurrei, para me impedir de gritar.

Eu poderia ter recitado o texto do resumo quando ela começou a ler para mim. O resto do dia passou mais devagar que se tivessem me pedido para rearquivar todos os recibos de cartão de crédito de Denise, e passei a viagem de ônibus tamborilando os dedos e os pés com impaciência. Quase corri ao entrar, mal disse boa-noite à minha família, e fiquei olhando fixamente para a coisa como se fosse desaparecer se eu não a mantivesse imóvel. No papelzinho azul lia-se:

– Com licença...

– Eu... preciso do escâner – eu disse a minha mãe.

Aquilo não era um *spoiler*, não era ilegal, não era nem extraoficial. Era um catálogo impresso com o nome da Scholastic. Era um livro de domínio público, lido principalmente por professores, mas, com certeza, de forma alguma concebido para ser mantido em segredo de ninguém. Era informação destinada a ser consumida. Vi que era genuíno e tive um ataque de "reporterite". Em minutos, exatamente como eu tinha feito com as fotos da *Vanity Fair*, estava escaneando e publicando no Leaky, com advertências de conteúdo de *spoiler*, autenticado para mostrar que as imagens se originavam de nosso site e com nosso pedido de mais "humildes e mais abjetas desculpas" a Rosalind, nossa misteriosa benfeitora.

A reação foi instantânea e clamorosa. Alguns duvidavam de que fosse autêntico, exatamente como eu quando tinha lido pela primeira vez, motivo pelo qual fazer o escaneamento indicando que o material era da Scholastic fora essencial. Eu tinha tentado confirmar a descrição com a Scholastic, mas eles se mantinham mudos, e eu já havia trabalhado com eles por tempo suficiente para saber o que isso significava. Depois que a cópia do catálogo entrou na internet, tudo o mais ficou silencioso.

Isto é, até que o livro foi encontrado em um campo.

No princípio de maio de 2003, o tabloide *Sun* publicou uma manchete com a bandeira de "exclusiva" alardeando que eles tinham lido um exemplar de *Harry Potter e a Ordem da Fênix*, e que era maravilhoso, e não estávamos tristes por não termos lido? Afirmavam que alguém tinha encontrado dois exemplares em um campo perto de uma gráfica e enviado para o jornal.

Todo mundo se mostrou cético com relação a essa história, e se mantém até hoje. Os responsáveis pelo envio dos livros, descobertos por detetives particulares, eram garotos adolescentes; eles foram processados e se desculparam publicamente, mas ainda afirmam que encontraram os livros no tal campo. Jo Rowling revira os olhos ao ouvir isso, e Neil Blair faz o mesmo.

– Como todo mundo teria feito [a pessoa que encontrou os livros] decidiu enviá-lo para o *Sun* e não procurar os editores e dizer: "Isso provavelmente é seu", ou ligar para a polícia, ou para a Bloomsbury, ou para nós, não, preferiram levar para o jornal *Sun* – comentou Blair.

A Christopher Little Agency, que com frequência foi posta na posição de atuar como dissidente jurídica, uma vez que os livros

Harry Potter tinham o hábito desagradável de entrar em áreas cinzentas jurídicas, vinha defendendo que eles deveriam poder usar as medidas cautelares de garantia de propriedade intelectual John Doe na Grã-Bretanha do mesmo modo que são usadas na América: isto é, deveriam poder mover uma ação contra alguém cujo nome ainda não conhecem com base em potencial futuro dano. Esse caso tornou realidade o desejo deles: a legislação foi mudada de modo a permitir ações contra John Does. Hoje em dia a medida cautelar John Doe é coloquialmente chamada de medida cautelar Harry Potter. Perguntei a Neil por que ele não exigia que as pessoas a chamassem de Voldemort. Ele riu.

– Estou guardando esse nome para alguma coisa realmente malvada.

Houve outro estranho incidente envolvendo o livro cinco: no dia 15 de junho de 2003, por volta de dez e meia da noite, hora de Greenwich, um caminhão contendo mais de 7.600 exemplares de *Harry Potter e a Ordem da Fênix* desapareceu em Newton-Le-Willows perto de Manchester, e reapareceu na tarde seguinte a quase trinta quilômetros de distância, a meio caminho de Liverpool. Contudo, quando o caminhão reapareceu, estava vazio. Os livros nunca foram encontrados.

– Creio que alguém ainda está com eles, roubaram pensando que fossem cigarros – disse Neil Blair.

– O que é mais provável – comentou Christopher Little, se inclinando na cadeira e já às gargalhadas – é que alguém tenha aberto e dito: "Meu Deus, isso deveria ser uísque!"

Só uma vez no período antes do lançamento do livro cinco vazou informação genuína, e o modo como aconteceu foi mais ou menos compreensível. Em junho já havia dezenas de milhões de exemplares impressos, e àquela altura e por lei eles tinham que chegar aos estabelecimentos de seus vendedores antes que o embargo acabasse. Nenhuma manobra legal complicada, plano bem arquitetado ou ameaças de penalidade jamais foram suficientes para dar garantias contra ações de pessoas mal informadas ou descuidadas. Algumas pessoas inevitavelmente porão os livros à venda antes da devida hora, e de maneira não tão inevitável o endereço de um desses lugares chegará aos ouvidos de alguém que conhece um repórter, que ligará para esse repórter e logo em seguida você ficará sabendo que o *Daily News* de Nova York tem um exemplar de *Harry Potter e a Ordem da Fênix*.

A manchete "Abracadabra! Temos o Harry" e a matéria de quatrocentas palavras que a acompanhava começava: "Santo Hogwarts!", e contava em detalhes a história de um dono de uma loja de comida natural no Brooklyn, em Nova York, exibindo quatro exemplares do grande livro azul cinco dias antes da data de lançamento. Ele os tinha posto em suas prateleiras como se fossem vitaminas ou gérmen de trigo.

O *Daily News* reproduzia duas páginas inteiras do texto, bem como muitos detalhes suculentos, inclusive o nome da nova professora de Defesa contra as Artes das Trevas e o nome de um elfo doméstico. Esses dois fatos simples foram tudo que fiquei sabendo, porque me recusei a ler o artigo ou de fato toda a minha correspondência. Eu tinha começado a me dar conta de que a única maneira através da qual eu podia ler meus e-mails sem ter a surpresa do livro estragada era de olhos franzidos e inclinando a cabeça, e ao fazer isso permitir a mim mesma ler uma palavra de cada vez em vez de devorar a página inteira com um olhar como costumava fazer. Isso fazia com que eu parecesse ter oitenta anos de idade e estar em busca de meus bifocais, mas eu fazia de qualquer maneira, apesar dos olhares estranhos que recebia de colegas e da ligeira dor nos olhos que sentia toda vez que fazia. Eu estava tentando simultaneamente ser a repórter do fandom e a megafã menos informada, e aquilo estava me dando um mau jeito no pescoço.

A história do *Daily News* parecia ter vagos fundamentos de verdade, mas eu não estava disposta a correr o risco de descobrir e de todo modo não sabia como fazê-lo. Jo Rowling e seus advogados entraram em ação rapidamente com um processo contra o *Daily News* pedindo uma indenização de cem mil dólares por violação de *copyright* de Jo Rowling. Parecia que, talvez, tudo pudesse acabar por ali, se não tivesse sido pelo Ain't It Cool News.

O Ain't It Cool News, um site de fofocas de bastidores de cinema e resenhas de filmes, comandado pelo fã e czar da Web Harry Knowles, era um site que raramente fazia link com o Leaky. De vez em quando eles usavam uma notícia interessante sobre escalação de atores, ou postavam uma entrevista com um diretor ou um ator de Harry Potter, mas geralmente evitávamos links com o site devido ao conteúdo adulto do material com frequência postado por seus usuários. No dia 18 de junho de 2003, o AICN postou todos os *spoilers* do *Daily News*. Eles rapidamente receberam ordens para retirar o material, e aparentemente o fizeram em menos de um dia, mas não antes que metade do mundo online e eu tivéssemos sucumbido. Até então tudo que eu soubera a respeito do livro era o que tinha lido no resumo, e a breve introdução do que estivera na matéria do *Daily News*. Eu abri o Ain't It Cool News com a mesma sensação de desagradável apreensão, como se eles estivessem me puxando para si por um cordão invisível. Contudo, à medida que permiti que um olho se abrisse e focalizasse, uma palavra se tornou clara, contra o fundo todo borrado, como se vista sob uma lente de aumento. *Umbridge*. Num clarão as palavras: *Professora de Defesa contra as Artes das Trevas com uma personalidade como mel envenenado*, se acenderam em minha cabeça. Umbridge. Que lembrava *Taking umbrage*, que em inglês quer dizer sentir-se ressentido, receoso. Como qualquer um faria com afirmações aparentemente doces e meigas, mas secretamente maliciosas. Com uma certeza tão absoluta quanto como se Jo Rowling me tivesse dito pessoalmente, eu soube que os *spoilers* eram verdadeiros. O diapasão havia sido golpeado. Fechei a janela do buscador depressa como se tivesse visto uma página de pornografia.

Na maioria das ocasiões, as revelações de *spoilers* não iam muito longe e não prejudicavam ninguém – certa vez, ladrões atiraram um monte de livros de um trem durante um assalto na Califórnia, provavelmente sem se dar conta do que eram. A garota que os encontrou em seu jardim os vendeu em sua escola. É possível que ninguém jamais tivesse ficado sabendo – só que o pai da garota era advogado, e o amigo advogado para quem ele telefonou para conversar sobre a situação calhava de estar trabalhando para Christopher Little para tentar descobrir quem tinha jogado os livros. O homem visitou a escola da garota, fez uma palestra sobre violação de *copyright* e conseguiu reaver todos os exemplares.

Isso mudou antes de o livro seis ser publicado, quando houve até um tiroteio pelo exemplar ainda não à venda. O repórter do *Sun*, John Askill, recebeu um telefonema de alguém que dizia que tinha o livro e que o venderia por 50 mil libras. Askill foi ao encontro, mas levou a polícia, pretendendo recuperar o livro antes que fosse vazado. O homem com o livro, Aaron Lambert, um guarda de segurança de uma gráfica regional, se assustou e disparou sua arma. Askill depois diria que aquele foi o momento mais assustador de seus 28 anos de carreira; depois de ter trabalhado no Afeganistão e no Kosovo, ele se deu conta que estava a ponto de "levar um tiro por um livro de Harry Potter".

Por sorte para Askill, a arma estava carregada com cartuchos de festim, e Aaron Lambert foi condenado a quatro anos e meio de prisão.

Quando Jo Rowling soube do tiroteio, quis que o livro fosse lançado antes da hora.

– O simples fato de ter produzido uma coisa que as pessoas querem roubar, para botar na internet, para mim é extremamente desagradável – declarou ela. – E quando há uma arma envolvida, acabou-se a brincadeira. Realmente não tem mais nenhuma graça.

"Quase sempre isso não tinha nenhuma relação com o fandom. Tinha a ver com o desejo de certas pessoas de dinheiro ou de notoriedade, ou, imagino, pela emoção do perigo."

Depois que o primeiro *spoiler* do livro sete foi revelado na internet, virou bagunça com toda sorte de *spoilers* aparecendo. Escaneamentos de pelo menos três diferentes versões de *Relíquias da Morte* estavam circulando online, e havia pessoas que se gabavam de ter lido o livro inteiro, enquanto outras não tinham certeza de se tinham lido o livro de verdade ou um falso. Os livros começaram a aparecer em lojas, e fãs começaram a usar broches que diziam: "Levei um *spoiler*!" "Vamos conversar sobre *Relíquias da Morte*!", ou: "Não levei *spoiler*, pssst!"

Quando afinal chegamos a Wichita, nossa última parada na turnê antes do lançamento do livro, John e eu mal conseguíamos levantar a cabeça. Sue, que era mãe solteira, tinha voltado para casa em Columbus para ver seu filho, mas voltaria a se reunir conosco em Chicago. Tínhamos um dia de folga entre aquele programa e nossos últimos programas em Illinois, e não podíamos estar mais contentes, pois estávamos mortos de cansaço.

Eu não tinha nenhuma grande esperança para Wichita. Intencionalmente fora planejado como um programa pequeno em um ambiente mais íntimo antes da loucura que precederia o lançamento do livro – uma pausa para respirar enquanto viajávamos de um lado para outro atravessando o país.

Um punhado de fãs bastante tranquilos e bem-educados nos recebeu, e o pessoal da loja havia servido água e uvas para nós. E embora comer e beber seja absolutamente proibido no mundo do podcast, comemos como se fosse nossa última refeição, e oferecemos à galera de dez ou 15 pessoas na plateia.

– Estamos a apenas 53 horas! – tentei dizer com entusiasmo quando começamos o programa, mas a frase saiu como se eu tivesse tirado o sexto lugar num concurso de beleza. John parecia tão exausto quanto eu. De repente, me dei conta de que faziam semanas desde que vira alguns de meus amigos mais íntimos ou minha família. Todo mundo no fandom parecia estar chegando ao encerramento e estar de prontidão, mas alguma coisa não me parecia estar certa. Assim que me dei conta do que estava errado, soube o que deveria fazer. Eu estivera vivendo tão imersa no fenômeno que não conseguia mais ver a superfície; era programa após programa, cidade após cidade, e aquilo estava ameaçando permitir que o lançamento de *Relíquias da Morte* chegasse para mim com toda a exuberância de uma colheita de trigo.

Eu tinha passado tanto tempo – não apenas naquela turnê, mas ao longo dos últimos seis anos – mergulhada no interior daquele fenômeno, que agora o dia mais importante, o dia pelo qual todos nós havíamos esperado ao longo de anos, quase havia chegado, e aqui estava eu me aproximando dele como se fosse um dia qualquer de trabalho. Sue estava com o filho, e John tinha a companhia de sua namorada na turnê. À medida que o dia 21 de julho se aproximava, eu me lembrei de minha vida antes de Potter, tive uma intensa vontade de ver minha mãe, de dançar com abandono em um show de wizard rock, de apenas me deliciar com a série e de não ser "a Melissa do Leaky" para um bando de desconhecidos. Apenas por um dia. O lançamento de *Relíquias da Morte* tinha uma enorme importância emocional para mim e eu não conseguia mais sentir isso. Não podia permitir que tal coisa acontecesse. Eu tinha que voltar para casa.

CAPÍTULO DEZESSEIS

MAIS UM DIA

42 Horas

John me deixou no aeroporto de Kansas City, Missouri, às três da manhã parecendo totalmente perplexo.
– Ainda não entendi o que você vai fazer.
– É só que eu preciso ir para casa. Tenho uma entrevista. Vou me encontrar com você em Chicago.

Eu de fato tinha uma entrevista, mas não era esse o motivo pelo qual estava indo para casa. Eu havia concordado em dar a entrevista à ABC *porque* assim passaria o dia em Nova York, e não o contrário.

Às quatro da manhã não havia ninguém no aeroporto – nem um faxineiro, nem um vendedor de café, ninguém. Suspirei e me sentei no chão, e esfreguei os olhos futilmente. Se eu fizesse as coisas direito poderia ficar acordada o tempo suficiente para pegar meu avião e dormir nele.

Às cinco, Kris Moran telefonou para pegar um número de telefone, e logo foi seguida por Kyle Good, outro assistente de imprensa da Scholastic.
– Vocês nunca dormem? – perguntei. – O que está havendo por aí, Festa do Pernoite na Scholastic 2007?
– Algo parecido.

Tinha havido mais *spoilers* ao longo da semana, porque algumas lojas ilegalmente tinham exposto os exemplares, o que levou pessoas a comprá-los e a publicar resenhas. Na noite anterior o mais gritante acontecera: O *New York Times* havia publicado uma resenha *spoiler* da série. Michiko Kakutani, a crítica estrela do jornal, escrevera uma resenha crítica que era cheia exatamente dos pequenos detalhes que tínhamos estado tentando evitar. Era muito elogiosa, matéria de primeira, do tipo com tudo que se poderia desejar, mas mesmo assim não autorizada antes de 21 de julho.

O jornal declarou que havia comprado seu livro numa loja que o oferecera para venda antes, e todo mundo de todos os cantos do firmamento Potter ficou furioso, exceto uma pessoa, a mesma que acabara de publicar uma mensagem em seu site dizendo que estava desapontada com o jornal por estragar o prazer dos detalhes da trama para as crianças.

– Todo mundo estava em pé de guerra por causa daquilo, advogados me telefonando – relatou Jo sacudindo a cabeça ao se lembrar. – Mas eu vou lhe contar uma coisa, e essa é a verdadeira história de Harry Potter. – Uma expressão de desculpas contraiu seu rosto. – Você sabe, tudo que realmente me importava... – Ela se calou, começou de novo, tentou explicar melhor. – Eu tinha que publicar uma reação dizendo: "Estamos decepcionados", porque os fãs realmente não queriam saber... Mas tudo o que eu queria saber – e mais uma vez ela parou, parecendo ter a esperança de ter explicado bem.

– Eu sou uma escritora! *A crítica foi boa?* Era o que eu queria saber. Ninguém me disse! Ela também é escritora, e é uma boa crítica... eu quero saber. Ela gostou?

Um dos assistentes de imprensa de Jo ligaria para ela enquanto estava no trem a caminho de Londres para o lançamento e lhe daria a boa notícia de que era uma crítica positiva.

– E eu disse: "Eu amo você". Ninguém me disse nada. Até onde eu sabia poderia ter sido uma crítica terrível. Ainda por cima com vazamento de informações.

36 Horas

Minha mãe se encontrou comigo em meu apartamento e me levou de carro para fazer algumas tarefas. Ela não precisava ter feito isso, mas alguma coisa em minha voz deve ter deixado claro quanto eu queria estar com ela e 45 minutos depois ela estava diante de minha porta. Depois de eu ter comprado remédio para resfriado para me livrar de qualquer coisa que pudesse ter apanhado na viagem, mamãe estacionou o carro e se recostou no assento.

– E então, está pronta, querida?

Ela fez a pergunta com tamanha compreensão inerente – uma sugestão tão forte da enormidade da ocasião – que eu me sobressaltei. Nós não tínhamos tido nenhuma conversa mais séria sobre o que o lançamento do livro significava para mim, contudo eu tinha certeza de que ela estava perguntando sobre mais do que apenas se eu estava pronta para descobrir a trama do final da série. Agora que pensava no assunto, mais ninguém no mundo tinha testemunhado de tão perto o que Harry Potter fizera comigo, e como me levara a me transformar de uma garota assustada e insegura de 21 anos a uma repórter de 27 anos que comandava um site global e que era integrante de uma comunidade de fãs, e por causa disso estava às vésperas de publicar um livro sobre o fenômeno Harry Potter. Subitamente eu soube que minha mãe compreendia tudo isso.

– Estou, acho que estou.

35 Horas

Samantha, uma amiga que eu fizera através do Leaky, me ligou no celular.

– Você já levou o *spoiler*? – perguntou imediatamente.

– Não, graças aos céus! E você?

– Mais ou menos. Eu li um epílogo falso em que, ouça isto: Harry e Gina dão aos filhos os nomes Tiago, Lílian e *Albus Severus*.

Eu dei uma gargalhada.

– Alvo Severo, sei, falou.

33 Horas

A entrevista se realizou na loja da Scholastic; os apresentadores já tinham entrevistado Cheryl e agora queriam que eu andasse pela loja e pegasse em mercadorias relacionadas a Harry Potter para planos gerais. O clipe que foi ao ar me mostrava experimentando um Chapéu Seletor e então cortava para uma criança de três anos que eu não tinha visto e que estivera ao meu lado fazendo a mesma coisa. A sugestão de imaturidade fez meu dia ficar muito melhor.

O clipe também mostrava a Cheryl e a mim como amigas, e finalmente declarava, à queima-roupa, na ABC:

– As duas agora são amigas, se conheceram através de Harry Potter.

Nós galhofamos dizendo que afinal tínhamos saído do armário.

28 Horas

Cheguei ao Bohemian Hall & Beer Garden em Astoria, Queens, com Cheryl e mais alguns amigos, e logo que entrei Paul DeGeorge veio correndo para mim como uma bola de boliche e me esmagou num grande abraço. Os Potters iriam fazer um show ali e eu tinha a sensação de que tudo tinha sido ampliado, de estar em carne viva. Não estávamos apenas contentes por nos vermos – estávamos desesperados para nos vermos, e o show era como uma reunião, com três bandas Potter e pessoas que eu tinha conhecido antes em programas PotterCast (uma das quais me deu um olhar perplexo, como quem diz: *Você não deveria estar no Kansas?*) e Emily cuidando de suas vendas de mercadoria e o pequenino Darius of the Hungarian Horntails ainda berrando e correndo sem parar e sua mãe, Tina, carregando o bebê recém-nascido Violet numa mochila porta-bebê.

Nem sequer me dei ao trabalho de implicar com Cheryl sobre o livro e o que ela sabia, ou quais eram as *Relíquias da Morte*. Ambas já tínhamos superado aquelas brincadeiras. Mas, a certa altura, ela ficou pensativa e me bateu de leve na mão, de modo que me inclinei para ouvir o que tinha a dizer. Fiquei querendo saber se ela estivera pensando muito no assunto.

– Você sabe, as pessoas se divertiram. Elas se divertiram com suas teorias. Têm sido anos um bocado divertidos, mas agora está na hora de J. K. Rowling acabar sua história do jeito que ela quer. Apenas espero que todo mundo consiga se desligar das coisas que esperavam que fossem acontecer e seguir a onda, e amar este livro. E não deixe de dizer ao John para me ligar quando ele acabar de ler.

Compareceram no mínimo seiscentas pessoas, e o show foi épico. Por volta da metade do show um grupo de músicos de instrumentos de sopro se juntou aos Potters; a máquina de bolas de sabão que raramente funcionava começou a lançar esferas translúcidas sobre a plateia que, ululante, pedia bis.

Embora eu tivesse estado dançando em cima de um banco, tive que pular e descer para dançar com Cheryl "These Days Are Dark", a melodia pop delicada que encerrava o primeiro álbum deles:

> *These days are dark*
> *But we won't fall*
> *We'll stick together*
> *Through it all*
> *These days are dark*
> *But we won't fall-all-all.*

Minha parte favorita:

> *And the world is beautiful*
> *Just look around*
> *And the world is beautiful*
> *Just look at all your friends.*

Havia pessoas chorando de soluçar abertamente, se abraçando, enquanto outras estavam de pé sobre bancos e mesas, socando o ar com punhos cerrados e, dos muitos, muitos shows dos Harry and the Potters a que eu havia assistido ultimamente, aquele foi sem dúvida o mais emocionado. Paul e Joe se atiraram no meio da plateia e pareciam dar sinal de que jamais voltariam.

– Melissa, eu espero apenas que você adore esse livro – disse Cheryl em tom sério, enquanto nos despedíamos.

Ela me fizera prometer ligar enquanto estivesse lendo o livro – "quando ele volta", disse ela. Fosse lá o que aquilo significasse.

– E faça com que John não deixe de me ligar quando acabar – repetiu.

Carregada da exaustão da viagem, mas eufórica e livre, saí com os Potters, os Malfoys e os Hungarian Horntails. Fomos para o apartamento de um amigo em comum em Williamsburg, onde me sentei para tentar arrumar uma tira em meu sapato e acordei 15 minutos depois, com Paul rindo de mim porque eu estava roncando. Antes de irmos embora, cada um de nós pegou uma cerveja e brindamos batendo as garrafas. A Harry.

20 Horas

Tomei um longo e delicioso banho de chuveiro em meu apartamento. Depois de um mês de turnê, dentro da van, do barulho, de viagens aéreas e de carro, da presença constante de outras pessoas e do eterno alarido de plateias, tudo me parecia silencioso, palacial. Saí com a sensação de ter esfregado e limpado várias camadas de vida de meu corpo, e me embrulhei em duas toalhas. Então me enrosquei no espaço entre meu quarto e o banheiro, fechei os olhos e apenas fiquei ali, cansada demais para dormir, apreciando o silêncio, e finalmente sentindo a emoção da chegada iminente do livro começar a me dominar. Ela me atravessou por baixo da pele e me fez dançar parada no lugar como se alguém tivesse me feito cócegas.

Fiz uma mala mais leve e saí para o aeroporto.

CAPÍTULO DEZESSETE

AS RELÍQUIAS DA MORTE

No mínimo cinco membros da equipe do Leaky me esperavam quando cheguei a Naperville, todos sorrindo logo na entrada do Tivoli Theater, uma velha sala de cinema onde faríamos nosso primeiro podcast do dia. Tomamos café e pusemos os assuntos em dia, comentando estarrecidos que o dia finalmente havia chegado, que dentro de cerca de 15 horas nunca mais poderíamos dizer que vivíamos em uma época em que o destino Harry era desconhecido.

Ao longo do dia, telefonei para amigos e amigos telefonaram para mim, mas não sabíamos muito bem o que dizer uns aos outros. Adeus? Foi divertido? Será que nossa amizade agora está acabada? De modo geral encerrávamos a conversa com algo como: "Vejo você do outro lado!"

Cheryl e Arthur estavam indo de festa em festa em Nova York, como os vencedores de uma campanha presidencial. Quando Cheryl telefonou, dava para ouvir a algazarra da feira de rua da Scholastic ao fundo, e Arthur tagarelava com uma ebulição que eu nunca tinha visto nele antes.

– Está maravilhoso aqui! – eu disse a Cheryl, e era verdade.

Naperville mais parecia um parque de diversões em atividade 24 horas: mágicos, artistas de rua, jogos por toda parte. As livrarias estavam se atribuindo nomes como Scrivenshafts (Escriba Penas Especiais) e Flourish & Blotts (Flovios e Borrões), a exemplo de lojas semelhantes nos livros Harry Potter, entre os bares e tavernas, é claro, havia o Caldeirão Furado ou o Cabeça de Javali. E melhor ainda, o Anderson's estava bem no centro de tudo, o dia inteiro cheio de pessoas usando capas e chapéus. Julgamos um concurso de fantasias no final de uma ruela, tomamos bebidas de ingredientes complicados nas cafeterias. De acordo com a polícia, cerca de 70 mil pessoas compareceram. Tinha sido a maior festa que Naperville já vira.

Na Harvard Square, em Cambridge, Paul e Joe estavam tentando se livrar do nervosismo antes de subir ao palco, algo que era raro de acontecer com eles. Joe disse que tinha a sensação de ser um estilingue a ponto de arrebentar. Eles vinham tocando para plateias de três a cinco mil pessoas, e pela primeira vez na vida de Paul suas planilhas de planejamento lhe falharam. No princípio da noite havia mais de 10 mil pessoas espremidas na praça; as estimativas mais tarde variariam entre 15 e 20 mil. Eles sozinhos pararam o trânsito na Massachusetts Turnpike.

Um repórter de rádio encurralou Paul num canto e lhe perguntou se ele e seu irmão não eram apenas como "um par de skatistas que tinham agarrado o para-lama de um carro veloz de passagem e pegado uma carona para o banco".

Paul se arrepiou, mas tentou não permitir que um comentário de espírito tão mesquinho empanasse o dia. Respondeu que tivera esperança de usar os livros como um portal de música para crianças, e encerrou a entrevista tão rápido quanto pôde.

Os rapazes se vestiram para o show atrás de uma árvore, as camisas finalmente engomadas, brancas e novas. Pouco antes de correr para o palco Joe apertou o braço de Paul e disse:

– Chegou a hora!

Eles entraram aos pulos no palco prometendo "incendiar aquele lugar!", e foram recebidos por aplausos e gritos do mar de gente diante deles. Pela primeira vez, tivera que haver grades entre eles e a plateia. Joe comandou a galera em um juramento de lealdade.

"Eu juro lealdade ao livro / e ao princípio de não revelar o livro / com o qual milhões de crianças estão contando. / A ler cada página / com amor em nosso coração / e ao poder do rock!" Paul disse à multidão que estava honrado por passar a noite com eles.

– Nós somos Harry Potter. Essa é a nossa maneira de lutar contra o mal. O poder da música de unir pessoas... é espantoso, é maravilhoso. Como em *Dois loucos no tempo*. Eles podem não ter sido a melhor banda, mas adoraram tocar nela, sabem como é?

Laura Mallory não sabia que o livro iria ser lançado. Ou pelo menos afirmou isso.

Nunca tinha havido uma fila numa livraria como esta em Israel; eram duas da manhã em um sábado, e aquilo era contra a lei. O comércio deveria estar fechado para o Sabá, e qualquer loja que abrisse estaria sujeita a multas rigorosas do ministro da Indústria, do Comércio e Trabalho.

Mas quando chegou a noite, de todo modo, os fãs estavam formando filas, centenas deles, ao redor de uma loja da rede Steimatzky, no porto de Tel Aviv, a despeito de o livro só estar disponível em inglês. Os gerentes da loja diriam que faziam parte da festa gigantesca que acontecia por toda parte ao redor do mundo. Os fãs esperaram na fila durante horas, começando a partir das 11, e a fila tinha dado a volta e chegado à metade do píer quando afinal o livro foi posto à venda: exatamente à 1h57 da manhã, quatro minutos antes que o embargo internacional para a venda expirasse. Ninguém se importou.

Jo estava tentando controlar as emoções. Fazia seis meses e nove dias desde que ela terminara de escrever As *Relíquias da Morte*, enfurnada no Balmoral Hotel em Edimburgo, usando jeans e nenhuma maquiagem e os óculos, em meio a embalagens amarrotadas de chiclete e xícaras de café borradas de batom.

Naquele momento, ela estava sentada em um trono, diante de dois mil rostos jovens e entusiasmados, o vasto átrio do Museu de História Natural de Londres banhado em luz azul-profundo, rosa e amarela. Durante semanas ela estivera enlutada, lamentando Harry e a perda do que ele havia significado para sua vida. Jo o prantearia até o dia de seu aniversário, no dia 31, quando choraria como nunca tinha chorado antes, exceto na noite em que sua mãe morrera. Por hora, a dor do luto se amenizara um pouco, e tinha vestido um reluzente paletó dourado para receber o público. Tinha respondido a perguntas sobre a série antes que as câmeras começassem a gravar, e pensara: *Agora chegamos ao fim. Esta é a última vez.*

Às 11 e meia da noite, nós descemos do palco, cheios de adrenalina. Tínhamos acabado de nos apresentar para a maior plateia em nossa história; não podíamos sequer aventurar uma estimativa de quantas pessoas estavam presentes. Tinha sido estontente. Entreguei meu microfone e comecei a me encaminhar para a nossa mesa de camisetas, mas no minuto seguinte eu estava correndo a toda a velocidade para as duas pessoas que pareciam ter saído do ar por um passe de mágica e por quem eu estivera esperando a noite inteira.

David e Kathleen gritaram e pularam comigo e agora, *agora* estava na hora de irmos para a livraria.

– Eu tenho apenas que fazer uma coisa – disse eu, equilibrando meu computador na mão trêmula. David o segurou e usou o pé para que eu o apoiasse nele. Eu me sentei na calçada da rua e comecei a digitar um post para o Leaky:

– "O Princípio".

A sessão de autógrafos estava em andamento já havia algum tempo, e a garotada estava de cara enfiada em seus livros enquanto

esperava por sua vez. Depois de algum tempo eles começaram a ir até junto de Jo e sussurrar:
— É bom. É realmente bom.
Um deles foi até a mesa e gritou:
— Edwiges! — enquanto os outros perguntavam:
— O quê? O quê? O que houve com Edwiges?
Quando um casal se aproximou usando fantasias de Lupin e Tonks, Jo mal conseguiu olhar para eles.

— Estamos prontos e podemos ir?
Postada diante de mim, minha equipe e meus amigos, vestindo um blusão de malha e um boné dos Cubs, estava Sarah Walsh, minha velha amiga do *Hoya*. Ela iria nos levar para sua casa no lago, de modo que pudéssemos todos ler juntos, e sorria radiante com uma animação que eu não via desde nossa primeira conversa sobre Potter.

David leu durante a viagem inteira até a casa de Sarah. Daquela vez eu não estava dirigindo, mas cumpri minha palavra e não ousei abrir o livro. Kathleen dirigia, David lia, e a irmã de David, Rachel, estava sentada ao meu lado no banco de trás. Recostei a cabeça e fiquei ouvindo.

A casa de Sarah ficava na beira do lago e tinha recantos suficientes para permitir que nós 13 nos acomodássemos confortavelmente. John e sua namorada, Bre, foram para o andar de baixo; Sue ficou lendo sozinha, numa espreguiçadeira; alguns liam sentados em sofás ou no chão. Os pais de Sarah prepararam pizza e petiscos para nós, e David, Kathleen e eu nos isolamos em um quarto nos fundos. Acompanhamos o ritmo uns dos outros, tirando cochilos de tempo controlado e nos certificando de que ninguém tivesse uma grande dianteira. Eu estava apenas na metade do livro quando do Sue bateu na porta e entrou, os olhos faiscando e sorrindo. Ela havia acabado, mas não diria nada além disso.

— Ah, sim, é isso mesmo, Harry vai viver — balbuciei. — Ahh-HAH!

*****

A sessão de autógrafos estava encerrada, Jo havia precisado de apenas cerca de seis horas para satisfazer todas as duas mil crianças e seu ombro estava cansado, mas estava eufórica. No caminho de saída ela tinha visto pela janela de seu carro que um grupo do Brasil, representando o Potterish.com, estava postado diante do museu com um grande cartaz e bandeiras, apenas para o caso de ela passar. Jo baixou a janela e deu um último autógrafo antes de se despedir de *Relíquias da Morte*.

Em um vinhedo na Virginia, Meg estava fazendo uma caminhada com seu namorado Devin, que queria lhe mostrar o lugar onde ele havia terminado de ler o livro. Estava uma temperatura agradável e a luz suave. O caminho se alargava ao redor de um pequeno grupo de árvores, e Devin mostrou a ela um lugar diante deles.

– Foi aqui que li o fim – disse.

Meg achava que era perfeito e disse isso a ele.

– Então vamos tornar duplamente perfeito.

E ele se ajoelhou, então lhe ofereceu um anel faiscante e a pediu em casamento. Mais tarde Meg diria que o momento havia durado vários dias ensolarados.

Nós lemos a noite inteira, parando de vez em quando para cochilar. Tínhamos montado um confessório como havíamos feito com o livro cinco, mas quase ninguém o usou; uma das únicas vezes em que eu o fiz foi quando Rony deixa Harry e Hermione na floresta.

– Não é legal – declarei em tom beligerante. – Nada legal mesmo. – E lá fui eu batendo a porta ao entrar.

David, Kathleen e quase todos os outros já tinham acabado quando eu terminei. Tinha ficado debruçada sobre o livro, virando as páginas rapidamente enquanto a batalha final se desenrolava em Hogwarts, mas ao contrário de todos os outros na casa eu não tinha perdido a cabeça quando Harry se sacrificou. Foi só quando Neville ficou sozinho na terra de ninguém entre todos os combatentes e Voldemort que explodi em lágrimas. Eu me lembrei dele avançando para dar cabo de um bicho-papão no livro três, e alguma coisa se rompeu, aquilo que eu estivera segurando ao longo do verão inteiro, desde que tivera a notícia de que o livro seria lançado. Era como se alguma coisa, ou alguém, estivesse tentando arrastar um bloco de concreto através de meu peito. Tudo se contraiu, minha visão ficou borrada e o ato de extrema amizade de Neville me fez lembrar dos sete anos de amizade, amor e comunidade que tinham me dado uma segunda família, que tinham me mostrado pela primeira vez que eu iria ficar bem, que tinham sido meus amigos constantes quando tudo o mais na vida parecia falhar... Eu li o resto do livro fungando e soluçando. Aquilo ficou ainda pior no epílogo, quando descobri que Harry tinha se tornado apenas um homem de meia-idade comum, com uma família e um trabalho de nove às cinco. Não só não leríamos mais a respeito dele; não precisaríamos mais ler. Suas aventuras estavam acabadas, e quando o Expresso de Hogwarts partiu e se foi *sem nós*, e não havia mais páginas para virar, saí do quarto e dei com David e Kathleen postados do lado de fora, sabendo que eu havia acabado. Nós nos abraçamos e eles me deixaram chorar.

    Meia hora depois eu estava deitada de barriga para cima no píer diante da casa de Sarah, finalmente tendo conseguido parar de chorar, e comecei a rir. Eu me sentia esgotada. Tínhamos ligado para Cheryl, mas não pudemos dizer grande coisa, porque havia gente – inclusive John, que ainda não sabia que a teoria dele dos Cavaleiros de Hogwarts estivera absolutamente certa – que ainda estava lendo. Estávamos fora da casa, rememorando os trechos favoritos – a briga com Rony e Hermione na floresta, as reflexões de Rony sobre a capa da Morte, e cada um e todos os detalhes envolvendo a professora McGonagall.

    A família de Sarah tinha um barco; assim, enquanto os retardatários terminavam seus livros, entramos todos nele e saímos para o lago. Estava quase na hora do pôr do sol e circulamos de barco pelo pequeno lago vagarosamente, conversando sobre os últimos dez anos e como tinham nos feito mudar.

– Sarah não sabe disso – admiti –, mas ela era *a pessoa bacana* no *The Hoya*. Fiquei muito entusiasmada de fazer amizade com ela. Vocês não podem imaginar. – Todo mundo riu, e continuamos relembrando nossas passagens favoritas nos livros e nossas histórias favoritas de nossas vidas relacionadas com Harry. David puxou uma garrafa do bolso e deu uma gostosa gargalhada: Ginevra, a aguardente feroz que ele me fizera beber em Edimburgo dois anos antes.

O pôr do sol fez o lago rebrilhar e faiscar como vidro, e enquanto começávamos a brindar – a Molly Weasley! A Jorge! A Fred! A Molly Weasley de novo, porque ela é tão legal! – o barco navegou em círculos vagarosamente.

Dois dias depois, Jo Rowling e sua família estavam escondidos em um pub na estação de King's Cross em Londres. Eles deveriam ter embarcado no trem de volta para Edimburgo, mas o trem fora cancelado, e uma confortável viagem de primeira classe agora parecia um pesadelo monstruoso no qual, dois dias depois de ter lançado 25 milhões de livros mundialmente, ela passaria seis horas sentada em suas malas e tentando controlar três crianças. Fiddy estava tentando fazer planos alternativos de viagem, enquanto a família se mantinha sentada em silêncio para não despertar atenção.

E por toda parte, livros de capas de cores vivas eram tirados de bolsas e sacolas. Rowling olhou em volta e se descobriu cercada por sua criação, na mesma estação de trem em que havia imaginado ter-se iniciado a viagem mágica de um menino mirrado e solitário.

Uma mulher em particular estava lendo bastante próxima e parecia ter mais ou menos a mesma idade de Jo. Num rompante de euforia pós-publicação, inebriada de alívio por não estar sacolejando em um trem pela Ilha Britânica naquele momento, ela bateu de leve no ombro da mulher.

– Você gostaria que eu autografasse seu livro?
– *Aahhh!*
A mulher jogou o livro para o alto no ar, e o anonimato de Jo Rowling foi para o espaço. Jo não se importou, e não seria nenhum grande problema, afinal, se tivesse que passar o dia assinando autógrafos. Mas isso não aconteceu. As pessoas apenas acenaram alegremente para ela e partiram para tomar seus trens, mais contentes com seus livros do que em ter uma audiência com a famosa J. K. Rowling, e era exatamente assim que ela gostava.

Retornei à vida normal na quinta-feira depois do lançamento. Liguei meu iPod e ajeitei minha mochila enquanto esperava pelo trem, em meu próprio mundo e também um pouco dominada pela euforia pós-publicação.

Toda a correria e o trabalho dos últimos dias estavam acabados e – exceto por uma fartura excessiva de excelentes lembranças e um sentimento calmo de tarefa cumprida – pareciam nunca ter acontecido. O trem Q estava lotado, mas não me importei: estava a caminho de um encontro com uma amiga e tinha um site para dirigir e, agora, um livro para escrever. Eu estivera pesquisando e escrevendo durante quase um ano, tendo me demitido de meu emprego no *The Staten Island Advance* depois de me dar conta de que não podia comandar o site, escrever o livro e também ter um emprego de repórter durante o dia. Quando examinei as três responsabilidades, o trabalho de repórter do jornal se sobressaiu como aquele de que eu podia abrir mão – mesmo se significasse que teria de voltar a morar com meus pais. Eu estava planejando fazer exatamente isso até a véspera de meu último dia no jornal, quando fui informada de que meu livro havia sido vendido e que, pelo menos por algum tempo, eu podia me considerar uma escritora em tempo integral.

Eu me apoiei contra o tubo de metal do vagão do metrô enquanto começávamos a sacolejar penetrando no coração da cidade de Nova York. Se minha música não tivesse parado de tocar, eu poderia nunca ter reparado – uma, duas, três, quatro, pelo menos umas dez pessoas liam seus grandes livros de capa cor de laranja. Algumas já tinham lido a metade, outras estavam quase no final. Algumas pessoas apoiavam o livro nas pernas e outras mais tinham tirado a sobrecapa para ficar mais discretas. Elas abrangiam todas as faixas de idade, e estavam todas absorvidas na leitura.

Uma moça, não muito mais jovem do que eu, estava sentada perto do fim de minha linha de visão; também estava lendo, com a mochila colorida no colo e os braços ao redor, o livro funcionando como uma fivela para manter tudo no lugar. Eu me movi para o tubo de apoio seguinte para dar uma olhadela discreta mais de perto; ela não estava lendo *As Relíquias da Morte*. Seu livro não era cor de laranja e sim cor-de-rosa, água e areia, e mostrava um garoto montado numa vassoura e um unicórnio branco. *Harry Potter e a Pedra Filosofal*. Ela nem reparou que eu a estava observando.

Ah, eu invejo você, pensei, mas estava sorrindo por ela. Ela estava apenas começando.

EPÍLOGO

NOVEMBRO DE 2007

O motorista de táxi soube para onde eu ia assim que lhe disse o endereço. Vi a sobrancelha grisalha se erguer como um dedo questionador, e o olho que eu podia ver pelo espelho retrovisor pareceu oscilar entre respeito e desconfiança. Talvez ele estivesse preocupado com a possibilidade de deixar uma mulher enlouquecida diante daquela casa, que iria se atirar contra o portão e colar ali como uma estrela-do-mar contra a parede de um aquário. Desviei o olhar, sentindo-me confortável e agradavelmente bem agasalhada em meu jeans e botas sem salto.

– Ela é uma senhora rica – comentou ele, finalmente.

– Humm-humm.

– Veio a Edimburgo para vê-la?

Eu assenti. Tinha vindo imediatamente, no momento em que soube que poderia vir. Uma enorme fotografia de Jo, sorrindo e acenando depois de receber um título honorário da Universidade de Edimburgo, me recebeu no aeroporto, tão alegremente quanto se ela fosse a mascote oficial da cidade, e dei uma risada e acenei de volta para a foto.

– Já estive aqui antes. Já conversamos antes. Estou escrevendo um livro.

Ele se virou e olhou para mim tão rápido quanto pôde sem perder o controle da direção.

– É mesmo? – Eu assenti. – A respeito de que é?

– Ah... de tudo.

Ele deu uma gargalhada.

– Não, é a respeito de Harry Potter. Sobre o que ela fez. Sobre os últimos dez anos no mundo real.
– É mesmo? – Ele entrou numa rua que eu tinha visto uma vez antes. – Você sabe a respeito disso?
– Sei. Eu sou editora de um site da internet – disse francamente. – Se chama Leaky Cauldron.

Eu paguei o táxi e saltei, e desta vez, sem hesitar, apertei a campainha e entrei pelo portão de ferro. Era muito cedo, mas eu tinha chegado cedo de propósito, para ter tempo de tomar um café com Fiddy. Nós sentamos na sala principal do escritório, à mesa onde eu tinha sentado para uma entrevista dois anos antes, bem-vestida demais e trêmula de nervosismo. A mesa tinha estado vazia na ocasião; agora estava cheia de pilhas de papéis relativos a convites para uma noite de gala beneficente para o lançamento de *Os contos de Beedle, o Bardo*, o novo livro de Jo. O pequeno volume de fábulas fora citado em *Relíquias da Morte*, e Jo estava no processo de escrevê-los a mão em sobrecapas de couro, em tamanho de bolso, as capas decoradas com incrustações em prata e pedras semipreciosas. Ela escreveria sete exemplares e os daria às várias pessoas que tinham colaborado para o crescimento de Harry Potter ao longo dos anos.

Agora que tinha algum tempo para fazê-lo, andei pelo aposento cor de açafrão, contemplando todas as capas internacionais de Harry Potter, e, ao contrário da última vez, parecia não haver mais espaço para elas. Transbordavam de caixas; Fiddy se apressou em me mostrar as versões japonesas de *Harry Potter e o Enigma do Príncipe*. Ela se lembrava que tinham estado dentre as minhas favoritas quando as vira na internet. Enquanto eu examinava aquilo, ela me apresentou a capa ucraniana, que ostentava uma ilustração altamente estilizada e de detalhe quase fotográfico do trio, com ilustrações muito literais de tudo o mais (sua versão do Chalé das Conchas era uma casa com uma concha gigante no topo). Harry, Rony e Hermione pareciam modelos de roupas esportivas de cabelos ao vento, e eu passei algum tempo folheando as páginas incompreensíveis.

Nós tomamos café e pusemos a conversa em dia, enquanto Fiddy rapidamente separava pilhas de cartas – correspondência, cartas tratando de assuntos jurídicos e a correspondência padrão de fãs –, organizando-as pelo que parecia ser ordem de importância para Jo. Estar naquela sala era como visitar uma central de espiões desativada. Todo mundo parecia mais à vontade em me contar em que estivera trabalhando. Contudo, ainda era o núcleo do que havia se tornado a operação Harry Potter; atualmente Fiddy tinha duas assistentes que trabalhavam para ela, que separavam as 1.500 cartas que ainda chegavam semanalmente. Cada carta era catalogada, incluída na base de dados, e as respostas devidamente registradas; o que sobrava ia para uma caixa em algum lugar. Jo dizia que um dia, quando estivesse se sentindo deprimida, poderia deitar e rolar nelas. Parafernália e minúcias enchiam o resto da sala, construindo uma história da década passada como um rolo de filme: a fotografia da vaca de plástico (da qual a original agora estava na segunda casa de Jo); fileiras e fileiras de gavetas que pareciam desaparecer em uma parede; um grande pomo de ouro e, me dei conta radiante, duas fotos emolduradas do lançamento de Edimburgo, uma de Fiddy comigo no Provost's Headquarters e uma de Jo, Emerson e minha logo depois da entrevista de 2005. Eu as tinha enviado como presentes de Natal naquele ano.

Fiddy e eu estávamos galhofando e rindo sobre sermos sobreviventes de uma longa guerra, quando Jo entrou, usando um grosso casaco branco e botas superelegantes. O dedo dela estava entre as páginas de um livro de Dorothy Sayers; e seu rosto parecia rosado, como se tivesse estado fazendo uma caminhada rápida. Acenei de minha cadeira, então me levantei para nos abraçarmos.

– Olhe, vamos lá para a casa – disse ela, e tentei não demonstrar meu entusiasmo com o fato. Enquanto íamos andando pelo quintal, ela se desculpou. – Tome cuidado! Eu tenho dois cachorros; não posso fazer promessas quanto ao estado deste gramado!

Um dos cães, Butchie, um Jack Russell terrier, começou a latir loucamente no instante em que me viu; estendi a mão para acalmá-lo e fazer-lhe afagos, mas ele não quis conversa.

– Não, Butchie, não, não, nós gostamos de Melissa, não gostamos, Butchie? – Butchie me lançou um olhar curioso e continuou a latir, mas também me deixou lhe fazer festa.

Tinham se passado quatro meses desde o lançamento de *Relíquias da Morte* e parecia um piscar de olhos. A maior parte desse tempo eu estivera trabalhando neste livro, que atualmente ocupava a maior parte de meu tempo.

Como se revelou, John estava enganado sobre a Prophecy, a convenção de fãs a que tínhamos comparecido em agosto. Em vez de tristeza e lamentações pelo fato de a série ter acabado, tinha sido cheia de celebrações e festas dançantes. Quase ninguém chorou ou agiu como se estivéssemos no fim de alguma coisa. Tinha havido um baile formal, e uma festa depois, que durou até tão tarde e foi tão barulhenta que nos espantamos de não sermos postos para fora do hotel. De modo que batizamos o quarto em que se realizou, quarto 514, de Quarto da Exigência. Foi naquela festa, ainda vestidos com as roupas de baile, que meu quadro de funcionários decidiu que eles queriam organizar nossa própria conferência: a Leaky-Con em 2009. Alguns meses depois estávamos atarefadíssimos com o planejamento.

Jo tinha saído em turnê na América do Norte, participando em sessões de autógrafos e de perguntas e respostas em três cidades dos Estados Unidos e uma do Canadá, distribuindo informações pós-*Relíquias da Morte* de uma maneira que nunca pudera fazer antes. Em parte para nos agradecer por ajudar a conter os *spoilers* sobre o sétimo livro, ela havia convidado cinco funcionários do Leaky, inclusive a mim, para vê-la no Carnegie Hall. John, Sue, Nick, Alex e eu ficamos andando de um lado para outro nos bastidores por 45 minutos antes de termos autorização para entrar em seu camarim, onde Sue e John caíram em cima dela para uma resposta final sobre se Helga Hufflepuff tinha escravizado os elfos domésticos.

– Eu diria que ela deu refúgio a eles – respondeu Jo, e Sue vibrou –, mas isso é como dizer que ela é uma senhora de engenho gentil, não é? – John urrou de triunfo. Eu gemi. Eu estava na esperança de que Jo fosse acabar com aquela discussão de uma vez por todas. Pois, até hoje eles continuam a brigar por causa disso, agora cada qual armado com as palavras de Jo.

Fiquei quieta em um canto durante metade do encontro, contente demais com o fato de que meus companheiros do Leaky estivessem tendo uma chance de conversar com Jo para dizer alguma coisa para interromper. Antes de sairmos, Jo e sua filha Jessica nos fizeram uma reverência brincalhona – em um estilo muito *Quanto mais idiota melhor* – por sermos os reis do cenário da internet. Na hora rimos um bocado, mas depois John não parava de dizer:

– Elas se inclinaram em reverência, caramba, elas se inclinaram em reverência, para nós, caramba!

A foto que tiramos com Jo, na qual parece que todo mundo está brilhando de felicidade, agora ocupa orgulhosamente um lugar de destaque em minha mesa.

Jo admitiu para nós que estava nervosa com relação à leitura, e nos pediu para gritarmos "em momentos totalmente inapropriados", para ajudar a levar a ocasião a um nível de ridículo mais adequado e quebrar a formalidade geralmente típica de um evento no Carnegie Hall. Dissemos que tentaríamos, mas aquilo acabou por se revelar completamente desnecessário. Ela foi recebida com uma ovação, com o público de pé que levou minutos para esmorecer, e a expressão de gratidão em seu rosto, e o sentimento de realização e de volta ao lar, deixou muita gente enxugando os olhos. Depois de anos de entrevistas cautelosas e declarações delicadas devido ao temor de fazer revelações inadvertidas, era como se finalmente a verdadeira Jo Rowling pudesse entrar em cena e participar da brincadeira; ela caçoou de alguns dos que fizeram perguntas, e deu respostas ponderosas sobre o amor, sobre por que Molly Weasley teve que matar Belatriz, e ainda no início, possivelmente dando o tom triunfante da noite – revelou que Dumbledore era gay.

Epílogo

Quando Rowling disse isso, houve uma pausa, como se todo mundo estivesse tirando água dos ouvidos, e então o teatro veio abaixo. Minha mão agarrou o ombro de John como se para provar que ele estava lá e pudesse validar o que eu havia acabado de ouvir. Não era que eu tivesse ficado chocada por saber que Dumbledore era gay, mas não conseguia acreditar que estivesse presente àquela glamourosa festa de maioridade. Arthur Levine, em um camarote acima, estava dando vivas e urros junto com todo mundo pelo que me pareceu durar eras.

– Se eu soubesse que isso deixaria vocês tão felizes teria contado há séculos! – observou Jo, e radiante com a recepção, emendou com alguns dos comentários mais engraçados que jamais fez:

– A vida amorosa pregressa de Dumbledore nunca, antes, se apresentou como questão enquanto eu estivesse em um palco – disse-me ela mais tarde. – De vez em quando um fã me dizia: "Eu adoro Dumbledore", e perguntava uma coisinha qualquer a respeito dele. Certa vez ouvi uma pergunta feita por uma mulher, uma fã adulta, não consigo me lembrar exatamente o que ela me perguntou para me fazer dar a informação, mas eu disse: "Sempre vi Dumbledore como gay." Ela não pareceu gostar muito da resposta, mas não foi para a internet e revelou ao mundo, portanto... Eu já tinha dito às pessoas em conversas que eu o via assim, mas que nunca tinha sido muito importante para mim. E ainda não é, não creio que seja o que há de mais interessante sobre Dumbledore.

"Houve um homem que saiu do armário naquela noite no Carnegie Hall por causa daquela informação. Então, apenas por essa razão creio que seja um excelente motivo para tê-la revelado."

Imediatamente depois do evento, Laura Mallory começou a dar declarações sobre como a homossexualidade provava seu argumento, e a direita cristã veio atrás dela, e do mesmo modo os grupos antigays e os grupos discriminadores intolerantes, mas eles pouco importaram porque no Facebook subitamente surgiram grupos como O Exército de Dumbledore: The New Gay-Straigh Alliance (A Nova Aliança Gay-Hétero). Na Parada do Orgulho Gay seguinte, os fãs de Harry Potter provavelmente estariam usando camisetas com a foto de Dumbledore.

A reação à notícia criou o melhor dia de noticiário do Leaky de todos os tempos. Tinha sido aplaudida e condenada, reações de todos os tipos e tendências encheram minha caixa de correspondência e eu havia passado semanas fazendo comentários para jornais e estações de televisão. De modo que, tão logo nos acomodamos com o café no sofá verde estampado em padrão de losangos, perguntei a Jo sobre a declaração e se em seu mundo a homossexualidade ara alvo do mesmo tabu que no mundo dos trouxas. (David, em particular, queria saber disso.)

– Tanto que é mais uma coisa que Malfoy usaria contra você – explicou Jo, e assim mergulhamos até o pescoço no cânon. Numa questão de segundos estávamos falando sobre o relacionamento de Dumbledore com Grindelwald, o objeto anterior de seu afeto, e se Dumbledore havia conseguido se recuperar do sofrimento de tê-lo perdido. Ela explicou que ele havia se voltado para o interior e se tornado reservado e acadêmico pelo resto de sua vida.

– Se isso quer dizer que ele ainda era virgem aos 150 anos? Não sei – respondeu ela baixinho, olhando fixamente para sua xícara de café como se ali contivesse uma resposta.

Pouco tempo antes, eu tinha precisado reunir minha coragem para pedir aquela entrevista, e nunca imaginei que ela fosse concordar em concedê-la. Afinal, em outras ocasiões já havia recusado Oprah e praticamente todos os grandes nomes do mundo do jornalismo de entretenimento. Eu estivera me sentindo constrangida de fazer o pedido, como se estivesse ultrapassando limites, mas tinha olhado para o anel em minha mão esquerda, me armado de forças e enviado a carta. Cheryl e alguns outros amigos sensatos haviam insistido, dizendo-me com tanta autoridade que eu tinha de enviar a carta que aquilo me deu o empurrão definitivo de que precisava. Algumas semanas depois de receber a carta, Jo me respondeu que sim e pouco depois disso embarquei no avião.

E agora estávamos na segunda metade do que acabou por se revelar uma conversa de oito horas ao longo de dois dias. Tivemos que nos esforçar para nos ater ao tópico, porque ambas queríamos tanto enveredar por discussões sobre o cânon Harry Potter que, se deixássemos, ficaríamos falando apenas sobre os livros em vez de sobre o fenômeno. Ela me disse que originalmente Edwiges deveria abrir o pomo de ouro no final do sétimo livro, e por isso havia tomado o primeiro pomo de ouro de Harry no livro um. Jo me contou sobre o casamento de Jorge com Angelina, a ex-namorada do irmão gêmeo dele, e o que aquilo significava em termos de como estava lidando com a vida sem o irmão. Descreveu como tinha chorado quando estava editando o epílogo com seu editor britânico. Conversamos sobre as tradições das varinhas mágicas e logo estávamos falando sobre Teddy Lupin, e nos demos conta de que tínhamos que parar.

– Tudo bem, perdoe-me! Agora me pergunte sobre o fenômeno Harry Potter!

Foi uma luta; não conseguíamos deixar de nos desviar do assunto. Conversamos sobre o amor, e controle de peso, e consciência social, e a HP Alliance, minha nova causa favorita, o grupo que meu amigo Andrew Slack havia criado para ajudar as pessoas a usarem seu amor por Harry para pôr em ação projetos de mudança social. Andrew, um orador apaixonado e brilhante, tinha sido trazido à minha atenção por uma ex-colega de trabalho que me falou sobre como ele estava usando as mensagens dos livros Potter – a maneira como Harry enfrenta o Ministério, os princípios da autodefesa e da retidão moral do Exército de Dumbledore – e aplicando-os a situações do mundo real. Ele já havia mobilizado centenas de jovens a formar capítulos da HP Alliance em suas escolas, e estava fazendo grandes avanços organizando campanhas de arrecadação de fundos e de conscientização para ajudar as vítimas de Darfur. Depois de algumas conversas pessoais que duraram horas, Andrew me pediu que me tornasse membro do conselho da organização; pareceu-me um veículo perfeito para usar qualquer credibilidade que eu tivesse conquistado no fandom.

Essa não era a entrevista com a qual eu um dia havia sonhado fazer com Jo; era mais como se tivéssemos estado de lados opostos de uma parede durante anos e finalmente agora tivéssemos permissão de nos encontrar (de quebra, com uma entrevista incluída). Ela me mostrou a sala onde Mackenzie fazia de brinquedo um Dobby em tamanho natural, e o certificado impresso de aprovação com classificação Excelente que Jessica havia obtido no teste W.O.M.B.A.T. do jkrowling.com, suas deslumbrantes fotografias de casamento, e um exemplar de *Os Contos de Beedle, o Bardo*, o exemplar de Arthur Levine para ser exata, que ela estava escrevendo a mão. Eu o segurei como se estivesse manuseando cristal fino feito a mão, e há alguma chance de que tenha babado nele.

Jo era capaz de falar de seus personagens durante horas; informações a respeito deles lhe escapuliam sempre que nossa entrevista entrava num momento de pausa, e eu não sonharia em interrompê-la, que se danasse o trabalho. Parecia que a cada cinco minutos, ao longo de dois dias, tínhamos que nos interromper e retomar o tópico. Em três ocasiões ela falou sobre Alvo Severo Potter, o filho de Harry que conhecemos no epílogo de *Relíquias da Morte*.

– Foi um nome e tanto esse que você deu a ele – observei. O choque que eu havia sentido ao descobrir que afinal levara um *spoiler* do epílogo tinha desaparecido rapidamente. Embora alguns fãs achassem que o final da série tinha sido sentimental, eu achava que era um tributo merecido e tocante à luz dos acontecimentos do livro.

– Eu sei. Alvo Severo, você podia imaginar?
– E Potter!
– E Potter! Uma dose tripla de notoriedade. Pobre menino. – Ela ficou com um olhar distante. – Ele é o que mais me interessa.

Ergui uma sobrancelha, me perguntando se ela teria escrito a respeito dele, mas me mantive em silêncio.

– Imagine ter que ir estudar em Hogwarts tendo esse nome. Imagine só, mesmo que sua família chame você de Al. Imagine ter que entrar no gabinete do diretor e ver aqueles dois retratos. Ah. Não dá nem para pensar em fazer jus ao nome... é, ele realmente foi o escolhido... mas deixa pra lá.

Um minuto depois ela começou de novo, falando sobre as árvores genealógicas dos sobreviventes, e como tinha chorado com Emma, sua editora, só por ter mencionado Teddy Lupin.
– Eu explodi em lágrimas. Foi a primeira vez que fiz isso. Eu tinha que mostrar que Lupin era bom. Detestei ter que matar Lupin e Tonks. Detestei. Detestei. Mas estava escrevendo sobre guerra. Isso é o que a guerra faz. Deixa pouco, apenas bebês recém-nascidos que não sabem... – Ela se cala, perdida em seus pensamentos.
– Então aconteceu com Harry e depois aconteceu de novo. Eles deixaram que acontecesse de novo; não quiseram acreditar em Harry. De modo que eu tive de mostrar aquele mal de novo. – Ela pareceu retornar a si mesma e se lembrar de minha presença. – Perdoe-me! Vamos retornar ao assunto.

Comecei a rir e não conseguia parar, porque aquela era uma Jo que eu nunca tinha visto antes, nem mesmo em todas as entrevistas pós-*Relíquias da Morte*. Estava solta, desenfreada, jorrando informações como se elas tivessem se acumulado ao longo de 17 anos e aquela fosse a hora de sua desforra. Foi maravilhoso, e tão livre, o ar ao redor de nós pareceu se tornar mais leve, apesar da seriedade do tema ficcional.

Ela disse que estava escrevendo de novo, e nesse momento uma expressão de tamanha felicidade iluminou seu semblante que não pude deixar de sorrir. Naquele dia só deveríamos ter conversado por uma hora; já faziam bem mais de três que estávamos ali e Fiddy estava à beira de bater em mim com um grampeador por roubar Jo por tanto tempo. Por volta da hora do almoço, encerramos. Jo encheu os braços de catálogos, documentos legais, convites para festas beneficentes e outros acessórios de uma vida que não é mais apenas a vida de uma escritora e sim o símbolo dos dez anos que todos nós passamos numa era incrível. Eu tinha uma última pergunta a fazer: Desta vez o que ela espera que as pessoas levem consigo?

Ela fez uma pausa, mas a resposta saiu rápido.

– Quando toda a agitação e a balbúrdia acabarem, e quando todos os comentários da imprensa se esgotarem, eu creio que o mundo afinal constatará que esse fenômeno foi gerado, em primeiro lugar, pelo fato de crianças adorarem um livro. Um livro foi para as livrarias e algumas pessoas o adoraram. Quando acabar todo confete e serpentina, isso é o que nos restará.

"E essa é a mais maravilhosa das ideias para um escritor."

AGRADECIMENTOS

Muitas pessoas ajudaram a transformar este livro de uma ideia em um texto entre capas. Nunca poderei lhes agradecer o bastante, mas vamos tentar:

Aimée e Richard Carter foram as primeiras pessoas com quem falei a respeito deste livro, ao que me parece cem anos atrás. Eles disseram, sem titubear, que era um livro que eu deveria escrever e não tinham nenhum meio de saber que a semente de uma ideia já germinava em meu cérebro. O apoio e o entusiasmo imediato deles foram cruciais.

Rebecca Sherman, minha agente e amiga, incentivou esta ideia a vir ao mundo e se manteve firme enquanto ela crescia. Rebecca me ajudou a fazer o conceito evoluir de uma ideia disforme até adquirir um verdadeiro contorno, e foi honesta, solidária e prestativa em todos os estágios deste processo.

Jennifer Heddle, minha editora maravilhosamente franca, contribuiu com insights e comentários honestos que tornaram cada página do livro, e o livro como um todo, incalculavelmente melhores.

Jo Rowling foi uma incrível incentivadora, em mais níveis do que seria possível definir ou em que ela poderia saber. Sua confiança em meu trabalho de repórter e sua crença inabalável no direito de uma pessoa de criar — mesmo quando essa criação diz respeito a ela — me deram enorme orgulho e confiança.

Jo Metivier ou, como costumamos dizer brincando, "a outra Jo", entrou no projeto alguns meses antes de meu primeiro prazo final, para me ajudar a pesquisar algumas partes e administrar minha vida. Seu entusiasmo por Potter, sua paciência e gentileza, sua extraordinária capacidade de apurar fatos e sua amizade estão estampados em todas as páginas deste livro.

Lizzie Keiper, que me ajudou a administrar uma monstruosa lista de coisas a fazer todos os dias, por mais de dois anos, foi outra fonte constante de ajuda e incentivo.

As seguintes pessoas da "Equipe Potter" foram extraordinariamente gentis e prestativas comigo durante todo este processo: Fiddy Henderson, uma maravilhosa amiga por correspondência, confidente e grande companheira; Neil Blair, que não consigo acreditar que um dia achei que fosse uma pessoa assustadora; Christopher Little, que ainda me assusta um pouco; Arthur Levine; Cheryl Klein; Kris Moran; Rachel Coun; Mark Seidenfeld; David Heyman; Barry Cunningham; Barbara Marcus; Tim Ditlow; Rosamund de la Hey; Diane Nelson; Vanessa Davies; Jules Bearman; Emma Schlesinger; Emma Matthewson; Sarah Odedina; Lucy Holden; e Emma Bradshaw.

Aqui vai o meu muito obrigada às seguintes pessoas por me concederem entrevistas e me autorizarem a falar sobre suas vidas: Paul e Joe DeGeorge, Megan Morrison, Devin Smither, Julie Just, Eden Lipson, Jennie Levine, Valerie Lewis, Alex Carpenter, Lizo Mzimba, Bradley Mehlenbacher, Brian Ross, Heather Lawver, Laura Mallory, Tom Goodman, Lindsay Benge, John Inniss, Jamie Waylett, Theresa Waylett, Alex Milne-White da Hungerford's Bookshop, Jan Dundon da Anderson's Bookshop, Alan Alger da Blue Square, Rupert Adams da William Hill e Shirley Comer.

Muito obrigada a Matthew Maggiacomo, também conhecido como Whomping Willow, que me deu grande ajuda ao destilar centenas de páginas de pesquisa (e me fez rir muito enquanto o fazia).

Obrigada a Erin Byrne e Judith Krug da Associação de Bibliotecas Americanas, Cindy Loe do sistema de escolas públicas da Geórgia, Jeff Guillaume da HPANA ("É um acrônimo!"), Heidi Tandy e Cassandra Claire por me ajudarem a localizar algumas informações específicas e úteis.

Agradecimentos

Obrigada às seguintes pessoas por ajudarem na transcrição das entrevistas: Kyrane Thomas (que transcreveu quase toda a entrevista de 12 horas dos Harry and the Potters e uma grande parte das oito horas da entrevista de Jo Rowling), Delana Gray, Corena van Leuveren e Sarah Hatter.

O material de reportagem de Massachusetts para o capítulo *As Relíquias da Morte* contou com a contribuição de Elisabeth Donnelly; o material de reportagem de Nova York contou com a colaboração de Angela Montefinise. Ambas são ótimas jornalistas e amigas.

Os seguintes amigos contribuíram com inestimável apoio moral em momentos importantes: David Carpman e Kathleen Sheehy, que estão sempre presentes nas horas de maior importância; Sue Upton, minha amiga e confidente, a quem adoro; John Noe, que costuma fazer com que minha vida seja muito mais divertida; Cheryl Klein, a compassiva e brilhante guardiã de segredos; Megan Morrison, que compreende a beleza de letras maiúsculas para comemorar; Samantha Friedman (que, com John, ajudou a me manter tomando café fresco, comendo boa comida e em um apartamento limpo, à medida que eu me aproximava do prazo de entrega); Josh Wittge, pelos chocolates e o *Project Runway*; Ben, Kirky e William DeLong; Gerald Lewis, Josh Koury, Gaia Cornwall e toda a turma do *We Are Wizards*; George Beahm; Anthony Rapp; Andrew Sims; Ben Schoen; Emerson Spartz; Rebecca Anderson; Emily Wahlee; Evanna Lynch; e meu cunhado Elliot Kathreptis.

Toda a minha equipe do Leaky, especialmente o pessoal sênior: John Noe, Nick Poulden, Sue Upton, Alex Robbin, Doris Herrman, Nick Rhein, Kristin Brown e Ben DeLong. Todo mundo que trabalha com um grupo grande de voluntários como eu faço diz que eles têm a melhor equipe do mundo. Todo mundo exceto eu está errado. As mais de duzentas pessoas que atualmente trabalham no Leaky, e todo mundo que por lá passou nos últimos sete anos, são algumas das pessoas mais brilhantes, decididas, passionais e dignas com quem tive a honra de interagir. Cada uma delas faz parte

deste livro e de meu coração. Muito obrigada. *Este caldeirão tem um buraco! É por onde as notícias vazam!*
Um agradecimento especial a Ben DeLong por encorajar minha contratação pelo Leaky para começar. Minha vida teria sido notavelmente diferente sem você.

Registro aqui meus agradecimentos aos seguintes sites por uso de material em geral e ajuda durante este processo: SugarQuill.net; Harry Potter for Grown Ups (hpfgu.org.uk); FictionAlley.org; Fandomwankcom; Wizrocklopedia.com; Accio-Quote.org.

Muito obrigada ao *Staten Island Advance* e a todos os meus companheiros por lá, por experiências maravilhosas e formadoras.

Obrigada a Nonna, que é minha rocha, e a Nanny, que, tenho certeza, sabia que isto aconteceria.

E por último, mas sempre os primeiros: mamãe, papai e Stephanie. Eu amo muito vocês. Vocês são os motivos por que coisas boas acontecem em minha vida, e o amor e a paciência de vocês são mais responsáveis por este livro do que outra qualquer coisa. Espero que gostem dele.

NOTAS

A maioria do material de reportagem em *Harry e seus fãs* vem de minhas pesquisas e entrevistas, mas sem dúvida também me baseei nas pesquisas de outros. Contudo, assumo a responsabilidade por quaisquer erros. Citados a seguir estão os livros, diários, posts de Web sites, artigos e outras fontes que mencionei ou usei ao longo deste livro. Fatos, história e citações não incluídos aqui vêm de minhas pesquisas e entrevistas.

Dois: O princípio e o fim

1 – *"Harry... leve meu corpo de volta para os meus pais"*: Harry Potter e o Cálice de Fogo (Nova York: Scholastic Press, 2000), 668.

Três: Quase não aconteceu

1 – *no cérebro de J.K. Rowling há dezessete*: Estes dados já foram amplamente noticiados, mas me foram fornecidos por representantes de Jo Rowling na época em que este livro estava sendo escrito.

2 – *um quarto dos vinte filmes de maior bilheteria em todo o mundo*: "All Time Box Office", Box Offce Mojo. www.boxofficemojo.com/alltime

3 – *Harry Potter... estimado em 15 bilhões de dólares*: "Harry Potter, the $15 Billion Man". *Advertising Age*, 16 de julho de 2007.

4 – *"Harry Potter na verdade é sobre o Santo Graal"*: Dan Brown, *The Da Vinci Code* (Doubleday, 2003, 164); *O Código Da Vinci* (Editora Sextante, 2004).

5 – *Poderia ter sido diferente*: O fato de Jo não dispor de uma caneta foi relatado inúmeras vezes, mas ela o repetiu para mim em uma entrevista.

6 – *editores do Reino Unido excluíam... aparelhos digestivos*: Carolyn Hart, "Children are obscene but not heard; Farts are stifled, knickerless Nicola wears jeans, and cars drive in the middle of the road. The author Carolyn Hart introduces the squeaky-clean world of children's publishing". *The Independent*, 8 de março de 1995.

7 – *Pôneis para meninas... Enid Blyton*: Christina Hardyman, "Poltergeist versus pony tales; Christina Hardymant examines books that sell – the big end of the book industry". *The Independent*, 17 de novembro de 1990.

8 – *Nestlé Smarties Book Prize*: Consumer Help Web, http:www//book.consumerhelpweb.com/awards/nestle/smarties.htm. O site oficial do prêmio Smarties é www.booktrusted.co.uk/nestle.

9 – *Whitbread Children's Book of the Year:* Costa Book Awards, www.costabookawards.com/awards/previous_winners.aspx.
10 – *"Pais e avós... eco-casa verde":* "Poltergeist versus pony tales": Christina Hardymant, *The Independent*, 17 de novembro de 1990.
11 – *"Não existem viradas repentinas... leitores leais por muito tempo":* Ibid.
12 – *"Os editores dos livros infantis viram resultados mais lucrativos":* Emily Bell, "Marketing is Child's Play". *The Guardian*, 12 de setembro de 1994.
13 – *Stine... The Girlfriend:* R. L. Stine, site oficial. www.rlstine.com/#nav/rlstine.
14 – *sessenta e dois livros da série Goosebumps entre 1992 e 1997:* Várias fontes contribuíram com e confirmaram este número: o primeiro livro da série Goosebumps foi publicado em 1992 (e esta informação está no site www.rlstine.com); o livro 62, *Monster Blood IV*, foi publicado em 1997 de acordo com o próprio livro.
15 – *dois jogos de tabuleiro:* Estes se chamavam *Terror in the Graveyard* e *Escape from Horrorland*.
16 – *três livros de histórias em quadrinhos:* R. L. Stine, *Creepy Creatures*, Graphix, 1º de setembro de 2006; R. L. Stine, *Terror Trips*, Graphix, 1º de março de 2007; R. L. Stine, *Scary Summer*, Graphix, 1º de julho de 2007.
17 – *um vídeo game:* PC Game: R. L. Stine, *Goosebumps: Escape from Horrorland*. Dreamworks, 15 de novembro de 2001.
18 – *filmes produzidos direto para vídeo: Say Cheese and Die, Night of the Living Dummy* e *It Came from Beneath the Sink*.
19 – *um seriado de televisão: Goosebumps*, o seriado de TV, foi ao ar de 1995 a 1998 na Fox Kids e no Cartoon Network. wwww.imdb.com/title/tt0111987/.
20 – *Stine tivesse amealhado 41 milhões de dólares:* Robert La Franco, "The Forbes Top 40". *Forbes*, 22 de setembro de 1997.
21 – *"horror instantâneo ou romance imediato":* Nicholas Tucker, "Children's Books (...) books for teenagers". *The Independent*, 30 de março de 1996.
22 – *oito mil livros publicados:* Joanna Carey, "Children's Books: 'How Can Children Enjoy Reading When They First Have to Wade Through Mountains of Nonsense?' A premiada escritora Anne Fine conversa com Joanna Carey sobre o baixo status da literatura infantil nos dias de hoje." *The Guardian Education Page*, 24 de junho de 1997.
23 – *Livros ilustrados... "se tivessem sido publicados nos dias de hoje":* Hilary Macaskill, "Hilary Macaskill on hype and piracy in children's publishing". *The Independent*, 29 de março de 1997.
24 – *"O Sr. e a Sra. Dursley... muito orgulho":* J. K. Rowling: *Harry Potter e a Pedra Filosofal* (Rio de Janeiro: Editora Rocco, 2000), 1.
25 – *"VOCÊ AFINAL É OU NÃO É UMA BRUXA?":* Ibid.

Quatro: Ajuda do público
1 – *topo da lista de bestsellers da Amazon.com:* Sue Upton, "Pre-Orders of 'Deathly Hallows' Set Records". The Leaky Cauldron, 2 de fevereiro de 2007,

www.the-leaky-cauldron.org/2007/2/2/pre-orders-of-deathly-hallows-set-records.

2 – *100.000 ordens de compra antecipadas*: "Amazon lifts sales targets" (Liverpool). *Daily Post*, 26 de abril de 2007.

3 – *Barry tinha uma história de trabalho na área de negócios e marketing*: Nick Curtis, "The two who really discovered JK (but never made a penny from Harry Potter...)". *Evening Standard*, 23 de julho de 2007.

4 – *Existem coisas... uma delas*: J. K. Rowling, *Harry Potter e a Pedra Filosofal* (Rio de Janeiro: Editora Rocco, 2000).

5 – *chegado perto de alcançar um bilhão de dólares*: Leah Rosch, "Magic School Buzz". *Chief Executive*, 1º de março de 1997.

6 – *80 milhões de dólares para a Scholastic*: "Happiness Express recebeu licença para produzir uma linha de produtos de volta às aulas baseados em GOOSEBUMPS, a famosa série de livros infantis." *Business Wire*, 30 de novembro de 1995.

7 – *supermercados estavam devolvendo os exemplares não vendidos*: "Scholastic's 3rd Quarter Loss Linked to Slump in Popular Kids Book Series." Selling to Kids, 19 de março de 1997.

8 – *"a série de livros infantis de maior sucesso de todos os tempos"*: "A Scholastic Espera que Literacy Place Ajude a Acabar com Declínio no Mercado." *Educational Marketer*, 3 de março de 1997. (Também cabe ressaltar que, antes de Goosebumps, a Scholastic controlava outra "série de livros infantis de maior sucesso de todos os tempos" – The Baby-sitters Club.)

9 – *"ridiculamente altos"*: Sobre Arthur A. Levine, www.arthuralevinebooks.com/arthur.asp.

10 – *"Há vários motivos... adaptação para o cinema"*: Arthur teve a extrema gentileza de ler esta e outras notas que havia escrito na época em voz alta para mim durante uma entrevista.

11 – *"Há três anos... um manuscrito muito folheado do outro"*: Anne Johnstone, "Happy ending, and that's for beginners". *The Herald* (Glasgow), 24 de junho de 1997.

12 – *"Contos de uma Mãe Solteira"*: Eddie Gibb, "Tales from a Single Mother". *Sunday Times* (Londres), 29 de junho de 1997.

13 – *"Sucesso de $100.000... Mãe"*: Nigel Reynolds, "$100,000 Success Story for Penniless Mother". *The Telegraph* (Londres), 7 de julho de 2007. Acessado via Accio-Quote.org: www.accio-quote.org/articles/1997/spring97-telegraph-reynolds.htm.

14 – *cerca de 65.625 libras*: Este valor foi obtido com base nas taxas de câmbio GBP/US: www.taxfreegold.co.uk/1997forexrates.html.

15 – *o primeiro livro infantil a chegar ao primeiro lugar de uma lista de bestsellers*: "Smaller Company Accounts: Bloomsbury Publishing." *Investor's Chronicle*, 31 de julho de 1998.

16 – *uma história fascinante*: Anne Johnstone, "Paging 1977". *The Herald* (Glasgow), 11 de dezembro de 1997.

17 – *que tem cerca de treze milhões de ouvintes*: Ron LaBrecque e Joe Holley, "For NPR, freedom in variety". *Columbia Journalism Review*, maio/junho de 1997.
18 – *"pense que é um livro sobre filosofia"*: "Entrevista com Arthur Levine, coeditor de Harry Potter", www.the-leaky-cauldron-org/features/interviews/levine2.
19 – *A única coisa que ela achou que fosse realmente significativa com relação à prova de prelo*: Esta prova de prelo foi objeto de muitas minibuscas do graal em que embarquei enquanto pesquisava este livro. Eu sabia o que Arthur dissera na abertura, mas só por anedotas. Estava determinada a encontrar alguém que tivesse um exemplar, de modo a poder citá-la. Kris Moran na Scholastic me sugeriu procurar Margot Adler e consegui um belo negócio tipo dois por um: poder ver aquele precioso livro e uma bela história sobre uma das primeiras e influentes defensoras de Harry Potter. Conheço poucas pessoas cujos olhos tenham o mesmo brilho ao falar sobre a narrativa de Harry Potter como os de Margot, embora confesse ter ficado lívida ao ver que o livro era protegido por uma bolsa zip-lock.
20 – *em setembro daquele ano*: A data oficial de publicação dos Estados Unidos é outubro de 1998, mas o livro estava sendo objeto de resenhas no princípio de setembro. As datas de publicação de Potter na época não significavam o que significam hoje.
21 – *"imensamente divertido"*: "Harry Potter and the Sorcerer's Stone." *Kirkus Reviews*, 1º de setembro de 1998.
22 – *"uma brilhante obra de imaginação e muito bem escrita"*: Michael Cart, "Harry Potter and the Sorcerer's Stone; Review". *Booklist*, 15 de setembro de 1998.
23 – *uma criança de dez anos*: Nancy Gilson, "Sorcerer's Stone Looks Like a Real Page-Turner". *Columbus Dispatch*, 17 de setembro de 1998.
24 – *O especial de Margot*: Margot Addler, "All Things Considered: Harry Potter". National Public Radio, 3 de dezembro de 1998. Ainda se pode ouvir este excelente programa no seguinte endereço: www.npr.org/templates/story/story.php?storyId=1032154. Também se pode ouvir a suíte com a entrevista com Arthur Levine sobre suas palavras orgulhosas em: www.npr.org/templates/story/story.php?storyId=11935611.
25 – *o número de livros impressos tinha dobrado*: "'Harry Potter and the Sorcerer's Stone', Tops Best-Seller Charts in U.S." *Business Wire*, 7 de dezembro de 1998.
26 – *lista dos Bestseller do* New York Times: "Best-Sellers." *New York Times*, 27 de dezembro de 1998.
27 – *É determinada pelas vendas*: Estas estatísticas podem ser lidas ao final de qualquer lista de bestsellers do *New York Times*.
28 – *Jamie Lee Curtis*: "Best-Sellers." *New York Times*, 27 de dezembro de 1998.
29 – *E. B. White... tinha se saído tão bem*: Doreen Carvajal, "Children's Book Casts a Spell Over Adults; Young Wizard Is a Best-Seller and Copyright Challenge". *New York Times*, 1º de abril de 1999.
30 – *E. B. White... tinha se saído tão bem...*: Ibid.

31 – *uma pequena fração – menos de um vinte-avos – do que gastam atualmente*: Esta estimativa veio do e-commerce em reportagens sobre 1998 e 2007; Zbar, Jeffrey. "Internet Commerce: No Longer a Novelty." *Credit Card Management*, 1º de março de 1999. "Submission for OMB Review." *Commerce Department Documents and Publications*, 27 de março de 2008.

32 – *250 milhões de dólares*: "Briefs." *Infotech Weekly*, 26 de julho de 1999.

33 – *Scholastic estava alterando sua programação... na Grã-Bretanha*: Cecilia Goodnow, "Wild About 'Harry': Phenomenal popularity of children's series has buyers – and booksellers – scrambling". *Seattle Post-Intelligencer*, 24 de junho de 1999.

34 – *três quartos de milhão de exemplares*: "Children Spellbound by Harry Potter's Magical Adventures." *The Journal* (Newcastle), 20 de agosto de 1999.

35 – *aumentada para 157.000 exemplares*: Anthony Barnes, "Truancy Fears Delay Book". *The Mirror*, 21 de junho de 1999.

36 – *Tatnuck Bookseller... evento*: Rosemary Herbert, 'Harry Potter' author causes stir". *Boston Herald*, 11 de outubro de 1999.

37 – *era como se os Beatles tivessem vindo à cidade*: Carol Beggy e Beth Carney, "Publishing Wizardry". *The Boston Globe*, 12 de outubro de 1999.

38 – *E Harry Potter estava deitando e rolando nela*: Uma das coisas mais surpreendentes que descobri quando fazia esta pesquisa foi que a *Pedra Filosofal* só chegou ao primeiro lugar na lista de bestsellers do *New York Times* depois que os livros subsequentes o impeliram para a posição.

39 – *em oito partes*: Dinita Smith, "The Times Plans a Children's Best-Seller List". *New York Times*, 24 de junho de 2000.

Cinco: Tecendo a teia

1 – *12 milhões de exemplares nos Estados Unidos*: "12 Million First Print Copies of 'Harry Potter and the Deathly Hallows' Due from Scholastic." Sue Upton, the Leaky Cauldron, 14 de março de 2007. www.the-leaky-cauldron.org/2007/3/14/12-million-first-print-copies-of-harry-potter-and-the-deathly-hallows-due-from-scholastic.

2 – *se aproximando de um milhão*: Susan Flockhart, "Bookshops braced for Pottermania". *Sunday Herald*, 27 de junho de 1999.

3 – *7,5 milhões de exemplares vendidos*: Renee Tawa, "Area Book Buyers Wild About Latest 'Harry'". *Los Angeles Times*, 9 de setembro de 1999.

4 – *o Projeto Internet Mundial*: The UCLA Internet Report, "Surveying the Digital Future". UCLA Center for Communication Policy, 1º de outubro de 2000, www.worldinternetproject.net.

5 – *Mosaic... 1993*: Marc Andreessen, "Mosaic – The First Global Web Browser". www.livinginternet.com/w/wi_mosaic.

6 – *Cerca de três anos mais tarde*: The UCLA Internet Report, 10.

7 – *mais de três quartos das pessoas checavam seu correio eletrônico*: The UCLA Internet Report, 6-7.

8 – *50.000 ou mais por ano*: The UCLA Internet Project, 87.

9 – *40 por cento dos usuários*: "Livejournal Statistics." www.livejournal.com/stats.bml. Obtido através do internet archive: web.archive.org/web/20000925051658/ http://www.livejournal.com/stats.bml.
10 – *ganhar o prêmio três vezes*: http://book.consumerhelpweb.com/awards/nestle/smarties.htm.
11 – *Anne Rice... declarou a autora em seu Web site*: "Mensagem de Anne Rice para Fãs." *Anne Rice Readers Interaction*, http://annerice.com/ReaderInteraction-MessagesToFans.html. Data confirmada através de vários posts na internet inclusive "Anne Rice Biography and List of Works". www.biblio.com/authors/574/Anne_Rice_Biography.html.
12 – *O tabloide britânico... publicou uma matéria sobre Field*: Ian Key, "Give Up Potter Website, Film Giant Tells Girl, 15; We'll Pay You £9.99 For It". *The Mirror*, 8 de dezembro de 2000.
13 – *Alastair Alexander... Potterwar.org.uk*: Acessado através do internet archive: http://web.archive.org/web/*/http://potterwar.org.uk.
14 – *declarou em entrevista à revista* Entertainment Rewired: Ryan Buell, "Fans Call for War; Warner Bros. Claims Misunderstanding!". *Entertainment Rewired*, 27 de janeiro de 2001, http://web.archive.org/web/20010302022348/www.entertainment-rewired.com/fan_apology.htm.
15 – *vassoura de Harry Potter vibratória... brincar com aquilo!*": O anúncio original da Amazon estava em www.amazon.com/exec/obidos/ASIN/B00005NEBW. Foi excluído da base de dados, mas não antes que muitos sites registrassem os comentários relacionados. Alguns podem ser vistos em http://everything2.com/index.pl?node_id=1355704; www.enuze.com/archive/index.php/vibrator-for-children-t3252p1.html; www.charchaa.com/mattels_vibrating_harry_potter_broomstick_big_hit_among_girls_mattel_pulls_toy_off_the_shelves.
16 – *Sociedade Dercum*: Heather Lawver, The Dercum Society, Dercumsociety.org (acessada em 25 de fevereiro de 2008).
17 – *O site de Claire, HarryPotterGuide.co.uk*: Claire Field, "About the Site". The Boy Who Lived, www.btinternet.com/~harrypotterguide/aboutsite.html.
18 – "*site Harry Potter não oficial... entrar*": Claire Field, HarryPotterGuide.co.uk (acessado em 20 de abril de 2008).

Seis: Rock em Hogwarts
1 – *Celine Dion... "My Heart Will Go On"*: Fred Schuster, "Her Heart Will Go On; Switchblade Kittens Generate 'Titanic' Interest". *Daily News of Los Angeles*, 29 de janeiro de 1999.
2 – *I can't help... Colin Creevel*: Esta canção foi um download de internet e era a única canção centrada em Potter da banda até que as Kittens lançaram The Weird Sisters, um álbum inteiro de wizard rock, em 2006. Switchblade Kittens, "Ode to Harry". *The Weird Sisters*, 2006. Letra reproduzida com autorização.

3 – *final de 2000...* três milhões de vezes: Switchblade Kittens, www.switchbladekittens.com/harrypotter/.
4 – *Lansdowne Street... Clear Channel*: Maureen Dezell, "Is Bigger Better? In The Entertainment Business Clear Channel is Everywhere, and Critics Say That is the Problem", *Boston Globe*, 27 de janeiro de 2002.
5 – *"The bus... the train"*: Harry and the Potters, "Platform 9 and 3/4". *Harry and the Potters*, 2002. Letra reproduzida com autorização.
6 – *"These days are dark... fall-all-all"*: Harry and the Potters, "These Days Are Dark". *Harry and the Potters*, 2002. Letra reproduzida com autorização.
7 – *Serei eu... realmente*: Este post não está mais disponível para o público, mas Cassandra Claire o abriu para que eu pudesse usá-lo, pelo que sou-lhe muito grata. Cassandra Claire. http://epicyclical.livejournal.com/158214.html.
8 – *"e não permitiremos... PMRC"*: Harry and the Potters, "Voldemort Can't Stop the Rock". *Voldemort Can't Stop the Rock*, 2004. Letra reproduzida com autorização.
9 – *"My Dad's always there... dead"*: Draco and the Malfoys, "My Dad is Rich". *Draco and the Malfoys*, 2005.
10 – *Já em 2005... usuários por dia*: Stephen Humphries, "Heard it through the Web grapevine". *Christian Science Monitor*, 8 de outubro de 2004.
11 – *eles se viram no* Boston Globe: Rachel Strutt, "Band of Brothers". *Boston Globe*, 19 de junho de 2005; U.S. *News & World Report*, Vicky Hallett, "Siriusly, Potter Rocks!" U.S. *News & World Report*, 16 de julho de 2005; Forbes.com.: Lacey Rose, "Wizard Rock". Forbes.com, July13, 2005, www.forbes.com/2005/07/13/rowling-potter-band-cx_lr_0713harryband.html.
12 – *"Quem Dera os Decemberists... rock assim"*: Amy Phillips e Ryan Dombal, "2005 Comments & Lists; Top Live Shows and Music Videos", 12 de dezembro de 2005, www.pitchforkmedia.com/article/feature/10349-staff-list-2005-comments-lists-top-live-shows-and-music-videos.
13 – *"A arma que temos é... amor"*: Harry and the Potters, "The Weapon". *Voldemort Can't Stop the Rock*, 2004.

Oito: "Get a Clue" – o leilão

1 – *realmente desesperados por notícias*: Jo foi acusada de bloqueio criativo principalmente quando o público se deu conta de que não haveria um livro Potter em 2001; ela passou a maior parte de 2002 negando, em entrevista e através da assessoria de imprensa, que sofresse do problema. Centenas de matérias foram escritas a respeito disso, não listarei todas aqui. O artigo do *Scotsman* citado a seguir deu início a toda a especulação: Paul Gallagher, "Has Harry Finally Lost His Magic for J. K. Rowling?" *The Scotsman*, 8 de agosto de 2001.
2 – *falsificados para fundamentar a ação*: Scholastic, Inc., J. K. Rowling, and Time Warner Entertainment Company, L.P. vs. Nancy Stouffer. United States District Court for the Southern District of New York, 2002.

3 – *publicou uma pesquisa*: "New Study Reveals the Reading Habits and Attitudes of Children and Families in American Homes Today". www.scholastic.com/aboutscholastic/news/readingreport06.htm.

4 – *Alô, Arthur, Cheryl*: Levine teve a gentileza de me reenviar estes e-mails, uma vez que tive uma pane de computador e os perdi.

Nove: Banido e queimado

1 – *Harry Potter*: Caryl Matrisciana. "Harry Potter: Witchcraft Repackaged". *Loyal*, 2002.

2 – *Suprema Corte da Geórgia*: Ben Smith, "It's Round 5 of Mallory vs. Potter; Loganville mom wants Superior Court to ban series". *Atlanta Journal-Constitution*, 29 de maio de 2007.

3 – *A cidadezinha de Loganville*: A maior parte de Loganville fica situada no condado de Walton, mas parte se estende um pouco para o condado de Gwinnett; Laura Mallory é da área de Gwinnett e seus filhos estudam lá.

4 – *quinze quilômetros quadrados... setenta vezes maior*: American Fact Finder, U.S. Census Bureau, www.census.gov/popest/counties/CO-EST2004-09.html.

5 – *o maior sistema escolar do estado*: Gwinnett County Public Schools, www.gwinnett.k12.ga.us/.

6 – *explosão demográfica de 50 por cento desde o ano 2000*: American Fact Finder, U.S. Census Bureau, www.census.gov/popest/counties/CO-EST2004-09.html.

7 – *O apelo... mágica*: Laura Diamond, "Hearing draws Potter foes, fans; Battle lines are drawn as mom fights to ban books". *Atlanta Journal-Constitution*, 21 de abril de 2006.

8 – *Censura Destrói a Educação*: Ibid.

9 – *Já em 2000... de escolas e de prateleiras de bibliotecas*: Hillel Italie, "Harry Potter, Huckleberry Finn, among controversial library books". Associated Press, 13 de setembro de 2000.

10 – *472 desafios cumulativos*: "Harry Potter series again tops list of most challenged books". American Library Association, press release, janeiro de 2001.

11 – *646 desafios*: Ibid.

12 – *quantas crianças de outras localidades*: www.kidspeakonline.org/kidspeakis.html.

13 – *pelo Ministério da Educação nos Emirados Árabes Unidos*: "Emirates ban Potter book". BBC News, 12 de fevereiro de 2002.

14 – *igrejas ortodoxas grega e búlgara*: "Church: Harry Potter Film a Font of Evil." *Kathimerini*, 14 de janeiro de 2003. Clive Leviev-Sawyer, "Bulgarian Church Warns Against the Spell of Harry Potter". *Ecumenica News International*, 28 de junho de 2004.

15 – *"Eu li muitas histórias"*: Kimberley Blair, "PotterCast #55: The Return of Fiddy-Five; Fan Interview". http://pottercast.the-leaky-cauldron.org/transcript/show/74?ordernum=4.

16 – *"primeira encíclica"*: Papa Bento XVI, "Aos Bispos, Padres e Diáconos, Homens e Mulheres Religiosos, e a Todos os Fiéis Leigos sobre o Amor Cristão", 25 de

dezembro de 2005, www.vatican.va/holy_father/benedict_xvi/encyclicals/ documents/hf_ben-xvi_enc_20051225_deus-caritas-est_en.html.

17 – *prefeito da congregação para Doutrina da Fé*: Santa Sé: www.vatican.va/roman_curia/congregations/cfaith/index.htm.

18 – *trágicos tiroteios acontecem em escolas*: "Ban 'Harry Potter' or face more high school shootings." *Daily Mail*, 4 de outubro de 2006.

19 – *Rachel Joy Scott... é de Deus que precisamos*: "Testemunho de Darrell Scott, pai de duas vítimas na Columbine High School." www.garnertedarmstrong.org/WWArchives/vol24.htm.

20 – *Dan Mauser... baleado no rosto*: Várias fontes: por exemplo, www.acolumbinesite.com/victim/danm.html.

21 – *"Nós somos de opinião"... "autossacrifício"*: "Editorial: Why we like Harry Potter." *Christianity Today*, 10 de janeiro de 2000.

22 – *Entre 1990 e 2004*: "Top Ten Challenged Authors, 1990-2004." American Library Association,www.ala.org/ala/oif/bannedbooksweek/bbwlinks/authors 19902004.cfm.

23 – *Cedarville... lista restrita*: "Parents sue over school library's special measures on Harry Potter." The Associated Press, 6 de julho de 2002.

24 – *resolvido rapidamente*: "Judge smites Harry Potter restrictions." *American Libraries*, 1º de junho de 2003

25 – *Dia 29 de maio*: Harry R. Weber, "U.S. judge upholds schools' decision to keep Harry Potter books". Associated Press Worldstream, 29 de maio de 2007.

Dez: Alto-mar

1 – *Entre... 4.000 pessoas*: Harry Potter for Grownups: A History. www.hpfgu.org.uk/faq/history.html#2.

2 – *"H/H e por que simplesmente está errado... 'posto de lado'"*: Harry Potter for Grownups, http: //groups.yahoo.com/group/HPforGrownups/message/2236.

3 – *Zsenya apareceu*: Harry Potter for Grownups, http://groups.yahoo.com/group/HPforGrownups/message/5235.

4 – *Sugar Quill e seu Propósito de Existência na Web*: The Sugar Quill, www.sugarquill.com, recuperado através de Archive.org, 23 de fevereiro de 2001, entry: http://web.archive.orgweb/20010224063058/www.sugarquill.com/spew.html.

5 – *impossibilidade ridícula*: Ibid.

6 – *assinar seus posts como Capitão do Navio de Cruzeiro H/H*: Harry Potter for Grownups. http: //groups.yahoo.com/group/HPforGrownups/message/11323.

7 – *Restrictedsection.org*: www.restrictedsection.org

8 – *carta de solicitação de desistência*: ChillingEffects.org, www.chillingeffects.org/fanfic/notice.cgi?NoticeID=522.

9 – *"Você sabe quem é a voz de minha consciência?"*: The Nimbus-2003 Programming Team, Edmund Kern, and Roger Highfield, "Selected Papers from Nimbus-2003 Compendium: We Solemnly Swear These Papers Were Worth the Wait" (Houston: HP Education Fanon, Inc., 2005), p. 274.

10 – *"e bonita"*: Ibid, p. 271.

Onze: Acesso

1 – *70 milhões:* Box Office Mojo, http://boxofficemojo.com/movies/?id=goldencompass.htm.
2 – *Emma... sala de aula:* "Daniel Radcliffe, Rupert Grint and Emma Watson Bring Harry, Ron and Hermione to Life for Warner Bros. Pictures' Harry Potter and the Sorcerer's Stone." *Business Wire,* 21 de agosto de 2000.

Treze: Independência

1 – *entre 40 e 50 por cento:* Cari Tuna, "The Book That Shall Not Make Big Money". *Star-Tribune* (Minneapolis), 20 de julho de 2007.
2 – *Cálice de Fogo... como líder de perdas:* Várias fontes, inclusive: Fritz Lanham, "Harry rises again; Fifth book about young wizard casts a spell on booksellers, fans". *Houston Chronicle,* 18 de junho de 2003.
3 – *Net Book Agreement:* The Booksellers Association, www.booksellers.org.uk/industry/display_report.asp?id=1164http:=www.booksellers.org.uk/industry/display_report.asp?id=1164.
4 – *anticompetitivo em 1997:* Nigel Reynolds, "Court ruling opens new chapter for bookshops". *The Telegraph,* 14 de março de 1997.
5 – *A primeira ocasião:* Joanna Carey, "Who hasn't met Harry?" *Guardian Unlimited,* 16 de fevereiro de 1999.
6 – *Bungay... destruição:* Bungay Suffolk Town Guide, www.bungay-suffolk.co.uk.

Quinze: Revelações/Spoilers

1 – *"Se Harry morrer... não temos medo de usá-los":* "Spoil Us Not, Sneaks!", the Leaky Cauldron, 28 de abril de 2007.
2 – *Por Jo Rowling... Web site:* Melissa Anelli, "J. K. Rowling Updates Diary Regarding Spoilers". The Leaky Cauldron, 14 de maio de 2007.
3 – *em 27 de junho de 2000:* Elizabeth Manus e Ted Diskant, "The Secret of Harry Potter IV? It Almost Blew Deadline". *New York Observer,* 3 de julho de 2000.
4 – *"seria JKR... o registrem":* Melissa Anelli, "Regarding Seabottom and HP6/HP7 Titles". The Leaky Cauldron, 9 de setembro de 2003.
5 – *República da China... Tartaruga de Ouro:* "A Memo to the Dept. of Magical Copyright Enforcement." *New York Times,* 10 de agosto de 2007.
6 – *entraram na justiça... multas:* Tim Greening, "But there is a fifth 'Potter' novel...". *Shreveport Times,* 12 de novembro de 2002.
7 – *"Harry não sabe... o traseiro da tia Petúnia":* "Harry Potter and Leopard-Walk-Up-to-Dragon." *New York Times,* 10 de agosto de 2007.
8 – *Em 10 de agosto... Rei dos Dragões:* Ibid.
9 – *15 de junho de 2003... Manchester:* Mark Rice-Oxley, "Harry Potter and the disappearing books". *Christian Science Monitor,* 19 de junho de 2003.
10 – *reapareceu na tarde seguinte:* Helen Carter, "The plot thickens in Harry Potter lorry theft: Security operation in chaos as bogus driver makes off with more than 7,000 copies days before launch of boy wizard's latest adventure". *The Guardian* (Londres), 18 de junho de 2003.

11 – *A manchete "Abracadabra! Temos o Harry"*: Tamer El-Ghobashy, "Hocus-Pocus! We Got Harry". *New York Daily News*, 18 de junho de 2003.
12 – *Isto mudou antes de o livro seis... livro*: John Askill, "The Prisoner of Askill Bang". *The Sun*, 7 de junho de 2005.
13 – *Por sorte para Askill... prisão*: John Askill, "Judge: Potter Thug Set for Spell in Jail". *The Sun*, 21 de dezembro de 2005.

Dezesseis: Mais um dia
1 – *Michiko Kakutani... resenha*: Michiko Kakutani, "An Epic Showdown as Harry Potter is Initiated into Adulthood". *New York Times*, 19 de julho de 2007.

Dezessete: *As Relíquias da Morte*
1 – *vários dias ensolarados:* J. K. Rowling, *Harry Potter e o Enigma do Príncipe* (Rio de Janeiro, Editora Rocco, 2005).

Epílogo
1 – *"Se eu soubesse... há séculos!"*: Edward Drogos, "J. K. Rowling at Carnegie Hall Reveals Dumbledore is Gay; Neville Marries Hannah Abbott, and Much More", The Leaky Cauldron, 19 de outubro de 2007.
2 – *Laura Mallory... argumento*: Phil Kloer, "Dumbledore's Gay? A cauldron of reactions", *Atlanta Journal-Constitution*, 23 de outubro de 2007.

BIBLIOGRAFIA

Abaixo cito livros e outros materiais a que me referi e que foram úteis para a formação de ideias e opiniões enquanto eu escrevia. A maioria das fontes pode ser encontrada nas notas, ainda que eu recomende também estes livros.

Granger, John. *Looking for God in Harry Potter: Is there Christian meaning hidden in the bestselling books?* Carol Stream, Ill.: Tyndale, 2004.

Granger, John. *Unlocking Harry Potter: Five Keys for the Serious Reader.* Allentown, Penn.: Zossima Press, 2007.

Hafner, Katie and Matthew Lyon. *Where Wizards Stay Up Late: The Origins of the Internet.* Nova York: Simon & Schuster, 1998.

Morris, Tom. *If Harry Potter Ran General Electric: Leadership Wisdom from the World of the Wizards.* Nova York: Doubleday Business, 2006.

Neal, Connie. *The Gospel According to Harry Potter.* Louisville, Ky.: Westminster John Knox Press, 2002.

Neal, Connie. *Wizards, Wardrobes and Wookiees: Navigating Good and Evil in Harry Potter, Narnia and Star Wars.* Downers Grove, Ill.: InterVarsity Press, 2007.

Nimbus-2003 Programming Team, Edmund Kern, and Roger High-field. *Selected Papers From Nimbus-2003 Compendium: We Solemnly Swear These Papers were Worth the Wait.* Houston: HP Education Fanon, Inc., 2005.

Okin, J. R. *The Internet Revolution: The Not-For-Dummies Guide to the History, Technology and Use of the Internet.* Winter Harbor, Maine: Ironbound Press, 2005.

Rowling, J. K. *Harry Potter and the Sorcerer's Stone.* Nova York: Scholastic Press, 1998.

_____. *Harry Potter and the Chamber of Secrets.* Nova York: Scholastic Press, 1999.

_____. *Harry Potter and the Prisoner of Azkaban.* Nova York: Scholastic Press, 1999.

_____. *Harry Potter and the Goblet of Fire*. Nova York: Scholastic Press, 2000.

_____. *Harry Potter and the Order of the Phoenix*. Nova York: Scholastic Press, 2003.

_____. *Harry Potter and the Half-Blood Prince*. Nova York: Scholastic Press, 2005.

_____. *Harry Potter and the Deathly Hallows*. Nova York: Scholastic Press, 2007.

Tapscott, Don and Anthony D. Williams. *Wikinomics: How Mass Collaboration Changes Everything*. Nova York: Portfolio Hardcover, 2006.

Este livro foi impresso na Editora JPA Ltda.
Av. Brasil, 10.600 – Rio de Janeiro – RJ,
para a Editora Rocco Ltda.